Hijas

de la

guerra

DINAH JEFFERIES

Hijas
de la
guerra

Editado por Harlequin Ibérica.
Una división de HarperCollins Ibérica, S. A.
Avenida de Burgos, 8B - Planta 18
28036 Madrid

© Dinah Jefferies 2021
© 2022, 2024 para esta edición HarperCollins Ibérica, S.A.
Hijas de la guerra, n.º 292 - 13.3.24
Título original: Daughters of War

Diseño de cubierta: CalderónSTUDIO®
Imágenes de cubierta: Dreamstime.com y Shutterstock

I.S.B.N.: 978-84-1180-712-8
Depósito legal: M-35543-2023
Impreso en España por: BLACK PRINT
Fecha impresión Argentina: 28.8.24
Distribuidor exclusivo para España: LOGISTA
Distribuidor para México: Distibuidora Intermex, S.A. de C.V.
Distribuidores para Argentina: Interior, DGP, S.A. Alvarado 2118.
Cap. Fed./Buenos Aires y Gran Buenos Aires, VACCARO HNOS.

MIXTO
Papel procedente de
fuentes responsables
FSC
www.fsc.org
FSC® C159065

Para mi hermana, las hermanas de mi propia familia y todas las hermanas que forman parte de mi familia más lejana.

CAPÍTULO UNO

EL PÉRIGORD NOIR, FRANCIA

PRIMAVERA DE 1944

Hélène

Ojalá fuera el final del verano y pudiera oler el aroma de los abetos y las píceas bañados por el sol y ver los pinzones y estorninos revoloteando entre sus ramas. Su optimismo podría así pesar más que la claustrofóbica sensación de la vida que le espera, de las viejas casas de piedra cubiertas de líquenes que la rodean mientras camina por el pueblo a medida que empieza a caer la luz. Y quizá entonces recordaría que no eran más que personas normales y corrientes que intentan sacar el mayor provecho de una situación tan imposible. Personas normales que anhelan el regreso de una vida normal.

Hélène ansiaba la luz del día, ver más de lo que se extendía ante ella. La necesitaba para predecir lo que había más allá, en el futuro, en su propio corazón. La necesitaba igual que otros necesitan el aire. Pero se decía a sí misma que, cuando todo esto hubiese terminado, seguiría teniendo toda la vida por delante. ¿Por qué ponerse en lo peor cuando podría no ocurrir jamás? Además, seguro que recibirían pronto buenas noticias de los aliados.

Mientras se alejaba de los confines del pueblo, levantó los ojos hacia el cielo añil y oyó a las primeras aves nocturnas revolotear entre los árboles. Pensó en sus hermanas, que estaban aquí, en Francia, y en su madre, en Inglaterra. En una ocasión, cuando preguntó a su madre si era tan guapa como su hermana Élise, le respondió: «Cariño,

9

tú tienes una cara agradable. A la gente le gustan las caras agradables. No se sienten amenazados por rostros como el tuyo».

Hélène tenía entonces once años y aquellas palabras de su madre le habían dolido. Se había estado mirando en el espejo durante media hora sin saber qué pensar de su cara. Se la pellizcó y toqueteó y puso distintas expresiones, haciendo mohines, sonriendo, gesticulando y, después, se dijo a sí misma que no importaba. Pero era mentira. Sí que importaba. ¿Y ahora? Su rostro había madurado. Era alta, atlética, de complexión fuerte como la que tenía su padre, pero también había heredado de él su pelo liso y castaño claro. Un pelo corriente. Eso la exasperaba, pero su madre tenía razón. Sus rasgos eran demasiado marcados como para ser guapa, aunque la gente admiraba sus bonitos ojos de color nuez y su cálida sonrisa. Era la más pragmática de las tres hermanas, la mayor, la más responsable. ¿Resultaba demasiado frívolo anhelar que alguien le dijera que era guapa?

La guerra era una lucha entre el bien y el mal, decía la gente. Aunque no siempre se podían diferenciar con claridad. Y, ahora, su trabajo se había vuelto más desafiante de lo que jamás se había imaginado. Sentía un enorme respeto por su jefe, Hugo Marchand, el médico y alcalde del pueblo, y adoraba a su bondadosa esposa, Marie, un alma caritativa que siempre sabía ver lo mejor de cada persona y que había sido como una madre para esas hermanas. Pero Hélène había visto y oído cosas —mentiras, engaños, actos que no se atrevería a mencionar— que preferiría no haber conocido.

Tras atravesar un pequeño campo bordeado de amapolas, pasó por un bosquecillo de nogales con cuidado de no pisar a los gansos, hasta llegar por fin al camino y a su verja. Se extrañó al ver que la puerta de madera desgastada estaba abierta.

Nunca la dejaban así.

Su destartalada alquería parecía haber salido de la tierra de forma natural, con sus toscos muros de piedra caliza bañados por el sol del final de la tarde que resplandecían de tonos dorados y miel. Pasó junto al castaño del jardín y miró la fachada cubierta de follaje. Las enredaderas permanecían inalterables, cayendo en cascada alrededor de la puerta, tal y como ella las había dejado, todavía sin que florecieran las pasionarias violetas que tanto le gustaban. Dos ventanas cerradas de tamaño mediano pintadas de azul oscuro flanqueaban la puerta de roble, y cuando se levantaba viento y este hacía chirriar las contraventanas de madera, ella se estremecía.

Atravesó la puerta y entró a toda velocidad en la cocina para dejar su bolso sobre la mesa. De las enormes vigas ásperas del techo colgaban hierbas que habían puesto a secar: romero, lavanda, laurel, menta, salvia, tomillo y otras más. Hélène levantó la cabeza para aspirar su familiar aroma, antes de desatarse los zapatos y dejarlos abandonados en el suelo de baldosas ahuecadas y desgastadas tras siglos de pisadas. A Hélène le gustaba imaginar quién había estado allí antes que ella, y en las noches oscuras no resultaba difícil imaginar sus sombras mezclándose todavía con las telas de araña en los rincones más sombríos de la casa. Pero, en cierto modo, la mayoría de las personas vivían entre las sombras, y no solo los muertos. Volvió a estremecerse y miró la enorme chimenea de piedra tallada; incluso en primavera, esa casa podía ser fría por las noches, pero la estufa de leña no estaba encendida.

Al entrar le pareció oír a alguien en la parte de arriba de la casa.

—Hola —gritó—. Florence, ¿eres tú?

No hubo respuesta.

—Élise, ¿estás en casa?

CAPÍTULO DOS

Hélène se quedó inmóvil un momento y miró a su alrededor, con una sensación de inseguridad. Estaba a punto de entrar a la sala de estar, por si acaso, cuando vio que Élise bajaba con dificultad las escaleras cargada con un enorme fardo y el cuerpo ligeramente inclinado hacia atrás para guardar el equilibrio y no caer por el peso. Como era habitual, vestía pantalones oscuros y anchos, un descolorido jersey azul y unas botas marrones de cordones. Con su oscura melena ondulada y sus enormes y expresivos ojos color coñac, era igual que su madre. Aliviada al verla, Hélène soltó un suspiro.

—Has vuelto pronto —dijo Élise, pero, a continuación, miró su reloj—. Ah, no es tan pronto.

—Has dejado la verja abierta.

—Creo que ha sido Florence.

—Me he asustado…

A pesar del enorme bulto, Élise se las arregló para encogerse de hombros.

—¿Y qué es eso que llevas?

—Solo algunas cosillas para un nuevo refugio. —Élise inclinó la cabeza hacia un lado y miró a Hélène con los ojos entrecerrados—. ¿Sabes que tienes pintura en el pelo? Mucha, la verdad.

—Ay, Dios. ¿En serio? —Hélène dio un paso atrás para mirarse en el espejo de la entrada y vio los delatores mechones blancos que le recorrían el pelo y una pequeña mancha en la mejilla izquierda.

12

En el pasillo, unos cuadros al óleo y carteles salpicaban las paredes junto con otros dibujos enmarcados que las chicas habían dibujado cuando eran niñas. El gran espejo en el que ahora se miraba Hélène con el ceño fruncido, con su elaborado marco tallado de uvas y hojas de parra, había reflejado sus rostros durante gran parte de sus vidas. O en brazos de su madre, Claudette, cuando eran pequeñas, entre sonrisas y carcajadas al ver sus propias expresiones, o ahora, cuando se miraban para hacer una rápida comprobación del estado de su pelo. Había también una vieja fotografía amarillenta sujeta con un alfiler; un retrato de su madre con su hermana Rosalie no mucho antes de su huida. Las tres hermanas sentían la historia de la casa, la sensación de la familia, de las raíces y de que en ningún otro lugar se estaba como allí.

—¿Y qué tal te ha ido en el trabajo? —preguntó Élise.

—Hugo me ha dicho que pintara esta tarde las paredes del hospital rural. Llevaban años sin pintarse y, como no hay pacientes ingresados ahora, parecía el momento más apropiado para hacerlo.

—¡Vaya, pues está claro que por fin ha servido de algo tu dilatada formación como enfermera! Eh… —Se rascó un lado de la cabeza como si fingiera estar pensando—. ¿Cuánto tiempo llevas ya?

Hélène se rio.

—Tres largos años. Ya lo sabes. En fin, la verdad es que me ha gustado lo de tener que pintar hoy. —Hizo una pausa y, a continuación, cayó en lo que su hermana había dicho—. ¿Por qué un refugio nuevo?

—Los alemanes se están poniendo nerviosos. Y un nazi nervioso es más peligroso aún que un nazi a secas. La Resistencia se está asegurando de que haya suficientes lugares donde esconderse.

—Ojalá trataras de pasar desapercibida como el resto de nosotros. Sinceramente, Élise, estás consiguiendo que todos corramos el peligro de sufrir las represalias nazis.

Su hermana no contestó.

Hélène se quedó mirándola, pero, consciente de que no había nada que fuera a cambiar a Élise, se rindió y desvió la mirada.

—¿Y dónde está Florence? Supongo que también habrá salido a hacer alguna temeridad.

Élise hizo un gesto de desdén.

—Casi. Sigue en el jardín. Ahora está regando, creo. Ah, casi me olvido, hay una carta en la mesa.

—¿Que casi te olvidas? —preguntó Hélène con expresión de incredulidad mientras bajaba la mirada. Recibir cualquier tipo de correo resultaba tan inusual que ni siquiera se le había ocurrido mirar.

—Va dirigida a ti.

Hélène la cogió.

—Matasellos de Génova.

—Pues ábrela.

—Vamos a esperar a Florence. Podemos leerla juntas.

Hélène sabía que sería de su madre, Claudette. La única forma de que pudieran recibir cartas desde Inglaterra era que su madre las enviara a su amiga Yvonne, que estaba en la Génova neutral, y que después esta las metería en otro sobre para enviárselas a ellas. Oyó que se abría la puerta de atrás y fue a la cocina con Élise.

Florence estaba junto a la puerta. Menuda, con cara en forma de corazón, piel alabastrina y ojos de un plomizo azul grisáceo, tenía la falda llena de barro, su dorado pelo rubio revuelto y las mejillas rosadas por el esfuerzo tras haber pasado el día en el huerto. Más delicadamente femenina que sus hermanas, siempre insistía en coserse ella misma los vestidos y las faldas, que se ponía incluso cuando tenía que cavar la tierra.

Hélène levantó la carta en el aire.

—¡Por fin! ¿De mamá?

—Probablemente.

Hélène rasgó el sobre y miró la carta. Tras unos segundos, extendió las manos y dejó que la carta cayera sobre la mesa.

—Bueno —dijo Florence con impaciencia—, ¿qué dice?

—Casi nada. Léela tú.

Florence la cogió, pero pareció decepcionarse a medida que la fue leyendo y, después, se la pasó a Élise.

—En fin —dijo Élise un momento después—. ¡De lo más fascinante!

—No hables con sarcasmo de mamá —respondió Florence.

Hélène suspiró, pero entendía lo que Élise sentía. Su madre solo había escrito unas líneas para hablar de lo ocupada que estaba con la guerra. Que había ingresado en el Instituto de la Mujer y que básicamente se dedicaba a coser y hacer mermeladas. Apenas preguntaba cómo se las estaban arreglando sus hijas ni tampoco había hecho mención a lo complicado que debía de resultarles vivir bajo la ocupación; sino que, sobre todo, se había quejado de sus ruidosos vecinos y de lo dura que era la vida en Inglaterra, entre racionamientos y demás.

—Por lo menos ha escrito —dijo Florence.

Élise se limitó a darse la vuelta y, tras encogerse de hombros, salir de la habitación.

CAPÍTULO TRES

Hélène estaba pensativa mientras abría la ventana de su habitación a la mañana siguiente para escuchar las campanadas de la iglesia. Por suerte, era domingo y no tenía que ir a trabajar. Le encantaba contemplar las mágicas vistas de esa parte del Dordoña o, como su madre siempre lo llamaba, el Périgord Noir. Era una zona de robles y pinos, de cañones rocosos y acantilados con castillos y los pueblos más bonitos del mundo, con sus edificios de suave y mantecosa piedra caliza. Se quedó mirando cómo el sol salía entre la neblina de la madrugada para mostrar el brillo plateado sobre el río y la dorada luz del sol que bañaba los tejados del pueblo. La primavera ya había llegado del todo y el aire era fresco y cristalino.

—Nos vamos a divertir aquí, ¿verdad, Hélène? —le había dicho Florence siete años antes, cuando se habían mudado a la antigua casa de verano de su familia que quedaba junto a un serpenteante camino de las afueras de Sainte-Cécile.

La pobre Florence solo tenía quince años en aquel entonces y Hélène tuvo que esforzarse en recordar que su hermana seguía siendo una niña y que ella tenía que desempeñar el papel de madre.

—¿Iremos a ver los castillos y las cuevas? —había preguntado también la pequeña hermana.

—Sí, claro que iremos —había contestado Hélène, en un desesperado intento por proteger la visión inocente que tenía su hermana del mundo.

Sus vidas habían cambiado por completo y de manera irrevocable tras la repentina e inesperada muerte de su padre, Charles Baudin.

De niña, su madre había pasado muchas de sus vacaciones en Sainte-Cécile, como también los veranos durante los primeros años de su matrimonio mientras su padre se quedaba en casa, trabajando. Él era mitad francés y mitad inglés, y antes de su muerte había trabajado de funcionario en el Foreign Office de Londres. En este pueblo, todos conocían a «*maman*» de toda la vida, lo cual hizo que a las hermanas les resultara más fácil hacerse un hueco en la comunidad, aunque aún había unos pocos que no lo aprobaban y chasqueaban la lengua y hacían aspavientos por el hecho de que esas tres muchachas vivieran solas.

Élise asomó la cabeza por la puerta de la habitación de Hélène.

—Me voy a la cafetería.

Hélène la miró fijamente a los ojos.

—¿En domingo?

—Solo voy a estar unos minutos.

—¿No te da miedo?

—Claro. Desde que me despierto hasta que me acuesto. Quien diga que no tiene miedo, miente.

—Ay, Élise, ten cuidado.

Élise se rio.

—Eres doña angustias.

Hélène ladeó la cabeza.

—Es por el glamur, ¿verdad? Te divierte.

—Claro que no. La Resistencia es peligro, no glamur. Si conocieras a esos hombres y mujeres, verías.

—Lo siento, no quería decir que…

Élise la interrumpió con el ceño fruncido por la exasperación.

—Tienen que esconderse en sitios espantosos. Pasan hambre. Y frío. ¿Te acuerdas de las temperaturas heladoras que pasamos en invierno?

—Élise, por favor.

—Y cuando paso armas escondidas bajo las patatas de mi cesto de la compra, me arriesgo más que si las estuviera blandiendo ante el enemigo.

Hélène soltó un suspiro.

—Eso es precisamente lo que me preocupa.

Élise se dirigió con paso airado a la puerta y, a continuación, se giró para fulminar a su hermana con la mirada.

—Te he dicho que lo siento.

Élise no le hizo caso.

—Y la gente piensa que somos unos bandidos. Terroristas. No, Hélène, no es glamuroso.

Cuando Élise dio un portazo al salir, a Hélène se le cayó el alma a los pies. Odiaba pelearse con Élise y no había tenido intención de menospreciar su trabajo, pero resultaba difícil hacer frente a las protestas de su hermana. Mientras se quedaba allí, sin saber bien qué sentir, oyó un gemido que procedía de la habitación de Florence. Suspiró al ver que la tranquilidad de la mañana había llegado a su fin, se puso una bata y fue en ayuda de su hermana. Florence estaba encorvada en el rincón de la habitación, con la cara más pálida aún de lo habitual. La ventana estaba abierta y las cortinas de ligera muselina se movían suavemente con la brisa.

Florence parecía aturdida cuando se giró hacia Hélène.

—¿Lo has oído?

—Lo siento. No he oído nada.

—Yo creo que habrá sido alguna *demoiselle*.

Hélène apenas pudo evitar poner los ojos en blanco. Tenía poco tiempo para los sueños y fantasías de su hermana.

—Florence —dijo con firmeza—. Despierta. Esas cosas no existen. Esas hadas tuyas del bosque no son reales. Son libélulas. Has oído algo fuera, solo eso.

—¿Sí? Creía que era ella. Vestida de blanco. Estaba sentada a los pies de mi cama.

—Si fueran reales, cosa que no son, solo vivirían en cuevas y grutas. —Se rio, con tono poco amable, y extendió la mano hacia su hermana—. No vendrían a sentarse en la cama de una persona normal y corriente.

Los músculos que rodeaban los ojos de Florence se contrajeron, pero, a continuación, los relajó. Tomó la mano de Hélène y se puso de pie.

—Tienes razón, por supuesto, pero he creído oírla susurrar.

—¿Susurrar el qué?

—Cosas terribles —murmuró Florence.

—No ha sido más que un sueño, ¿lo sabes?

Florence dejó caer la cabeza.

—Sí, perdona.

Su hermana menor había madurado en estos últimos años, pero aún podía ser frágil y sensible y mantenía la ingenuidad que la había caracterizado cuando era una niña.

—Olvídalo —añadió Hélène antes de dar un abrazo a su hermana—. Cuando te vistas quizá podríamos hacer unas *crêpes*. Todavía tenemos limones y miel.

—Son las que provocan el viento, ¿lo sabías?

—¿Quiénes?

—Ay, Hélène, las *demoiselles*, claro. Y también pueden calmarlo… Bueno, al menos, eso es lo que he leído.

Hélène contuvo su enfado, pero después estalló:

—Por el amor de Dios, Florence. Eso son cuentos de viejas de Lourdes. Y ahora, venga, espabila.

—¿Adónde ha ido Élise? —preguntó Florence—. He oído la puerta de la calle.

—A abrir su maldito «buzón», claro. Ojalá dejara de hacerlo.

—No lo va a dejar. Cree en lo que hace, igual que tú. Tú crees en la importancia de la labor de enfermería. —Florence la miró con curiosidad—. Porque crees en ello, ¿verdad?

Hélène fue hacia la puerta mientras lo pensaba. ¿Creía en ello?

—¿Hélène?

Giró la cabeza hacia atrás.

—A veces. Yo creo que tú eres la única que cree en lo que hace.

19

—Ocuparse del huerto y de la cocina no son cosas en las que uno cree. No son más que tareas.

—Pero haces lo que te gusta.

—Supongo…

Hélène estaba ahora disfrutando de una poco habitual media hora dedicada a ella misma, leyendo *Una hora antes del amanecer,* la novela de Somerset Maugham. Había llegado enseguida a la conclusión de que Dora tenía que ser una espía nazi, lo cual le resultaba muy poco agradable, y estaba pensando en probar mejor con Agatha Christie cuando oyó que Florence la llamaba. «¡Se acabó!». Renunciando al libro a regañadientes, Hélène se puso de pie.

Justo detrás de la puerta trasera, la mimosa había florecido y su delicado aroma parecido al del jazmín flotaba entre la brisa. Hélène dedicó un momento a aspirar el agradable aire de la primavera y, a continuación, atravesó la pequeña terraza que estaba rodeada por un muro bajo de piedra. Bajó después los escalones de piedra y siguió por el serpenteante sendero que Florence había marcado cuando diseñó el jardín.

Su hermana, con la cara sonrojada, se movía arriba y abajo junto a un macizo de orquídeas salvajes rosas y púrpuras que había al fondo del jardín con una pala en las manos.

—¿Qué pasa ahora? —preguntó Hélène—. Estaba leyendo.

Con expresión de perplejidad, Florence miró fijamente a Hélène.

—Aquí hay algo.

—Siempre estás desenterrando cosas viejas.

—Esto es distinto. Parece hecho a posta. Escondido, quiero decir. No tenía intención de cavar tanto, pero la tierra estaba ya suelta. —Volvió a introducir la pala para demostrárselo.

—Vaya. ¿Es una tumba?

—Dios mío, espero que no. Me extrañaba que la tierra estuviera ya revuelta, así que he seguido. Parece reciente, como si acabaran de cubrir la superficie con piedras, por lo que, una vez que he empezado, ha sido fácil seguir cavando.

Hélène se asomó al hoyo y vio el borde de un gran recipiente o bote de metal.

—Vamos a sacarlo.

—Lo he intentado. Pesa demasiado.

—Dame la pala.

Florence le pasó la pala y Hélène empezó a cavar alrededor de la caja para poder cogerla mejor. Unos minutos después, con el corazón acelerado por el esfuerzo, se volvió a incorporar y se apartó el pelo húmedo de los ojos.

—Ya. Con eso debería bastar.

Juntas tiraron de la caja, que era más pesada y grande de lo que habían pensado al principio, y, por fin, consiguieron levantarla del suelo y apoyarla en el borde de hierba.

—Vamos a arrastrarla hasta la casa —propuso Florence—. Pero ¿puedes esperar un momento? Antes quiero cortar algunas flores de acacia. Lucille va a venir luego y se me ha ocurrido que podíamos usarlas. Me va a arreglar el pelo. Y las fresas están también listas. Las *Gariguettes*. Voy a preparar tarta de fresas.

A Hélène se le hizo la boca agua, aunque los pasteles hechos con harina de trigo casi le parecían de cartón. Florence cultivaba también fresas Charlotte, maravillosas con nata espesa. Hélène se quedó con la mirada perdida mientras se lo imaginaba. No tenían nata espesa.

Lucille Dubois era la amiga pelirroja de Florence que dirigía junto a su madre una pequeña peluquería en Sarlat. Lucille y Florence eran como uña y carne, pero Sandrine, la madre de su amiga, había sido siempre simpatizante del régimen de Vichy y creía que el colaboracionismo era la única forma de poder superar esta guerra. «No hay mejor manera de demostrar el patriotismo hacia nuestra querida Francia que apoyar el gobierno de Vichy», solía proclamar. Hélène y Élise despreciaban a los simpatizantes del régimen que siempre se mostraban encantados de besar el culo a los alemanes. Ella no estaba segura de cuál era la opinión de Lucille. A los diecinueve años era guapa y voluptuosa como su madre, de labios carnosos y un cutis de porcelana con apenas unas cuantas pecas espolvoreadas en la nariz y en las mejillas. Quizá fuese un poco tonta y frívola, se riera demasiado y le encantara un buen cotilleo, pero Florence la adoraba y se pintaban las uñas la una a la otra y Lucille le arreglaba el pelo.

—*Chérie*, con lo que Élise está haciendo, Lucille no puede venir ahora —dijo Hélène con un tono de voz que no admitía discusión.

—Pero si no va a decir nada.

—Escucha, en lugar de que venga Lucille, ¿por qué no nos probamos tú y yo algunos de los sombreros de *maman*?

—¿Dónde están? Hace muchísimo tiempo que no los veo.

—Estarán por el desván.

Florence cogió sus mimosas y, a continuación, volvieron a por la caja de metal. Era demasiado pesada como para arrastrarla fácilmente por el suelo irregular, pero a Hélène no le resultó complicado quitarle la tapa. Frunció el ceño al ver su contenido.

—¿Qué es? —preguntó Florence—. Parece una ristra de salchichas envueltas.

Hélène desenvolvió con cuidado el calicó que cubría una de las «salchichas».

—Por el amor de Dios —dijo con una mueca.

Florence se asomó a mirar.

—¿Es plastilina? Es de un gris muy raro.

Se quedaron mirando el surtido de cables, conexiones y demás parafernalia.

—¿Y para qué es todo eso? —preguntó Florence.

—Explosivos. Es lo que se usa para fabricar explosivos.

CAPÍTULO CUATRO

Hélène estaba aplacando su rabia con el ajo y las hierbas que estaba moliendo en el mortero. Estaban las tres sentadas a la mesa de la cocina ayudando a Florence a preparar un guiso de conejo. Últimamente, rara vez o casi nunca comían sus platos preferidos de *cassoulet*, *noisettes d'agneau* o *coq au vin*. Élise estaba untando de mostaza todos los trozos del conejo, para dejarlos después unas horas antes de cocinarlos a fuego lento al día siguiente. Florence pelaba patatas.

Cuando terminó su tarea, Élise se reclinó en su silla y levantó los pies sobre la mesa.

—¡En serio, Élise! —estalló Hélène—. ¿Cuántas veces te lo tengo que decir? ¿Quieres romper otra silla? Y estamos preparando comida.

—Lo siento —murmuró Élise sin parecer lamentarlo en absoluto, pero, aun así, apartó los pies de la mesa y se incorporó.

—¿Y bien? —preguntó Hélène, levantando la vista de lo que estaba haciendo, todavía enfadada por la actitud despreocupada de su hermana—. ¿Sigues en contacto con Victor? Supongo que fue él quien te pidió que enterraras los explosivos.

—Claro. Me salvó la vida.

—Eso no lo sabes.

—Pues me salvó de que me retuvieran a punta de navaja.

Hélène bajó la mirada a la mesa para que no se vieran sus ojos humedecidos. Extendió una mano para apretar la de Élise.

—¿Y los maquis vuelven a estar activos, aun después de lo que ha pasado?

—Precisamente después de lo que ha pasado.

A los de la Resistencia los conocían en el pueblo como «los maquis». Se habían enfrentado a los invasores alemanes, pero muchos habían muerto y habían sufrido espantosas represalias de los nazis. Tras el impacto de aquellas semanas en que la división Brehmer alemana o la BNA, la Brigada Norteafricana, habían sembrado el terror por el Dordoña, Hélène y sus hermanas estaban por fin recuperando cierta estabilidad emocional. Hélène había visto en la plaza principal de Sarlat por primera vez a la BNA paramilitar, un grupo de mercenarios fanfarrones y presumidos. Matones violentos, según descubrieron más tarde, que procedían de los bajos fondos parisinos. Algunos habían llegado de Marruecos, pero la mayoría eran franceses de pura cepa. Llevaban cinturones anchos con hebillas de las Waffen-SS, boinas azul marino, monos oscuros y chaquetas de piel de oveja. Fuertemente armados con ametralladoras, llevaban los bolsillos llenos de granadas que esparcían como si fueran confeti. Eran hombres malvados que violaban, mataban y torturaban, indiferentes al sufrimiento de los demás. Arrestaban a civiles y maquis por igual, ejecutaban a todo aquel que se les antojaba, prendían fuego a casas y granjas, robaban todo lo que les apetecía y eran odiados por casi todos. Pero no por los colaboracionistas, se recordó ella. Dios mío. Estos hombres de la BNA andaban sueltos por el Dordoña porque la Gestapo y la policía habían sido incapaces de controlar las actividades de la Resistencia. Los maquis habían volado puentes, cerrado el paso de túneles, atacado unidades militares alemanas y estallado depósitos de almacenamiento. La BNA y la división Brehmer eran la venganza nazi.

—He oído que han vuelto —dijo Élise con un forzado tono plano.

Mientras Hélène recordaba el día en que Victor había traído a Élise a casa, con la cara magullada y los ojos llenos de rabia, Florence se estremeció y, a continuación, se puso los dedos en los oídos.

«La, la, la», canturreó, y Hélène lanzó a Élise una mirada que quería decir: «Tenemos que cambiar de conversación».

Durante todo el tiempo que había sido razonablemente capaz, Hélène había tenido la esperanza de crear un mundo en el que la guerra no invadiera demasiado la vida de las tres hermanas. Las había mantenido a salvo, pero desde el día en que la vida de Élise había corrido peligro, su hermana ya no se mostró dispuesta a mantenerse al margen de la labor de la Resistencia.

Élise levantó las manos.

—Muy bien. Me libraré de los explosivos, pero ahora vamos a ocuparnos de los buñuelos de acacia. El aceite debe estar bien caliente.

Florence sonrió al instante.

—Llámalos por su verdadero nombre. Son *beignets de fleurs d'acacia*. —Había lavado ya los racimos de flores y los había metido en un cuenco con azúcar y unas gotas de lo poco que les quedaba de armañac. Ahora estaba preparando el rebozado, con una mezcla de un poco de su preciada harina, huevo, leche y agua, y después añadió las flores a la mezcla. Tras freírlas en aceite abundante, las espolvoreó con azúcar y las tres hermanas se dispusieron a devorarlas con gusto.

La de ellas había sido siempre una casa feliz, aunque algo húmeda cuando habían llegado a ella y con el jardín convertido en una jungla. Ahora, sobre todo, cuando Florence elaboraba estas delicias para ellas, estas noches en medio de la guerra cobraban importancia. Estar confinadas así tras el toque de queda las unía más y les ayudaba a mantener a raya ese miedo ya endémico. Al principio no tenían ni idea de lo que era tener que esperar rezando, temiendo lo peor, y pasar la noche despiertas sin saber qué les esperaría por la mañana. E incluso después de julio de 1940, cuando su país había sido invadido y vencido por la Alemania nazi y Francia había quedado dividida en dos regiones, todavía no habían sufrido la presencia militar del Eje. No hasta que los nazis ocuparon también lo que se conocía como «su zona libre» en noviembre de 1942. Entonces sucedió. La Francia de Vichy quedó también ocupada. Y luego la invasión y desmoralización de su mundo fue completa. Había sido un golpe demoledor.

—Hélène y yo nos vamos a probar los sombreros de *maman* —dijo Florence mirando a Élise a la vez que se limpiaba un poco de masa crujiente de los labios—. ¿Quieres tú también?

Mientras Hélène y Élise subían al desván a por los sombreros, Florence se quedó en la cocina fregando los platos. Con su despensa y su baño anexo, sus armarios pintados de azul y la vieja mesa de pino con desparejadas sillas de madera, la cocina había sido siempre el corazón de la casa y a Florence le encantaba.

En la planta baja estaba el distribuidor principal desde el que se elevaba la impresionante escalera, el «salón», según insistía siempre su madre que era el nombre correcto, aunque para las hermanas no solía ser más que una «sala de estar». Hélène rara vez tocaba el piano vertical, pues el afinador se había ido a la guerra en 1939 y ahora estaba completamente desafinado. Había también un pequeño estudio y otra habitación que las hermanas usaban como cuarto de la costura y despacho y que conducía a lo que antiguamente había sido la escalera de servicio.

Cuando llegaron por primera vez, las tres hermanas hicieron cortinas de rayas azules y blancas y preciosas pantallas de lámparas y cojines de todos los colores. Nada combinaba. Unas clásicas alfombras persas de llamativos colores, la mayoría de las cuales había comprado su madre años antes, decoraban los irregulares suelos de madera de roble de sus dormitorios, y otras más claras y de pelo corto de Aubusson con elegantes dibujos florales y fluidos formaban parte de la sala de estar.

Ahora, en lo alto de las escaleras, Hélène daba empujones y empellones y, por fin, conseguía desatascar la escalerilla y subirla al interior del polvoriento desván para buscar los sombreros de su madre. A continuación, subieron Élise y ella. Antes de llegar a aquella casa, habían tenido que guardar tantos trastos en el desván que, salvo cuando necesitaban algún documento importante, nunca sintieron el deseo de ordenarlo todo como debían. Decidieron empezar la búsqueda mirando dentro de un par de grandes baúles por si encontraban ahí los sombreros. Cuando Hélène levantó la tapa, vio que el primer baúl parecía contener principalmente menaje de cocina y ni rastro de sombreros. Aun así, sacó una jarra amarilla esmaltada, oxidada por los bordes, y unas tazas de rayas azules y amarillas de *café au lait*, dos fuentes decorativas antiguas de charcutería, un juego de seis latas esmaltadas de color azul claro, una mantequera o vasija típica francesa y algunos cacharros de cerámica torneados a mano. Después, Hélène sacó un orinal de porcelana ribeteado con dibujos de flores rosas.

—Rosas. Qué bonito. Una pena que no puedan disimular el olor.

Las dos se rieron.

Élise se inclinó sobre el baúl.

—Mira. Aquí dentro hay también un montón de cosas de cobre.

Le pasó a Hélène una jarra de cobre y, después, una cafetera vieja, un tarro grande y un hervidor.

—A Florence le van a encantar en cuanto estén limpias.

—A Florence le encanta todo lo que sea antiguo —dijo Hélène mientras seguía buscando, aunque valoraba el trabajo de Florence en la cocina y en el jardín. Florence cultivaba casi toda la comida, cocinaba y hacía su maravillosa mermelada de fresa y su jabón aromático. Tanto la carne como la pasta, el azúcar y el pan estaban racionados, pero mientras los nazis no les requisaran sus productos —ni supieran lo que tenían escondido—, las tres hermanas podían alimentarse relativamente bien. Florence escondía sus patatas de siembra bajo un tonel de agua del baño y había hecho más escondites para los huevos y otros valiosos alimentos fuera de la casa, un delito por el que podrían arrestarla. A los hombres se les repartía cupones de cigarros y cuatro litros de vino al mes, pero el chocolate era oro puro. Hélène habría dado lo que fuera por conseguir chocolate. La mantequilla era muy apreciada, y Florence hacía una mantequilla blanca bastante fina, pero pura, con la leche de sus cabras. También elaboraba queso y remedios utilizando las hierbas que cultivaba. Por este motivo era por lo que Hélène y Élise se dirigían cariñosamente a ella llamándola «su brujita».

Élise sacó un antiguo cuenco de cocina y una jarra de vino de cerámica.

—Y yo podría usar estas cosas en el café —dijo.

Hélène soltó un suspiro.

—¿Vas a volver a abrirlo? No lo sabía. ¿No es una locura?

—La locura sería no abrir —contestó Élise mirándola a los ojos, pero evitando, a continuación, ese espinoso tema de conversación—. ¿Bajamos todo esto con unas cestas? Voy a bajar a por un par de ellas.

Mientras Hélène veía cómo su hermana salía, la angustia se hizo un hueco en su interior. Había rezado porque su hermana no volviera otra vez a las andadas o para que, por lo menos, dejara que fuera una cafetería sin más. Se distrajo abriendo el cajón superior de un antiguo mueble. Dentro había algunas sábanas deshilachadas, una manta de lana azul y unas cuantas toallas viejas bien dobladas. El segundo cajón contenía más de lo mismo, pero en el tercero vio unas tiras de papel de seda descoloridas que envolvían algo de color rojo y brillante. Tiró con suavidad y, cuando lo vio, soltó un silbido. Un vestido carmesí de tacto sedoso. Deslizó los dedos por él, acariciando la tela mientras lo sacaba. Demasiado pequeño para ella. El corpiño sin tirantes seguía intacto y estaba perfectamente armado, pero, al sostenerlo en alto, la larga falda se deshizo en muchísimas cintas que se elevaban y flotaban mientras ella se lo acercaba a su cuerpo. La falda había sido cortada en tiras, una y otra vez.

La cabeza de Élise apareció por encima de la escalerilla.

—Qué elegante. ¿Dónde lo has encontrado?

Hélène señaló hacia la cajonera cuando su hermana hubo entrado del todo al desván y, a continuación, le acercó el vestido.

—Póntelo por encima.

Élise lo cogió, se lo acercó a su cuerpo y, después, sonrió.

—Es mi talla.

—Sí.

—Vamos a llenar estas dos cestas y se lo enseñamos todo a Florence.

—No hemos encontrado los sombreros.

—Quizá después. Voy a bajar el vestido… —Su voz se fue desvaneciendo y se quedó un momento en silencio—. Hélène, ¿estás bien?

Hélène estaba inmóvil, con la mirada perdida, desorientada y un poco mareada.

—¿Hélène?

Hélène pestañeó.

—Yo…

—¿Qué te ha pasado? Estabas rara.

—De repente, he sentido miedo.

—¿Por qué?

—No estoy segura. He recordado algo.

—¿De cuándo?

—De hace mucho tiempo. Estaba sola, a oscuras. Quizá haya visto antes ese vestido.

—¿Aquí, en Francia?

—No lo sé.

CAPÍTULO CINCO

Florence

Los dos días siguientes fueron también increíblemente bonitos y cálidos. Florence había decidido que iba a cavar otra parte del jardín que estaba cubierto de zarzas. Le encantaba el jardín, especialmente con el verano acercándose, cuando todo estaría rebosante de frutas: manzanas, peras, higos y ciruelas, aunque tendría que envasarlo todo rápidamente y esconderlo de las patrullas alemanas que hacían registros en busca de comida. En cuanto cerró la puerta, podó un poco la madreselva que subía por el muro trasero de la casa. Nada evocaba más al verano que el embriagador aroma de la madreselva y pronto ese muro estaría cubierto de racimos de flores doradas.

Recorrió el sendero con el sonido del gorjeo de un gorrión siguiéndola detrás. A continuación, se deslizó por una pronunciada pendiente que llevaba al suelo de piedra que había al fondo del jardín, una zona oculta de la casa y que durante mucho tiempo se había dejado sin cuidar. No les vendría mal tener más verduras y los nazis nunca verían nada de lo que cultivaran ahí, así que sería poco probable que se lo incautaran. Los estorninos cantaban y una suave brisa soplaba entre las altas hierbas que había por todos lados. Se llenó los pulmones con el espléndido aire fresco y se sintió llena de energía mientras veía un gavilán planeando en dirección a los silbidos de otro que le llamaba. Un par de mariposas marrones y verdes

sobrevolaban las rojas amapolas silvestres, también sobre el carraspi-
que, y ahora sobre una preciosa lila de color intenso y el espliego, de
aspecto más sutil pero también más punzante. Nada le hacía más feliz que esperar a que los prados se llenasen de lavanda y brezo.

Se sentía agradecida por estar viva, por poder ver las mariposas,
cautivada por la sensación de la verdadera esencia de aquel lugar sin
corromper por la guerra. No quería marcharse nunca de allí. Por supuesto, estaba tan harta de la guerra como cualquiera, pero se deleita-
ba con cada momento de paz que encontraba en su camino. Levantó
los brazos al aire y empezó a girar, sin importarle que sus hermanas
pensasen que se había vuelto loca. Hechizada por los sonidos de una
orquesta imaginaria, danzaba como si fuese Titania con un vaporoso
vestido claro, rodeada de Flordeguisante, Telaraña, Polilla y Mostaza.
El sueño de una noche de verano había sido siempre su obra favorita de
Shakespeare y la Reina de las Hadas su personaje preferido.

Pero también podía ser muy testaruda, así que, tras regodearse
durante unos momentos en su mundo de fantasía, se puso sus más
resistentes guantes de jardinero y empezó a tirar de las zarzas y a quitar piedras. Al poco rato, asfixiada por el calor, miró a su alrededor
para asegurarse de que nadie la veía, se quitó la blusa y se quedó solamente con la combinación.

Una vez quitadas las zarzas y la mayor parte de las piedras, empezó a cavar. Había acometido ya casi un metro de tierra cuando oyó
que alguien tosía. Se enderezó y se quedó de piedra al ver a un joven
rubio y acicalado que la miraba desde el camino que atravesaba el final del huerto, con un mirlo que revoloteaba alrededor de un morral
que tenía a sus pies. Era el camino que los cazadores que iban en busca de jabalíes y venados usaban antes de la guerra, con sus plataformas
de caza que ahora se apropiaban, a veces, los maquis como puestos de
vigilancia. Por su ropa inmaculada, Florence supo que no se trataba
de ningún cazador ni de ningún maqui. Sintiendo el calor del sol en
la nuca, cogió la blusa y la falda que con tanta imprudencia se había
quitado y, después, se levantó el pelo y volvió a hacerse la coleta.

Se dio la vuelta para vestirse.

Cuando hubo terminado, él le sonrió y levantó en el aire una botella.

—Limonada. Toma un poco.

Ella se quedó mirándole, confundida.

—No te voy a morder —añadió él, y Florence vio que tenía unos bonitos ojos azules del color del cielo de verano.

Al ver que ella no reaccionaba, se apartó.

—Lo siento mucho. Perdóname. Te he molestado. Es que parecía que tenías mucho calor. —Pese a lo fluido de su francés, Florence notó algo en su acento y se extrañó.

—¿Eres alemán? —preguntó.

Él pareció tragar saliva antes de responder:

—Me temo que sí.

—Tu francés…

—Lo sé —la interrumpió—. Soy traductor. Me viene bien hablar con fluidez el francés… Mi amor por el idioma es ahora la única forma de mantenerme alejado del frente. —Miró a su alrededor—. ¿Es tuyo este huerto?

Ella vaciló antes de contestar. ¿Era sensato? ¿Podía estar ese muchacho buscando información o algo así? Pero entonces vio la expresión de franqueza de sus ojos. No pasaba nada por hablar con él, ¿verdad?

—Mis hermanas y yo vivimos aquí —dijo por fin—. Pero yo soy la que cuida el huerto. Y gracias. Me encantaría tomar un poco de limonada.

Él le pasó la botella y los dos se sentaron sobre un tronco caído. Florence dio un buen trago y, a continuación, se la devolvió.

Él olfateó el aire.

—Hierbaluisa, creo.

—Sí —respondió ella a la vez que señalaba a las hojas verde lima de la planta que tenían a pocos metros de donde estaban sentados—. ¿Sabes de plantas?

—Soy aficionado a la jardinería. Me viene de familia. Podría ayudarte —contestó señalando a la pala—. Si tienes otra.

—¿De verdad? Sí que tengo un rastrillo.

—Estupendo. Juntos podremos hacerlo de un tirón.

—Espero que sin ningún tirón en la espalda —respondió ella con una carcajada.

En ese momento se puso de pie, fue rápidamente al cobertizo y en un par de minutos le había traído el rastrillo.

Él se quitó la chaqueta, se remangó y empezaron a trabajar juntos mientras Florence analizaba sus pensamientos. Ahí estaba con un desconocido, y encima alemán, que le estaba ofreciendo su ayuda y que ella había aceptado. La gente pensaría que se había vuelto loca. Se detuvo a medio cavar y miró las limpias manos de él. Esas manos, de largos y elegantes dedos y uñas bien cortadas, no parecían acostumbradas al trabajo manual.

Él se dio cuenta.

—¿Pasa algo?

—Solo estoy tratando de saber si vas a asesinarme y cortarme en trocitos con mi pala.

Él se rio.

—¿Cómo lo has adivinado?

Ella negó con la cabeza.

—Vamos a terminar con esto.

Durante una hora más continuaron en lo que pareció un silencio agradable.

Cuando él se irguió, soltó un largo y lento resoplido y se frotó los músculos de los hombros, con la cara colorada por el esfuerzo.

—¿Quieres que nos sentemos a la sombra? —preguntó.

—De acuerdo. ¿Un poco más de limonada? —Quizá no iban a poder disfrutar de todo lo que antes habían tenido, pensó ella, pero estaba dispuesta a sacarle el mayor provecho.

Él metió la mano en la mochila y sacó otra botella.

—También tengo unos bocadillos.

—Sí que has venido preparado.

—Me gusta pasear por el campo y tengo unos días libres.

—Por suerte para mí. ¿Quieres que vayamos al bosque? Hará mucho más fresco.

Deambularon entre la veteada luz del sol, pasando entre vincas desperdigadas y anémonas de bosque hasta que llegaron al sitio preferido de Florence para merendar. Las hermanas habían encontrado ese claro hacía tiempo y habían construido una mesa y un banco algo toscos. La belleza de ese lugar residía en que en cualquier momento del día se estaba fresco.

—Esto es muy bonito todo el año —dijo ella—. Pero creo que me gusta más en otoño, cuando se pueden ver extensas zonas de ciclámenes rosas alfombrando el bosque.

Él sonrió y, después, volvió la mirada hacia los árboles. Al oír algo, se puso el dedo en los labios.

—Un corzo, creo —dijo un momento después y, a continuación, sacó la merienda de la mochila.

—Yo he estado buscando alguna jineta. Hay gente que dice que las ha visto, pero yo no. Muchos zorros, tejones y conejos. Y también comadrejas y armiños.

Florence sentía cierta afinidad con los animales del bosque y, a veces, incluso se imaginaba que su energía salvaje le corría por sus propias venas. Cuando de niña vivía en Richmond, había intentado salvar a un zorro herido, pero, por desgracia, se había muerto y ella se había quedado desconsolada.

—¿Vas al río a pescar? —preguntó él, interrumpiendo sus pensamientos.

—Sí, aunque no se me da muy bien. Mi hermana es mejor.

Él ladeó la cabeza mirándola.

—A mí me gusta pescar.

—Bueno —dijo ella entre bocados de una *baguette* de queso que estaba bastante buena—. ¿De qué parte de Alemania eres? ¿Vives en el campo?

—Somos de Múnich, pero mi sitio preferido de Alemania es el castillo de Lichtenstein en Baden-Württemberg. La gente lo conoce como «el castillo de cuento de hadas de Württemberg». Lo construyeron en el borde de un acantilado que da al valle de Echaz.

Ella sonrió al pensar en su elección.

—Me parece que debes de ser un romántico.

Él inclinó la cabeza, como diciendo: «Quizá sí».

—¿Qué otros sitios bonitos hay en Alemania? Nunca he estado y me temo que la mayoría de los franceses pensamos que es un país muy feo.

Él pareció entristecerse.

—Lo entiendo —dijo en voz baja.

—¿De verdad?

—Creo que sí. No todos los alemanes somos nazis.

Ella se quedó pensando. Claro que debía de haber alemanes que no fueran fascistas ni estuviesen de acuerdo con lo que Hitler estaba haciendo.

—¿Y tú por qué no lo eres? —preguntó—. Nazi, quiero decir.

Él levantó la mirada al cielo, como si buscara la respuesta.

—¿Buscas castillos en el aire? —preguntó ella—. ¿O es que estás evitando contestar?

Reaccionó con un resplandor en sus ojos azules y ella sintió una fuerte atracción por él. A pesar de todo lo que sabía sobre los nazis, estaba segura de que era diferente. Era amable, sensible y le encantaban los animales y las plantas. Sus hermanas no lo iban a aprobar y ella también tendría que cuestionárselo, pero un hombre así no podía ser violento ni cruel como los otros.

—Bueno —continuó—. Yo amo a mi país igual que tú al tuyo, pero no puedo justificar lo que está pasando.

Ella le entendía. Debía de resultar difícil caminar por una línea tan incómoda. Cambió de conversación.

—¿Has estado en el castillo de Beynac? Es uno de los más famosos del Périgord y fue una fortaleza de los franceses durante la Guerra de los Cien Años.

Él negó con la cabeza.

—Quizá podrías enseñarme Beynac —le propuso él.

Florence vaciló.

—Lo siento. Está claro que estoy siendo demasiado atrevido. En

cualquier caso, ha sido un placer conocerte. Por cierto, soy Anton
—dijo él a la vez que extendía la mano y se ponía de pie.

Ella se levantó y le estrechó la mano.

—Encantada.

—¿Y tú?

—Ah, sí, claro. Yo soy Florence Baudin.

«¿Lo ves?», se dijo mientras él cogía su mochila y se giraba dispuesto a marcharse y ella volvía a la casa. «Todavía pueden pasar cosas buenas».

CAPÍTULO SEIS

Hélène

Hélène volvía a su casa desde el trabajo cansada, con un hambre atroz y deseando darse un baño y, después, pasar una velada tranquila junto a la chimenea. Pero, cuando llegó, vio que habían vuelto a dejar abierta la verja de atrás. Era un fastidio. En estos tiempos había que tener mucho cuidado. Entró en la casa y buscó a Florence, que a esas horas debería estar en la cocina preparando la cena. Quizá la había hecho ya. Vio una cacerola junto a la cocina y levantó la tapa para oler lo que contenía. Aún estaba caliente y olía deliciosamente. Cogió la cuchara de madera que había al lado, la metió dentro y la lamió. La sopa de lentejas con ajo de Florence con su mezcla secreta de hierbas era una de sus claras favoritas. Hélène se contuvo todo lo que pudo para no coger un cuenco y servirse una ración, pero sabía que lo más apropiado era comer todas juntas cuando fuese posible. Respetar las tradiciones familiares les servía para conservar la idea de normalidad en sus vidas cada vez más complicadas.

Movió los hombros para liberar la tensión tras varias horas encorvada sobre la mesa de Hugo organizando los expedientes de los pacientes, atravesó la entrada para colgar la chaqueta y, a continuación, fue a mirar en la sala de estar. Florence había pintado los muebles antiguos y oscuros que Claudette había heredado con tonos claros de azul, verde y crema, incluida una *bibliothèque* o librería francesa del siglo XIX. Había un elegante buró, el preferido de su madre, y había recubierto un pequeño y precioso reposapiés con un tejido floral. También había pintado las vigas de un color rojo rústico, idea a la que Hélène se había opuesto, pero que, al final, tuvo que admitir que le daba más encanto. Ninguna de sus hermanas estaba en casa, así que, volvió a la entrada y se miró en el espejo. Dios mío, tenía un aspecto espantoso. Levantó una mano para alisarse el pelo, pero se detuvo cuando oyó unos susurros procedentes de arriba.

Con una instantánea inquietud, subió corriendo la escalera de caracol. Una vez arriba, vio que la trampilla del *grenier*, el desván, estaba abierta y que Florence hacía lo posible por esconder a alguien que estaba agachado en el suelo detrás de ella. La escalerilla del desván estaba a medio bajar.

—¿Qué diablos está pasando? —preguntó Hélène.

—Está atascada —contestó su hermana menor, como si se estuviese refiriendo a eso, cosa que claramente no era así.

Enfurecida, Hélène fulminó con la mirada a su hermana.

—¿Quién demonios es? ¿Qué está haciendo aquí?

—Bueno. —Florence infló los carrillos con expresión desafiante—. Le he encontrado tratando de esconderse en nuestro cobertizo y se me ha ocurrido traerlo al desván.

La persona que estaba detrás de Florence se puso de pie y Hélène vio a un joven delgado con aspecto de no tener más de diecisiete años y vestido con uniforme de soldado alemán. Estaba temblando, con las mejillas manchadas de barro y su pelo corto y rubio de punta y los ojos llenos de temor.

—Ay, Dios mío, ¿es un soldado alemán? —preguntó Hélène, parpadeando con rapidez nada más verlo—. ¿Está armado?

—Lo he comprobado. No. Dice que se llama Tomas. No habla mucho francés ni inglés. Yo creo que está delirando.

—Es que no me lo puedo creer. —Hélène se cruzó de brazos.

—Tenemos que ayudarle.

—Florence, no seas tonta, no podemos esconderle aquí.

—Tenemos que hacerlo. Le van a fusilar si no lo hacemos. Ha huido de Toulouse.

Hélène oyó un ruido, se giró y vio que Élise subía las escaleras. Esa mañana, Élise se había hecho un moño trenzado con su denso pelo castaño, pero ahora tenía mechones sueltos alrededor de la cara. Cuando llegó al pequeño rellano, abrió los ojos de par en par.

—¿Qué diablos hace un soldado alemán en nuestra casa? —bufó.

El acobardado muchacho levantó de inmediato las manos con gesto de rendición y Hélène vio que una mancha húmeda le bajaba entre las piernas.

«Ay, Señor», pensó.

—Se ha escapado —murmuró Florence, dando un paso adelante para defenderle.

—Querrás decir que es un desertor. —Con el fin de ver bien al chico, Élise dio un codazo a su hermana para que se apartara un paso o dos.

Florence sacó el labio inferior con un mohín.

—No me gusta usar esa palabra. Suena mal.

—Suena mal porque está mal. Es malo para él y para nosotras —contestó Élise—. Hay que entregárselo a los maquis.

—No —intervino Hélène, intentando hablar con un tono de tranquilidad y confianza que no sentía—. Debemos informar a las autoridades y ya está.

Las dos muchachas la miraron y contestaron a la vez:

—¡No!

—¡Por encima de mi cadáver!

Florence negó con la cabeza.

—A la policía militar no —añadió.

Hélène soltó un suspiro de exasperación. ¿Iba a ser siempre así? Cuando su madre había propuesto que las tres hermanas fueran a vivir ahí, Hélène se había emocionado ante la idea de hacer lo que quisiera, pintar cuando quisiera, comer cuando quisiera. Pero, rápidamente, había tenido que ganarse la vida como enfermera, trabajando para Hugo, el médico del pueblo, mientras intentaba mantener bajo control a sus dos hermanas menores. Y, por supuesto, entonces nadie había creído que habría otra guerra tan pronto.

—Llévalo a los maquis —insistió Élise mientras Florence tiraba de nuevo de la escalerilla.

Florence comenzó a ruborizarse.

—Le matarán —dijo mirando a su hermana y con los ojos anegados de lágrimas.

Hubo unos momentos de tenso silencio.

—De acuerdo —dijo Hélène, tomando por fin una decisión—. Lo metemos en el desván. No sé qué otra cosa podemos hacer.

—Ay, gracias. —Florence extendió los brazos para abrazar a Hélène.

Élise levantó sus manos en el aire.

—¿Por qué siempre tiene que ser ella la que decida?

—Cállate, Élise. Decide ella porque…

—Solo por esta noche —la interrumpió Hélène—. Mientras decidimos qué hacer. Florence, tráele algo para comer. ¿Podemos darle algo de sopa de lentejas? Parece hambriento.

—Así que ahora vamos a dar de comer a los malditos alemanes voluntariamente —murmuró Élise—. ¿Y cómo sabemos que no tiene una pistola? Podría ser un espía.

—Apenas es un crío. Mírale. Y Florence ya le ha registrado. No hay pistola.

—Apesta.

—Quizá lleve varios días durmiendo a la intemperie.

—No hay duda de que está hambriento. Mira sus ojeras —añadió Florence.

Los ojos asustados del muchacho miraban de una hermana a otra, consciente de que había desacuerdo entre ellas, pero sin saber qué decían.

Justo en ese momento oyeron que llegaba un coche y las hermanas intercambiaron miradas de inquietud. Casi había llegado la hora del toque de queda, así que eso no podía ser nada bueno.

—¿Apagamos las luces? —susurró Florence.

—Demasiado tarde. Subidle rápidamente al desván. Yo bajo.

Cuanto Florence se disponía a hablar de nuevo, Hélène le puso un dedo en los labios y bajó lentamente las escaleras.

En la cocina, las contraventanas estaban cerradas, pero normalmente podía detectarse un diminuto rayo de luz de la cocina en el exterior. A menos que hubiese luna llena. ¿La había? Hélène no creyó que la hubiera. Durante unos momentos no oyó nada, pero, a continuación, sonaron unas pisadas sobre el camino de adoquines que llevaba a la puerta trasera. Más de una persona, pensó. ¿Venían los soldados alemanes a por su desertor? «Por favor, Dios, que no sean otra vez esos malvados de la BNA».

CAPÍTULO SIETE

En cuanto Hélène oyó el sonido familiar de los dos golpes, una pausa y, después, tres golpes más, supo que era algún amigo y respiró tranquila. Dejó que pasaran unos segundos más, pero, cuando por fin abrió la puerta, se sorprendió al ver que no solo era la mujer del médico, Marie, que parecía un poco nerviosa, sino que con ella venía un desconocido. Un hombre de pelo rubio y apariencia fuerte con un bigote también rubio y vestido con ropa de civil y con una mochila al hombro.

—Me temo que es un SOE —dijo Marie colocándose bien las horquillas en el moño suelto de su cabello moreno canoso y mientras saludaba con la cabeza a Élise y Florence cuando entraron en la cocina—. Lo siento, Hélène. Sé que traerlo aquí es peligroso para vosotras, pero no tengo otra elección.

Hélène sintió que se mareaba, pero lanzó a Élise una mirada de duda y con una ligerísima señal de asentimiento su hermana entrecerró los ojos para indicarle que el desertor alemán estaba bien escondido en el desván. Más valía que no hiciera ningún ruido, pensó.

—Operaciones Especiales —aclaró el desconocido.

Hélène se fijó en el hombre. Tendría que preguntarle por Inglaterra. Ya había tenido que hacerlo antes, pero se había jurado no volver a hacerlo más. Pero ahí estaba.

—¿Británico? —preguntó ella.

—Inglés. Y tú también lo pareces. ¿Lo eres?

42

Las tres hermanas negaron con la cabeza, pero solo Florence respondió.

—Somos francesas —dijo.

Él levantó una ceja y soltó un silbido.

—Entonces, ¿las tres muchachitas sois bilingües?

—Ninguna de nosotras es una muchachita —protestó Hélène.

—Habla por ti —dijo Florence con una carcajada.

—Da igual —aclaró Élise, elevando la voz por encima de ellas—. Cuando vivíamos en Inglaterra hablábamos francés en casa con nuestros padres e inglés en el colegio.

—Puede resultar de utilidad.

Hélène apartó una silla.

—¿Quieres sentarte?

Él sonrió.

—Desde luego que sí. ¿Por casualidad, tendríais una cerveza?

—¿Qué te parece un vino casero? —propuso Florence con una dulce sonrisa a la vez que cogía una botella ya abierta para enseñársela—. *Digestif* de ciruela.

Él respondió levantando los pulgares.

—Lo que sea, mientras tenga alcohol.

—Marie, ¿tú no te sientas? —le ofreció Hélène pasando el brazo por encima de los hombros de la mujer.

Marie negó con la cabeza y dio un beso a Hélène en la mejilla.

—No te preocupes, puedo quedarme de pie.

—¿Y por qué estás aquí? —preguntó Hélène mirando al inglés.

—Hace dos noches me lancé en paracaídas en esta zona. Hice un mal aterrizaje, pero Bill, mi compañero, había desaparecido. He estado buscándole, pero con todo esto plagado de nazis, en fin… —Se encogió de hombros—. He pasado toda la noche en un árbol justo ante las narices de la patrulla de búsqueda alemana. Me di un batacazo al bajar, pero por suerte, Marie me ha recogido y he estado en el consultorio del médico desde anoche.

Hélène se fijó en que llevaba la muñeca vendada.

—¿El doctor Hugo?

43

—Sí, pero no es nada —respondió él—. Solo un arañazo.

—Un arañazo que necesitaba unos puntos —añadió Marie.

Hélène le observaba mientras hablaba. Estaba claro que era física y mentalmente fuerte. Desprendía cierto aire de tranquilidad. Tenía cara de ser abierto y sincero también y sus ojos verdes parecían honestos. Era imposible que ese hombre fuera un espía alemán.

—Bueno, pues, por seguridad, tendré que hacerte unas preguntas —dijo ella—. ¿Me puedes decir qué fue la Guerra de los Siete Años?

—Una lucha entre franceses y británicos por el control de los territorios norteamericanos.

—¿Y quién ganó?

—Nosotros, claro. Aunque supongo que debería decir que vosotras no, ya que decís que sois francesas. ¿Lo sois?

Hélène entrecerró los ojos.

—Si no te importa, yo haré las preguntas. Dime, ¿cuál es el lago más grande de Inglaterra?

Él la miró con fingida reprensión.

—¿De Inglaterra? El Windermere, en el Distrito de los Lagos.

Le hizo unas cuantas preguntas más y a todas respondió de manera impecable.

—¿Y de dónde eres?

—De Cirencester, en Gloucestershire.

—¿Y dónde estudiaste?

—Estuve interno en Cheltenham College.

—¿En qué calle está?

—En Bath Road. ¿Ya? ¿He aprobado?

Hélène sonrió.

—Has aprobado.

Las hermanas habían oído hablar ya de los SOE que se habían lanzado en paracaídas, tanto en su zona como más al norte y al este. Y si era cierto lo que habían oído, él habría llegado, al igual que los demás, con el fin de preparar a la Resistencia para pasar a la acción directa.

—¿Cómo te vamos a llamar?

—Jack. Podéis llamarme Jack.

Marie había estado apoyada en la pared observando con los ojos entrecerrados.

—La cuestión es, Hélène… —dijo. Hizo una pausa como si se estuviese preparando—. ¿Podéis tenerlo aquí unos días hasta que esté sano y pueda seguir su viaje?

Hélène sintió como si, de repente, le hubiesen apretado el cuello con una cuerda. Tomó aire y lo exhaló lentamente.

—¿Y bien? —insistió Marie.

Hélène no podía hablar. Se limitó a quedarse de pie, mordiéndose el interior de la mejilla con la mirada fija en el suelo. ¿Por qué le estaba pidiendo Marie que hiciera esto? Era imposible.

—No —contestó por fin a la vez que levantaba la mirada—. Es demasiado peligroso. No podemos. Marie, sabes que no podemos.

Sintió que sus hermanas se ponían también cada vez más tensas. Ya era bastante peligroso dar cobijo a un SOE en cualquier momento y siempre se había negado a hacer algo parecido. Pero ahora resultaba imposible con un desertor alemán escondido en el desván. Cuando Florence se disponía a hablar, Hélène la hizo callar y miró a Élise, que se encogió de hombros. Hélène sabía que debía ser ella la que tomara la decisión.

—¿No puede quedarse en tu casa? ¿O en alguno de los refugios? —preguntó, sin esperar una respuesta positiva.

—Ese era el plan, pero como hay tanta Gestapo ahora por aquí, no podemos moverlo sin correr riesgos. En condiciones normales no os lo pediría, pero la consulta y la clínica están demasiado céntricas. Hugo cree que su herida tiene que curar un poco antes de moverse.

Hélène pensó en la bonita casa del siglo XVIII del médico con vistas a la plaza principal del barrio medieval del pueblo de Sainte-Cécile, con su preciosa fuente y la iglesia antigua que había al lado. La casa tenía los mismos muros de piedra dorada que la de ellas y las mismas vistas impresionantes del río Dordoña, que atravesaba el corazón del Périgord Noir. En su interior, las chimeneas y los techos con vigas de madera, junto con el suelo original de parqué, hacían que esa casa fuese como un segundo hogar para Hélène. Y había hecho muchos descansos para tomar algo sentada en su precioso jardín de rosas tapiado disfrutando de un aperitivo y charlando sobre la vida. Pero lo cierto es que sí estaba en el centro del pueblo y era muy probable que les vieran allí.

—¿Y su compañero desaparecido? —preguntó a Marie.

—Puede que ya le hayan capturado. Quizá por eso ha llegado la Gestapo.

Jack la miró con expresión de agravio.

—Bill nunca se iría de la lengua. Los dos hemos prestado servicio en Francia con anterioridad. Es nuestro segundo viaje.

Hélène cerró los ojos un momento, deseando que el alemán que tenían en el desván hubiese desaparecido cuando volviera a abrirlos de nuevo.

Hizo una señal a Élise para que la siguiera y salieron a la entrada, donde intercambiaron miradas de preocupación.

—¿Qué diablos es esto? —susurró Élise.

—Ya lo sé. ¿Qué vamos a hacer?

—Creo que vamos a tener que dejar que se quede.

—Nos va a oír subir y bajar del desván. ¿Qué hacemos con Tomas?

—Todavía puedo entregarle a los maquis.

—Élise. No es más que un niño —le suplicó Hélène.

—Un niño alemán.

—Piensa en qué pasaría si fuese uno de los nuestros, perdido y solo en Alemania.

—Pues no podemos dejarlo aquí, ¿no? Ahora no.

—Quizá deberíamos contarle la verdad a Jack sin más.

Élise la miró con exasperación.

—Estás loca.

—Parece un tipo decente. —Hélène sintió que se sonrojaba.

—Hélène Rosemarie Baudin, me parece que te ha dejado fascinada.

—No seas ridícula.

—¿Y dónde le vamos a esconder?

—¿Por ahora? En tu habitación de la parte de atrás.

Élise frunció el ceño.

—¿Por qué en la mía?

—Es evidente, y lo sabes. La tuya tiene su propia escalera y es menos probable que nos oiga subir y bajar del desván desde ahí.

—¿Y yo?

—Te vienes a la mía.

—¿Compartir cama contigo? Ni hablar. Roncas y te mueves mucho. Y yo necesito dormir la siesta. —Apretó los labios con un exagerado mohín.

Hélène se rio.

—Eso es durante el día. Además, hay una cama plegable.

Élise suspiró con un gruñido.

—Gracias, querida.

Volvieron a la cocina.

—Muy bien —dijo Hélène notando la atención con que Jack la observaba—. Puede quedarse uno o dos días.

Él le guiñó un ojo.

—Gracias, señora.

—Yo tengo que volver con Hugo —dijo Marie, dándole un beso a cada hermana en las mejillas antes de dirigirse hacia la puerta.

—Ve con cuidado —dijeron todas a la vez.

—Vosotras también, *mes chéries* —contestó ella antes de irse.

CAPÍTULO OCHO

Florence

Después de que las demás se levantaran, Florence supo que no podría volver a dormirse. Se veía incapaz de descansar mientras su mente daba vueltas a toda velocidad. Le inquietaba tener a dos desconocidos en la casa, y los espantosos escenarios que no dejaba de imaginarse la mantenían despierta por si alguien llamaba a la puerta. Todo el mundo había dicho siempre que era demasiado nerviosa e impulsiva. Florence no estaba de acuerdo. Era verdad que, a veces, podía ser un poco más nerviosa que sus hermanas, pero, en su opinión, Élise era igual de impulsiva, solo que de una forma distinta. Pero Jack parecía de fiar, ¿no? Y aunque la trampilla del desván solía quedarse cerrada sin más, esa noche le habían echado el cerrojo desde el lado del rellano para que Tomas no pudiera salir aunque quisiera. Florence se consoló con esa idea.

En la cocina, sacó uno de los antiguos y manoseados libros de recetas de su madre. No necesitaba recetas; se sabía todas sus preferidas de memoria y, desde la guerra, se había inventado también otras nuevas, pero en ese momento no podía decidir qué preparar.

Hojeando las páginas, la boca se le hacía agua ante las deliciosas posibilidades: *baba au rhum, gâteau Basque, petit fours*. Para la mayoría necesitaba harina, que por desgracia escaseaba, pero por fin encontró una receta de la tarta de nueces del Périgord. Se puso el

48

delantal, comprobó qué ingredientes podía usar y se preguntó por qué nunca se le había ocurrido hacerla hasta ahora.

Nueces que se cultivaban en el pueblo, mantequilla que elaboraba ella con leche de cabra. Y tenía huevos, aunque no mucha azúcar. Quedaba un poco de miel en un tarro que uno de los chicos del pueblo le había regalado a Hélène a modo de agradecimiento. El trabajo de Hélène traía consigo, a menudo, regalitos muy prácticos: frutas, queso, huevos de pato e incluso algún que otro conejo o faisán. Florence reunió los ingredientes y los utensilios y, después, empezó a machacar las nueces hasta dejarlas con la consistencia del pan rallado. Mientras imaginaba el delicioso aroma de la tarta recién hecha, se alivió con el pensamiento del hallazgo que sus hermanas habían hecho esa mañana.

Sabía que había sido una imprudencia traer al joven soldado alemán a la casa, pero no podía dejarlo sin más en la calle para que se muriera de hambre ni tampoco espantarlo, ¿no? Era muy joven, incluso más que ella, y Florence jamás había sido capaz de contenerse a la hora de rescatar animales heridos y ratones y pájaros que pudiesen caer en las garras de los gatos. Pero eso no quería decir que no se sintiera asustada. Su mente recordó entonces al otro alemán, Anton, el que había conocido cuando estaba cavando en el huerto. Tenía que admitir que le había parecido simpático.

En fin, probablemente no volvería a verlo, así que volvió a centrarse en la tarta. En otro cuenco batió la miel con la mantequilla y, luego, las mezcló con las nueces molidas. Abrió los huevos, separó la clara de las yemas, añadió las yemas a la mezcla y batió las claras hasta dejarlas a punto de nieve y, después, las incorporó. Vertió la mezcla en el molde, lo metió en el horno y se sentó a esperar.

Se quedó mirando el estante de la cocina, donde la mayoría de los libros de recetas de su madre se apoyaban unos contra otros como fichas de dominó torcidas, y su mente se fue deslizando en otra dirección hasta que, entre ellos, vio un libro de cuentos de hadas de los hermanos Grimm. No era su sitio, pero últimamente todo parecía estar cambiando: las normas, la gente, las vidas. A veces sentía que había cambiado mucho, como si su propia piel no la perteneciese.

Cautivada por aquellos cuentos misteriosos e inquietantes, sacó el libro. Los cuentos de los Grimm se movían entre lo macabro y lo cómico, pero era su psicología lo que más le gustaba y, tras encontrar a Rapunzel, empezó a leer sobre aquella pobre niña que había sido vendida por sus terribles padres. La compró una malvada bruja a cambio de un puñado de plantas y la dejó prisionera en una torre adonde la bruja subía por su largo pelo dorado. De niña, Florence había empatizado con los débiles, los oprimidos y los pobres, pero, en esta historia, el fracaso de la madre al tratar de controlar sus ansias de plantas la fascinaba. Ese abrumador deseo por algo asustaba a Florence y, en este caso, condujo a la reclusión de la hija.

Bajo la tenue luz eléctrica, se acercó el libro a los ojos. Sus pragmáticas hermanas se burlaban de ella por su imperecedero amor por esas historias, pero, a para Florence, los cuentos de hadas le proporcionaban esperanza. Élise y Hélène creían que se tomaba la vida sin pensar, esperando que todo fuese bonito, sin importar lo demás. Eso le fastidiaba porque no era ninguna idiota. Era consciente de la crueldad de la ocupación, del sadismo a sangre fría de la Gestapo y las SS, de su odio por los judíos y de las tragedias que se sucedían a diario. Pero ¿qué podía hacer ella? No era valiente como Élise ni una importante enfermera como Hélène. Ella se dedicaba en cuerpo y alma a mantener altos los ánimos de todos dándoles de comer, cuidándoles, haciendo de su casa un hogar.

Y, desde pequeña, los cuentos de hadas la habían ayudado a enfrentarse a sentimientos que eran demasiado grandes y perturbadores como para entenderlos. Como la culpa, la rabia y los celos. Y otro extraño sentimiento al que ni siquiera podía dar nombre. Los recuerdos revoloteaban en su mente siempre que pensaba en su niñez en Richmond. Nunca podía amarrarlos y, cuando lo intentaba, se le esfumaban. Sus pensamientos se amoldaban a las imágenes mientras trataba de extraer la verdad, pero al final, tomaba aire y lo soltaba con un resoplido.

Bajó la mirada al libro. Los cuentos más escalofriantes resultaban los más gratos porque incluso esos terminaban con un giro de los acontecimientos y un final feliz, sea cual fuere. Los buenos y los malos estaban diferenciados sin confusas barreras imprecisas. O eras uno u otro. No podías ser los dos. No como ahora.

Dejó de nuevo el libro en el estante, se volvió a apoyar en la silla y cerró los ojos. Empezó a sentir sueño y le dieron ganas de acostarse, pero, entonces, notó el delicioso aroma del horneado que inundaba la habitación. Se levantó de un salto, preocupada porque la tarta pudiera estar quemándose, cogió un guante protector y, a continuación, abrió el horno y sacó el molde. La puso a la luz, pero tenía un maravilloso aspecto dorado con apenas unos cuantos trozos crujientes por los bordes. Después, tras esperar un par de minutos, desmoldó la tarta en una bandeja de rejilla para que se enfriara. ¡Uf! La había sacado en el momento justo. La dejó sobre la mesa, apagó la luz y fue arriba.

CAPÍTULO NUEVE

Élise

Tal y como había esperado, Élise pasó la noche en vela. Se despertaba con facilidad, la cama plegable había resultado especialmente incómoda y Hélène había estado roncando como un león. En cualquier caso, le había sido imposible dormir profundamente con dos fugitivos escondidos en la casa. Sí, estaban ocultos al final de un sendero que les alejaba del pueblo, pero, aun así… Decidió vestirse en la cocina, se apretó la ropa contra el pecho y bajó.

Un par de años antes, Violette Courtois, costurera y la mejor amiga de Hélène, les había hecho a las dos un patrón que después habían usado para cambiar la ropa de hombre que habían encontrado en la casa cuando se mudaron a ella. Tanto ella como Hélène solían ponerse pantalones cómodos que habían confeccionado ellas mismas. Unos azul marino de imitación de *tweed* con una camisa azul clara era lo que se iba a poner hoy.

En la cocina, vio una tarta que olía de maravilla, justo en el centro de la mesa, como si hubiese aparecido ahí por arte de magia. «La brujita ha estado despierta la mitad de la noche», pensó mientras colocaba la ropa sobre el respaldo de una silla y se cortaba un trozo de tarta para comérsela de camino.

Una vez vestida y con el pelo recogido, cogió su montón de mantas de la entrada y un momento después había salido de la casa, deseando ver si Victor estaba ya en el café. Hoy tenían que encontrarse tres de ellos para hablar de la viabilidad del nuevo refugio. Había docenas de ellos salpicados por todo el Périgord. Viejos establos sin uso, granjas abandonadas e incluso cabañas y cobertizos. En algunas ocasiones, los refugios estaban situados en pueblos justo delante de las narices de los nazis, aunque no era algo habitual. Y ahora, lo que más le urgía era pedir a Victor que la ayudara. Solo él sabría qué hacer con Tomas.

Salió de la casa y subió por el sendero. Pasó por el bosquecillo de nogales y atravesó el pequeño campo bordeado de amapolas silvestres. Dio un bocado a la tarta y pensó en los acontecimientos de la noche anterior, el desertor alemán y Jack, el SOE. El muchacho era su principal preocupación. Jack podría valerse por sí mismo en cuanto el doctor Hugo le quitara los puntos. Pero, aun así, Marie se había arriesgado al llevarlo con ellas.

Recordó la primera visita que les había hecho Marie cuando llegaron a Sainte-Cécile. Una mujer pequeña e inquieta con algo de sobrepeso y con su pelo entrecano por delante, recogido en un moño suelto. Le había parecido el ejemplo perfecto de la esposa de un médico de pueblo. Había llegado vestida con un vestido de algodón estampado verde y blanco con una cesta bajo el brazo.

—He pensado que os vendría bien un poco de ayuda —dijo dejando la cesta sobre la mesa—. Soy Marie Marchand, la mujer del doctor Hugo.

—Qué amable —contestó Hélène—. Pero…

—Pero nada —la interrumpió la mujer con una sonrisa—. Son solo unas cosillas. Me he enterado de que vuestra madre estará aquí solamente una o dos semanas.

Las tres hermanas estaban en la cocina, pero Claudette entró en ese momento tan elegante como siempre, aunque con una mirada fría como el mármol. Élise vio cómo su madre hacía un rápido saludo con la cabeza a Marie mientras asimilaba qué estaba pasando y, después, se dio la vuelta.

Marie, por el contrario, la saludó con calidez.

—Claudette. Me alegro de verte.

Claudette la miró de reojo.

—Muy amable, *madame* Marchand, pero mis hijas no necesitan de tu caridad.

Marie frunció el ceño.

—Venga ya. No es caridad, solo unas conservas de buena vecina para que tus hijas las coman cuando tú te vayas.

Florence miraba ya el contenido de la cesta y levantó en el aire algunos tarros con emoción.

—¡Mira, *maman*! *Foie gras,* mermelada de ciruela, limones en conserva, compota de manzana con canela y ciruelas pasas, enteras. —Metió la mano más adentro, sacó una caja de cartón y abrió la tapa.

Claudette se cruzó de brazos.

—No, *chérie*, no podemos aceptar todo esto.

Florence la miró con expresión suplicante.

—Pero *maman*, son pastelitos de fresa con crema de vainilla. Sabes que me encantan.

—No, Florence —respondió Claudette con un tono de voz más severo.

—Ay, *madame* Marchand —dijo Florence sin hacer caso a su madre—. Hay pastel de chocolate. Por favor, ¿me puede enseñar a hacerlo?

Marie se rio.

—Claro que sí.

Claudette tomó aire y se rindió.

—Bueno, puede que solo por esta vez. Pero os voy a dejar mis libros de recetas para que no necesitéis más ayuda. Espero que os quede claro.

Élise estaba tan avergonzada y enfadada ante la falta de generosidad de su madre que fue a estrechar la mano de Marie.

—Es usted muy amable, *madame*. Y le estamos muy agradecidas. Gracias.

Claudette mantuvo un gesto frío y, en cuanto Marie Marchand

salió de la casa, lanzó a Élise una mirada furiosa y, a continuación, subió escaleras arriba sin pronunciar una palabra más.

Élise se había esperado algo peor.

Mientras crecía, Claudette se había reservado sus ataques más mordaces para Élise, la hija que más se le parecía. A medida que esta fue creciendo, se fue volviendo más terca en respuesta, salía hecha una furia y no volvía a casa hasta varias horas después. Claudette no se daba cuenta siquiera de que no estaba. Como acto de rebelión resultó ser de lo menos satisfactorio. Como poco, Élise había esperado un airado estallido. Cuando vio que no lo habría, decidió que podría hacer lo que le viniera en gana, pues las verdaderas consecuencias, más allá de unos agrios ataques verbales, nunca se materializaban.

A pesar de la insistencia de Claudette, Élise recordaba lo mucho que habían necesitado la ayuda de Marie después de que su madre hubiese regresado a Inglaterra. Marie había estado presente para enseñarles dónde comprar las provisiones de mayor calidad y mejor precio. Les había dicho de qué granjeros fiarse para comprarles verduras y cuáles podrían cultivar ellas mismas. Les había presentado a los habitantes del pueblo, les había arreglado el abastecimiento de leña y carbón, y había convencido a Hugo para que se ocupara de la formación de Hélène para que pudiera trabajar como su enfermera. Eran unas muchachas demasiado jóvenes como para vivir solas. La misma Élise tenía entonces solamente diecisiete años y Florence era dos años menor. Hélène, con veintidós años, había tenido que lidiar con demasiadas cosas.

Pero, sin Marie, sus vidas habrían sido mucho más difíciles y todavía le exasperaba que Claudette hubiese sido tan mezquina con ella. Élise miraba ahora hacia la casa del médico, con las contraventanas aún cerradas bajo las primeras luces de la mañana. Pasaron unos segundos y, después, se encogió de hombros. Había estado demasiado tiempo enfadada con su madre. Todo eso había quedado muy atrás como para sentirse molesta ahora y tenía otros asuntos por los que preocuparse. Continuó andando y llegó a la cafetería, que tenía la puerta abierta y, al entrar, vio que Victor ya estaba allí.

CAPÍTULO DIEZ

Hélène

Tomas dormía cuando ella había ido a ver cómo estaba, así que le había dejado agua y un trozo de tarta al lado. Se había planteado dejarle solamente algo de pan, pero pensó que sería una maldad, pues últimamente estaba duro y correoso al estar hecho con harina de maíz y arroz molido. Los nazis habían confiscado buena parte del trigo para dar de comer a sus tropas. Se quedó mirando a Tomas, soltó un largo suspiro y rezó porque se fuera pronto.

Cuando llamó a la puerta de Jack y la abrió, le encontró sentado en la cama, con el pecho descubierto y mirando por la ventana, que daba a una franja de hierba junto a sus cobertizos. Tenía buen perfil, una gran nariz, mentón bien definido y una musculatura marcada, era un hombre vigoroso.

A Hélène se le aceleró un poco la respiración, pero consiguió disimularlo con una tos. Él se giró, se rascó la cabeza y su pelo rubio se le quedó de punta. En reposo, su cara parecía casi seria, quizá un poco triste, pero cuando le sonrió cambió por completo. Sus ojos se volvieron vivaces y cálidos. No parecía molestarse lo más mínimo por su estado de semidesnudez, pero cuando ella inclinó la cabeza en un gesto de leve censura, tiró de la sábana para ponérsela sobre el pecho.

—Lo siento.

—No importa. Soy enfermera. No hay nada que no haya visto ya.

Él levantó una ceja y ella sonrió.

—Pareces distinta —comentó él un poco después.

Ella se había recogido el pelo en un moño bajo apretado y se había puesto ya una boina. Se tocó el pelo.

—El uniforme de enfermera —aclaró él.

—Ah.

—He oído ruidos extraños por la noche. —Levantó la vista hacia el techo y se pasó los dedos por su pelo despeinado—. Ratas bien grandes, diría yo.

Ella evitó mirarle a los ojos.

—Cualquier tonto se habría dado cuenta de tu inquietud cuando Marie te pidió que me dejaras quedarme aquí.

Hélène se quedó pensando y, después, se acercó a él y colocó el vaso y la tarta en la mesita de noche. Estaba claro que era una persona muy perspicaz. De cerca, algo se despertó en ella y se quedó mirándolo fijamente. ¿Qué era lo que Hélène quería decirle?

—Siéntate —le ordenó él.

—¿En tu cama?

—No veo ninguna silla. Oye, te prometo que no voy a violarte —dijo con los ojos entrecerrados y una amplia sonrisa—. Aunque debo decir que una mujer tan atractiva como tú…

—Ahora vas a burlarte de mí.

—¿Por qué dices eso? No creo haber visto nunca unos ojos más conmovedores.

Ella se sentó a los pies de la cama.

—Venga, Jack, seamos serios. Estoy demasiado preocupada por esto.

—Claro —contestó él, corrigiéndose—. Perdona. ¿Por qué no me dices a las claras qué está pasando?

Ella respiró hondo al ver que él no se estaba burlando y, entonces, empezó a hablar.

—La cuestión es… que ayer encontramos…, bueno, fue Florence quien le encontró en realidad.

Su expresión se reavivó.

—A Bill. ¿Habéis encontrado a Bill?

Ella negó con la cabeza.

—No, lo siento. Florence encontró a un joven alemán, un desertor que estaba escondido en uno de nuestros cobertizos.

—Dios. ¿Y está ahora en vuestro desván?

Hélène frunció el ceño.

—Sí. No puede salir y está desarmado, pero se encuentra en un estado lamentable, tembloroso y titubeante. Le di anoche un sedante fuerte para que se calmase, pero me preocupa lo que pueda hacer ahora.

—Sabía que pasaba algo. Puedo hablar con él si quieres.

—¿Hablas alemán?

—Un poco. Pero, por vuestro bien, tendréis que sacarlo de aquí en cuanto podáis.

—Lo sé. Ojalá no hubiese aceptado que se quedara aquí. Pero se encontraba en un estado espantoso, completamente sucio y muerto de hambre. No sé… —Suspiró—. Es difícil tomar la decisión correcta cuando todo es tan incierto. Pero si vienen en su busca y le encuentran aquí…, bueno, te puedes imaginar. Las consecuencias para nosotras serían inimaginables.

Él se quedó mirándola y ella pudo ver que le comprendía.

—Ahora tengo que irme a trabajar, pero Florence se ocupará de ti. Tienes que quedarte aquí dentro, pero, si pasara lo peor, salta por esta ventana al tejado de zinc del cobertizo de abajo. Y luego tendrías que llegar al bosque.

—No te preocupes —respondió él—. Soy un superviviente experimentado. Si pude sobrevivir al caos de este año, podré con cualquier cosa.

Ella no lo dudó. Si había que tener a alguien de su lado, lo escogería a él.

—¿Y qué es exactamente lo que has venido a hacer aquí? —le preguntó.

—¿Exactamente? —Sonrió—. No puedo decirte con exactitud.

Supongo que ya habrás oído hablar del bombardeo aliado sobre las fábricas de munición, los almacenes, los puertos y otras industrias, en especial, las plantas generadoras de electricidad.

—Claro.

—Y también sabrás que eso ha supuesto cuantiosos daños en la maquinaria de guerra alemana.

—Entonces, tú eres la razón por la que nuestro suministro eléctrico ha estado fallando.

—Eso me temo —admitió—. Ahora he venido para la siguiente fase.

—¿Qué quiere decir eso?

Él levantó las cejas y la miró con expresión cómplice.

—Lo dejaré a tu imaginación.

«Ah», pensó ella sin decir nada. «Se refiere a hacer estallar vías de tren y carreteras».

—No conocerás a alguien que sepa de un buen prado llano, ¿verdad?

Hélène frunció el ceño, pero, después, cayó en que tendría que haber aterrizajes de paracaídas de aliados con armamentos y, quizá, incluso de pequeños aviones.

—Preguntaré —contestó.

—Tu hermana, Élise, ¿está aquí?

Hélène respondió despacio, alzando la vista al techo antes de volver a mirarle.

—Creo que se ha ido a su cafetería. La usa como centro de mensajería.

—Entiendo.

—Me preocupa. Hombres desesperados por evitar dos años de trabajos forzados, a los que llamamos *refractaires*, aparecen en el café preguntando cómo entrar en la Resistencia. Ella hace llegar sus mensajes a los campamentos. Los líderes le informan de puntos de encuentro donde deciden cuáles de esos *refractaires* son de fiar. Como te podrás imaginar, a veces, esos hombres que llegan allí son, en realidad, espías.

Él soltó un silbido de admiración.

—Buena chica. Nos será útil.

—Una temeraria. En cualquier caso, podrá ponerte en contacto con algún agente del SOE que ya esté por aquí.

—Pero debes sentirte orgullosa de ella.

—Supongo que sí, pero también siento miedo por ella. Es fuerte y valiente. Pero se está arriesgando mucho a que los nazis se enteren de que está permitiendo que la cafetería esté teniendo ese uso. Y tiene una relación especialmente estrecha con uno de los maquis, un hombre que se llama Victor y que también la pone en peligro.

—¿Su novio?

Hélène se encogió de hombros y se dirigió hacia la puerta.

—Una tarta muy rica, por cierto —dijo él dándole un bocado.

—Puedes darle las gracias a Florence.

Jack masticó y se tragó el bocado antes de hablar:

—Antes de que te vayas. Siento curiosidad.

—¿Sobre qué?

—¿Cómo habéis terminado las tres aquí?

Ella vaciló, pues no le apetecía entrar en ese tema.

—Es una larga historia.

—Entonces, dame la versión corta.

—Bueno —contestó tras decidir que le iba a contar algo—. Después de la repentina muerte de nuestro padre, nuestra madre vendió la casa de la familia y compró otra más pequeña en Gloucestershire, donde vive ahora, y nosotras nos mudamos aquí.

—¿Eso es todo?

—Sí. Ahora tienes que descansar. Nos vemos luego.

Hélène no le contó lo sorprendidas que se quedaron cuando Claudette les contó que había puesto en venta su preciosa casa de Richmond y que, como la casa de Sainte-Cécile era demasiado pequeña para todas, la familia se tendría que separar. Enviaría a las hermanas a Francia con una pequeña asignación que Hélène se encargaría de administrar y, por el momento, su madre viviría en la pequeña casa de campo que había comprado en Inglaterra. Cuando llegó el momento, Claudette había viajado con ellas para organizarlo todo, pero volvió a su casa enseguida. Se suponía que iba a ser algo temporal, pero llegó la guerra, Claudette se quedó donde estaba y ellas también.

Durante la mayor parte de los siete años que llevaban allí, se habían cuidado solas. Sí, habían recibido recientemente esa breve carta de ella, pero hacía tiempo que cualquier correo que llegaba directamente de Inglaterra era interceptado. Y al no contar tampoco con un teléfono, tenían poco contacto con su madre.

Cuando Hélène salió de casa para dirigirse al centro del pueblo por sus deterioradas calles y laberintos de casas y huertos, supo que la presencia de Jack había despertado en ella sentimientos reprimidos. O quizá fuera el hecho de tener a Tomas en la casa lo que le había provocado esa fuerte sensación de inquietud. En cualquier caso, ella se había enseñado a no pensar en Julien, a no pensar en lo que no podía tener, aunque ahora los recuerdos se agolpaban en su mente. Julien había sido su único amor de verdad en siete años, pero se había ido a la guerra y ahora nadie sabía dónde estaba. Recordaba el calor de sus manos sobre su cuerpo la noche anterior a su partida, cuando ella por fin se rindió a él, tras haber calculado rápidamente que estaba en los días más seguros del mes. Poco después de que hicieran el amor esa noche, él se marchó, pero ella se quedó en el establo, escuchando los agradables sonidos de la noche. Los búhos, las aves nocturnas, las criaturas que resoplaban entre los matorrales. Todavía disfrutaba de la sensación de quietud cuando el sol se escondía; ese momento en que los robles y castaños se volvían oscuros y el calor se elevaba del suelo y todo respiraba en silencio. A veces, oía el breve interludio del canto de un ruiseñor. Y ahora el espacio entre un día y otro era su único momento de paz. Se sentaba en la oscuridad del jardín después de que sus hermanas se acostaran, tomaba una larga y lenta bocanada de aire y pensaba en su vida.

CAPÍTULO ONCE

Cuando se acercaba al consultorio, Hélène se cruzó con las habituales ancianas a las que les gustaba salir temprano, con sus mantones de punto sobre los hombros a pesar de que ya era primavera y solo soplaba una suave y agradable brisa. Oyó el silbido del tren al pasar, un ruidoso gallo que cacareaba en algún patio trasero y varios perros que ladraban en un pueblo que estaba al otro lado del río, con sus rojos tejados y casas ocres resplandeciendo bajo la luz del sol de la mañana.

Las tiendas de siempre que se apiñaban alrededor de la plaza de su pueblo —*boulangerie, patisserie, épicerie, boucherie*— y, justo a la salida de la plaza, la fragua de Maurice Fabron y el *auberge* del pueblo a la vuelta de la esquina, regentado por *madame* Deschamps, que aún se teñía su encrespado pelo blanco de un llamativo color rojo. Su voluptuosa y pechugona hija, Amelie, cuyos vestidos eran siempre demasiado ajustados, dirigía el hostal con decidida eficacia. La mayoría de las tiendas estaban casi vacías y no ofrecían mucho más aparte de unas cuantas verduras, zanahorias, nabos y cosas así, además de huevos. Aunque, si tenías dinero, siempre podías acudir al mercado negro. A pesar del toque de queda, los granjeros seguían viniendo de noche en caballo o en carro para llevar verduras.

La furgoneta azul clara del taller del pueblo avanzaba por la calle y Hélène supuso que sería Victor quien la conducía, cuyo padre era el dueño del taller. Pensó en todos los combatientes que luchaban en la sombra; algunos se aferraban a la tapadera de sus trabajos normales mientras que otros se ocultaban en establos abandonados o en la oscuridad de los bosques. Y ahora sus hermanas y ella necesitaban que Victor les ayudara.

Hugo salió al pasillo.

—Buenos días, Hélène. Dios mío, ¿te encuentras bien? Estás muy pálida.

—Estoy bien. Solo un poco cansada.

—Muy bien. ¿Te importaría ayudar a desvestirse a *madame* Deschamps?

—Justo estaba pensando en ella. ¿Cómo está?

Él la miró con un mohín.

—Empeorando, me temo. Está en la sala de espera.

—¿Su memoria?

—Sí, pero también tiene el pulso irregular. Quiero hacerle un examen a fondo.

—Llevar tanto peso no es bueno para su corazón.

—No.

Hélène se puso el delantal de enfermera y, después, fue a la sala de espera de Hugo para acompañar a la anciana a la consulta, donde un biombo azul dividía una pequeña parte que hacía las veces de vestuario. Pero la mujer estaba inquieta y se resistía a salir de la sala de espera, agarrándose con tenacidad a su silla y negando con la cabeza. Cuando por fin Hélène la convenció de que fuera a la consulta, engatusándola con la promesa de darle unas galletas, pues esa mujer se volvía loca con cualquier tipo de dulce, se negó después a meterse tras el biombo e insistía en sentarse en el sillón de piel de la mesa de Hugo para comerse allí sus galletas.

—Las galletas después de que la examinen —dijo Hélène forzando una sonrisa.

Al final, cuando por fin Hélène se las arregló para llevar a la mujer tras el biombo, se dejó caer sobre el banco de madera que había allí y, testaruda, se cruzó de brazos.

—Solo vamos a quitarle la chaqueta de lana —dijo Hélène con

toda la dulzura de la que fue capaz. Su paciencia estaba llegando a su fin y la anciana lo sabía, lo cual empeoraba aún más las cosas.

—Lárgate —dijo la mujer.

—Vamos, *madame*, sea buena.

Pero cada vez que Hélène trataba de quitarle la chaqueta, la anciana tiraba de ella y Hélène, que normalmente se mostraba calmada y considerada, se ponía en tensión y llena de frustración. En un momento dado, un mechón de la mujer se le quedó enredado en un botón y soltó un alarido como si fuese un alma en pena. Fue entonces cuando entró Marie, que claramente había oído el alboroto.

—¿Te ayudo? —preguntó tras mirar a la vieja señora que ahora se tiraba del pelo y se quejaba entre dientes sobre la juventud de hoy en día.

—Sí, por favor —contestó Hélène con un fuerte suspiro—. Lo siento mucho. No sé qué me pasa.

—Oye, ¿por qué no vas y nos haces a todas una tisana y yo me ocupo de preparar a *madame* Deschamps para que la vea Hugo.

Aliviada por poder salir de ahí, Hélène fue directa a la cocina. Tan eficiente habitualmente, odiaba decepcionar a Hugo. Las mujeres antes de la guerra no existían políticamente y hasta 1938 no habían podido siquiera tener un trabajo sin el permiso del padre o el marido. Como el padre de Hélène estaba muerto, Hugo pudo darle trabajo y ocuparse de su formación.

Abrió el armario de encima del fregadero mientras pensaba en preparar una infusión de menta, pero vio que se habían acabado las hojas de menta. Cogió el tarro de cristal para lavarlo, pero, torpe por el cansancio, se le cayó de las manos y terminó haciéndose añicos en el suelo.

Casi se echó a llorar, pero en lugar de ello soltó un gemido, fue a por el recogedor y el cepillo y lo limpió todo. Cuando buscó otras hierbas en el armario, solo encontró manzanilla, y Hugo la odiaba. Cada vez más desesperada por salir del consultorio, decidió ir a ver si Élise podría dale algo de menta de la cafetería.

Se quitó el delantal y salió, atravesando a paso rápido la plaza hacia la cafetería, donde una pareja de ancianos que estaban sentados en una de las tres mesas de la acera le dieron los buenos días. Cuando Élise inauguró la cafetería, pintó las sillas de colores llamativos y las paredes a juego, y la gente se había mostrado recelosa. Muchos de los lugareños eran personas anticuadas, a las que solo les gustaba aquello a lo que estaban acostumbrados y miraban mal cualquier novedad. Pero Élise perseveró y la combinación de su alegre risa y la cocina de Florence les terminó por convencer. Su madre les había enviado dinero para que Élise pusiera en marcha la cafetería, pero con la condición de que fuera pronto autosuficiente. Ahora Élise era una ciudadana valorada en el pueblo y ya nadie se acordaba de cuando todavía no vivía allí.

Últimamente, la cafetería, aparte de servir como buzón, era también el lugar de reunión de viejos amigos que se juntaban para charlar sobre el pasado mientras disfrutaban de un poco de estofado. El café ya no era auténtico, sino una mezcla de achicoria, cebada, malta y bellotas a la que llamaban «café *ersatz*». Hélène prefería seguir con las tisanas. En verano, Clément, un hombre encorvado y bigotudo de noventa años, sacaba su silla y su acordeón a la calle y tocaba música típica de París, donde había vivido en su juventud. Se la conocía como música *bal-musette* y su sonido solía dejar a todos con los ojos empañados en lágrimas.

Dentro, Hélène encontró a Élise sentada en una de las mesas mirando a escondidas un mapa oculto dentro de una novela. En el rincón, una joven madre se preparaba para salir con su bebé. Hélène la saludó con una sonrisa y, una vez que la mujer se hubo marchado, apuntó hacia el mapa de Élise.

—¿Qué? —preguntó.

—Solo estoy comprobando unas cosas.

—¿No irás a implicarte más?

—¿Aparte del buzón? No. Solo estoy viendo dónde está el nuevo refugio.

Hélène se sentó a la mesa y se empezó a morder los padrastros de las uñas.

—¿Estás nerviosa? —preguntó Élise.

—Mucho.

—Yo también. —A continuación, bajó la voz—. He hablado con Victor.

—¿Sobre cambiar de sitio a ya sabes quién?

Élise asintió.

—Vendrá mañana por la noche.

—¿Mañana? ¡Necesitamos que venga esta noche!

—No puede. Esta noche no.

De vuelta en el consultorio, el siguiente paciente de Hélène era un joven que se había hecho un corte profundo con una sierra. Hélène se preguntó si lo habría hecho a posta para librarse de que los nazis lo llamaran para trabajar con ellos. El doctor Hugo le había visto y le había dado unos puntos y ahora Hélène tenía que vendarle la herida.

—He oído que los nazis están registrando todos los pueblos de esta zona —dijo el muchacho cuando ella estaba acabando.

—Ah. ¿Y sabes por qué?

—No estoy seguro. La gente dice que buscan escondites de armamento.

—Eso dicen, ¿no? —preguntó ella mientras pensaba en los explosivos que Élise había escondido en su huerto y aliviada de que ya no estuviesen allí.

—Pero podría ser cualquier otra cosa, ¿no crees? Se oyen todo tipo de rumores.

Ella tragó saliva y logró dominar el tono de su voz.

—¿Sí?

—Mi tío me ha contado que están buscando a un desertor del ejército alemán. ¿Te lo puedes creer?

Ella no contestó, pero su mente se movía más rápido que antes. Tomas tenía que irse. Y si no podía ser esa noche, tendría que ser al día siguiente sin falta.

***

Al volver a casa, subió directa a verle. El muchacho estaba sentado comiendo un poco de pan que Florence le habría debido de llevar. Abrió los ojos con expresión de miedo al ver a Hélène.

—No pasa nada —dijo ella tratando de poner una sonrisa, pero él no la entendió y, claro está, sí que ocurría algo y era absurdo dejar que pasara allí una noche más.

Le habían dado el orinal ribeteado de rosas y vio que no estaba en el desván. Florence debía de haberlo bajado para vaciarlo. Se quedó observándole un rato más, pero como ella no sabía hablar alemán y él tampoco hablaba francés ni inglés, no podían decirse mucho.

Cuando él levantó el brazo para enseñarle un fuerte rasguño, ella le miró con los ojos entrecerrados.

—Voy a por algo para limpiarlo y desinfectarlo —dijo antes de salir del desván para ir en busca del botiquín.

En cuanto acabó con la herida, la vendó y, después, fue a ver a Jack, que se había quedado dormido. No le despertó, sino que llamó a Florence para que la ayudara a limpiar cualquier cosa que hubiera en la casa y que pudiera suponer un problema en caso de que hubiese un registro. Dios, esperaba que no lo hubiera.

—¿Qué va a pasar con Tomas? —preguntó Florence—. Llevo todo el día preocupadísima. ¿Se va esta noche?

—No, me temo que no. Pero no te preocupes. Victor nos va a ayudar a cambiarlo de sitio.

—¿Pronto?

—Sí, mañana. Venga, vamos a hacer esto. Por si acaso.

—Quieres decir por si acaso vienen en busca de Tomas.

—Sí.

En el pueblo, todos pensaban que eran francesas. Su padre rara vez había ido a la casa de verano y nadie sabía que era medio inglés. Si llegaban los nazis en busca de Tomas, quería asegurarse de que no encontrarían nada que pudiera llevar a las SS a descubrir ni demostrar después su patrimonio y ascendencia ingleses. Mucha gente sabía que se habían criado en Inglaterra, pero no que su abuela fuera de allí. Lo último que necesitaban era que las llevaran a un campamento por ese motivo.

Aún tenían que acabar con el desván, pero con la limpieza que habían hecho nada más llegar, y luego, con otra más reciente, no habían encontrado nada digno de mención. Solo ropa, pequeños muebles, un viejo balancín y otras cosas por el estilo y, por supuesto, los utensilios de cocina y el vestido rojo. Pero en invierno Hélène había encontrado una caja de madera en la chimenea del pequeño estudio de la parte trasera de la casa, bajo la habitación de Élise. Para ahorrar madera, no habían encendido nunca ningún fuego en ella y, cuando decidieron probar, el humo inundó la habitación y así fue como descubrió que la chimenea estaba bloqueada con la caja. Había permanecido oculta durante los siete años que llevaban viviendo en la casa y, quizá, mucho tiempo más. Estaba negra y pegajosa por el hollín y el polvo, así que Hélène le había quitado la suciedad y, tras un primer vistazo, la había dejado a un lado para encargarse de ella más tarde.

Ahora había llegado el momento de abrirla y Hélène, sentada en el suelo con las piernas cruzadas, levantó la tapa y, después, dividió el contenido en dos montones, uno para ella y el otro para Florence, coronado con una fotografía.

—¿Es *maman*? —preguntó Florence, agachada a su lado y cogiendo la foto.

Hélène la miró y se sorbió la nariz.

—No estoy segura. Podría ser su hermana.

Mientras rebuscaban, encontraron extractos bancarios amarillentos, una nota de crédito antigua, algunas postales desgastadas que había enviado su padre a su madre desde Inglaterra cuando ella estaba en esta casa y unas cuantas facturas. Hélène vio una de las postales que, a juzgar por el sello, no había sido enviada desde Inglaterra. La mayor parte de las palabras, ocultas por el moho y la humedad, eran indescifrables, salvo las de «Amor mío». La dobló y se la metió en el bolsillo, y recordó la única vez que ella había recibido una carta de

Julien. Había sido una carta de despedida y en ella no la había llamado «Amor mío».

—¿Qué era eso?

—Nada —mintió—. Solo una foto de un bosque. ¿Has encontrado algo?

—Solo unas viejas facturas de nuestra casa de Richmond. ¿Las quemo?

—¿Está encendida la caldera?

Florence le dijo que sí y, tras coger todos los documentos, salió de la habitación.

Hélène sacó la postal del bolsillo y trató de adivinar qué podrían decir aquellas palabras borrosas. Nada, salvo las que claramente decían «Amor mío». ¿Quién era ese amor? ¿Y amado por quién? No podía imaginarse a su madre escribiendo algo tan apasionado. Entonces, ¿su padre? ¿O tendría alguna relación con el deteriorado vestido rojo de seda? Cuando se le ocurrió aquello, cerró los ojos con fuerza, como si así pudiera atraer a la memoria ese recuerdo. Algo le bloqueaba la mente. Quizá, si pudiesen arreglar el vestido, podría tenerlo más claro, pero, por ahora, solo una imagen del oscuro desván aparecía ante ella.

Cuando Hélène y Élise eran más jóvenes, fueron conscientes de una sombra en el matrimonio de sus padres. En Richmond, Élise había encontrado una nota que decía: *Por favor. Lo siento. No hagas esto*. Escrita con letra de su madre, pero rota en dos pedazos y tirada en una papelera. No tenía ningún sentido y, además, tras haber oído el final de una discusión entre sus padres, no podían pasar por alto el odio que habían notado.

Hélène hizo un gesto de negación. Todo eso eran cosas del pasado y ahora tenía que concentrarse.

Cuando estaban terminando su tarea, oyeron que Élise llegaba a casa y, un momento después, apareció en la puerta.

—Hemos estado limpiando algunas cosas —dijo Florence al levantar la vista.

—Huelo a quemado. ¿Algo interesante?

—No. Sobre todo, postales que papá le envió a *maman*.

—Y facturas —añadió Hélène.

—¿Cómo está Tomas?

Hélène infló las mejillas y soltó el aire con un resoplido.

—Dormido. Cansado. Asustado.

Élise se rio.

—Entonces, igual que nosotras.

—¿Sabes? —dijo Florence mientras se ponía de pie—. Por las postales que hemos encontrado, papá quería de verdad a *maman*.

Élise se quedó mirándola.

—Yo nunca he dicho lo contrario.

—Y se querían mucho el uno al otro. Ella fue muy valiente en su funeral, ¿verdad?

Élise la miró extrañada.

—¿Valiente? ¿Estás loca?

—No. ¿Por qué?

—Estuvo fría como un témpano, Florence. —Élise clavó la mirada en Hélène, que se encogió de hombros.

—Siempre te has puesto en contra de ella, Élise. ¿No puedes esforzarte un poco? —El labio inferior de Florence empezó a temblar.

Élise frunció el ceño.

—Esforzarme más ¿en qué?

—En hacer que te guste. En quererla. Después del funeral le pregunté cómo iba a seguir adelante sin papá y me contestó que poniendo un pie delante de otro. Eso es ser valiente.

Hélène empezaba a hartarse de esa conversación. Ya había oído esas discusiones muchas veces y trató de cambiar de tema.

—¿Os acordáis cuando fuimos a cantar villancicos para recaudar dinero para el Refugio de Perros de Battersea? *Maman* no quería que fuéramos solas, pero papá pensó que debíamos ir.

Élise se rio.

—Sí. Y conseguimos recaudar una fortuna.

Hélène sonrió con ironía.

—Y tú dijiste que debíamos gastarla en caramelos y solo darle una parte al refugio.

—Y tú no me dejaste.

Pero Florence no sabía de qué estaban hablando y se giró para fulminar con la mirada a Hélène.

—¿Qué tiene todo esto que ver con el Refugio para Perros de Battersea?

Hélène infló los carrillos y vio la angustia en el rostro de su hermana pequeña y que estaba peligrosamente cerca de echarse a llorar.

—*Maman* hizo lo que pudo —dijo Florence con vehemencia, volviendo al asunto que la inquietaba—. Lo tienes que entender.

—¿Lo que pudo? —espetó Élise.

—Venga ya. ¿Por qué eres tan mala? Al menos, lo intentó.

—No lo suficiente.

—Bien —dijo por fin Hélène—. Ya basta. Creo que tenemos asuntos más urgentes de los que preocuparnos que discutir sobre si *maman* fue o no fue valiente. O si merece que la quieran. Por ejemplo… —Y repitió las palabras para hacer hincapié en ello—: Por ejemplo, cómo deshacerse de un desertor alemán.

—Y de Jack —añadió Élise.

—Jack puede cuidar de sí mismo.

CAPÍTULO DOCE

Al día siguiente, brillaba el sol y, mientras Hélène recorría el sendero bordeado de árboles, el olor a pino flotaba en el aire. Pasó junto a plataneros, cedros, encinas y, por supuesto, nogales y levantó la vista hacia sus hojas, tan frescas y verdes, mientras el implacable calor del verano estaba aún por venir. El pueblo mismo estaba precioso, con lirios de color azul oscuro y arbustos de lilas que florecían en los jardines y manzanos silvestres también en flor. Había una sencillez armoniosa y atemporal en todo aquello y, sin embargo, Hélène se sentía aún más inquieta que antes. Había hecho bien en quemarlo todo y eso le había ayudado un poco para tranquilizarse, pero, por ahora, lo único que podía hacer era tratar de sacar a Tomas —y a Jack— de su mente y concentrarse en su trabajo.

Y sin embargo le estaba siendo difícil. Hasta ahora había conseguido mantenerse alejada de los problemas. Pero ahora el problema estaba en su propia casa. Por supuesto, entendía por qué la gente entraba en la Resistencia y se enfrentaba cada día a un peligro, pero ella no podía hacerlo. Su solución era la de seguir trabajando, seguir viva, mantener a sus hermanas a salvo, a la vez que rezar porque pronto llegaran buenas noticias de los aliados y la vida volviera a la normalidad.

Se detuvo a hablar con Clément, que iba caminando despacio hacia el café, golpeteando su bastón sobre los adoquines al andar y con un paquete de Gauloises asomando por el bolsillo de su camisa blanca. Incluso notó el acre humo del cigarro que flotaba en el aire entre los dos.

—Buenos días —gritó él, elevando la voz de esa forma con la que solían hablar los ancianos sordos—. ¿Al trabajo?

—Sí. Luego pasaré a ver a Gabrielle.

—Eso está bien.

Era un anciano encantador que siempre tenía una sonrisa para todo el mundo y que vivía con Gabrielle, su anciana esposa, cuya ciática y artritis la mantenían a menudo postrada en la cama, razón por la cual Hélène tenía que tratarla cada semana de escaras.

Tras despedirse y seguir su camino, el sol de la mañana inundaba los edificios con una luz ámbar. El suyo era un pueblo de luz, pero también de sombras, maravilloso cuando el cegador sol del verano se volvía tan caliente que uno podía sentir que los huesos se le derretían. El espíritu de aquel lugar aún no se había roto, aunque sí estaba dañado. En la plaza principal, un mercado del siglo XVIII con su tejado levantado sobre pilares de piedra, quedaba a un paso del Ayuntamiento o *mairie*. Cerca del consultorio, el *mairie* era el lugar donde se registraban los nacimientos, las muertes y los matrimonios, y en sus escalones vio al sacerdote de la parroquia, el padre Bernard Charrier, que la saludó con un simple movimiento de la mano al pasar.

La tienda de caramelos estaba cerrada, pero Angela, la mujer de mediana edad y llamativo cabello rubio que lo regentaba, era un alma rebosante de vitalidad a la que le encantaba cotillear. Ahora estaba sentada en una silla de mimbre en su puerta tanto para ver como para que la vieran. Su marido había muerto de un derrame cerebral unos años antes y ahora la tienda, con su suelo original de baldosas, sus mostradores de pulida caoba y sus lámparas colgantes eran su único mundo, además de su gordo gato de color naranja, Beau. Desde el otro lado de la calle, Hélène le hizo un breve saludo con la mano y siguió caminando.

Por suerte, hoy todo parecía tranquilo en el pueblo y no había ningún agente de las SS en la plaza ni en las calles de alrededor. Pero en cuanto Hélène llegó al consultorio, el corazón le dio un vuelco

73

cuando vio que Marie salía corriendo por la puerta lateral, todavía con la bata puesta y los rulos en el pelo.

—Ay, gracias a Dios que has venido —exclamó Marie con una expresión de angustia y sin parar de retorcer las manos—. Esos cabrones se han llevado a Hugo. Han venido en un coche oficial de los nazis al amanecer. No eran soldados.

—¿La Gestapo?

—Puede ser.

Hélène parpadeó mientras trataba de buscar el sentido de aquello, pero una estridente alarma le sonaba una y otra vez en la cabeza. Tratando de tomar aire, sintió una presión en el pecho mientras la espantosa noticia socavaba todo lo que para ella era más querido. El doctor Hugo. ¿Cómo podía estar pasando esto? Se quedó mirando el gesto ceniciento de Marie, con los labios casi azules, pero no supo qué decirle. Dios mío. Tenía que ser fuerte para ayudar a Marie.

Tragó saliva, consiguió tomar aire y extendió los brazos.

Las dos mujeres se abrazaron con fuerza.

Hugo Marchand era el único médico del pueblo y el hombre más bueno y generoso que podía haber. El hecho de que fuera también el alcalde le había venido bien a la Resistencia porque, aunque tenía que aparentar lealtad al régimen de Vichy, en realidad colaboraba lo menos posible entre bastidores, dando largas todo lo que podía. Pero ahora los alemanes habían reclutado a un hombre alto y delgado llamado Pascal Giraud para que trabajara como nuevo empleado de Hugo y cuyo principal rol no quedaba claro.

—¿Qué es lo que saben?

Marie negó con la cabeza.

—Se han llevado su mimeógrafo. Solo lo usa para dar información a los pacientes. Ese Pascal ha debido de decirles que lo tenía. Aunque Hugo dice que es de fiar.

El mimeógrafo era una máquina multicopista barata que aplicaba tinta al papel a través de una plantilla y que, a menudo, usaba la Resistencia para imprimir material para su distribución.

—¿Y la radio? —La radio de Hugo había sido la única fuente de información con la que contaban y los nazis habían hecho todo lo que habían podido por localizar todas las que había y castigar a sus propietarios.

Marie hizo un gesto de negación.

—Está escondida. Todavía podemos recibir noticias de Radio Londres.

—¿Y crees que esto puede tener algo que ver con la repentina aparición de Jack?

—¿Tú te fías de él?

—Sí, Marie. Me fío de él. Y Jack no sabía nada de la máquina. —Hizo una pausa. ¿Se había dejado engañar por el evidente encanto de Jack? ¿Podía fiarse de alguien en tan poco tiempo? Al fin y al cabo, había británicos que trabajaban para los alemanes y puede que la historia sobre la desaparición de su compañero, Bill, no fuese más que… un invento.

—Puede que Pascal le viera metiéndole en el coche después del toque de queda.

Hélène se obligó a mantener la calma, pensar, concentrarse en los datos que tenían.

—Podría ser una coincidencia. Hablaré con Élise.

—¿Y el consultorio?

—¿Hay muchos esperando?

—Todavía no, pero creo que se nos va a llenar. Las malas noticias corren muy rápido.

—Diles a todos que esperen. Cuando vuelva, me encargaré yo del consultorio. Si alguien prefiere ver al doctor, pueden volver en otro momento.

Marie estuvo de acuerdo y Hélène extendió una mano para acariciarle el hombro.

—Vamos. No pierdas la esperanza. Vístete, come algo y luego veremos qué pasa.

Mientras Hélène atravesaba a toda prisa la plaza hacia la cafetería de Élise para esperar a su hermana, habría dado lo que fuera porque esto no estuviera pasando. Había intentado no ceder al pánico delante de Marie, pero ahora podía sentir cómo el miedo empezaba a crecer de nuevo. Deseaba poder sacar a Hugo de donde fuera que lo hubiesen llevado y mantenerlo a salvo para siempre.

Pero no había forma de hacerlo.

Había una habitación en la parte trasera de la cafetería con una entrada lateral y Hélène tenía una llave. Llegó a la puerta, la abrió y, a continuación, se sentó a esperar en la única silla cómoda que había. Le dolía la situación de Hugo, con sus inteligentes ojos grises y su clásico bigote perigordiano que se enroscaba hacia arriba y de punta a cada lado de las mejillas. Siempre iba muy bien arreglado con su elegante traje y su habitual sombrero de fieltro y, en invierno, con su abrigo de lana azul marino y cuello de piel.

Abrumada por una sensación de desesperación, Hélène se obligó a pensar en cómo mujeres como Élise, Marie y su amiga Violette habían llegado tan lejos desde los comienzos de la Resistencia. Había supuesto mucho esfuerzo, pero habían tenido la audacia de demostrar sus aptitudes, a pesar del escarnio, y se habían enfrentado al estereotipo de la debilidad femenina. Ahora había mujeres con una dedicación absoluta como *résistantes,* haciendo labores de espionaje e incluso participando en sabotajes, cosa impensable en 1940. Estas mujeres habían tomado las armas no solamente contra los nazis de Hitler, sino también contra los prejuicios hacia su sexo, que eran norma al comienzo de la guerra y empeoró por las medidas represoras de Pétain. Líder de la administración colaboracionista de Vichy, era un viejo soldado de penetrantes ojos azules que vivía a todo lujo en el Hotel du Parc. Había prohibido a las mujeres ocupar puestos de trabajo en el sector público, había abolido el divorcio y el aborto conllevaba ahora la pena de muerte.

En cuanto a la Resistencia, en otras regiones de Francia estaba más organizada y contaba con líderes reconocidos, pero aquí los maquis estaban asilvestrados. La región del Dordoña era la zona perfecta para la acción de la guerrilla. Ya habían sido fuertes antes del espantoso reino del terror infligido por la BNA y ahora estaban cobrando fuerza de nuevo, pero ¿iban a poder encontrar el modo de ayudar a Hugo?

CAPÍTULO TRECE

Hélène vio cómo Élise abría la puerta, montada en su bicicleta, la aparcaba contra la pared y, después, dejaba el bolso sobre la mesa. Cogió la cesta de la comida de la bicicleta y, solo entonces, cuando levantó la vista, vio a su hermana sentada en la penumbra.

—¡Jesús, María y José! Me has asustado. ¿Qué pasa? Tienes un aspecto espantoso.

—Ay, Élise. Es terrible. Necesitamos tu ayuda de verdad.

—¿Qué ha pasado?

Hélène se puso la mano en el pecho.

—Hugo…, se lo han llevado —dijo con la voz entrecortada.

—¿Cuándo?

Élise palideció, tenía los ojos abiertos de par en par por la sorpresa.

—Dios mío. Más vale que vaya a por Victor de inmediato. No hace mucho que se ha ido.

—Puede que Leo sepa algo.

Leonard Delacroix, su policía local y simpatizante de la Resistencia, hacía escuchas de las líneas de teléfono centrales para tratar de averiguar los planes alemanes y los movimientos de las tropas. Le llamaban con el cariñoso diminutivo de Leo y era un bicho raro entre los gendarmes franceses, que por lo general se ponían del lado del mariscal Pétain. Últimamente, la mayoría de los policías se habían convertido en marionetas de los alemanes y les hacían el trabajo sucio a las SS.

—¿Y Victor?

—Tienen un trabajo esta mañana. Cuanto menos sepas...

—Voy a preguntar si Violette ha oído algo. Puede que haya visto a Suzanne.

Mientras que Élise se mostraba inconformista e incombustible por naturaleza, Hélène era más dada a adaptarse a las circunstancias y a trabajar entre bambalinas. Suzanne, por otra parte, era una rubia con mucho nervio e idealista de clase alta que vivía con su marido Henri, un oficial francés con buena puntería. Henri había estado en prisión y, cuando las SS le soltaron, vio su *chateau* convertido en un centro de mando alemán y prisión temporal. Mientras parecía colaborar con el enemigo —pues les obligaron a él y a Suzanne a trabajar en el *chateau*—, Suzanne ayudaba a la Resistencia pasándole información sobre el paradero de personas desaparecidas o sobre cualquier plan alemán del que hubieran tenido noticia.

En cuanto Violette dejó pasar a Hélène, fueron directas al jardín, donde nadie podría oírlas, y Hélène le contó rápidamente lo de Hugo. Era una noticia espantosa para un día tan bonito; no había una nube en el cielo y el olor a suave vainilla de la retama subía desde el bancal de más abajo mezclado con el aroma del tomillo —intenso, cálido y picante— y el dulzor perfumado de las violetas azules. Montones de narcisos y primaveras crecían junto a más hierbas aún: amaro, estragón, eneldo y cebollino.

—Siéntate —dijo Violette—. Solo será un momento. ¿Y qué vamos a hacer?

Hélène se fijó en el moño bien peinado de su amiga, sus cejas bien perfiladas y sus altos pómulos. Había trabajado para un modisto de París y aún parecía como si fuera de allí más que del páramo rural de Sainte-Cécile.

—No sé. Espero que Leo haya oído algo. Tenemos que averiguar adónde se han llevado a Hugo.

—Pero no ha hecho nada, ¿verdad?

Hélène se encogió de hombros.

—No lo sé. ¿Vas a ver hoy a Suzanne?

—Eso espero.

Como persona relevante, a pesar de su situación actual, a Suzanne se le permitía entrar libremente en el pueblo para comprar y consultar con costureras y otros comerciantes. A veces, iba acompañada por un oficial de las SS o dos, cosa que provocaba admiración, pero como tenía que mantener su tapadera, pocos en el pueblo sabían a qué se dedicaba en realidad. Gustaba a los alemanes del castillo por su aspecto típicamente ario y sus perfectos modales. A menudo, informaba a Violette sobre lo que estaba pasando en el *chateau* y en el edificio de al lado y Violette pasaba la información a Élise en la cafetería. A cambio, ella la transmitía a la Resistencia. Esta pequeña red de tres —la costurera Violette, la gran señora del *chateau*, Suzanne, y Élise, la trabajadora de la Resistencia— había pedido recientemente a Hélène que se uniera a ellas como cuarta integrante. Siempre había alguna posibilidad de que se enterara de alguna información útil relativa a oficiales alemanes heridos que hubiesen sido tratados por el doctor. Hélène había declinado la oferta en anteriores ocasiones, insistiendo con vehemencia en que no podía correr ese riesgo.

Pero ahora las cosas habían cambiado y ella miraba fijamente a su amiga con una sensación de congoja y preocupación.

—Violette, yo te avisaré de cualquier cosa que oiga en el consultorio. Pero puede que ahora mismo no.

—¿Crees que van a ir ahora a por ti?

—Si ya han ido a por Hugo, podría ser. No quiero poner en peligro a Florence ni a Élise.

—Élise ya se pone en peligro ella sola. Y no van a ir a por ti. ¿Por qué iban a hacerlo?

En ese momento, Hélène, calmadamente, le habló de Jack y Tomas.

Violette ahogó un grito.

—Dios santo, estás metida hasta el cuello, ¿no?

Hélène se rascó el cuello.

—Sí. Y no era esa mi intención.

—Supongo que es posible que registren tu casa. ¿Crees que han arrestado a Hugo porque sabían que había tratado a Jack?

Hélène se encogió de hombros.

—Es posible.

—¿Y qué es lo primero que vais a hacer?

—Victor tiene un plan para el muchacho alemán.

—¿Adónde va a ir?

—No tengo ni idea.

—¿Y tu agente del SOE?

—Eso es otra cosa.

Violette levantó las cejas con gesto de provocación, pero Hélène no le hizo caso.

—Habla con Suzanne si viene. Averigua si han llevado a Hugo al castillo.

El *chateau* propiedad de Suzanne y Henri Dumas estaba situado en un acantilado no lejos de Sainte-Cécile. Por un lado, estaba unido a un castillo mucho más antiguo, con algunas partes en extrema necesidad de una restauración. Antes de la guerra, la pareja había diseñado planos para arreglar su casa y el *chateau* estaba ya terminado, con un largo camino bordeado de nogales, unas vistas de gran alcance y un jardín ornamental que daba a las murallas. Cuando los nazis lo requisaron, encontraron también de utilidad los restos del otro castillo, sobre todo las dos mazmorras antiguas que databan de los siglos XI y XII. Las dos torres cónicas del castillo se usaban para vigilancia, pero no hicieron nada con la capilla decorada con esculturas y su oculta escalera de piedra que se extendía bajo el suelo hasta el interior de una estancia escondida bajo el *chateau*.

Los tejados del *chateau* eran muy inclinados y, en su interior, un enorme salón con vigas de roble marcaba la pauta del resto del edificio. Suzanne y Henri lo habían transformado de una ruina desmoronada y destruida por el fuego con tuberías rotas y problemas de humedad a un suntuoso palacio. Con sus altos techos y grandes ventanales que daban al campo, no era de extrañar que los nazis hubiesen decidido quedarse con él. Ahora, con cojines de seda y cortinas de terciopelo, antiguas chimeneas, muebles de nogal, vigas vistas y suelos y escaleras de piedra restaurados, resultaba imponente. Pero solo Suzanne y Henri conocían todos los secretos del castillo y del *chateau*, y se habían encargado de destruir los planos originales para que los nazis no los descubrieran nunca. Como la pareja trabajaba ahora como sirvientes de los alemanes, les habían asignado una pequeña habitación detrás de la cocina para que la usaran como dormitorio. Resultaba de lo más irritante. Pero el castillo había sobrevivido a los ataques de Ricardo Corazón de León, entre otros, y los dos edificios contaban con un laberinto de túneles, pozos, desagües, escaleras y sótanos de los que Suzanne y Henri sabían sacar partido y cuya existencia no conocían sus ocupantes.

—¿Cómo le va al pequeño Jean-Louis en la escuela? —preguntó Hélène a la vez que se ponía de pie y cogía su bolso, consciente de que los pacientes esperaban en el consultorio.

—Bueno, ya sabes, tiene cinco años y es un manojo de nervios cuando está bien y está dispuesto a cualquier travesura.

—Debe de ser difícil.

—¿Te refieres a tener que criarlo sola?

—Sí.

Violette se encogió de hombros.

—No tanto. Pierre se fue hace ya un tiempo. Me he acostumbrado.

—¿Qué tal va su pecho? ¿Alguna mejoría?

—Sí. Siempre mejora con el tiempo más cálido. Ah, mira. Aquí viene.

Un niño pequeño de enormes ojos marrones, pelo rubio y pecas entró corriendo en la habitación y levantó los brazos hacia las piernas de Hélène.

—Hola, ricitos —le saludó ella con una sonrisa y revolviéndole el pelo—. ¿Cómo está mi chico favorito?

Jean-Louis se rio.

81

—Hoy soy un niño malo.

—Ah, ¿sí?

—*Oui! Oui! Oui!*

—Pero tú nunca eres malo. Me lo ha dicho tu *maman*.

El niño fue corriendo hasta su madre, que lo levantó en el aire y le cubrió la cara de besos.

Hélène fue hacia la puerta. Todos sabían que Alexandre Lacroix, el maestro de la escuela, era un colaboracionista de Vichy y debían tener cuidado con lo que decían delante del niño.

—Me voy —dijo Hélène antes de inclinarse para besar a su amiga en las mejillas—. Tengo que ver a los pacientes de Hugo. Envíame un mensaje con Élise si Suzanne tiene alguna noticia de Hugo.

Por la noche no habían tenido noticia alguna y Hélène estaba agotada tras el aluvión de pacientes curiosos. A todos ellos les dijo simplemente que el doctor había tenido que salir por un asunto urgente. No le cabía duda de que veían que aquello era una farsa, pero ella había apretado los labios y había tratado de ocultar su preocupación.

Durante el camino de vuelta a casa, un coche oficial alemán, uno de esos modificados para funcionar con gas de madera, atravesaba lentamente la ciudad y redujo aún más la velocidad cuando llegó a la altura de Hélène justo cuando ella cruzaba la plaza. Contuvo la respiración, esperando que se detuvieran y le ordenaran que enseñara su identificación, su cartilla de racionamiento, su permiso de trabajo y los documentos que demostraban su ascendencia aria, pero esta vez siguieron su camino. A lo lejos, sonó un disparo. Se asustó y rezó porque el coche no se dirigiera hacia su casa.

En casa, Hélène llenó a medias la bañera de estaño del baño con el grifo que había en el rincón mientras Florence traía cántaros de agua hirviendo desde la cocina.

—Toma —dijo Florence pasándole a Hélène el jabón y echando pétalos de rosas secas en el agua. Sus lujos eran pocos, pero si no llega a ser por Florence, no habrían tenido ninguno. Fue Florence la que había escondido el corral y el redil de las dos cabras que les quedaban, era ella la que daba de comer a los animales, llamándoles «*mes jolies petites chèvres*» y era ella la que permanecía siempre alegre ante el desastre. Y Hélène sentía que tenía que protegerla.

—Te dejo tranquila —añadió—. La toalla está en la silla. He visto a Tomas. Y Jack ha estado durmiendo la mayor parte del día. Creo que anoche salió.

—¿Cómo está el muchacho?

—Menos tembloroso.

—Espero que se lo lleven de casa esta noche.

—¿Cómo?

—Todavía no lo sé, pero Jack tendrá que irse también.

—Bueno, date tu baño e intenta relajarte. No hay motivos para pensar que porque se hayan llevado a Hugo van a venir a por ti. Al fin y al cabo, a Marie la han dejado tranquila, ¿no?

Hélène tuvo que admitir que llevaba razón.

El lavadero era el único lugar de la casa donde podían bañarse. Gélido en invierno, pero no tanto con el buen tiempo y, además del grifo del rincón, había un gran fregadero de cerámica. Tenían un aseo externo y, por suerte, otro al que se accedía desde el lavadero. La casa necesitaba una renovación, pero desde que había empezado la guerra no habían tenido ni dinero ni ganas.

Hélène se sentó en la bañera, pensando. Hugo no era su único problema. ¿Cómo iba a relajarse teniendo en la casa a ese chico alemán y a un agente de Operaciones Especiales? Con suerte, los dos ya no estarían por la mañana. Y si para entonces no tenían noticias de Hugo, quizá Élise podía probar suerte en el *chateau*. Estaba muy vigilado, así que sería difícil, pero sabía cómo atravesar las cien hectáreas de tierra de cultivo, pastos y prados y las más de cuatrocientas hectáreas de nogales, castaños, robles y álamos hasta un sendero que daba la vuelta hasta la casa.

La puerta se abrió con cuidado y Hélène giró la cabeza esperando que fuera Florence. Pero era Jack el que estaba ahí, mirándola y parpadeando. ¿Por qué había bajado? Ella se deslizó dentro de la bañera para tratar de ocultar sus pechos, pero él ya lo había visto todo. Levantó las dos manos hacia ella en un gesto de disculpa y giró la cabeza hacia un lado.

—Lo siento mucho —dijo saliendo rápidamente. Pero ella había sentido que algo fluía entre los dos.

Estaba segura de que se había puesto colorada, pero, aun así, se pasó la mano por el pecho por debajo del agua. Tenía los pezones firmes y marcados. Sintió también un cosquilleo entre las piernas, pero salió de la bañera antes de seguir avergonzándose más. Después, cogió la toalla y se secó con fuerza, incapaz de asimilar, durante los pocos segundos en que los ojos de él se habían posado sobre ella, que había sentido la abrumadora necesidad de que la tocara.

Se vistió y fue a la cocina, donde Jack estaba ahora sentado junto a la mesa, pelando zanahorias. Levantó la vista hacia ella y la miró con una cálida sonrisa, con sus dientes más blancos que nunca. Ella no sabía si quería salir de allí o quedarse. Y ahora también entraba Élise a la cocina por la puerta de atrás. Hélène recuperó la compostura. «Basta ya. Basta».

—¿Alguna noticia? —preguntó, manteniendo un tono neutro para ocultar el calor y la inquietud que sentía.

Élise apoyó la espalda contra la pared y miró fijamente a Jack.

Él apartó la silla y se puso de pie.

—No —dijo Élise—. Quédate. Puede que nos seas de ayuda.

—¿Hugo? —preguntó Hélène.

—Sí. Hugo está en el castillo. Suzanne ha visto cómo lo llevaban.

—¿Al calabozo?

—No lo sabe.

A Hélène se le cayó el alma a los pies. ¿Qué iban a hacerle? La idea de que cualquiera pudiera hacer daño al dulce y bueno de Hugo la ponía enferma.

—Quizá necesitaban un médico —añadió Élise—. Puede que no le hayan arrestado. En cualquier caso, Hélène, te alegrará saber que Victor y otro agente inglés vienen para acá.

Hélène suspiró aliviada.

—Victor nos va a ayudar a cambiar de sitio al muchacho alemán esta noche.

—¿Y Jack?

—Todavía lo tienen que decidir.

—¿Te das cuenta de que, si se han llevado a Hugo, pueden venir a por mí? ¿Y averiguar lo que yo sé? Sobre todo, si se enteran de algo sobre Tomas o Jack.

Se oyó el habitual golpe doble en la puerta y Élise la abrió para que entrara Victor junto a un hombre bajito y enjuto con cejas negras y expresión seria. Victor lo presentó como Claude, otro agente del SOE. Jack y Claude se estrecharon las manos mientras Victor les miraba fijamente, como si evaluara sus aptitudes. Él era un apasionado defensor de la Resistencia, y el fuego del idealismo encendía sus ojos oscuros, pero no tenía tiempo para quienes pudieran suponer un lastre y Hélène siempre se había sentido un poco juzgada por él. Llevaba su pelo castaño corto, su piel oliva brillaba y su cuerpo parecía fuerte dentro de su ropa negra. Hélène notó cómo su hermana se encendía al mirarle.

—Sé que ya lo sabéis —dijo él echando un vistazo a la cocina—. Pero quiero que recordéis nuestro objetivo, que es propagar el miedo psicológico entre los alemanes.

Todos asintieron entre murmullos.

—Eso se consigue bloqueando sus comunicaciones y destruyendo sus suministros, sus vehículos y sus arsenales, pero recordad que nuestro objetivo no es matar a uno o dos, sino hacer que toda su operación descarrile.

—Aunque podemos matar a uno o dos por el camino —dijo Élise con demasiado entusiasmo.

—O estáis con nosotros o contra nosotros —continuó él, mirando a Hélène—. No caben las medias tintas.

Ella se mordió el interior del carrillo, nerviosa.

—Muy bien —dijo Victor—. Me llevaré a vuestro desertor a un refugio seguro esta noche. Va a pasar algo gordo y los alemanes van a estar distraídos.

—No iréis a hacerle daño —suplicó Florence.

Victor negó con la cabeza.

—Quizá pueda ayudarnos a conseguir información. Como poco, podrá servirnos para redactar panfletos en alemán que convenzan a los alemanes de que están perdiendo la guerra.

—¿Y Jack? —preguntó Hélène.

Victor hizo un gesto de negación.

—Por ahora, se queda aquí. Solo una cosa más…

—¿Qué?

—Necesito que Élise venga conmigo.

—Élise. ¿Por qué?

—Tenemos que ser dos. Claude tiene que seguir a cubierto y mis hombres están ocupados con otra operación.

CAPÍTULO CATORCE

Élise

Élise subió las escaleras emocionada por poder desempeñar un rol más activo que simplemente encargarse del buzón. Había estado esperando en secreto que llegara este momento, nunca se lo había dicho a Hélène. Se puso unos pantalones caqui, una camisa gris y una chaqueta verde oscura de hombre que Florence le había arreglado para su talla. Después, se escondió el pelo bajo una gorra.

—Lista —susurró con una sonrisa.

Cuando volvió a la cocina, Florence ya había subido al desván para bajar a Tomas y Hélène se estaba encargando de reunir provisiones para el camino: agua, frutos secos y unas galletas que había hecho Florence. Y los hombres hablaban en voz baja entre ellos.

En cuanto Tomas entró en la cocina, con los ojos vendados y retrocediendo, aterrorizado, Jack le habló en alemán. Florence le acarició el hombro para tranquilizarle y le dijo que no se preocupara, pero era evidente que él no le entendió y se agachó, temblando, en el rincón. Jack le contó lo que iban a hacer y, después, lo repitió en francés para los demás.

—Quizá debería ir yo también —añadió mirando fijamente a Victor, que ahora se había puesto un pasamontañas.

—Hablas alemán. Eso está bien. Pero si vamos tres con él, seremos demasiados y no conoces la zona. Si tenemos que separarnos…, en fin… —Se encogió de hombros y bajó las comisuras de la boca, como indicando que él no se haría responsable de lo que pudiera pasar.

Jack cedió.

—Está bien. Era solo una idea.

—¿Y qué pasa después? —preguntó Florence—. Con Tomas, quiero decir.

—Buena pregunta —respondió Victor—. Si conseguimos llevarlo con éxito, se quedará en un refugio u otro hasta que acabe la guerra.

Florence frunció el ceño.

—Pero eso pueden ser muchos meses. ¿Y qué pasará cuando acabe?

—Tendrá que correr el riesgo. Por lo general, a los desertores no se les trata bien.

Élise se dio la vuelta y, con el pelo recogido bajo la gorra, podía pasar por un hombre.

—Bien. Ya tengo todo lo que necesitamos. Vámonos.

—Por favor, ten cuidado —le advirtió Hélène mientras le daba un beso en las mejillas—. Mantente a salvo.

Élise ladeó la cabeza y levantó los ojos al techo para no mirar a los de su hermana, porque Victor ya le había contado cuál iba a ser el plan. Cuanto menos supiera Hélène, mejor. Y ella no sabía que su plan era aún más peligroso y que iba más allá de la simple puesta a salvo de Tomas. Hélène no sabía que antes irían a ver a un falsificador de La Roque-Gageac para recoger unas identificaciones falsas. Después, regresarían y recorrerían cinco kilómetros hasta el pueblo fortificado de Domme. Allí había un puesto de avanzada alemán, pero era el lugar donde entregarían a Tomas a un guía que le llevaría hasta el refugio y donde cogerían la motocicleta de Victor que habían dejado para que la repararan tras sufrir un accidente en las cercanías.

Los tres salieron a continuación en silencio.

Atravesaron el pueblo en dirección oeste, manteniéndose todo lo alejados de la carretera que les era posible y comprobando que nadie les siguiera. Tomas no tenía ni idea de dónde había estado ni adónde iba, ni siquiera de dónde estaba ahora, así que, una vez que estuvieron lejos del pueblo, le quitaron la venda de los ojos. Por suerte, el cielo estaba lleno de nubes y la luna apenas iluminaba. La noche no era fría, aunque tampoco hacía calor. Élise pensaba con más claridad cuando estaba calmada, pero podía dejarse llevar por repentinos deseos cuando estaba inquieta. Ahora mismo, se sorprendió al ver lo tranquila que se sentía, ocupando el lugar de retaguardia mientras avanzaban en fila india con Victor a la cabeza. El silencio de la noche también ayudaba y, durante buena parte del trayecto, el único sonido que se oía era el de sus propios pasos.

De repente, Tomas se detuvo, con una rígida expresión de terror y mirando hacia todos lados, como si quisiera salir corriendo de allí. Élise se exasperó. ¿No se daba cuenta ese estúpido chico de que estaban poniendo sus propias vidas en peligro por ayudarle? Quizá, si hubiese ido Jack en lugar de ella, habría podido explicarle todo a ese muchacho cada vez más angustiado. ¿Creía Tomas que iban a matarle? Le dio un toque con fuerza en la espalda y siguieron avanzando.

Mientras caminaban en silencio a lo largo de la noche, Élise trataba de no pensar.

Y tras haber andado durante un rato, llegaron a La Roque-Gageac, un pequeño pueblo medieval ubicado bajo unos acantilados de piedra caliza que daban al río Dordoña. Todo estaba en silencio. El pueblo se hallaba entre los acantilados y el río y no había más remedio que atravesarlo. Empezaron a recorrer la silenciosa calle principal, escondidos entre las sombras, cuando vieron las bamboleantes siluetas de tres hombres que venían hacia ellos.

—Contra la pared —susurró Victor—. Soldados alemanes.

Los tres hombres iban riéndose, pero entonces Élise vio que uno de ellos se rascaba la cabeza y miraba como si buscase algo en la oscuridad. Aunque el toque de queda había empezado hacía rato, no se aplicaba a los soldados.

—Hola. ¿Quién anda ahí? —gritó el hombre. Y, por el tono de su voz, Élise supo que estaba borracho. Lo único que tenían que hacer era salir por la estrecha calle que bordeaba el río lo más rápido posible y, después, echar a correr. Pero como solo tenían el río a un lado y el pueblo al otro, no contaban con otra alternativa que seguir avanzando entre las casas.

Tomas empezó a lloriquear, aterrado ante la posibilidad de que le mataran de un tiro allí mismo.

—Silencio —siseó Élise. A continuación, retrocedió y señaló hacia una de las callecitas por la que acababan de pasar.

—¡Alto! —oyeron—. *Nicht bewegen!* ¡Alto!

Bordearon el muro y, cuando Victor la agarró de la mano, ella tiró de Tomas. Entraron corriendo en la oscura calle de adoquines donde las casas se apiñaban bajo los acantilados colgantes. Tenían que subir por el pueblo rápidamente, pero aquellos hombres no iban muy atrás. Casi de inmediato se oyó un disparo y empezaron a subir por la colina a toda velocidad, con Tomas siguiéndoles. Élise no sabía por dónde ir, pero, a medio camino, Victor se introdujo en el laberinto de las callejuelas y ella corrió tras él, que zigzagueaba en la oscuridad. Después, entre fuertes jadeos, él se detuvo para tomar aire y tiró de ella al interior de un hueco en un muro de piedra.

—Maldita sea, ¿dónde está Tomas? —preguntó ella mirando frenéticamente a su alrededor.

—Iba justo detrás de nosotros, ¿no?

Oyeron un segundo disparo. Un grito, más bien un alarido. Y después otro disparo.

—Dios mío —susurró Élise—. Dios mío. ¿Ha querido entregarse? —El corazón le latía a toda velocidad—. ¿Eso ha sido…? ¿Crees que está muerto?

—Seguramente —respondió Victor con tono sombrío—. No lleva uniforme. Los soldados no se habrán dado cuenta de que era alemán. Lo único que esperarían ver es a un maquis que ha salido ilegalmente tras el toque de queda. Se supone que cualquiera que vaya corriendo es un maquis.

—¿Y si no está muerto? ¿Y si les habla de nosotros?

—Baja la voz. Está muerto, Élise.

—Quizá no. ¿Y si ha gritado algo en alemán y los disparos no han sido más que una advertencia?

—Lo habríamos oído desde aquí. Pero lo único que sí hemos oído es un grito, un alarido, de hecho, entre dos disparos. Lo cual quiere decir que está muerto. Y ahora deja de pensar.

—¿Crees que han visto que éramos tres?

En ese momento, oyeron botas que aporreaban el suelo de las calles de más abajo.

—Vamos —susurró él—. Sé por dónde ir. Esperemos que ellos no.

La empujó por un estrecho callejón que llevaba a los pies del barranco. Al llegar al final, ella cayó de rodillas y unas piedras sueltas rodaron con estrépito por el callejón. El corazón se le aceleró, alarmada.

—¡Mierda! ¿Crees que lo han oído?

Escucharon gritos en la parte baja del pueblo.

—Lo han oído —contestó él poniéndose un dedo en los labios.

Esta vez, Victor fue delante y treparon por una serie de peligrosas muescas esculpidas en la roca que llevaban hasta lo que había sido un asentamiento troglodita, donde aún había unas cuevas excavadas en la pendiente de los barrancos.

—Las hicieron en el siglo XII para contener a los invasores del norte de Francia —dijo él en voz baja—. Rápido.

—Conozco la historia de mi país —respondió ella con resentimiento—. Esperemos que podamos escapar de estos invasores.

Siguieron subiendo entre nidos de golondrinas, vencejos y aviones zapadores.

—Por aquí —dijo él tras subir un poco más.

Incapaz de encontrar dónde apoyar el pie y colgada en la ladera de un barranco con unos nazis armados y borrachos siguiéndoles, de repente, se sintió aterrada.

—No veo cómo subir —susurró.

Él retrocedió un poco para ayudarla y extendió la mano.

—Calla. Ya no estamos lejos. No nos van a encontrar en medio de la oscuridad.

—¿Cómo es que conoces este sitio?

—Fruto de una juventud desaprovechada —respondió él, riéndose en voz baja.

La cueva estaba seca, pero olía a animales muertos y, aun así, Élise pudo sentir un estallido de euforia por haber dejado atrás a los soldados.

—Por los pelos —dijo sin fiarse de su voz.

—Pero ha sido divertido —añadió él.

Sentía emoción, disfrutando de la adrenalina de ese momento, aunque el pobre Tomas pudiese estar muerto. Además, al fin y al cabo, era un alemán y los dos habían hecho lo posible por ayudarle. Tanto ella como Victor creían que contraatacar era su deber, lo que había que hacer, pero ella tenía que admitir que también les encantaba la excitación que suponía. Removió la tierra para encontrar un sitio donde sentarse con las rodillas recogidas contra el pecho y, después, sacó la botella de agua de su morral. Bebió y se la pasó a él. Victor se agachó a su lado, le puso un brazo por encima de los hombros y la acercó hacia él.

—En serio, ¿qué es lo que solías hacer aquí arriba?

—Solo cosas de críos. Ya sabes, lo que les gusta a los chicos. En casa las cosas no iban muy bien, así que me venía a acampar aquí para escapar.

—¿No subías con chicas?

—Las chicas que yo conocía nunca se habrían dignado a ensuciarse sus preciosos vestidos blancos ni a arañarse las manos subiendo por el barranco. Eso es lo que me gusta de ti. Te atreves con todo.

Ella sonrió.

—Yo siempre he sido el marimacho de la familia, llena de arañazos y metiéndome en peleas. «Las señoritas no deben tener costras en las rodillas», me decía mi madre. «Una señorita no se pelea en la calle como cualquier golfo».

Él se rio y, a continuación, la besó en la mejilla.

—A mí me gusta esta golfa. Ahora intenta dormir un poco.

—¿Y no vamos a Domme?

—Iremos directamente al refugio por la mañana y puede que uno o dos días después vayamos a Domme de camino a casa.

De repente, oyeron a los lejos unas explosiones y se miraron el uno al otro.

—Ya han empezado las emboscadas de esta noche —dijo él.

Pasaron unos minutos.

—Quizá debería volver a casa para avisar a mis hermanas.

—Avisarlas ¿de qué?

—Si Tomas no ha muerto, les hablará de nuestra casa, de que le hemos escondido en el desván, de Jack y de todo lo demás.

—No te tenía como una persona que se angustiara tanto.

—No lo soy. Son mis hermanas las que me preocupan. Pero… si Tomas está muerto, también puede ser un poco preocupante, ¿no? Incluso estremecedor.

—Tienes que dejar de pensar en él y en tus hermanas. De todos modos, ahora no puedes irte de aquí. Los soldados alemanes pueden seguir por ahí.

Pero las posibles e inimaginables consecuencias para sus hermanas no desaparecían de su mente. Si Tomas seguía vivo, ¿qué pasaría?

—Sigues dándole vueltas —dijo él—. Tienes que descansar.

—Perdona.

Escondió la cara en el cuello de él. Le encantaba esa intimidad y su olor. Tan masculino, pensó, a tabaco y sudor, pero para nada desagradable. Y, poco después, el pueblo más abajo quedó en silencio, la noche se volvió más oscura y el corazón recuperó su ritmo más regular.

—¿Se han rendido? —preguntó.

—Eso creo.

Ella miró hacia el cielo negro y sin estrellas y, después, cerró sus ojos cansados y llorosos.

CAPÍTULO QUINCE

Hélène

Esa misma noche, Hélène se despertó sobresaltada y los músculos del estómago se le tensaron al instante. Escuchó en la oscuridad y oyó un ruido sordo. ¿Truenos? No. Una explosión. Después, llegó otra. Más fuerte. Bombas. «Hades, el furioso dios del inframundo, rugiendo», pensó. «Y Cerbero, el perro de tres cabezas, rugiendo y aullando mientras vigilaba la entrada al infierno». El mundo se resquebrajaba y astillaba en lo más profundo de sus entrañas. Y la gente caía entre las grietas sin saber cuál sería su destino. Heridos, muertos o capturados, todo dependía del azar.

Mientras le daba vueltas a la cabeza sin parar, lo único que podía hacer era rezar porque sobrevivieran. Extendió la mano para encender la luz de la mesita de noche y miró por la habitación. Luz. Dio las gracias a Dios por tenerla. Y al ver todas sus cosas y que todo estaba en su sitio, pudo salir de sus infernales pensamientos. Sus libros, sus artículos de tocador, su cepillo de plata a juego con el espejo de mano, sus fotos en las paredes. Se enderezó en la cama, se puso una almohada en el pecho y se abrazó a ella.

Un momento después, Florence entró corriendo, pálida, y se metió en la cama con ella, con el pelo revuelto sobre su cara.

—¿Ha vuelto Élise? —preguntó Hélène.

—He mirado y no está. Pero no iba a volver, ¿no?

94

—Tienes razón —contestó mordiéndose el labio para contener las lágrimas.

—¿Qué?

Hélène pestañeó para evitar llorar y negó con la cabeza.

—Estoy bien. Es demasiado pronto como para que esté de vuelta.

Florence se estremeció.

—Tengo miedo.

Hélène le pasó un brazo por encima y la acercó hacia ella.

—Yo también, cariño.

Se oyó un golpe en la puerta y las dos, con los nervios ya en tensión, se sobresaltaron.

Ninguna de las dos dijo nada, pero, a continuación, Jack asomó la cabeza por la puerta con una lámpara de aceite en la mano.

—¿Estáis bien?

Hélène miró la larga sombra de él extendiéndose por el suelo, como si fuese a alcanzarla.

—Será mejor que vuelvas al desván —dijo—. No es seguro para ninguno de nosotros que estés aquí abajo.

Él suspiró. Le habían vuelto a dejar arriba en cuanto Victor, Élise y Tomas se habían marchado y era evidente que no le resultaba agradable.

—¿Otra manta? —le sugirió ella—. Por si tienes frío.

Él hizo una mueca de angustia fingida y, después, le guiñó un ojo.

—Frío y solo. ¿No hay sitio para este pequeñín entre vosotras?

—Muy gracioso.

Hélène se levantó de la cama y salió rápidamente al rellano, donde guardaban más mantas en un armario alto de ropa blanca. Cuando fue a abrirlo, notó la mano de Jack en su hombro. El calor de su palma se extendió por todo su cuerpo y pudo también sentir su cálido aliento en el cuello. Deseó poder echarse sobre él, sentirse envuelta por sus brazos, el calor de un hombre, igual que había sentido con Julien tantos años antes, pero se apartó.

—Toma —dijo a la vez que abría rápidamente el armario para

sacar un viejo edredón y colocarlo sobre sus brazos mientras trataba de disimular su temblor.

—¿Qué pasa? —preguntó él.

Ella hizo un gesto de negación con la mirada baja.

—Tengo los nervios de punta —contestó ella antes de salir huyendo a su habitación.

Tumbada en la cama, pensó en Jack y, después, en lo que estarían haciendo Victor, Élise y los demás maquis. Se habían convertido en unos adversarios muy valientes. Pero, aun así, ella se mordía las uñas, con la preocupación por Élise aferrándose a su estómago. En cuanto mataron o se llevaron a los judíos, la Milicia dirigió su atención a la caza de maquis comunistas, interrogó a familiares de sospechosos y se llevó a rastras a sus conocidos para torturarles, a quienes mantuvo bajo una constante vigilancia e infiltró en grupos de la Resistencia.

Y la Milicia estaba por todas partes. En sus comienzos, una sección paramilitar del gobierno de Vichy, a finales de 1943, se había convertido en la fuerza paramilitar nacional especializada en la captura y tortura de los *résistants*. Con su conocimiento de la zona y vestidos con siniestros uniformes —chaquetas y pantalones negros, boinas negras y botas altas negras—, eran unos oponentes despiadados y muy temidos. Por suerte, los maquis estaban recuperando su fuerza operando desde valles y bosques que conocían bien y siendo capaces de dispersarse sobre la marcha. Y últimamente en el pueblo había muchos que se habían puesto del lado de la Resistencia. Buena parte del Périgord también, pero siempre había otros que no. Y luego estaban las diferentes facciones de la Resistencia. Los FTP, combatientes de la resistencia comunista, componían el mayor grupo de esa zona. Y por otro lado los maquis, con Victor como líder. Pero también había otros grupos, incluidos aquellos que apoyaba Charles de Gaulle, líder de las Fuerzas de la Francia Libre en Londres. Todas estaban unidas en la lucha contra el fascismo, aunque no unidas entre sí.

Durante el resto de la lúgubre noche, Hélène permaneció despierta escuchando más explosiones, que fueron seguidas por tiroteos. La respiración de Florence se había calmado y Héléne se alegró de que se hubiese dormido.

Pensó en cómo la guerra había cambiado sus vidas y rezó porque Hugo estuviera bien. Al principio, la colaboración con el gobierno francés en la ciudad balnearia de Vichy en medio del Macizo Central había contado con muchos adeptos. «Nuestro deber es permanecer al lado de nuestro mariscal Pétain», se oía decir por las calles y cafés. La misma Hélène había pensado que aquello era lo más sensato, al principio.

Cuando entendió que el gobierno de Vichy no apoyaba el contraataque británico y que solo quería salir de la guerra, le inquietó profundamente. Vio que no les importaba nada lo que pasara con Inglaterra, que no creían que Inglaterra pudiera conseguir lo que Francia no había podido y, así, Hélène cambió por completo de parecer en cuanto a su apoyo a Vichy y Pétain.

Desde entonces, cuando limpiaba la casa, siempre cantaba en voz baja el patriótico himno inglés. *There'll Always Be An England* se había convertido en una canción de enorme popularidad desde el verano de 1939 y cantarla le elevaba el ánimo[1]. Pero había sido muy desagradable ver cómo el antisemitismo y la anglofobia habían sembrado aquí tanta cizaña y no le quedó ninguna duda de que la actuación de Vichy era errónea. Aunque los prejuicios raciales contra los judíos se habían sofocado y reprimido con anterioridad, aún había odio en los corazones de la gente.

La propaganda francesa y alemana era poderosa y solo fue necesario algún incidente por aquí o por allá para que volviera a emerger. Los judíos fueron etiquetados como gente «malvada» a la que había que temer y denunciar. Y se les denunciaba, incluso por sus vecinos y, en teoría, amigos franceses. Eso sacó lo peor de la naturaleza

---

[1] En castellano, *Siempre habrá una Inglaterra*, canción compuesta por Ross Parker y Hughie Charles que se hizo muy popular tras el estallido de la Segunda Guerra Mundial. *[N. del T.]*

humana y Hélène sentía vergüenza de su país. Pero, poco a poco, algunos empezaron a abrir los ojos y, entonces, a medida que la Resistencia fue creciendo, el ambiente cambió. Los jóvenes fueron los primeros. Más sinceros, más dinámicos, menos prudentes y con menos miedo, muchos se unieron a los maquis. Muchos lideraban ahora a los maquis.

Hélène se revolvía y daba vueltas en la cama, deseando quedarse dormida, pero incapaz de hacer que la mente dejara de volver una y otra vez al problema con Jack. Él no había podido revelarle los pormenores, pero Élise creía que debía estar ocupándose de contactar con los maquis y otros agentes del SOE para garantizar la destrucción de las infraestructuras de comunicación, especialmente del ferrocarril. En definitiva, iban a hacer que el Dordoña quedara intransitable para el ejército alemán cuando llegaran los aliados.

Hélène deseaba que permaneciera allí un tiempo. Deseaba que estuviera en su cama. Lo deseaba del mismo modo que una mujer puede desear a un hombre. Pero no podía ser. Pronto se marcharía y lo más probable era que jamás volviera a verlo. Tenía que reprimir su atracción. Nada bueno podía salir de una relación en tiempos de guerra.

CAPÍTULO DIECISÉIS

Cuando amaneció, apenas unos momentos después de que Hélène por fin cayera en un sueño turbulento, la despertaron unos golpes en la puerta de la casa. Dios mío, ¿habían capturado a Élise? Con el corazón desbocado de miedo por su hermana, salió corriendo de la habitación y cogió su bata de camino antes de levantar la vista hacia la trampilla del desván. La abrió un poco y siseó a Jack para que volviera dentro, se metiera en uno de los baúles y se tapara con mantas.

Florence salió del dormitorio con los ojos adormilados.

—¿Qué pasa? ¿Le ha ocurrido algo a Élise?

—Eso voy a averiguar. Quédate aquí.

A continuación, bajó las escaleras y vio a Marie en la puerta.

—Tenemos a unos hombres heridos en la clínica —dijo con tono de urgencia y temor—. Por favor, ¿puedes venir ahora? Date prisa.

—He oído las explosiones por la noche. —Hélène extendió una mano para apretarle la suya—. Deja que me vista. Espera aquí. —Y volvió a subir corriendo, le contó a Florence lo que pasaba y se puso su uniforme.

De camino al consultorio, aún se percibía en el aire el acre olor a humo. Marie susurró que los maquis habían volado un puente que cruzaba uno de los afluentes en el valle de Ceou, pero que antes habían aflojado los contrafuertes de un extremo. Cuando dos camiones de soldados alemanes trataron de cruzar, el puente cedió y cayeron al río. Antes incluso de la explosión, ya habían saltado de los camiones.

—Pero yo he oído muchas explosiones —dijo Hélène.

—Sí, las demás han sido en un depósito de armas. Lo han hecho para obligar al convoy a cruzar el puente cuando iban hacia allá.

Una pequeña muchedumbre se había congregado en la puerta del consultorio, que se había quedado abierta. Hélène entró rápidamente y, a continuación, al edificio anexo que Hugo utilizaba como clínica u hospital rural. Al principio, no estaba segura de si los heridos eran alemanes o franceses, pero, poco a poco, vio que todas las voces que oía eran en alemán. Comprobó el estado de cada hombre, los seis, todos ellos empapados. Había sido un milagro que ninguno hubiese muerto. Le pidió a Marie que trajera mantas para todos y, después, dirigió su atención a su capitán que, por lo que parecía, necesitaba un médico con urgencia.

Le gritó a Marie que pidiera a uno de los soldados alemanes que había visto en la puerta que fuera hasta el *chateau* y trajera rápidamente a Hugo.

—Diles que el capitán está perdiendo sangre. Que si no le ve un médico enseguida se morirá.

Oyó el chirrido de una motocicleta a toda velocidad y se dispuso a contener la sangre lo mejor que pudo, pero el corazón le golpeaba contra las costillas. Había exagerado su preocupación por ese hombre como ardid para traer a Hugo de vuelta, pero ahora el hombre estaba perdiendo la consciencia. Le sostuvo la cara entre las manos.

—Sigue conmigo —le ordenó—. Sigue conmigo.

El capitán parpadeó y posó sus ojos azules en ella.

—Muy bien —añadió—. Yo me encargo. He llamado al médico.

Con una mano le acariciaba el pelo de la frente y con la otra le apretaba un trapo con fuerza sobre el vientre para que no siguiera perdiendo sangre. Se suponía que no debía importarle la vida de un alemán, sobre todo si era un nazi, pero en este momento ella no era más que una enfermera que estaba cuidando a un paciente. Además, si cualquiera de ellos moría o si hubiese resultado muerto en el asalto, habría sido desastroso para los habitantes del pueblo. Las represalias eran rápidas y crueles. El mariscal de campo Wilhelm Keitel, jefe del Alto Mando de la Wehrmacht, había dado la orden en 1941 de que, por un solo asesinato de un soldado alemán, ejecutarían entre cincuenta y cien comunistas. Hubo grandes protestas cuando fue evidente que muchos de los ejecutados no eran comunistas. Hélène no conocía a nadie que estuviese de acuerdo con que algo tan terrible como un asesinato tuviese como consecuencia la muerte de tantas personas. Y nadie sabía si el gobierno de Vichy se había visto con las manos atadas o si la administración había tenido una implicación directa en esa drástica represión. La orden se había retirado para dejarla en algo menos polémico, pero, aun así, preocupante. En el futuro, solo se ejecutaría a diez personas.

Mientras rezaba porque accedieran a su petición y Hugo llegaba rápidamente, Hélène continuó consolando al capitán alemán, que entraba y salía de un estado de inconsciencia. Hizo todo lo que se le ocurrió para mantenerlo despierto: darle a oler sales por la nariz, abofetearle las mejillas y susurrarle constantemente que se iba a poner bien. En el pequeño hospital rural resonaban los gemidos y gruñidos de los demás hombres, aunque estaba segura de que la mayoría de sus heridas no suponían un peligro de muerte. Suspiró aliviada y se levantó de un salto cuando entró Hugo, pero vaciló cuando vio el desaliñado estado con el que llegó. Tenía la cara sucia, el pelo revuelto y unas sombras púrpuras bajo los ojos. No pudo evitar sentirse llena de rabia cuando le vio tan agotado, pero él contrajo los músculos de los ojos como para advertirle que no dijera nada.

—Parece peor de lo que es. Solo estoy cansado.

Hélène no le creyó, pero decidió que no era el momento de insistir.

Hugo fue directo al capitán herido.

—¿Es este el hombre que necesita ayuda?

Durante la siguiente hora, Hugo se ocupó de él, controlando la pérdida de sangre, limpiándole la herida y cosiéndosela. Le administró morfina y decidió que sería preferible que permaneciese en el pequeño hospital en lugar de enviarlo a Sarlat por carreteras llenas de baches. Cuando Hélène argumentó que seguramente el hospital más grande sería mejor, Hugo levantó la mano para que dejara de hablar.

—Aún es impredecible si este hombre va a sobrevivir —dijo en voz baja.

Hélène se ofreció a vigilar al capitán mientras Hugo trataba a los demás pacientes. Tenían que aceptar que habría represalias alemanas, pero serían mucho menos crueles si ese hombre vivía, así que, era fundamental que le cuidaran bien. La labor de los maquis era siempre un arma de doble filo. Resultaba aterradora cuando sus actos tenían lugar tan cerca de casa.

En un momento de calma, trató de preguntarle de nuevo a Hugo, pero el médico se limitó a negar con la cabeza con una expresión de desdicha en su rostro y de aflicción en sus ojos. Con una punzada en el pecho, ella extendió la mano para consolarle. Él la apretó y los dos se quedaron mirándose. Ella no sabía cómo ayudarle y luego, al terminar la jornada y todavía sin saber si el capitán sobreviviría, Hugo intentó enviarla a casa. Al ver que ella ponía reparos, él insistió.

—Pero Hugo —protestó mirándole a los ojos inyectados en sangre—. Tienes que dormir.

—Marie y yo nos las arreglaremos. Vete.

—Quiero quedarme.

Hubo un largo e incómodo silencio mientras ella vacilaba, sin querer marcharse y, en cierto modo, sabiendo que había algo que ese hombre no le estaba contando. Después, él volvió a hablar, esta vez con el tono más lúgubre que ella le había oído jamás.

—Hélène, si no salvo al capitán, ejecutarán a Marie. Necesito estar a solas para hacer esto.

Hélène ahogó un grito.

—Pero… ¿no es esa razón de más para que me quede?

—No. Haz lo que te digo.

Aunque ella se habría quedado de buena gana con Hugo, estaba agotada y, al ver que prácticamente la estaba echando de allí, ella cedió y se fue a casa, con un dolor en el pecho y el corazón lleno de tristeza.

CAPÍTULO DIECISIETE

Media hora después, Hélène subió al desván y se sentó en el suelo con Jack con las piernas cruzadas. Con lágrimas en los ojos, le contó la situación de la clínica y lo que pasaría si Hugo no conseguía salvarle la vida al capitán.

—Tenemos que hacer algo para que te olvides de todo eso —dijo él.

—No sé qué. Solo puedo pensar en Hugo y Marie. Me pone enferma imaginar lo que puede pasar. —Apretó la mandíbula y cerró las manos en un puño—. ¿Por qué Élise y Victor no piensan nunca en las consecuencias?

Podía notar la concentración de él mientras la miraba. De nuevo, sintió que algo fluía entre los dos. ¿Compasión? ¿Empatía? Las palabras sin pronunciar que flotaban bajo la superficie, pero que no terminaban de salir. Él no apartaba la vista ni perdía la concentración y, bajo su mirada, ella sentía que sus defensas cedían.

—Es la guerra, Hélène —dijo él por fin a la vez que movía la lámpara de aceite para dejar espacio y cambiar de postura.

—No es solo que esté preocupada por mi hermana, sino también por cómo pueden afectar las represalias a los demás.

Como la luz de la lámpara había dejado ahora a oscuras el rostro de él, Hélène no podía imaginar qué estaría pensando y eso hizo que se sintiera cohibida. Solo veía el resplandor de sus ojos y no estaba segura de hasta qué punto él podía verla. Puso la lámpara sobre una caja.

—Ahí es mejor.

—Entonces, ¿qué puedo hacer para ayudarte? —preguntó él.

—No lo sé. Quiero mantener el ánimo, pero, a veces… —Negó con la cabeza.

—Lo sé.

—La amenaza no cesa. Desearía volver a una vida normal y que todas las personas a las que quiero estuvieran a salvo, porque duele mucho. Físicamente, quiero decir. Aquí. —Se apretó la mano contra el pecho y tomó aire para después soltarlo con un largo suspiro—. Y sí, tengo el ánimo por los suelos.

—Con lo que está pasando con el médico y su mujer no es de sorprender —contestó él—. Son tus amigos.

Ella se mordió el labio para contener las lágrimas. No quería llorar delante de él.

—Se lo debo todo a Hugo —dijo con la voz entrecortada—. Y también a Marie.

—Incluso sin esto, cuando no sabemos lo que el próximo día nos deparará, es fácil sentirse impotente.

—Pero tú no te sientes así.

—Ah, sí que me siento así —espetó—. Claro que sí. Y tengo que contenerme.

—¿Cómo?

Él entrecerró los ojos, como si lo pensara durante un momento y, después, el rostro se le iluminó.

—¿Tienes una baraja de cartas?

—Claro. Voy a por ellas.

Cuando Hélène encontró la baraja y volvió a subir al desván, Jack ya había sacado otras cartas suyas.

—Este se llama las doce en punto —dijo—. Un juego de cartas que se basa en el combate aéreo. Solo tienes que atacar a los aviones de tu adversario.

Hélène trató de hacer lo que pudo, pero no era muy buena jugando a las cartas y, pese a las repetidas instrucciones de él, no dejaba de hacerlo mal.

—Voy a intentarlo otra vez —dijo ella, pero terminaron tratando de sofocar las carcajadas por su incompetencia. El rostro de él resultaba cautivador cuando se reía y, mientras el ánimo le transformaba los rasgos, los ojos le brillaban. Ella sintió un momento fugaz de felicidad y se recordó a sí misma que, incluso en los peores momentos, siempre podía encontrarse un momento de paz.

—Me alegra saber que no eres tú la que pilota nuestros aviones —dijo él.

—Yo soy más de rompecabezas —contestó.

—Ah. Como mi madre —dijo él con una sonrisa.

Ella le miró con sorpresa.

—¿Soy como tu madre?

—Puede ser. Cuidas de todo el mundo. Mi vieja también lo hacía.

—¿Lo hacía? —Hizo una pausa, sin saber bien si preguntar o no.

Él negó con la cabeza.

—Lo siento.

—Cosas que pasan. Aunque, claro, me acuerdo de ella.

—Y te acuerdas de que cuidaba de ti.

—Sí.

—Gracias por entretenerme —dijo ella, sintiéndose de repente culpable por haber disfrutado de esos minutos de respiro.

Él le cogió la mano y, cuando se la besó, le hizo cosquillas con el bigote.

—Cuando quieras.

—No me has contado qué hacías en Francia la última vez que estuviste aquí.

—Fue entre finales del año pasado y principios de este. Hacía un frío gélido también. Como sabes, el sistema ferroviario francés se había convertido en objetivo de las fuerzas de cazabombarderos de los aliados. Se le llamó «plan de transportación» y el objetivo era destruir los centros ferroviarios para retrasar, bloquear y evitar los movimientos de las tropas alemanas por Francia. Eso fue.

—Oímos hablar de ello en Radio Londres.

—Lo que quizá no sepas es que los ataques se encontraron con la oposición de los comandantes de los bombardeos, Harris, del Comando de Cazabombarderos, y Spaatz, de las Fuerzas Aéreas estadounidenses. Churchill también se opuso, principalmente por las bajas civiles francesas. Sin embargo, todos quedaron desautorizados por Eisenhower y el presidente Roosevelt.

—¿Y ahora?

—Como ya te he dicho, he venido para la preparación, pero también para establecer contacto con la Resistencia. —Hizo una pausa—. No puedo decirte dónde, ni qué, ni cuándo, claro. Pero supongo que la gente sabe qué está haciendo la Resistencia y los alemanes no son tontos. El simple hecho de que me conozcas hace que corras peligro de que te torturen.

—Puede ser. Pero no quiero pensar en ello.

—No.

—Entonces, ¿crees que no falta mucho para que lleguen los aliados?

—No. Pero también creo que los mayores bombardeos aún están por llegar.

—Cuesta hacerse a la idea de que algún día todo esto habrá terminado. —Hélène suspiró y cambió de postura—. Perdona, me está dando un tirón. Necesito moverme. Voy a bajar a ver si Florence ha preparado algo para comer.

—Es una chica con mucha personalidad, ¿verdad?

Hélène sonrió.

—Es increíble. No sé cómo habríamos podido sobrevivir sin ella.

Él inclinó la cabeza y la miró con expresión divertida.

—Algo me dice que habrías encontrado la forma de hacerlo.

—Puede ser, pero estaríamos todas delgadísimas. Yo soy, en el mejor de los casos, una cocinera espantosa, mientras que Florence es un genio culinario, aun cuando solo cuente con nabos y cotufa como ingredientes. —Se acarició el vientre—. Estamos todas mucho más flatulentas que antes.

106

—Gracias por la advertencia —respondió él con una carcajada.

En la cocina, encontró a Florence musitando algo en voz baja.

—¿Qué pasa? —le preguntó Hélène.

—Nada. Solo que desearía tener un poco de Roquefort o *Fourme d'Ambert*. Es lo más importante de este plato.

—¿Quieres decir que no vamos a comer guiso de nabo?

—En realidad es sopa de brócoli y patata. —Cogió el molinillo de pimienta, lo giró unas cuantas veces sobre la cacerola de la sopa y, después, la retiró del fuego.

—¿Todavía no hay noticias de Élise? —preguntó Hélène, tratando de mantener un tono calmado.

Florence negó con la cabeza y las dos se miraron durante un momento.

—¿Quieres subirle un poco de sopa a Jack? —preguntó Hélène, cambiando de conversación.

—¿Puedo? Me encantaría. Es estupendo, ¿verdad? Tan atractivo.

—¿Lo es? No me había dado cuenta.

Florence se rio.

—Por supuesto que te has dado cuenta. Todas nos hemos dado cuenta. Incluso Élise, y eso que normalmente solo tiene ojos para Victor. A mí Victor me parece un poco intenso, pero Jack…, en fin, tiene cierto brillo en la mirada, ¿verdad? Eso me gusta.

Hélène se quedó un poco sorprendida y frunció el ceño.

—¿Qué ha pasado con el joven con el que te veías?

Florence pareció ponerse nerviosa un momento y, a continuación, se recompuso.

—Ah, te refieres a Enzo. No nos veíamos. No puede combatir por la polio y a mí me daba pena por él. Solo hemos salido juntos de paseo un par de veces, pero ahora no me deja en paz. Probablemente le hayas visto dando vueltas por delante de nuestra verja.

—¿Te está molestando? Puedo ir a hablar con él.

—Puedo manejarlo yo sola. Antes o después se dará por aludido.

—¿Era el chico alto con el pelo castaño y rizado o el otro?

—Sí. El del pelo rizado. Guapo, pero no mucho. En fin, más vale que me ponga manos a la obra. —Sirvió un poco de sopa en un cuenco con un asa en cada lado—. Espero poder subirlo así. Sírvete tú, ¿vale?

—Recuérdale que no se mueva mucho. Las tablas del suelo del desván crujen.

Hélène se sentó a la mesa, con su mente enroscada en imágenes que prefería no ver y esforzándose con desesperación en no sucumbir al temor que sentía en su corazón.

—Hugo y Marie van a estar bien —se susurró una y otra vez—. Van a estar bien. —¿Y Élise? Sintió un estallido de calor en los ojos, así que los cerró y se frotó los párpados. Élise también iba a estar bien. Tenía que estarlo.

Entonces pensó en lo que Florence había dicho. No se le había ocurrido antes, pero ¿su hermanita también se había fijado en Jack? Seguía considerando a Florence una niña, pero, por supuesto, ya no lo era. Al fin y al cabo, ahora era una mujer hermosa.

CAPÍTULO DIECIOCHO

Florence

Florence se sentía tan culpable por haber puesto a sus hermanas en peligro al haber insistido en que escondieran a Tomas que eso la mantenía despierta por la noche. Aún seguía nerviosa mientras daba vueltas, inconsolable y sola. Cuando era más joven solía quedarse fuera de los juegos de sus hermanas, así que acudía a su imaginación en busca de la compañía que anhelaba. Su mágico mundo interior le había proporcionado consuelo y deleite, pero ahora la realidad se imponía. ¿Cómo iba a mantener la creencia en la bondad del mundo con todo lo que estaba ocurriendo a su alrededor? Soldados heridos, explosiones nocturnas, Élise desempeñando un papel más activo en la Resistencia y todavía sin volver. Ya no sabía qué pensar.

Pero en todo el mundo había bondad y maldad, ¿no? Los nazis habían sido la causa de una gran destrucción y todos habían quedado sometidos a través del terror, pero seguro que no todo el mundo estaba de acuerdo con ellos. Se desvió por el sendero y caminó junto al prado donde crecían las blanquecinas polígalas a lo largo de los márgenes. Después continuó entre la larga hierba hasta el merendero. El bosque estaba especialmente tranquilo, apenas se oía el sonido de sus propios pasos y las hojas mecidas por la brisa. Desde que habían venido a vivir aquí, le había encantado el abigarrado interior del bosque, sobre todo, en verano, cuando proporcionaba un alivio

109

deliciosamente fresco para huir del calor. Pero incluso en invierno, cuando el suelo crujía bajo sus pies, había sido el único lugar que la reconfortaba. Sentía que podía oír el alma de los árboles y ahora los trataba de escuchar. No oyó ningún ruido. Probó de nuevo y al no oír nada tampoco, se sintió triste. Miró a su alrededor a la vez que se despertaban más murmullos del bosque, como si le respondieran, con el crujir y silbar de las ramas crujiendo y silbando, el susurro de la hierba susurrando y el revoloteo de los pájaros carpinteros y los tordos de rama en rama. Cuando levantó la vista a los huecos de cielo azul y limpio, sintió la luz del sol en la cara. Empezó a cantar en voz baja, tratando de no pisar las flores silvestres que salpicaban el suelo, sobre todo las orquídeas de dama de colores púrpura y rosado que solo se veían en lo más profundo del bosque. Su mente y su cuerpo se relajaron un poco y una pequeña burbuja de felicidad floreció en su interior. Se giró, levantó los brazos bien abiertos y dio vueltas hasta que se sintió tan mareada que le resultó imposible mantenerse erguida. Y entonces vio al joven que la estaba mirando entre dos árboles.

—¡Anton! No esperaba volver a verte.

—Florence. —Dio un paso hacia delante y extendió la mano para sujetarla—. Solo he salido a dar un paseo.

Ella se preguntó cuánto sabría él de lo que estaban pasando y sintió un escalofrío de miedo. ¿No sabría algo de lo de Tomas y Jack?

Pero él apartaba la vista, al parecer, intentando controlar sus propias y complicadas emociones. Entonces, tragó saliva visiblemente y volvió a girarse para mirarla.

—Sé que son momentos difíciles.

—¿Difíciles? —espetó ella—. Ya te digo que lo son.

Él se pasó una mano por su pelo corto y rubio y pareció completamente abochornado.

—Lo siento mucho. Ha sido una torpeza por mi parte. Supongo que lo que quería decir era que... ahora que nos hemos encontrado..., en fin, quería saber si te gustaría acompañarme al río.

—¿Te refieres a que seamos amigos, a pesar de la guerra?

Después de unos segundos con la mirada fija en los francos ojos azules de él mientras asentía y tras ver su humilde sinceridad, ella aceptó.

Él pareció tan claramente encantado que su ingenua reacción la emocionó.

—No sabes lo feliz que me hace. Gracias. —Levantó una bolsa en el aire—. Tengo cerveza y una *baguette*.

—¿De queso?

—Claro.

—Ah, qué bien me conoces. —Hizo una pausa—. ¿Anton?

—Florence.

—¿Qué edad tienes? Al principio, me pareciste mayor que yo. Ahora no tanto.

—Tengo veinte años.

Ella le sonrió.

—Entonces, soy dos años mayor que tú.

—¿Supone un problema?

—Claro que no. Somos amigos, ¿no?

Él pareció encantado y las mejillas se le sonrojaron un poco. Después, se puso completamente serio.

—Quiero disculparme.

—Ya lo has hecho.

—No. Quiero… —Trataba de encontrar las palabras y miró al suelo antes de levantar la vista y mirarla directamente a los ojos—. Quiero disculparme por lo que han hecho mis compatriotas, por lo que le están haciendo a tu país.

Ella se mordió el labio.

—Ay, Anton.

—Yo no elegí venir aquí. Como domino el francés y el inglés, además de mi alemán nativo, han visto que les puedo ser útil como traductor. No soy un cobarde. Espero que lo sepas ver, pero no podía levantar ningún arma en nombre del Reich.

—Lo entiendo.

Hubo un breve silencio.

—¿Vives con tus hermanas?

—¿Cómo lo sabes?

—Me lo contaste tú, aunque no me dijiste cuántas hermanas. Imagino que todo un aquelarre de hermanas, todas rubias como tú.

Ella vaciló por un momento. ¿Debería contárselo?

—Solo dos —contestó, por fin—: Élise y Hélène. Pero yo soy la única rubia. Hélène es enfermera y Élise tiene una cafetería. Las tres somos muy distintas. Ellas me llaman «su brujita».

—¿Y lo eres?

Ella le miró sorprendida.

—¿Una brujita?

Vio un destello en los ojos de él.

—Quizá lo sea.

—Bueno, pues da la casualidad de que siempre he tenido debilidad por las brujas.

Ella se rio y él con ella y, en ese momento, quizá apenas durante ese momento, Florence sintió que desaparecía su angustia, que el compañerismo surgido entre los dos la consolaba. Esos momentos en los que la gente se levantaba por encima del terror de la guerra, en los que podía notarse la humanidad que les unía…, hacían que recuperara la fe. No debía olvidar nunca que el amor era más fuerte que el miedo, más que el odio y más que la división.

—Me alegra que nos hayamos encontrado así —dijo ella extendiendo la mano hacia él.

—Entonces, ¿bajamos al río? Puede que ni siquiera podamos alquilar una gabarra, si quieres hacerlo. Pero podemos preguntar con discreción y quizá consigamos una para el lunes.

—¿Y tu trabajo?

Él sonrió.

—Siempre puedo pedirme el día libre.

Aunque Florence no había montado nunca en una, sabía que las gabarras eran barcas de madera planas que antes se usaban para transportar mercancías por los ríos del Périgord, hasta que fueron sustituidas por el desarrollo del ferrocarril y el automóvil. Pero, en ocasiones, el vino de los viñedos que había a lo largo del río Dordoña seguía transportándose a la antigua usanza.

—Me encantaría —contestó ella—, pero no sé si nos van a dejar. Antes de la guerra teníamos una canoa. Mi hermana Élise y yo solíamos salir a remar con ella. Era genial, aunque daba un poco de miedo, pero podían verse todos los *chateaux* desde una perspectiva distinta.

—Vamos a preguntar —propuso él con una sonrisa.

CAPÍTULO DIECINUEVE

Élise

Victor necesitaba su motocicleta para poder moverse con rapidez entre los campamentos de los maquis y los refugios que salpicaban la región del Dordoña. Una Motobécane M2 con un asiento para un pasajero. No era de extrañar que se sintiese orgulloso de ella. Si le paraban, decía que trabajaba para el taller de su padre en Sainte-Cécile y que había salido a entregar repuestos. Siempre llevaba unas cuantas piezas en su estropeada mochila de cuero, por si acaso. Pero la bastida de Domme, protegida por riscos en el lado norte y rodeada de murallas por los otros tres lados, resultaba complicada para entrar y salir sin ser visto. Era domingo por la mañana temprano y aún no había mucha luz, pero ni siquiera así resultaba fácil. Élise y Victor subieron por las calles de elegantes casas en dirección a la Grand-Place de Halle.

—Silencio —susurró él un momento antes de llegar a la plaza—. Alemanes.

Élise pudo sentir que el corazón le latía con fuerza y contuvo la respiración mientras, con las espaldas pegadas al muro, esperaron a que pasaran los soldados. Cuando se fueron, ella soltó el aire despacio.

Después tuvieron que evitar a unos cuantos soldados más que permanecían en lo que parecía ser una cafetería que estaba abierta toda la noche. Pasaron a escondidas y, después, se desviaron para recoger la motocicleta de Victor, que ya estaba reparada y pintada y le habían puesto una matrícula falsa después de que estuviese implicada en un choque con un camión de mercancías alemán cerca de allí.

Después de lo que le había ocurrido a Tomas en La Roque-Gageac, habían pasado dos noches en el refugio, en parte para pasar desapercibidos y, en parte, también para ayudar a imprimir panfletos. Élise llevaba ahora un montón de ellos escondido en su morral, dispuesta a llevarlos al café más tarde. Después, los distribuirían por cualquier lugar donde pudieran verlos los soldados alemanes. El objetivo de los maquis de desmotivar a los soldados alemanes para que creyeran que Alemania estaba a punto de perder la guerra hacía que estos panfletos desempeñaran un papel fundamental.

Élise sabía que Hélene iba a estar tremendamente preocupada por el retraso, pero Victor y ella estaban regresando por fin a casa. Ellos habían ido en la motocicleta la mayor parte del camino, pero ahora Victor la empujaba por un sendero tras llegar al bosque a pocos kilómetros de Sainte-Cécile. Élise tiró de él para que se detuviera.

—Mira el cielo —dijo.

El amanecer era espectacular, con sus colores rosa, rojo y violeta. Aun cuando su país estaba siendo sometido a la ocupación extranjera, el mundo seguía siendo hermoso. Él le pasó un brazo por encima de los hombros mientras veían el comienzo del nuevo día, ambos con una sensación de alivio tras haber conseguido llevar a cabo su misión sin que les atraparan.

—Aparte de lo de Tomas, ha ido bien —dijo él dándole un beso en la mejilla—. Gracias.

—Y ahora ¿qué?

—Hay dos refugiados a los que tenemos que sacar por los Pirineos.

—Pues no sé tú, pero antes de hacer nada más, yo necesito dormir.

Él bostezó.

—¿Y si voy a tu casa? Solo por esta vez.

—Si podemos colarnos sin que Florence nos vea, no veo por qué no. Hélène se irá pronto a trabajar, así que vamos a tener que esperar hasta entonces.

—¿Está tu hermana a la altura de todo esto? ¿Va a saber sobrellevarlo? Nunca me he sentido muy seguro de ella.

Élise sabía que la dedicación de él a la causa implicaba a veces que le resultara difícil tolerar a personas que se mostrasen menos fervientes a ella. Así que, en cuanto se sentaron sobre el tronco de un árbol caído a descansar, Élise se apoyó en él mientras pensaba la respuesta.

—Hélène no es de las que tienen un carácter insumiso —dijo por fin—. Pero sabrá arreglárselas y no va a decir ni una palabra. Es sensata, ¿sabes? Muy racional.

Él se rio y le revolvió el pelo.

—Entonces, no es como tú.

—Es como la mamá gallina para Florence y para mí. Durante mucho tiempo, no quería que yo hiciera nada y tuve que guardar silencio por todo. Pero ahora está un poco más implicada, le guste o no.

—Hizo bien al dejar que Jack se quedara en vuestra casa.

—A ella le gusta.

Él levantó la vista entre los árboles y exhaló despacio.

—¿En qué estás pensando?

—No es nada.

—Vamos.

—Bueno…, en Florence.

—¿A qué te refieres?

—¿Cómo podría soportar…?

—¿Un interrogatorio? —le interrumpió ella.

Victor la miró a los ojos.

Ella suspiró antes de hablar:

—Florence derrocha amor. Daría de comer a los nazis hasta matarlos.

Él soltó una carcajada.

—O les envenenaría con alguna de sus hierbas.

—Quizá. Pero ¿sabes? No puedo evitar pensar en lo maravilloso que será todo cuando esto acabe. Cuando podamos vivir de nuevo con normalidad, tener hijos, ser felices.

—La liberación no tardará ya mucho. Los alemanes están a la defensiva. En cuanto llegue la invasión aliada, todo va a cambiar.

—Espero que tengas razón.

—Yo siempre tengo razón.

Élise se rio.

—Tú sigue pensando así, Victor.

—Me echarías de menos si me fuera —dijo él dándole un codazo en el costado.

—Me quedaría desconsolada —respondió ella con tono más serio.

Él le tomó la cara entre las manos y la besó con ternura en la boca. Ella sintió el amor que sabía que él quería expresarle, pero había algo más bajo esa ternura suya que no sabía interpretar bien del todo.

Cuando vio que la expresión de él se volvía de repente más solemne, ella inclinó la cabeza a un lado.

—¿Qué? —preguntó.

—Sabes que ya voy camino de la muerte —dijo él sin apartar la mirada de sus ojos.

Ella se apartó y, de repente, se puso de pie.

—¿Por qué dices eso?

Victor se encogió de hombros.

—Es lo más probable. No las tengo precisamente todas conmigo.

—Pues me gustaría que no dijeras esas cosas —respondió ella sin girarse para ocultar las lágrimas que le cosquilleaban en los ojos.

—No soy inmortal, Élise.

Hubo un largo silencio.

La indescriptible tristeza de lo que estaba diciendo, y quizá la verdad de sus palabras, era algo que no podía asimilar. Ni siquiera quería asimilarlo. Y, aun así, ¿no se lo debía? Hizo parar sus pensamientos.

Y, consciente de que no podía haber acuerdo entre lo que él decía y lo que ella sentía, volvió a tomar aire y, a continuación, se giró para mirarle y le habló con un tono más alegre mientras le extendía una mano:

—Vamos, tonto, déjate de estupideces. Quiero dormir, pero deseo aún más tu cuerpo. Si puedo seguir despierta, claro.

Él se rio y se puso de pie.

—Creo que sé cómo animar a una mujer a que permanezca despierta.

—¿Eso es porque has practicado mucho?

Él levantó las cejas, pero no respondió y, después, emprendieron la marcha.

Habían hecho el amor varias veces, pero había sido al aire libre o en un granero, nunca en una cama y, como siempre había hecho frío, siempre con prisas. Esta sería la primera vez que lo hicieran en un lugar caliente y cómodo, y para ambos parecía un momento importante. Élise no había tenido intención de enamorarse de Victor ni de ningún otro, pero ocurrió cuando menos lo esperaba. Victor había aparecido en su vida y la atracción había sido instantánea. Ella lo supo. Él lo supo. Y aunque, al principio, trataron de resistirse, enseguida se rindieron y terminaron arrancándose la ropa el uno al otro en el asiento trasero de la furgoneta azul del padre de Victor cuando le propuso llevarla a casa. Ninguno recordaba bien quién había dado el primer paso, así que había quedado grabado en la memoria de Élise como una explosión simultánea de pasión.

Ahora, ella le agarraba la mano mientras caminaban. Estaban cerca del pueblo cuando oyeron unos ladridos de perros y unas carcajadas amortiguadas por delante de ellos.

—Lo siento, cielo. Puede que sean los alemanes —dijo él—. Tenemos que separarnos. Ve a tu casa. Yo me daré la vuelta para esconderme. Dame el bolso.

—No. Tengo que llevar los panfletos al café. Y no parece que estén viniendo desde la dirección de mi casa. Puedo desviarme fácilmente.

—¿Estás segura?

Élise le dio un abrazo y, a continuación, se armó de valor y se fue en dirección al pueblo. ¡Malditos alemanes! Allá por donde fuera, siempre aparecían, echándolo todo a perder. Avanzó lo más silenciosa que le fue posible, pensando todavía en el mejor modo de evitarles. Pensó en esconderse entre la maleza, pero no había mucha tan cerca del pueblo y, si la encontraban escondida, sospecharían más de ella. Lo mejor era seguir adelante. Continuó andando con cuidado, pero, entonces, un pájaro asustado echó a volar delante de ella, revoloteando las alas y haciendo ruido. Después, salió otro. Y otro más. «¡Maldita sea!», murmuró a la vez que miraba a su alrededor para salir huyendo. Pero ya era demasiado tarde. Los soldados se dirigían ahora hacia el ruido, con el sonido de sus botas cada vez más fuerte sobre el suelo, y supo entonces que tendría que quedarse quieta.

Aún no la habían visto, así que, paso a paso, retomó su camino, evitando cualquier cosa que pudiera alertarles. Pensó en dejar el bolso, pero, en ese momento, a través de un hueco entre los árboles, vio que apuntaban con sus rifles hacia los arbustos. Si tiraba el bolso y la veían cerca, sumarían dos más dos. ¿A quién o qué buscaban? Estaba muy cerca de casa, pero ya era demasiado tarde para darse la vuelta o ir por el otro camino. Vaciló y notó el olor del humo que se elevaba desde las casas del pueblo a la vez que veía que solo eran dos hombres. Entonces, uno de ellos, un hombre mayor, de rostro avinagrado y piel espantosa, la vio.

—¿Qué haces? —gritó en un titubeante francés.

Ella dio un paso al frente.

—Pasear. Necesito tomar el aire. Y estoy tratando de encontrar a mi perro.

Él levantó el rifle para que dejara de andar.

—*Ach so!* ¿Tú sola?

Le dijo que sí, asegurándose de responder con brevedad y con la mirada al suelo para dar una impresión de docilidad, aun cuando en realidad hervía con la habitual mezcla de indignación y corrosiva angustia. ¿Cómo se atrevían esos extranjeros a tratar así a la gente?

Debería poder caminar libremente en su propio país, a la hora que quisiera, sin tener que responder ante ellos.

—¿Vives en el pueblo? —preguntó el otro hombre. Estaba fumando y, ahora, había tirado la colilla al suelo para pisarla y había empezado a toser.

Ella sentía los labios algo secos, y también la boca.

—Al lado —respondió.

—¿Sabes algo de la explosión del puente?

—¿Qué explosión?

—La que ha matado a nuestro capitán.

—No. ¿Por qué iba a saber nada?

Él no hizo caso a su pregunta.

—¿Qué tienes en ese bolso? ¿Documentos?

—No. Los tengo aquí. —Mientras se metía la mano en el bolsillo de la chaqueta, el corazón se le aceleró con una extraña sensación de bravuconería. En cualquier momento, le iban a abrir el bolso e iban a encontrar los panfletos. ¿En qué estaba pensando? Debería habérselos dado a Victor.

—*Schnell! Schnell!*

Tomó aire. A pesar del miedo, sabía que su documentación estaba bien y se negó a titubear. Esos hombres, con sus amedrentadores uniformes y sus armas a la vista la mantuvieron concentrada. «Quieren asustarte», se dijo. «No se lo permitas». Aunque le provocaban la misma sensación de amenaza que había experimentado cuando aquel matón de la BNA le había puesto un cuchillo en el cuello, se obligó a mantenerse firme. Sacó los papeles y, armada de valor, levantó los ojos y se los entregó con una sonrisa confiada en su rostro.

El hombre los examinó y, a continuación, se quedó mirándola.

—Tú —dijo—. ¿Eres Baudin?

Ella se tragó su miedo mientras se preguntaba qué iba a pasar ahora. ¿Había ocurrido algo en casa?

Pero el hombre se limitó a preguntar:

—¿Tu hermana es enfermera?

—Sí.

Él pareció quedarse pensando y, después, sonrió.

—*Gut. Sehr gut.* —Y se hizo a un lado para que pudiera pasar—. Tu hermana es una buena enfermera. Ha curado a mis compañeros.

Élise sonrió en cuanto perdió de vista a aquellos hombres. «La buena de Hélène me ha sacado de esta, pero no mires atrás», se ordenó a sí misma, aunque, aun así, no pudo evitar echar un rápido vistazo hacia atrás antes de escupir en el suelo y salir a toda velocidad hacia su casa.

Cuando llegó a su verja, jadeando y sudando, vio a un hombre joven y delgado merodeando por el carril de al lado. Entrecerró los ojos y reconoció a Enzo. La polio que había sufrido de niño le había dejado cojo, pero ahora, cuando podía, trabajaba de jornalero en una granja del pueblo.

—¿Qué quieres? —le preguntó.

Él se encogió de hombros y dio una patada a las hojas del suelo.

Élise abrió la verja y empezó a recorrer el camino de entrada.

—He venido por Florence —gritó el muchacho y, cuando Élise se giró para mirarle, vio a su amigo, el chico con las gafas gruesas apoyado en el tronco de un roble.

—Voy a por ella —dijo Élise—. Espera aquí.

Entró y, unos segundos después, salió Florence y se acercó a los chicos. Élise se quedó mirando y escuchando desde la puerta. Nunca le había gustado Enzo, que le parecía demasiado sospechoso y no entendía por qué Florence se había hecho amiga de él.

—Enzo —estaba diciendo su hermana con expresión de preocupación—, creía que te lo había dejado claro.

—Dijiste que ya verías.

—No. Creo que no me has debido de entender bien. Te dije que ya veríamos, que quizá podríamos ser amigos. ¿No te acuerdas? Lo siento, pero no soy tu novia. Nunca lo he sido. Ha sido todo cosa tuya.

Él la fulminó con la mirada.

—¿Cosa mía? Crees que soy tonto.

—Claro que no.

El chico de las gafas que estaba junto al árbol empezó a reírse a carcajadas y Enzo se puso colorado.

—Bueno, pues ya nos veremos. ¡Zorra!

Se alejó pavoneándose y dio una patada al árbol al pasar mientras soltaba obscenidades y su amigo seguía riéndose.

Cuando Florence se dio la vuelta, Élise vio que tenía los ojos inundados en lágrimas.

—Vamos —dijo cogiéndola del brazo—. Los chicos solo dan dolores de cabeza.

Florence contuvo las lágrimas.

—Yo solo hablé con él porque me dio pena. No le seguí la corriente.

—Es una lástima que su amigo estuviera mirando. Le ha dolido en su orgullo, eso es todo. Ahora tengo que quitarme este barro de las botas.

—Entonces, ve por detrás. Pero ¿dónde diablos has estado todo este tiempo?

CAPÍTULO VEINTE

Hélène

Hélène había estado levantada hasta las dos de la madrugada, hablando con Jack y bebiendo el vino casero de Florence. Había esperado quedarse durmiendo hasta tarde, pero no lo había hecho y ahora sentía como si estuviese en un estado de sopor. Tras ponerse unos pantalones grises y su blusa de seda preferida de color limón, bajó y se quedó mirando por la ventana de la sala de estar con la mirada puesta en las nubes y los árboles lejanos mientras se preguntaba qué hacer.

—Ah, estás ahí —oyó que decía Élise.

Hélène se giró, casi eufórica por el alivio. Por fin había vuelto su hermana.

—Ay, Dios mío, tienes muy mal aspecto. Estaba muy preocupada. Ven aquí.

—Tú tampoco parece que estés muy bien —contestó Élise mientras cruzaba la habitación.

Las dos hermanas se abrazaron.

Hélène se apartó sin soltarla para mirarle la cara.

—No sabes cómo me alegra verte, pero ¿qué ha pasado? Has estado fuera mucho tiempo.

—Tuvimos que esperar. Me he enterado de que un capitán alemán ha muerto en el ataque al puente.

—No. Aún sigue aguantando… O seguía. ¿Qué es lo que has oído?

—Un par de soldados me han parado cuando volvía del refugio. Han dicho que el capitán había muerto.

Hélène sintió una oleada de pánico y el corazón se le aceleró.

—Dios, espero que se hayan equivocado. Seguía con vida ayer. Quizá debería irme. ¿Debería? Voy a por mi sombrero. —Fue hacia la puerta, pero Élise la retuvo.

—Hélène, es domingo. Tienes que descansar. Hugo te informará. O vendrá Marie.

Hélène se mordió el labio para dejar de temblar.

—Lo terrible es que…

—¿Qué?

—Me cuesta decirlo en voz alta, pero ayer amenazaron con ejecutar a Marie si Hugo no salvaba al capitán. Yo no…, en fin, ya sabes… Apenas puedo respirar cuando lo pienso.

—*Putains!* —exclamó Élise—. Esos cabrones.

Hélène se obligó a respirar hondo y, después, soltó el aire despacio.

—Pero que no haya noticias es bueno, ¿verdad?

—Sí, aunque quizá deberíamos ir pensando en sacar a Marie del pueblo.

—No se va a ir. Jamás abandonaría a Hugo.

—La cuestión es… —Élise se pellizcó el puente de la nariz y Hélène sabía que eso era una señal de reticencia en su hermana.

—Tomas está muerto.

—Ay, Señor. ¿Qué ha pasado?

Hélène contuvo la respiración mientras Élise le explicaba.

—Lo vimos. O, al menos, lo oímos. Los disparos, quiero decir. Victor está casi seguro de que está muerto. Por la mañana estuvimos preguntando y un par de mujeres del pueblo vio que se lo llevaban y que parecía muerto.

Hélène se quedó completamente inmóvil, pensando en Tomas. Tan joven, tan asustado.

—Pobre muchacho —dijo en voz baja. Aunque no pudo evitar pensar en la clase de futuro que le habría esperado. Sin poder volver

124

nunca a casa, siempre huyendo—. Pero no habría tenido una vida muy buena —añadió.

—Por no mencionar lo peligroso que habría sido para nosotras que él hubiese sobrevivido.

Pasó un rato mientras Hélène asimilaba aquello. Siempre había sabido que esconder a Tomas en su desván había sido un peligro, pero al estar a punto de que las descubrieran, sintió otro estremecimiento de pánico. ¿En qué estaba pensando cuando dejó que Florence la convenciera?

—¿Estamos a salvo? —preguntó.

Élise insistió en que sí, pero Hélène se preguntaba cómo podía estar tan segura sin haber visto el cadáver del muchacho. Aunque Victor había sido muy categórico al decir que el chico estaba muerto, ¿había decidido Élise creerlo sin más?

Su hermana parecía estar deseando cambiar de conversación.

—Escúchame. Victor quiere que Jack se quede aquí un poco más —dijo—. ¿Puedes arreglártelas? Se habrá ido dentro de unos días.

—Sí. Puedo quitarle los puntos en un par de días y, después, podrá irse.

—Bien. ¿Sabes que está saliendo por la noche? Pero tiene muchísimo cuidado de que no le vean y creo que estamos lo suficientemente lejos del pueblo como para no levantar sospechas.

Hélène sintió tal mezcla de emociones que apenas supo qué responder. Sabía que estarían mucho más seguras cuando Jack se fuera, pero le gustaba saber que estaba ahí.

—Anoche estuvo aquí. Yo estuve… hablando con él hasta tarde.

Élise la miró con una sonrisa cómplice.

—¿Hablando?

—Sí.

—Si tú lo dices… En fin, a Bill, el otro agente de Operaciones Especiales, aún no le han encontrado, pero Victor está en ello.

—Bien —contestó Hélène. Parecía pensativa mientras miraba al jardín, dándole vueltas a la cabeza.

—¿Por qué miras por la ventana? —preguntó Élise.

125

—Solo me preguntaba por qué Florence no deja de salir.

Esa misma mañana, Hélène salió a la entrada para ver si se había dejado el libro sobre la mesa, pero se sorprendió al ver lo que allí se encontró y se quedó inmóvil. Élise parecía flotar mientras bajaba las escaleras con el vestido rojo. Aunque la falda seguía estando desgarrada, parecía toda una señora, tan idéntica a su madre que Hélène tardó un momento en entender lo que veía. Hélène había visto ese vestido antes, estaba segura. Y lo había llevado su madre. Pero una madre que mostraba un lado de su carácter que ninguna de ellas había visto jamás.

—¿Qué? —preguntó Élise—. Se me ha ocurrido probármelo. Pero parece como si hubieses visto un fantasma.

—Eso creo...

—¿De verdad?

—Ahora me acuerdo. Vi a *maman* con ese vestido. Estaba en la entrada, igual que tú ahora, y estaba borracha. Muy muy borracha y... lloraba.

—¿Dónde estabas tú?

—Eso es lo curioso. Creo que yo estaba en el desván.

—Vaya. Me preguntó por qué. Tú odiabas el desván.

—Sí. —Hélène frunció el ceño—. Y no sé cómo pude verla desde ahí arriba.

Cuando el sol se coló por la ventana de la entrada y el vestido resplandeció aún más, Hélène decidió pedirle a Violette que volviera a coserlo. Era evidente que tenía malos recuerdos relacionados con ese vestido, pero, quizá, una vez que estuviese arreglado, podría ser un símbolo de esperanza para todas ellas. El capitán sobreviviría, Hugo y Marie estarían bien y, algún día, sus vidas también se arreglarían. Disfrutarían de comidas maravillosas y serían libres. Hélène no estaba preparada todavía para asegurar que todo se iba a solucionar, pero, al ver a Élise girarse, la falda dio vueltas, rasgada y estropeada, a pesar de todo, fue como si su hermana reluciera por dentro. Y en su preciosa sonrisa no solo vio Hélène el brillo de su alma increíble, sino también que su hermana estaba enamorada.

CAPÍTULO VEINTIUNO

Florence no había ido a comer y nadie sabía dónde estaba. El día no había sido tan soleado como Hélène se había esperado y las ligeras nubes de la primera hora de la mañana se habían vuelto más densas durante la tarde. Cuando vio que Florence llegaba a casa al final de la tarde, estaba lloviendo. Hélène cerró los ojos y respiró hondo.

—Has estado fuera mucho tiempo —dijo a la vez que dejaba el libro y se apartaba de la ventana cuando su hermana entró—. Te has perdido la comida.

Florence se lanzó sobre el sofá.

—Ah, ¿sí?

—Levántate, estás mojada. Vas a empapar el sofá.

Florence infló las mejillas, pero no se movió.

—Oye, ya estoy bastante preocupada por Hugo —dijo Hélène y, al notar que la voz le temblaba, se recompuso—. No quiero tener que preocuparme también por ti. ¿Dónde has estado?

—Por ahí.

Hélène la miró perpleja.

—Eso ya me lo imaginaba. Te he estado buscando al final del huerto, pero no estabas.

—He ido a dar un paseo.

—¿Sola?

—Sí. —Florence soltó un fuerte suspiro y empezó a mullir un cojín—. En serio, están muy duros.

—Cariño, no creo que sea muy seguro salir ahora mismo por ahí sola.

—Me gusta pasear. Me ayuda a aclararme las ideas. ¿Lo entiendes?

Hélène asintió.

—Sí, claro que lo entiendo… ¿Necesitabas aclararte las ideas por algún motivo en especial?

Con una mirada confusa en sus ojos, Florence no hizo caso de la pregunta.

—Sobre todo, me gusta ir descalza por el bosque.

—¿Y las hormigas?

—Con los zapatos no se puede sentir la tierra bajo los pies.

—Cierto.

Florence se levantó, dejó el cojín y le dio un último golpe.

—¿Eres consciente de que tengo veintidós años, no doce?

Hélène levantó los brazos por encima de la cabeza, se estiró y los dejó caer sobre su cabeza un momento antes de sentarse.

—Lo siento. Sí que lo soy, pero cuesta. —Todas las razones por las que debería tratar de tener bajo control a Florence se agolparon en su mente. Era joven. Era inocente, como los delicados cervatillos que se ven en el bosque. Con los pies más firmes que uno recién nacido con las patas tambaleantes, pero no tan fuerte como un potro—. Solo quiero que no corras peligro —añadió.

—Que me quede envuelta en algodones, quieres decir. —Florence volvió a sentarse junto a Hélène en el viejo sofá—. Había olvidado lo mucho que necesita un arreglo este sofá.

—Hay que rellenarlo también.

Los ojos de Florence se iluminaron.

—Ya sé. ¿Quieres que lo hagamos juntas?

—Tenía pensado ponerme a leer.

—Puedes leer en cualquier otro momento. Venga, vamos a hacerlo. Así tendrás la mente entretenida.

Hélène soltó un gruñido.

—¿Quieres decir ahora? Estoy cansada.

Florence se puso de pie y extendió una mano.

—Mejor ahora que después. Es lo que siempre dices.

Hélène se levantó a regañadientes y vio que Florence la miraba con una expresión decidida en los ojos.

—¿Qué?

—Oye, Hélène. No quiero que estés pegada a mí como una sombra.

—De acuerdo. Intentaré no hacerlo. Cuesta renunciar a las viejas costumbres.

—Sobre todo a ti.

—¿Qué quieres decir?

Florence entrecerró los ojos mientras se inclinaba para ver bien el sofá.

—Creo que tenemos que quitar primero la funda y así podremos ver, después, qué arreglos necesita.

—¿Florence?

Su hermana se enderezó.

—Pues que te gusta ceñirte a tus rutinas, ¿no? Mientras que a mí me gusta descubrir cosas nuevas… ¿Dónde he dejado las tijeras?

—¿Y has descubierto algo?

—¿Qué?

—¿Alguna cosa nueva?

Florence trató de ocultar una sonrisa.

—Hay algo que no me has contado, ¿verdad?

Florence empezó a tirar de la funda, sin contestarle.

—Mira. Tiene agujeros por todas partes.

—¿No me lo vas a decir?

—Claro, pero ahora necesito las tijeras —contestó antes de salir corriendo de la habitación.

Hélène se inquietó. Llevaba mucho tiempo prestando atención a las necesidades y deseos de sus hermanas, pensando en ellas antes que en sí misma, siempre sujetando las riendas que las mantenían unidas. Se imaginó la carpa de un circo. Ella como maestra de ceremonias, con su sombrero de copa y su frac, y sus hermanas como caballos dando brincos. Incontrolables. Y aunque a ella le gustaría darles más cuerda, se daba cuenta de que no sabía cómo hacerlo. Había sido el punto de unión de la familia durante demasiado tiempo. Y ahora aparecía Florence con esta nueva determinación de no compartir una parte de sí misma, de mantenerla en secreto, una parte que no tenía nada que ver con la familia. Una parte que claramente le decía: «No te acerques».

Hélène sabía cómo ocuparse de sus pacientes, cómo hacer que se tranquilizaran, cómo consolarles y animarles a que tuviesen valor. Sin embargo, cada vez le costaba más saber cómo tratar a sus hermanas como personas adultas.

Negó con la cabeza a la vez que Florence entraba en la habitación blandiendo unas tijeras y un cuchillo.

—Las he encontrado... —dijo Florence. Y se detuvo—. Hélène, ¿qué te pasa? Pareces muy triste.

—¿Sí?

—¿Qué ocurre?

—Estoy preocupada por Hugo y Marie. —Respiró hondo y recuperó la compostura.

—Si les hubiese pasado algo malo de verdad ya nos habríamos enterado.

Hélène soltó un suspiro.

—Venga. A ver el sofá. ¿Sabes cómo hacerlo?

La mirada de Florence se iluminó.

—No, pero será divertido averiguarlo.

Entre las dos retiraron la tela exterior y también la interior y, después, dieron la vuelta al sofá para quitarle la batista floja de la base. En cuanto volvieron a poner derecho el sofá, Florence examinó la capa hundida del relleno.

Inclinó la cabeza y soltó un resoplido.

—¡Puaj! Apesta. Vamos a tener que quitar también esto.

Hélène movió la cabeza a ambos lados.

—Creo que esto va a ser demasiado para nosotras.

—Espera —dijo Florence. Noto algo aquí abajo. Metió la mano

más hondo y, a continuación, sacó un sobre cerrado y lo levantó en el aire—. ¡Mira! ¿Qué será esto?

—Probablemente una factura —contestó sin mostrar mucho interés.

Florence la abrió y sacó una hoja amarillenta. La miró fijamente y, después, levantó los ojos hacia Hélène, con una expresión de curiosidad—. Esto, mi querida hermana, es una carta de amor.

Hélène frunció el ceño.

—¿De quién?

—La voy a leer. A ver si conseguimos saberlo.

—Vale —contestó ella, y Florence empezó a leer:

> *Cariño mío:*
> *Esta ha sido la espera más larga de toda mi vida. He estado esperando tu respuesta a mi última carta, pero solo se me ocurre que ha debido de pasar algo que te lo ha impedido. ¿Han descubierto nuestro secreto? ¿Es eso? No puedo vivir un día más sin saber que estás bien. Llámame y, si no puedes, escríbeme, por favor.*
> *Tu amor. Siempre.*

—Vaya —dijo Hélène con gesto de sorpresa—. Qué interesante.

Con las manos en las caderas, Florence abrió los ojos de par en par.

—¿No te parece romántico?

—¿Romántico? Supongo. A mí me parece a una aventura ilícita.

—¿Quién podría ser ese «amor»?

—Nuestro padre no.

Florence sonrió y Hélène entendió el motivo. Su padre tenía muchas virtudes maravillosas, pero el romanticismo no era una de ellas.

—Pero podría ser una carta para *maman*. Quizá de cuando era joven.

—O para su hermana.

—La que se escapó. ¿Es posible que se fuera por esto?

131

Hélène volvió a girarse hacia el sofá.

—En fin, quienquiera que la escribiera, todavía tenemos que arreglar este desastre.

—¿Tendrá Violette algo para arreglarlo?

—¡Buena idea!

—Hélène —dijo Florence tras una pausa—, ¿te gusta Violette de verdad?

—Claro. ¿Por qué no?

Florence se encogió de hombros.

—No sé.

Hélène soltó una carcajada.

—Solo porque a ti no te gustó el estampado que te regaló para hacerte un vestido.

—Era un vestido muy de niña.

—Si tú lo dices. Bueno, Florence, voy a dejar que sigas tú con el sofá.

—¡Nooo!

En ese momento, alguien llamó a la puerta de atrás y Hélène fue a la cocina a abrir.

—Justo estaba pensando en ti —dijo cuando vio a Violette sonriente allí.

—Ay, Hélène. Tengo noticias.

—Pasa.

—No, no. No tengo tiempo de pararme. He dejado a mi hijo dormido. Marie me ha suplicado que venga.

—¿Y? —preguntó Hélène, casi sin atreverse a preguntar.

Violette sonrió.

—Son buenas noticias. Muy buenas. El capitán ha salido adelante. Está fuera de peligro.

Hélène no se había dado cuenta de que había estado conteniendo la respiración hasta que exhaló con fuerza.

—¡Ay, gracias a Dios! —Y temblando, aliviada, se apoyó contra el marco de la puerta para mantener el equilibrio.

Violette extendió los brazos y las dos mujeres se abrazaron.

CAPÍTULO VEINTIDÓS

Esa noche, Hélène estuvo despierta en la cama varias horas. Su alivio era tan abrumador que podría haberse puesto a bailar de alegría. Si le hubiese pasado algo a Marie, Hugo se habría visto perdido. Hélène se habría ocupado de cuidar de él, de hacerlo todo, de organizar el funeral en su casa, si los nazis se lo hubiesen permitido. Pero, a veces, se llevaban los cadáveres sin más y nunca se sabía adónde. Había rumores sobre fosas comunes, o de cuerpos amontonados en hogueras y cadáveres que se dejaban abandonados para que se los comieran los animales.

Todos estos pensamientos sobre la muerte la retrotrajeron a los días posteriores a la muerte de su padre, fallecido de manera tan repentina por un ataque al corazón. Había muerto a los cuarenta y ocho años, el día anterior a su veintiún cumpleaños. El día del funeral, cuando entraron en la iglesia y vio los bancos tan llenos de gente, su madre le había susurrado al oído: «El espectáculo de la muerte repentina. Cómo les gusta».

Hélène suspiró al recordar la falta de humanidad de su madre y, al instante, se vio transportada allí, con el espantoso olor de los lirios que tanto evocaba a la pena. Recordó su olor intenso, mareante, colocados sobre el ataúd. Azucenas, conocidas por su aroma tan fuerte, flores grandes y blancas y un borde más rosado alrededor de los pétalos. Llovía. Claro que llovía. ¿Cómo iba a brillar el sol? Su padre no había sido una persona religiosa y su madre era católica no

133

practicante, pero el funeral tenía que ser tradicional. Por las apariencias. El caro ataúd forrado de seda —Claudette se había sentido orgullosa de él— fue sacado del coche fúnebre por seis desconocidos, todos vestidos con sombrero de copa y frac. Hélène supo que el ataúd era de los más caros, no porque su madre le hubiese contado lo que había elegido, sino porque había visto el precio en el catálogo. Los asistentes guardaron silencio mientras los hombres llevaban a hombros el ataúd seguidos por la familia. Al tiempo que colocaba despacio un pie detrás del otro, Hélène miraba a ambos lados, sorprendida al ver cómo tantos desconocidos estiraban el cuello para ver mejor. Su madre se giró y miró a Hélène con los ojos entrecerrados. Una clara reprimenda. Y después Claudette continuó andando, sin llorar, vestida de negro de los pies a la cabeza y con la tez pálida, sin mirar a izquierda ni a derecha. Hélène iba detrás con sus hermanas en dirección al primer banco.

El sacerdote parecía una estrella de cine. Glamuroso, con una mirada provocativa a lo Clark Gable. Hélène le miró boquiabierto y su madre le dio un codazo en el costado. Qué desperdicio que un hombre así fuera sacerdote, pensó una irreverente Hélène mientras miraba fijamente a Élise, que abrió los ojos de par en par con gesto de asentimiento. Después, se sentaron con la espalda erguida y trataron de escuchar.

Hélène no oía ni una palabra. Solo tenía la mirada puesta en el ataúd mientras trataba de imaginar el aspecto de su padre en su interior. ¿Tenía la piel pálida y cerosa o le habían maquillado para que tuviera la cara rosada, sin parecerse a sí mismo? En cualquier caso, nunca volvería a posar los ojos sobre él. Mientras se hacía a esa idea, no pudo evitar llorar. Sintió como si una parte de ella estuviese ahí dentro con él. Pero al ver que su madre la fulminaba con la mirada, Hélène, avergonzada por sus lágrimas, se las secó discretamente.

Después, sin decir nada y sin previo aviso, Élise se puso de pie y fue al frontal de la iglesia. Mirando hacia los bancos, se sacó un papel del bolsillo y empezó a leer con una preciosa y serena voz:

No te acerques a mi tumba a llorar,
no estoy ahí, no estoy durmiendo.
Estoy en mil vientos que soplan,
soy la suave nieve que cae,
soy las ligeras gotas de lluvia...

Hélène no oyó el resto del poema. Estaba pensando en su padre y preocupada por el castigo que su madre impondría a Élise. A juzgar por la expresión de Claudette, estaba furiosa. Entonces, Hélène volvió a prestar atención y oyó a Élise leyendo el último verso:

No te acerques a mi tumba a llorar.
No estoy ahí; no he muerto.

Élise no volvió a su asiento. Salió directamente de la iglesia y Hélène se sintió orgullosa de ella.

Cuando todo acabó y los dolientes se marchaban, a Hélène le pareció oler a pepino. Qué extraño. Incienso sí, pero ¿pepino? ¿Podía ser un perfume? ¿No sería que alguien había ido allí con la compra? Era un olor fresco y raro para una iglesia en un día de tanta lluvia.

Hélène sentía las manos sudadas de tanto estrecharla mientras recibía las condolencias de la gente en la puerta de la iglesia y su madre mantenía su sonrisa imperturbable mientras extendía su mano enfundada en un guante blanco. Cada vez que parecía que Hélène estaba a punto de llorar, Claudette le pellizcaba o la agarraba del codo para apartarla y que nadie la viera ni la oyera.

Junto a la tumba, mientras bajaban el ataúd, el cielo se aclaró y los pájaros empezaron a cantar. A Hélène le sorprendió aquella prueba de que la vida podía continuar sin su padre. Cuando todo terminó, Florence prefirió ir en el coche con Claudette, pero Hélène y Élise fueron andando a casa a través del cementerio mientras leían en voz alta algunas de las lápidas más antiguas. Mientras caminaban, Hélène sentía las piernas pesadas, cargadas con la pena. Élise no lloraba ni hablaba y se limitaba a agarrar la mano de Hélène y apretarla.

Durante todo ese día, Hélène había querido algo más de su madre, algún reconocimiento a la persona que había sido su padre, lo que había significado para todas ellas y lo mucho que le iban a echar de menos, pero no hubo nada. El único consuelo que tuvo fue la mano de su hermana apretándola como gesto de solidaridad.

Durante el velatorio, hubo un único momento en que el cauteloso control de Claudette empezó a fallar. Hélène vio la expresión en el rostro de su madre antes de apartar los ojos rápidamente, pero fue excitación en lugar de pena, pensó Hélène, y rabia en lugar de amor lo que había visto en sus ojos.

Hélène había vuelto sola a la tumba al día siguiente y la había visto llena de flores, la mayoría acompañadas de pequeñas tarjetas, todas ellas con preciosas palabras escritas desde el corazón. Le había conmovido ver lo querido que había sido su padre y se había sentado en la hierba a llorar sin control hasta que los ojos le escocieron y se le hincharon.

A veces, incluso ahora, tantos años después, ese recuerdo hacía que se sintiera terriblemente triste. Jamás dejó de desear que su padre estuviera vivo. Había en Inglaterra una elegante lápida con su nombre y, por mucho que ella quisiera, no iba a poder visitarla hasta que la guerra acabara.

CAPÍTULO VEINTITRÉS

Florence

El lunes, Florence ya estaba esperando cuando apareció Anton cargado con una pesada bolsa de lona. Había mentido a Hélène cuando le dijo que había salido a pasear el día anterior porque quería tiempo para pensar. Hoy había decidido ponerse un vestido de seda de flores lilas que se había arreglado a partir de uno de los vestidos que su madre no se había llevado. Claudette se había dejado todos sus maravillosos vestidos franceses de su juventud y, aunque a Élise le quedaban perfectamente, rara vez se ponía uno. Así que Florence le había metido a ese vestido de la cintura, le había cortado las mangas ligeramente abullonadas a la altura del codo, le hizo un frunce en los hombros, le había cogido un poco las costuras para que la falda se le ajustara al cuerpo y le había cortado el bajo para que le quedara un poco por debajo de la rodilla. Estaba encantada con el resultado, pero, hasta ahora, no había tenido ocasión de ponérselo.

—Estás guapa —dijo él.

Ella hizo una pequeña reverencia, encantada de verlo, y se giró para que la falda se le moviera alrededor.

—¿Qué llevas ahí? —preguntó ella señalando a la bolsa.

—¡Chucherías!

Florence soltó un silbido.

—Estoy deseando comerlas.

—Podemos bañarnos si quieres —le propuso él—. Pero la verdad es que he conseguido contratar una excursión por el río.

—¿De verdad?

—Sí. He traído mi moto para que vayamos hasta Limeuil. ¿Te parece bien?

—Claro.

—Hace muy buen día y me han dicho que la parte más bonita es entre Souillac y Lalinde, donde los acantilados reencauzan el río hasta que toma forma de herradura.

—Conozco Limeuil. Es donde el río Vézère se junta con el Dordoña.

Ella subió a la moto detrás de él y se agarró mientras Anton conducía colina arriba. Florence no iba a vivir asustada. Esta excursión, esta aventura, esta escapada era como una rebelión, no solo contra Hélène, que la quería a salvo en casa, sino contra la guerra misma. No iba a dejarse intimidar. Y Anton había llegado para enseñarle el camino. Lo podía ver en sus ojos.

Siempre buscaba señales que le mostraran el camino. Detalles que le gustaba interpretar como presagios. Una pluma aquí. Una flor allá. Y también era supersticiosa. Sobre todo, le gustaba cuando dos personas tiraban de la espoleta seca y frágil de un pollo y el ganador podía pedir un deseo. Le gustaba pedir deseos, guardárselos para sí misma, saber que eran secretos. Y le encantaba lanzar la sal derramada por encima del hombro y, a veces, derramaba un poco a posta para poder hacerlo, aunque se decía que lo de derramar la sal daba mala suerte. La gente creía que el diablo se apoyaba en el hombro izquierdo y que Dios estaba en el derecho, así que, si te lanzabas la sal sobre el hombro izquierdo, dejarías ciego al diablo y acabas con la mala suerte. Ese era su favorito, aunque tampoco pasaba nunca por debajo de una escalera ni saludaba a la urraca todos los días[2]. Creía

_____

[2] En el Reino Unido existe la superstición de que las urracas son aves de mal agüero y, para ahuyentar a la mala suerte, hay que saludarlas de manera respetuosa. *[N. del T.]*

fervientemente que regalar a alguien un cuchillo daría una suerte malísima a la amistad con esa persona, a menos que se ofreciera con una moneda. El amigo tenía que devolverte rápidamente la moneda como pago por el cuchillo y, así, salvar la amistad. Hasta ahora, nunca lo había probado.

—Son unos treinta kilómetros. —Oyó que Anton le gritaba por encima del ruido del motor—. ¿Vas bien?

—Estoy feliz —le contestó. Y era verdad. Estaba muy feliz.

En cuanto llegaron a su destino, Anton aparcó la moto y desató la bolsa de la parte trasera.

Florence miró los enormes árboles a su alrededor, un viñedo que rodeaba un *chateau* y las vistas de los ondulantes prados verdes, y, más allá, la impresionante confluencia de los dos ríos. Empezaron a bajar por la colina, pasando junto a casas de piedra y cabañas de vigas de madera levantadas en la ladera. Después, atravesaron la puerta de la *Maison du Porche*, que separaba la zona alta del pueblo de la más baja.

—Cuando volvamos a subir por Rue du Port, pasaremos por el convento, y si entramos por Grande Rue y vamos a la izquierda, llegaremos a la Porte du Recluzou que lleva a la salida del pueblo.

—¿Y vamos a salir del pueblo?

—No. Solo quiero enseñarte una cosa. Si subimos desde allí y giramos a la izquierda hacia la iglesia, veremos la *Maison de Tolérance*. —Con un brillo en los ojos, le habló de la preciosa y vieja casa con un balcón de madera donde ciertas muchachas del pueblo solían entretener a los barqueros solitarios.

—Te has informado bien —dijo ella con una carcajada.

—Lo cierto es que ya he venido antes a investigar. Tengo que encontrar el modo de impresionarte.

Ella no le dijo lo impresionada que ya estaba.

Mientras él bajaba delante de ella por unos escalones de piedra hasta el lugar donde una pequeña embarcación se balanceaba en el agua, ella sonrió al ver los cisnes que se deslizaban y los patos que se zambullían en el río.

139

—Entonces, no es una gabarra —dijo ella cuando él subió a la barca y extendía después una mano para ayudarla a subir.

—El encargado de la barca está jubilado —respondió Anton cuando ella estuvo sentada—. Pero por unos cuantos francos ha aceptado. Solo es una excursión corta, pero suficiente para ver castillos sobre los acantilados rocosos y los pueblos fortificados que los rodean.

—Mis pueblos preferidos son Beynac-et-Cazenac, La Roque-Cageac y, por supuesto, Domme —dijo ella imaginándose la bastida de piedra color miel o pueblo fortificado sobre la colina, con sus altos y viejos muros de piedra.

—Sí, son increíblemente bonitos —asintió él a la vez que empezaban a moverse.

—Hay fantasmas por aquí, ¿sabes?

—¿Crees en los fantasmas?

—Puede que sí. Sé que el pasado sigue aquí, con nosotros. Casi puedo olerlo. ¿No crees que hay momentos en los que pasa eso? Cuando la historia de un lugar parece estar conviviendo con nosotros.

Los ojos de él parecieron humedecerse, como si Florence hubiese aludido a algo que también tuviera importancia para él.

—Es como si pudieras extender la mano y tocarlo —añadió ella—. Y ahí estarían, los ingleses y los franceses luchando sin parar.

Él se rio.

—Sé a qué te refieres. Y algún día esta guerra también formará parte del pasado. Me pregunto si la gente la recordará siquiera.

—Sí, yo también lo pienso. Y cuando miras al río entre la niebla a primera hora de la mañana, se nota lo antiguo que es, con sus islitas y sus elevadas orillas. Y entonces, cuando sale el sol, el río se vuelve plateado. No hay nada que cambie eso.

Permanecieron en silencio el resto del trayecto, disfrutando de los lánguidos recodos del río y del espectacular escenario que los rodeaba y, quizá por encima de todo, de la luz del sol que se filtraba entre las nubes salpicando el agua que fluía libremente. Él extendió una mano hacia ella mientras se deslizaban entre huertos de ciruelos y nogales y muros caídos engalanados con hiedra y glicinias que caían en cascada. Florence se agarró a su mano mientras levantaba la vista hacia los antiguos *chateaux* y los pueblos teñidos de color miel y escuchaba a los pájaros cantar junto al suave zumbido del motor, y se sintió en paz. Aunque solo fuera durante ese momento.

Cuando volvió de su excursión por el río, vio que Enzo miraba mientras Anton aparcaba a cierta distancia de la casa. ¿Por qué estaba Enzo merodeando otra vez por su casa? Apartó deliberadamente al pesado muchacho de su mente, a pesar de sentir un pellizco de inquietud. En la casa, se sorprendió al ver a Lucille, su amiga peluquera, sentada en el jardín, con la cara manchada de lágrimas secas y a Élise tratando de consolarla sin mucho entusiasmo. Élise tenía poco tiempo para frívolos lloriqueos de adolescentes. ¿Y quién la iba a culpar? Pero Lucille era una buena chica y Florence, siempre más generosa que su hermana a la hora de juzgar el dolor de los demás, sintió al instante compasión por ella.

—No termino de entender lo que dice —le explicó Élise—, pero creo que se ha peleado con su madre.

Lucille se puso de pie y corrió a abrazar a Florence.

—Ay, cómo me alegro de verte. ¿Dónde estabas?

—Por ahí —contestó Florence evitando la expresión de curiosidad en el rostro de Élise. ¿Había oído la motocicleta de Anton alejándose antes de que Florence apareciera?

—Es verdad —confirmó Lucille—. Nos hemos peleado. Ay, Florence, ha sido espantoso. Le he gritado cosas terribles y ella me ha dicho que soy una mocosa desagradecida y que no quiere volver a verme.

—Se le pasará. Vendrá a por ti.

—Ya estoy harta —dijo ella, conteniendo lo que parecía una segunda ronda de lágrimas—. Yo… no… no quiero que venga. Es odiosa y malvada y no quiero volver a verla.

—Ahora te sientes mal, pero es tu madre y estoy segura de que te necesita.

—Me voy a quedar en casa de mi tía Lili, pero es por mi trabajo. Me encanta mi trabajo. ¿Qué voy a hacer? —Y entonces sus estrechos hombros empezaron a moverse mientras comenzaba de nuevo a llorar de verdad.

Florence rodeó con el brazo a su amiga e intercambió miradas con Élise que, apartándose, levantó las manos en el aire como diciendo: «Ahora te toca a ti».

—Venga, vamos dentro. Puedes lavarte la cara y, después, te acompañaré a casa de tu tía. Encontraremos una solución para esto, te lo prometo.

Lucille asintió y, mientras estaba en el baño echándose agua en la cara, Florence pensó en cómo había sido su día. Anton y ella habían hablado de la posibilidad de volver a verse en un molino abandonado del siglo XVI en la orilla del río Vézère. Oculto en un valle entre los prados, con altos robles y hortensias, dijo que era el lugar perfecto para escapar de la guerra. Ella seguía sorprendida de haber aceptado tan fácilmente la amistad de Anton pues, al fin y al cabo, no podía olvidar que era alemán y era consciente del peligro que eso suponía. Pero era un chico muy dulce y amable, de esas personas especiales que tienen la capacidad de hacer que todo parezca mejor. Aunque le costaba admitirlo, el peligro le resultaba también un poco excitante.

Lucille se reunió con Florence en la cocina.

—Ya tienes mejor cara —dijo Florence.

—Me siento mejor. Gracias.

—Se me ha ocurrido una idea.

—¿Cuál?

Florence sonrió.

—Pues que si tu tía Lili deja que vivas con ella, ¿por qué no abres tu propio negocio?

Lucille frunció el ceño.

—No te entiendo.

—Podrías ser una especie de peluquera ambulante. Ofrecer cortes de pelo o lo que sea que la gente necesite, pero en sus casas. Ahora que hay menos autobuses en funcionamiento, cada vez es más complicado moverse, pero tú podrías desplazarte fácilmente en bicicleta.

La mirada de Lucille se iluminó.

—¿Crees que podría hacerlo?

—Necesitas algo de equipo, pero sería estupendo. Podríamos vernos siempre que quisiéramos.

—Tengo algunos ahorros. Pero ¿de dónde voy a conseguir las cosas?

—De Bergerac. O quizá de Sarlat. O puede que Lili convenza a tu madre para que te ayude a establecerte. Eso sería lo mejor.

Lucille le dio un abrazo.

—Florence Baudin, eres una genio.

Florence miró hacia la puerta que daba a la entrada.

—¿Vamos al bosque antes de que vuelvas?

Salieron y, sin parar de charlar, caminaron hasta el merendero del bosque y se sentaron en el banco.

—Bueno, ¿qué has estado haciendo últimamente? —preguntó Lucille.

—He hecho una nueva amistad —contestó Florence sin poder contenerse.

Lucille la miró sorprendida.

—¿Alguien de por aquí? ¿Quién? ¿Cómo se llama?

—Es un chico. Se llama Anton y nos llevamos de maravilla.

—¿Dónde le has conocido?

Florence se rio.

—Al fondo de mi jardín.

Florence continuó describiéndole a Anton y le habló a Lucille de sus encuentros y de que había estado en el río con él.

—Es muy divertido —añadió.

—Qué bien. ¿De dónde es?

—No es de por aquí.

—Ah —respondió Lucille con expresión de curiosidad.

Florence no le hizo caso.

—Es estupendo poder salir un poco sin sentir el aliento de Hélène en la nuca. Tiene una motocicleta.

—Qué suerte tienes. Ojalá yo tuviera un novio con moto.

—Ah, no. No es mi novio. Solo nos llevamos de maravilla y siento como si le conociera de toda la vida.

—Un amigo, entonces.

—Sí.

—¿Y es de Sarlat?

Florence negó con la cabeza.

—No exactamente.

—Estás siendo evasiva.

Florence miró a las hormigas que avanzaban en fila por el suelo.

—Bueno, si te lo digo, tienes que prometerme que jamás dirás una palabra a nadie.

CAPÍTULO VEINTICUATRO

Hélène

El martes a última hora de la tarde, tras un día inesperadamente lluvioso, las nubes por fin se disiparon. Justo después de que Hélène le quitara los puntos a Jack —él la había mirado a los ojos y la había llamado ruiseñor— y mientras aún había luz, ella iba de camino a casa de Violette a cenar. Pero cuando estaba a punto de cruzar la calle, vio que se abría la puerta de la casa de color azul claro y que salía un oficial de las SS. Él se giró para mirar de nuevo hacia dentro y le habló a alguien. Luego, después de que la puerta se cerrara, dio varios pasos en dirección a Hélène. Ella observó la calle y levantó los ojos hacia los montones de vencejos que sobrevolaban los tejados y que bramaban mientras bajaban en picado a la caza de insectos. Al ver aquella imagen tan atemporal, nadie podría imaginar que las cosas no estaban siendo exactamente como deberían. Parecía un atardecer más en un aletargado pueblo francés. Salvo por el oficial de las SS. Hélène giró la cabeza hacia el otro lado para no cruzar la mirada con él y, cuando oyó que se alejaba, frunció el ceño, insegura. ¿Estaría bien su amiga?

Se agarró con fuerza el bolso contra el pecho. Había pensado pedirle a Violette que le arreglara el vestido rojo de seda y lo había llevado con la esperanza de que, si lo conseguía, podría destapar las capas superiores de su mente. Su memoria o, al menos, este recuerdo en particular, era caprichosa y no sabía cómo retenerlo. Pero, cada vez que pensaba en el vestido, también se deslizaba en su mente una imagen del desván. De niña, aquel desván había sido un lugar oscuro al que asomarse y del que salir después corriendo y siempre lo había evitado, así que, ¿por qué sentía una conexión tan fuerte con el vestido?

Violette fue a abrir rápidamente la puerta y la hizo pasar al taller de costura.

—Espero que no te importe sentarte aquí. Tengo que terminar este sombrero para mañana.

Hélène contempló el sombrero rosa y púrpura en forma de casco hecho de fieltro con un delicado velo de rejilla.

—¿Para quién es?

—Para nadie en especial.

Hélène miró fijamente a su amiga. Hubo una pequeña pausa mientras decidía si insistir en el asunto. Al final, decidió hacerlo.

—Vamos, Violette —dijo—. Seguro que puedes decírmelo.

Violette levantó los ojos hacia ella y suspiró.

—Si tanto quieres saberlo, es para un oficial alemán.

Hélène la miró con recelo y se fijó en las flores de fieltro que Violette estaba cosiendo al sombrero.

—¿Se pone sombreros así?

Violette levantó las cejas.

—Por supuesto que no. Espantoso, ¿verdad?

Las dos rieron.

—Es para su mujer. En cuanto ha sabido que hacía alta costura en París, se ha presentado aquí.

Hélène frunció el ceño cuando Violette bajó la cabeza para seguir cosiendo.

—Pero yo creía que las dos habíamos quedado en que no haríamos nada para ellos.

Violette volvió a levantar la cabeza y entrecerró los ojos.

—Tú has estado cuidando de los alemanes heridos.

—Por una buena razón. Quería que liberaran a Hugo.

146

—Mira, sé que no lo apruebas, pero yo también tengo mis motivos.

—¿Tus motivos?

—Últimamente no se venden tantos vestidos. Tengo que pensar en Jean-Louis.

—¿Por su medicación?

—Sí. Y el especialista al que le llevo.

—¿Sigues yendo a París?

—No. Ahora voy a uno de Sarlat.

Hélène recordó cuando Violette había llegado dos años atrás. No había resultado fácil hacer que encajara un anticuado pueblo de Francia con esta parisina tan chic con sus tacones altos, sus vestidos elegantes y sus abrigos de piel. Nunca había contado por qué había venido aquí en medio de la guerra. Todos tenían secretos, era lógico, pero Violette nunca le había hablado de su pasado. Sin embargo, como era una costurera y diseñadora tan brillante a la que tan bien se le daba cortar un par de viejas cortinas para convertirlas en la más bonita de las prendas como dar nueva vida a un viejo vestido de forma que pareciera nuevo, había terminado siendo aceptada en el pueblo. Violette siempre iba guapa y elegantemente vestida, *soignée* y encantadora para el gusto de todos. Hélène había pensado a veces que era un poco vanidosa, pero quizá era simplemente porque ella jamás podría aspirar a ese nivel de sofisticación. De hecho, ya le habían salido arrugas entre las cejas mientras que el rostro de Violette seguía siendo completamente terso.

Hélène la miró inquisitiva.

—He visto salir a un oficial de las SS. ¿Va todo bien… o era el hombre del sombrero?

Violette asintió.

—El del sombrero.

Hélène decidió aparcar la conversación por el momento y cogió su bolso para sacar el vestido rojo. Lo sostuvo en el aire para que Violette pudiera ver la falda rasgada.

—Ay, Dios mío, ¿qué ha pasado?

Hélène se encogió de hombros.

—Lo encontramos así. ¿Podrás arreglarlo?

Violette extendió la mano y lo examinó de cerca.

—No puedo dejarlo como era antes, pero puedo coserlo con añadidos de otra tela nueva.

—¿Del mismo color?

—No exactamente. Si estuviéramos en París, sí, pero aquí cuento con menos género. Solo tengo una tela de seda de color bermellón. Pero puede quedar bien.

Hélène la miró dubitativa.

Violette le dio una palmadita en la mano.

—No te preocupes. Puedo volver a dejarlo precioso.

—Te pagaré.

—Ni hablar. Somos amigas, ¿no? ¿De quién es el vestido?

Hélène se rascó la nuca.

—Creo que era de mi madre.

Violette lo estaba contemplando con admiración.

—Tiene una etiqueta parisina. Mira. —Se lo acercó para que Hélène lo viera.

—Debes de echar de menos París —dijo Hélène al ver la expresión de nostalgia en la cara de su amiga.

Violette no la miró a los ojos.

—¿Estás sola aquí, Violette? Es decir, ¿te sientes sola?

—Bueno, no es tan malo. Hay cosas peores y tengo a mi querido hijo.

—También me tienes a mí. Lo sabes.

—Lo sé. —Violette la sonrió—. Gracias.

Hélène se quedó pensando mientras observaba el rostro perfectamente simétrico de Violette, sus cejas bien perfiladas, sus altos pómulos y su cuello de cisne. Hélène tenía a sus hermanas y su trabajo con Hugo, pero, aparte de su hijo, la vida de Violette era muy solitaria. Sabía que debía haber preguntado a su amiga por qué se había marchado de París, pero se había ido mucha gente de la capital, quizá no se sentía segura allí. Hélène miró alrededor del taller de costura y se fijó en los hilos bien ordenados por colores, los montones de telas dobladas, los cordoncillos y los tres sombreros a medio terminar. Se preguntó para quién serían, pero decidió no preguntar. Violette tenía que ganarse la vida como pudiera y ¿quién era Hélène para juzgarla?

Violette dejó a un lado el raro sombrero.

—Vamos a entrar. Tengo un guiso de conejo al fuego.

—Ay, casi me olvidaba. —Cogió su bolso—. Florence ha hecho estas galletas para Jean-Louis.

—Qué amable. —Extendió la mano para cogerlas.

Hélène se quedó mirándola un momento y, después, lo soltó sin más.

—¿Por qué elegiste irte de París, Violette?

—¿Elegir? —Se rio con amargura—. No tuve elección. —Y después, casi en ese mismo instante, su hijo pequeño se despertó llorando. Violette suspiró—. Ay, perdona. Tendré que subir. Últimamente se despierta mucho. Es la tos. Pasa a la cocina.

Hélène obedeció a Violette y entró a la diminuta estancia. Miró alrededor de la cocina de su amiga. Las contraventanas estaban cerradas y la puerta de atrás tenía echada la llave. Había una diminuta mesa para dos personas pegada contra una pared, ya preparada para comer y con un vaso con apenas un dedo de vino tinto en el escurridor. Removió un poco el guiso y se sentó a esperar en la mesa.

No se parecía en absoluto al tipo de casa donde su amiga habría estado acostumbrada a vivir en París. Violette había llegado a Sainte-Cécile en 1942, pero el éxodo masivo de París se había producido en el verano de 1940, cuando millones de personas habían inundado las carreteras mientras los aviones alemanes les bombardeaban sin piedad. Violette debió de haber seguido cosiendo y bordando en el taller de alta costura donde trabajaba hasta que llegó aquí.

Cuando Violette volvió a bajar, Hélène recordó que no le había hablado sobre el sofá.

—Estamos tratando de tapizar y rellenar un sofá. Florence y yo. No está saliendo bien.

—¿Necesitáis ayuda? —le preguntó su amiga.

—Bueno, si no te importa.

—Claro que no. Iré mañana. Tendré que llevar a Jean-Louis, pero puedo dejarte todo lo que vayáis a necesitar y os daré instrucciones sobre cómo hacer el relleno. Y puedo hacer fácilmente unas fundas nuevas si tenéis la tela.

—Yo creo que tenemos suficiente de la de rayas azules y blancas que usamos para las cortinas. Compramos demasiada cuando nos mudamos.

Hélène clavó la mirada en Violette.

—Me estaba preguntando sobre tu vida en París. ¿Alguna vez conociste a Elsa Schiaparelli?

Violette pareció quedarse pasmada.

—Dios santo, no. Ella estaba muy por encima de una humilde costurera como yo.

—Me encantan las fotografías de las revistas con sus diseños.

—Lo que tienen sus vestidos es que permiten que las mujeres se muevan con libertad. No las constriñen.

—Pero también son bonitos, ¿verdad? Sobre todo esos vestidos rosa fosforito y los trajes de chaqueta que no suelen ser tan bonitos.

Violette se rio.

—No sabía que te interesaba tanto la moda.

—No me interesa. Solo me gusta ella. Su sentido práctico y su glamur. —Sonrió—. Posiblemente sea el único rasgo de personalidad que he heredado de mi madre.

Hélène había leído que la diseñadora italiana había huido pronto de Francia y que los nazis habían tratado de transferir todo el mundo de la alta costura a Berlín, pero que había resultado inviable. Sabía que muchas de las casas de moda de París habían permanecido abiertas, como la de Pierre Balmain, Christian Dior, Lanvin y Nina Ricci, así que quizá Violette había seguido trabajando para alguna de ellas.

Hélène decidió afrontar el tema directamente.

—¿Para quién trabajabas en París? Si es que no te importa que te pregunte, claro.

—Ah, no era más que un diseñador de poca importancia. No creo que hayas oído hablar de él.

Mientras bebían el vino, chismorrearon de la gente del pueblo, sobre todo del único soltero confirmado, Maurice, el atractivo herrero que tenía unos cuarenta años y que aún vivía con sus padres.

—¿Crees que se casará alguna vez? —preguntó Violette.

—¿Por qué? ¿Te interesa?

Violette soltó una carcajada.

—¡No!

Después, hablaron de la loca de *madame* Deschamps, que salía con pantuflas y los rulos puestos, la pobre, haciendo que su hija Amelie tuviera que salir por ahí en su busca. Hablaron de Pascale, el secretario alto y delgado de quien al principio habían sospechado si sería un espía, pero en el que ahora confiaban. Y hablaron de lo duro que debía de resultar para Suzanne y Henri vivir con los nazis.

—¿Sientes nostalgia del pasado? —le preguntó Hélène.

Violette negó con la cabeza.

—La verdad es que no. Aunque era feliz en París, al menos al principio.

Justo antes de que empezaran a comerse el postre, Violette la miró inquisitiva.

—Me estaba preguntando si Florence tiene novio ya.

—¿Florence?

—Se me ha ocurrido antes. Ya va siendo hora de que tenga un amiguito.

CAPÍTULO VEINTICINCO

Florence

A Florence no le importaba que el día hubiese sido lluvioso. Era bueno para el huerto y ahora el cielo se había aclarado, aunque solo quedase poco rato para que anocheciera. Estaba sola en la cocina y Élise estaba en la puerta de atrás preparándose para volver a meter las cabras en su establo cuando alguien llamó a la puerta de la entrada.

—¿Puedes ir tú? —le preguntó Élise a Florence asomando la cabeza por la puerta—. Yo estoy ocupada con las cabras.

Florence sonrió al verla.

Las tres hermanas habían esperado que, como Hélène había ayudado a curar a los soldados heridos y también al capitán, las dejarían ahora en paz y no las someterían a más comprobaciones de identidad.

—Sí —contestó—, claro. Pero no metas a las cabras en el establo, vuelve a llevarlas al bosque, por si vienen los soldados a por comida. Ve. —Su primer pensamiento era siempre sobre las cabras y su valiosa fuente de leche.

Élise desapareció.

Cuando Florence abrió la puerta delantera, se quedó sin aliento. No eran soldados, sino dos matones de la BNA con caras serias, uno de piel oscura y alto y el otro mayor, blanco y con la complexión de un toro.

152

Los dos iban armados y el mayor la empujó al interior de la cocina.

—Quédate aquí —le ordenó.

—¿Dónde está tu perro? —preguntó el más alto, mirando a su alrededor mientras su compañero le apuntaba con su rifle.

Florence estaba aturdida.

—¿Perro?

—El otro día nos dijeron que tu hermana había salido a buscarlo.

Florence repasó sus opciones con rapidez.

—Ah, sí. Me temo que no lo sé. No lo he visto.

—¿Y tus hermanas?

—Siguen en el trabajo.

Él le dejó tiempo para que se explicara, pero con el corazón latiéndole con fuerza, ella permaneció en silencio y decidió no dar ninguna muestra de que su hermana estaba fuera. Pensó en gritar para que bajara Jack, pero, si lo hacía, Élise podría oírla y esos hombres encontrarían las cabras.

Él recorrió la habitación, tocando las cosas con su rifle.

—Una casa bonita.

—A nosotras nos gusta.

—Seguro que sí.

Florence no se atrevía a preguntar qué hacían allí, pero sabía que tenía que hacerlo.

—Ah, pues eso… depende —contestó él.

—¿De qué?

—Bueno, bueno, bueno. Veamos —dijo él con tono de burla y un destello de hostilidad en los ojos. Ella vio en un momento lo mucho que estaba disfrutando de ese acoso.

—¿Estás sola?

Con una expresión que ella esperaba que se entendiese más como de desafío que de rendición, asintió.

Tras mirar con recelo las hierbas de Florence, el hombre grandullón las tiró del techo con su rifle y, después, las aplastó con sus botas. Cuando encontró el armario de la despensa, sus ojos se iluminaron, pero en lugar de robar las provisiones que tan bien había elaborado y conservado Florence, las fue arrojando cruelmente y una a una al suelo de baldosas, haciendo añicos los tarros de cristal. Florence se encogió mientras los aromas a romero, tomates secos, espárragos, alcachofas, aceite de oliva y limón se elevaban en el aire y aquel desastre se iba solidificando en el suelo. Había plantado, cuidado y cocinado con todo su cariño los contenidos de cada uno de esos tarros, su forma de ayudar a sus hermanas a sobrevivir. Él se fijó en el rostro afligido de ella y se rio. Verle disfrutar con su dolor fue aún peor que el destrozo de sus preciadas provisiones. Desconsolada, se abalanzó para tratar de salvar algunas, pero había cristales por todas partes y, al intentar cogerlas, se cortó. Cuando volvió a apoyarse en sus talones, levantó las manos y vio la sangre. Él soltó un bufido y Florence sintió un destello de rabia en su intención de reducirla a la nada.

—¿Por qué has hecho eso? —preguntó ella.

El hombre sonrió y se acercó.

—Has estado guardándolo todo para nosotros, ¿eh? —La agarró del codo y la levantó.

Ella se obligó a pensar en algo mientras sus ojos miraban hacia la puerta de atrás.

—Ah, no. No lo vas a hacer —dijo él y, a continuación, le pasó un dedo por la mejilla y el cuello. Ella se apartó sintiendo una oleada de repulsión, con el corazón latiéndole a toda velocidad.

—¿No te gusta? —preguntó él con una mueca de fingida sorpresa.

Florence trataba de contener la respiración, pero era demasiado rápida y el corazón le golpeaba en el pecho. Entonces, sintió pánico de verdad. El pecho se le encogió, los músculos se le tensaron aún más y notó como si no pudiese seguir respirando.

—Quizá te guste más esto. —Esta vez, él le echó la cabeza hacia atrás agarrándola del pelo y le lamió el cuello.

Ella ahogó un grito y, con repulsión, se encogió y giró la cabeza hacia el lado, apartándola. Cuando el otro hombre se acercó, ella trató de mantener la calma.

—Ahora vas a ver lo que le hacemos a las muchachitas que nos ocultan la comida.

—Por favor —suplicó tratando de mirar a uno y, después, al otro con la esperanza desesperada de ver en ellos un atisbo de compasión. ¿Qué era lo que pasaba por la mente de esos hombres? ¿No tenían hermanas, madres, esposas? Su propia mente daba vueltas de forma descontrolada, pasando de una alternativa a otra mientras buscaba una salida. Esta. Esa. No. Esa no. ¿Quizá? ¿Quizá qué? Y después, todo en blanco. Desprovista de toda dignidad, vio que no había salida.

—Por favor —repitió.

—Cierra la puta boca —dijo el hombre alto.

Mientras el mayor le acariciaba el mentón, le abrió la parte delantera de la blusa y le acarició los pechos. Ella sintió que el asco y la bilis le subían a la boca. Aguantó las ganas de vomitar, ahora con la respiración descontrolada, como si le faltara el oxígeno.

—Vaya, qué bonita eres. ¿Cuántos años tienes?

—Veintidós —consiguió balbucear.

—Pero pareces más joven. —Inclinó la cabeza hacia su amigo—. Carne fresca, diría yo.

El hombre alto soltó una carcajada.

—¿Y si lo hacemos?, ¿eh? —Se quitó la chaqueta y la gorra y empezó a desabrocharse el cinturón y, entonces, al ver el terror en los ojos de Florence, su torturador se rio y le levantó la falda. Ella trató de apartarlo empujándole, aferrándose a la esperanza de que solo estuviese tratando de asustarla, pero el otro hombre la agarraba de los brazos. Entonces lo supo y se defendió, incluso mientras el más empeñado y musculado le metía una mano bajo la falda y le bajaba las bragas. Después, la arrastró al centro de la habitación.

—Échate sobre la mesa.

En ese momento de confusión y terror, el frío le recorrió todo el cuerpo y se quedó inmóvil.

De espaldas a la puerta, le dio un puñetazo en la cara y, después, la obligó a doblarse sobre la mesa, retorciéndole la cabeza hacia un lado, apretándole la mejilla contra la mesa y poniéndole los brazos por encima de la cabeza. Florence oyó cómo se quitaba la ropa y se aseguraba de que iba a poder hacerlo. Hubo un momento de absoluto terror cuando le pasó los dedos y, a continuación, se echó sobre ella. Sintió su espantoso peso, olió el tabaco rancio y el vino amargo de su aliento. Las paredes se cernieron sobre ella. Mientras él la trataba como si no fuese un ser humano, su mente y su cuerpo empezaron a separarse. Sus pensamientos colisionaron y comenzaron a detenerse. Sentía el dolor, pero, al mismo tiempo, no lo sentía. Estaba en el bosque, junto al río, notando el sol del verano sobre su piel, corriendo por los campos en otoño. Estaba en otro lugar. Tenía que estar en otro lugar. No gritó, sino que se quedó en completo silencio mientras él se movía y gemía. Unos momentos después, en el fondo de su mente, como si viniera de un lugar lejano, oyó que el otro hombre se acercaba a la mesa.

—Creo que ahora me toca a mí. —Se rio—. Después registramos la casa y vemos qué encontramos.

CAPÍTULO VEINTISÉIS

Élise

Despacio, Élise abrió un poco la puerta de la cocina. Los hombres no oyeron nada, estaban de espaldas a ella y uno de ellos estaba hablando. Ella levantó su pistola, vaciló apenas un momento y, después, apretó el gatillo. Se oyó un disparo y, a continuación, inmediatamente después, otro más. Los dos hombres cayeron al suelo mientras Élise gritaba: «¡Cabrones! ¡Putos cabrones de mierda!», aún con la pistola en la mano. Quería chillar, hacerles más daño, pero al ver que se retorcían en el suelo, se limitó a meter una bala en la nuca de uno y, después, en la del otro, eliminándolos a los dos.

Tomó aire y se acercó corriendo a Florence.

—Cariño —susurró—. Deja que te ayude.

Florence no respondió.

Élise le acarició el pelo.

—Vamos, deja que te saque de aquí —dijo con la voz casi rompiéndosele del dolor.

Florence se quedó en el mismo sitio donde estaba, catatónica, sin emitir un sonido, apenas sin respirar, con la falda remangada alrededor de la cadera. Élise oyó que Jack bajaba corriendo del desván y vio su cara pálida cuando entró en la cocina.

—He oído disparos. —Soltó un aullido de rabia al ver lo que había pasado—. Dios, debería haber bajado antes.

Se quedaron mirándose un momento, horrorizados y, a continuación, Jack se giró mientras Élise le bajaba la falda a Florence, le cubría los pechos con un trapo de cocina y le recogía la ropa interior. Después, él se acercó a Florence y le habló con ternura.

—¿Me dejas que te ayude? —preguntó.

Ella hizo un ligero movimiento que él tomó como un asentimiento y, despacio, pudo apartarse de la mesa. Vio que le caían gotas de sangre de las manos y empezó a temblar y, entonces, las piernas le cedieron.

—Agua —le dijo Jack a Élise, cuyos ojos estaban enrojecidos por la rabia—. Y vendas también, y una manta para taparla. Y algo dulce. Está conmocionada. Yo la llevo.

—Los hombres que usan sus pollas como armas deberían probar de su propia medicina —masculló Élise con los dientes apretados.

Mientras Jack llevaba a Florence a la sala de estar, Élise fue a por lo que él le había pedido y, después, fue tras ellos. Él había tumbado a su hermana en el sofá más pequeño, el más cómodo que seguía sin arreglar, así que Élise la tapó con la manta y se sentó en el borde para vendarle con cuidado la mano. Florence dejaba la mano floja, como si se le hubiese ido la vida.

Jack hizo una señal a Élise para que se acercara. Ella se levantó, aún temblorosa por una mezcla de furia y pena y un profundo desprecio que nunca en su vida había sentido. Él la llevó a un lado para que Florence no les oyera.

—Tenemos que decidir qué hacer —dijo—. Y rápido.

—Sé que debo ir a por Hélène, pero no puedo dejar a Florence.

Él negó con la cabeza.

—Sabes que yo no puedo ir.

—Sí, lo sé.

—Y necesitamos ayuda. Hay que mover esos cadáveres y rápido. ¿Puedes ir a por Victor?

—Tendré que buscarle a él antes, ¿no? Me refiero a antes de ir a por Hélène.

—Eso creo.

—Quédate tú con Florence. ¿La vas a cuidar?

—Claro.

—No quiero dejarla —dijo ella, con la voz rompiéndosele.

Él extendió una mano y la agarró del hombro.

—Lo sé, pero necesitamos a Victor.

Élise quería llorar. Gritar. Soltar su asco y su rabia. Esto no debería haberle pasado a Florence. Apretaba las manos y las abría sin parar, mientras la adrenalina le recorría el cuerpo.

—Los mataré —murmuró—. Los mataré.

—Élise, ya lo has hecho.

De nuevo en la cocina, ella se quedó horrorizada al ver la sangre y los cuerpos sin vida de los dos hombres, a la vez que pensaba en las consecuencias de lo que había hecho.

Salió en busca de Victor. Jack y él tendrían que llevarse los cadáveres en la furgoneta azul del padre de Victor y, luego, deshacerse de ellos en algún lugar lejos. Dios sabe qué represalias podría haber. Pero si hacían que pareciese como si hubiesen matado a esos hombres en algún lugar lejos de Sainte-Cécile, mejor. Y si podían evitar que los encontraran siquiera, mejor aún. Entonces, Élise se acordó del camión de los hombres. «Mierda», dijo antes de entrar de nuevo corriendo a la casa para recoger la chaqueta limpia y la gorra de uno de ellos y se la puso, escondiéndose el pelo por dentro. Encontró las llaves en la chaqueta, cogió sus rifles, fue corriendo al camión, lo puso en marcha y se fue. Al menos, estaba oscureciendo.

CAPÍTULO VEINTISIETE

Hélène

Hélène regresó justo antes del toque de queda. Abrió la puerta de la calle y vio a Jack dando vueltas de un lado a otro por la entrada, con gesto serio, el mentón apretado y la piel alrededor de los ojos tensa con una expresión de preocupación, o de algo mucho peor. ¿Desesperación quizá? ¿O rabia? Lo que quiera que fuera, ella tomó aire y, con una sensación de alarma, dejó que él la agarrara del brazo y la alejara aún más de la puerta de la sala de estar.

Jack se puso un dedo en los labios y habló con voz baja y rápida.

—He oído la verja. Gracias a Dios que eres tú.

—¿Qué está pasando?

—Tienes que ser fuerte, Hélène, ahora más que nunca. —Y todo lo deprisa que pudo, le explicó lo que le había ocurrido a Florence.

Hélène sintió como si le hubiesen dado un puñetazo, con los músculos del estómago apretados y la mente empezando a cerrársele. Pestañeó rápidamente para controlar las lágrimas que comenzaban a quemarle en los ojos.

—¿Por qué no bajaste antes? —Le golpeó con los puños en el pecho, como si así pudiera ahuyentar el dolor—. Deberías haber bajado.

—Lo sé. Lo siento mucho, pero no oí a esos hombres entrar.

A pesar de sus esfuerzos por no llorar, Hélène se llevó la mano a la boca cuando sintió que la cara se le descomponía. ¡No! Esto no. A Florence no. Quería mantener la calma, pero por mucho que se esforzó, no pudo evitar que unas lágrimas silenciosas le resbalaran por las mejillas.

Jack le secó las lágrimas y, después, la abrazó con fuerza un momento.

—Lo siento —repitió—. Lo siento mucho.

—Pero ¿por qué no oíste nada? —susurró ella cuando la soltó.

—Debí de quedarme dormido. Bajé en el momento en que oí los disparos. Sabía que Élise estaba aquí, además de Florence. No sabía que Élise había salido.

Hélène negó con la cabeza.

—¿Tienes algún sedante? —le preguntó él—. Florence no habla y, más que nada, lo que necesita es dormir.

Hélène trató de tragarse el nudo que le había aparecido de repente y que no se le iba de la garganta.

—Voy a traerle algo —consiguió decir—. ¿Dónde está?

—En el sofá de la sala de estar. Pero, oye, Victor está fuera, esperándome. No podía dejarla sola.

—He visto la furgoneta azul. ¿Por qué ha venido?

Jack la miró con aflicción.

—Me temo que Élise ha matado a los dos hombres de un disparo. Eran de la BNA.

Hélène ahogó un grito mientras tomaba aire.

—*Nom de Dieu!*

—Vas a tener que limpiar toda la sangre de la cocina y el rastro por donde hemos tenido que arrastrar los cuerpos por la parte de atrás de la casa. Y quemar cualquier cosa que tenga sangre.

Se llevó una mano a la frente y sintió que se tambaleaba. Esto no podía estar pasando. Cuando los dientes le empezaron a castañear, él la sujeto con fuerza por los hombros y la miró fijamente a los ojos.

—Necesito que hagas esto. ¿Puedes, Hélène?

Ella tomó aire. Jack había mantenido la calma y la compostura y ella sabía que tenía que hacer lo mismo.

—¿Por qué no ha venido Élise a por mí? ¿Dónde está?

—Fue en busca de Victor y, después, ha ido a deshacerse del camión de la BNA.

Después de que él se fuera, Hélène fue a ver cómo se encontraba Florence, que estaba tumbada y acurrucada, con los ojos cerrados y la respiración agitada. Hélène le tocó la frente, pero su hermana no reaccionó, casi como si su cerebro y su cuerpo se hubiesen alejado ante la indescriptible crueldad que había sufrido. A Hélène le apenaba más que nada saber que su hermana jamás podría ver de nuevo el mundo con la misma honestidad.

En la cocina se quedó mirando, horrorizada, la sangre y la suciedad del suelo, la mesa y la pared, y tuvo que contener la creciente sensación de náusea. Después llenó un cubo, sacó la fregona y le echó lejía, dispuesta a empezar el laborioso proceso de fregar, enjuagar, vaciar el agua roja, volver a llenar una vez y otra y otra más. Mientras lo hacía, le invadieron un montón de imágenes al pensar en lo aterrada que se habría de debido sentir Florence. Tan sola. Hasta que, temblando por la pena que sentía en su interior, las lágrimas de Hélène cayeron sobre el suelo de piedra donde se mezclaron con el agua descolorida. Pero entonces llegó la rabia. Cuanta más angustia sentía, con más fuerza fregaba, como si de algún modo pudiera liberar la furia con cada pasada. Se incorporó, respiró hondo y se detuvo a escuchar. La casa estaba en absoluto silencio, pero no era un silencio bueno. Era un silencio que le provocaba tanto ruido en su cabeza que no sabía qué hacer. ¿Cuánto tiempo les acompañarían las repercusiones de esta violación y de estas muertes? Y, además del silencio, había una nueva oscuridad en la casa. Oscuridad. Un lugar donde poder esconderse. Un lugar donde también la maldad podría esconderse. Incluso antes de esto, sus vidas ya se habían vuelto del revés, pero, ahora, de debajo del suelo surgían cosas espantosas que se filtraban por las paredes y resonaban en la cocina. A partir de ahora, dormiría con un cuchillo bajo la almohada.

De vez en cuando, iba a ver cómo estaba Florence y, después de haber desinfectado todas las superficies y haber acabado la limpieza, se sentó junto a su hermana y le frotó los pies congelados. El único sonido era el tictac del reloj que marcaba el paso de los segundos, los minutos y las horas. Las lágrimas de Hélène salían y se secaban y volvían a salir y a secarse. Pero había una nueva y extraña sensación de entumecimiento en su pecho, casi un dolor, pero sin llegar a serlo. Una presión, quizá. No sabía qué sentir, cómo asimilar lo que le había pasado a Florence y lo que Élise se había visto obligada a hacer. Cada pocos minutos se dejaba caer en un descanso mental y emocional, cuando la mente vagaba hacia el pasado o inventaba imágenes del futuro, pero volvía a sentir un impacto cada vez que volvía al presente. Sintió que algo cambiaba en su interior y supo que nada sería igual nunca más. Jamás podría volver a mirar a sus hermanas del mismo modo sabiendo lo que las dos habían sufrido y que ella no había estado allí.

CAPÍTULO VEINTIOCHO

A primera hora de la mañana siguiente, mientras Hélène hervía cacerolas de agua, Élise llenó la bañera de estaño del aseo con agua fría. Luego, mientras Hélène añadía el agua hirviendo, Élise llevó a Florence desde la sala de estar envuelta en una cálida manta.

—¿Puedes meterte, cariño? —le preguntó Hélène—. Hemos añadido un poco de tu agua de rosas y aquí tienes el último jabón de lavanda que hiciste.

Élise le quitó la manta y Hélène se obligó a no mostrar emoción alguna al ver la sangre y las magulladuras en los muslos de Florence. La vulnerabilidad de su hermana, tan visible ahora en su mirada abatida y en sus piernas temblorosas, le rompió el corazón a Hélène. Era tan delgada, tan joven, tan inocente, que nadie que la viera podría culpar a Élise de haber matado a esos hombres.

Después de que Florence se agarrara a los bordes de la bañera para agacharse, se inclinó hacia delante y Hélène le levantó el pelo. Élise le lavó con suavidad la espalda y los brazos con movimientos relajantes y repetitivos, como si fuese una niña que necesitara de tiernos cuidados. Después, Élise le pasó a Florence el jabón para que se lavara entre las piernas. Mientras lo hacía, las dos hermanas apartaron la mirada, aguantándose las lágrimas. Hélène miró a Élise que, con pena en los ojos, se mordía también el tembloroso labio. Hélène negó con la cabeza, apenas con un ligero movimiento, pero Élise tragó saliva y, en silencio, asintió. Florence no había llorado delante de ellas y, por tanto, ellas tampoco podían ni debían hacerlo.

Élise cantó una antigua nana mientras Florence removía el agua entre las piernas y, después, cuando se detuvo, la habitación quedó en silencio. Para Hélène, fue un momento trascendental. Siempre recordarían esto. Las tres juntas en unas circunstancias que apenas podían soportar, y lo único que se oía era el sonido del canto de un pájaro en el castaño y de las dos cabras que balaban en el lateral de la casa. Hélène tomó aire lentamente. La naturaleza curaría a su hermana. Esperaba que fuera así y rezó porque Florence supiera también por instinto que aquello pasaría. Por fin. Pero, hasta entonces, ¿qué?

Cuando Florence estuvo lista, echó la cabeza hacia atrás y Élise le lavó el pelo y lo enjuagó con agua limpia de la cocina y, a continuación, las dos la ayudaron a salir y la envolvieron con toallas.

Mientras Élise se quedaba con Florence, Hélène recorrió la casa recogiendo cualquier cosa rota y dejando bien doblada toda la ropa, toallas, mantas y sábanas y, después, la colocó en sus armarios, cajones y despensas. A Hélène le gustaba el orden. Le hacía sentir segura y con todo bajo control, incluso en un momento en que ni estaban seguras ni había control. Cuando el mundo del que dependías se volvía inestable, se hacía lo que había que hacer. Y esta era su manera de mantener la cordura. Así que, mientras trataba de recuperar cualquier vestigio de vida normal que pudiera, no lo hizo con prisas. Cuando hubo terminado, salió a dar de comer a las gallinas y las cabras y, a continuación, fue a reunirse con sus hermanas.

—Me voy a acostar —dijo Florence en voz baja, y las dos dieron un salto para ayudarla—. No —les ordenó a la vez que se ponía de pie para que no se movieran—. Lo voy a hacer sola. Si me ayudáis ahora, es posible que nunca vuelva a tener fuerzas para valerme por mí misma.

La vieron alejarse, escuchando sus lentas pisadas mientras subía

165

las escaleras y, después, el chirriar de la puerta de su dormitorio al abrirse y cerrarse.

Cuando estuvieron seguras de que estaba a salvo en su habitación, Élise se abalanzó sobre Hélène y empezó a sollozar en los brazos de su hermana, con su cuerpo estremeciéndose y temblando como si nunca fuese a parar de hacerlo.

CAPÍTULO VEINTINUEVE

Los días siguientes pasaron en una nebulosa. Hélène había mandado mensaje al consultorio al día siguiente de la violación diciendo que no se encontraba bien, pero después tenía que volver, en parte para no levantar sospechas y, en parte, porque necesitaba sentirse útil. La confianza y el deseo de rutina estaban muy arraigados en su interior, una estrategia para afrontar la vida que había aprendido de su padre, pero añoraba la presencia de Jack en la casa y había estado esperando su regreso. Sin embargo, él no volvió.

Élise había dejado abandonado el camión de la BNA, pero no sabía dónde se habrían deshecho Jack y Victor de los cuerpos y ahora se quedaba en casa con Florence, con el café cerrado. Estaban completamente traumatizadas. Ninguna de las hermanas sabía cómo ayudar a Florence, aparte de abrazándola cuando llegara el día en que por fin rompiera su silencio y liberara parte de su dolor. Hélène vivía en constante preocupación. ¿Y si el rastro de la muerte de los dos hombres conducía hasta ellas? Y lo que era peor, temía que, si interrogaban a Florence, ella se derrumbara.

Ni Hélène ni Élise sabían por qué habían ido los de la BNA a registrar su casa. Los alemanes habían soltado a Hugo, no sabían nada de Jack y el joven desertor ya no estaba. A menos, claro, que no hubiese muerto. Tomas seguía apareciendo en la conciencia de Hélène, delgado, pálido y aterrado, más espectral que antes. Los groseros matones de la BNA dictaban sus propias normas, por lo que el registro podría haber sido completamente al azar. Pero quizá estuviese equivocada. ¿Podría haberlas escuchado alguien a escondidas mientras hablaban? Se había enterado de que algunas casas del pueblo también habían sido registradas antes que la de ellas, así que podría ser que, al final, sí que hubiese sido algo aleatorio. Qué espantoso era verse obligada a vivir con este temor constante y omnipresente, pensaba mientras se lavaba las manos.

La llamada de Hugo interrumpió sus pensamientos y volvió a la consulta.

—¿Hay muchos pacientes esperando? —preguntó ella.

Hugo negó con la cabeza.

Hasta ese momento no le había hecho muchas preguntas sobre su breve encarcelamiento en el castillo, pero ahora se preguntaba si habría visto a Henri mientras estaba allí.

—No. Me tuvieron con los ojos vendados, menos cuando estuve en la celda. O mazmorra. Suena muy medieval decirlo así, ¿verdad?

—¿Oíste alguna voz que no fuese en alemán?

—Creo que sí, en algún breve momento. ¿Por qué?

—Simple curiosidad. Quizá fueran Suzanne o Henri. ¿Te dijeron los alemanes por qué te habían arrestado?

Él se rascó el mentón y, a continuación, hizo un gesto de negación.

—Creo que alguien les había dicho que tenía esa máquina y sospecharon que estaba imprimiendo los panfletos de los maquis. Es lo único que dijeron.

—Pero ¿no los habías impreso?

Él la miró con una sonrisa avergonzada.

—No desde que se hicieron con su propio mimeógrafo.

—Entonces, ¿sí que estuviste imprimiendo panfletos en el pasado?

—Por supuesto.

—Y ahora que te están vigilando, ¿qué vas a hacer con respecto a lo de ayudar a los maquis heridos?

Se rascó la cabeza.

—Va a ser complicado.

—Yo podría ayudar.

—Puede ser, pero no es seguro para ellos que vengan aquí ni tampoco a tu casa desde el registro. Por cierto, ¿cómo están tus hermanas? He visto que Élise no ha abierto el café.

Hélène respiró hondo y pensó qué decir. Florence les había suplicado que no le contaran a nadie lo que le había pasado. La humillación sería demasiado desagradable, dijo, y no podría soportar ser objeto de chismorreos.

—Como yo, Élise ha estado también un poco indispuesta, nada grave. Volverá a abrir la cafetería pronto. —Hizo una pausa y recuperó el control de la conversación—. Entonces, ¿qué hacemos con los maquis heridos?

—Hay un médico en Sarlat al que podemos acudir.

—Les queda un poco lejos si están heridos.

El médico se encogió de hombros, pero no con indiferencia, y ella supo que tenía razón. No había otra opción.

Cuando volvió a casa al anochecer, Hélène se sorprendió al ver que Florence estaba cocinando, con el delantal puesto y removiendo el contenido de una cacerola. La conmoción de la violación y la muerte de los dos hombres seguía afectando a las tres, pero cada una había encontrado su propia forma de afrontarlas y parecía que este era el modo en que Florence lo iba a hacer.

Hélène decidió no dar más importancia al hecho de que su hermana estuviese de vuelta en la cocina.

—Algo huele bien —se limitó a comentar con tono despreocupado.

—Cebollas y ajo —respondió Florence.

—¿Qué estás preparando?

—He recogido algunas de mis zanahorias y las he añadido a las espinacas y lo que queda de los nabos. Debería estar rico. He cortado trocitos diminutos de jamón seco que tenía guardado en la despensa de fuera.

—Muy bien —dijo Hélène, prolongando la última vocal mientras trataba de alargar la conversación no solo con las palabras adecuadas, sino también con el tono—. ¿Y cómo te encuentras?

—Furiosa. —Florence giró la cara hacia ella y Hélène pudo ver la rabia en los ojos de su hermana, normalmente tiernos.

—Ay, Florence.

—Y, como ya he dicho, no quiero que nadie lo sepa. Jamás. ¿Entendido? —añadió con tono gélido.

—Claro.

—Y no voy a hablar de ello nunca más, ni tú ni nadie.

Hélène era consciente de la delgada y delicada línea que separaba el dolor de su hermana de su bravuconería.

—Pero, cariño, ¿estás segura de que estás bien para cocinar? Si estás dolorida, nos podemos encargar alguna de nosotras.

Con las manos en las caderas, Florece adoptó un gesto combativo.

—Estoy bien, Hélène. ¿Y qué más se supone que voy a hacer? Élise y tú no sabéis cocinar para poder sobrevivir. Prefiero no morir de hambre antes que…

Hélène vio cómo su hermana tragaba saliva esforzándose por controlar sus sentimientos.

—Antes que nada —terminó de decir con tono rotundo a la vez que volvía a coger la sartén.

—Por lo menos, deja que te ayude.

—No, Hélène —espetó dando un golpe con la sartén—. No soy una inválida. Cuando lo pienso, cosa que no quiero seguir haciendo, me siento tan furiosa que casi no sé cómo enfrentarme a ello. No creo que pueda volver nunca a sentirme limpia. Pero no voy a permitir que esos viles animales destrocen el resto de mi vida.

—Muy bien. Eso está muy bien. Pero no te lo guardes, ¿de acuerdo?

—No soy una niña. Sé que crees que lo soy, pero no. Y en cuanto estén las verduras de verano, volveré a preparar conservas. Eso es todo lo que voy a guardar.

—Me alegra saberlo.

—También voy a secar más hierbas. Cultivar cosas y cocinarlas me hace feliz. Ya he plantado muchas semillas: berenjenas, tomates, lechugas y cosas así.

—Maravilloso.

—Y si te preocupa ese asunto, no estoy embarazada.

Hélène se llevó la mano a los labios y contuvo un soplido de aliento.

Florence le lanzó una severa mirada impenetrable.

—Pero escúchame bien, Hélène. No puedes hacerlo siempre todo bien. Así que ni lo intentes. Para ya, ¿de acuerdo?

Hélène, con cierta sensación de que allí sobraba, vio cómo Florence volvía a dirigir su atención a los fogones. Pero qué valiente estaba siendo su hermanita. Había tenido mucho miedo por ella, pero se estaba dejando llevar por esta nueva y briosa rabia y eso era un paso adelante. Si Florence se hubiese hundido en una pendiente, la sensación de abatimiento e impotencia podrían haberla abrumado y Hélène habría estado más asustada aún. Ahora mismo era imposible saber qué era lo que podría venir una vez que la rabia desapareciera, aunque Hélène sospechaba que el espantoso reconocimiento del dolor terminaría llegando. Posiblemente también con una sensación de indefensión, pero por ahora su hermana tenía razón. Ocuparse del huerto y de la cocina la ayudarían a seguir adelante.

Aun así, Hélène subió las escaleras hasta su dormitorio y allí, sentada en la cama, dejó que aflorasen sus propios sentimientos de incredulidad y lloró en silencio. Ni siquiera estaba segura del motivo de sus lágrimas. Por Florence, claro, pero también por las vidas de todas ellas. Por la normalidad que habían perdido el día en que los nazis habían llegado a Francia. Por los cambios sobre los que no tenían ningún control. Por todas esas pobres almas que habían sido arrancadas de sus vidas y que se habían visto obligadas a subir en trenes para ser enviadas Dios sabía dónde. Por las cosas más pequeñas y bonitas de la vida. Por la paz. Por la esperanza. Por la bondad.

Cuando dejó de llorar, se secó los ojos. Todas estaban cambiando, no solo Florence. La misma Hélène se había implicado más desde que había llegado Tomas y ahora quería participar en la lucha. Hacer lo que fuera por ayudar a deshacerse de los nazis. Había estado tan ocupada en cuidar de las otras dos que no había visto lo fuertes que ambas se habían vuelto. Élise, con su buzón, corría un peligro espantoso cada día de su vida, y Florence se estaba comportando ahora con una valentía increíble.

Decidió subir al desván con la débil esperanza de ver a Jack, pero cuando entró vio que su mochila no estaba. Se había ido con Victor para llevarse los cadáveres ese espantoso día y no le había visto desde entonces. Al no saber si se habría marchado para siempre, sintió una punzada de derrota. ¿Volvería a verle alguna vez? Cerró los ojos y evocó su sonrisa asimétrica y sus ojos tan llenos de calidez. Mientras recordaba todo de él, sintió que las lágrimas le ardían otra vez en los ojos, pero recuperó la compostura y bajó de nuevo a la cocina. Ceder de nuevo al llanto no le serviría de nada.

—¿Sabes algo de Jack? —le preguntó a Florence.

—Sí. He olvidado decírtelo. Ha aparecido con Claude para recoger su mochila. Ha dicho que habían encontrado a Bill y que había recibido nuevas órdenes.

—¿Sabes cuáles eran?

Florence hizo un gesto de negación.

—No, solo ha dicho que estaba todo listo o algo así.

Hélène vio cómo Florence se rascaba el mentón y, después, levantaba la cara con una expresión indescifrable en su rostro.

—Fue muy bueno conmigo después de…, ya sabes. Me refiero a Jack. Volverás a verle, Hélène. Estoy segura. Todas le veremos.

—Eso espero. Pero…, cariño, ¿estás… —empezó a preguntar con una mirada de preocupación a Florence—. ¿Estás sintiendo algún dolor ahora? Físico, quiero decir.

—Un poco.

—¿Necesitas ayuda?

La respuesta de Florence fue vehemente.

—No. No necesito tu ayuda. No necesito la ayuda de nadie.

Élise entró en la cocina.

—No sabía que tuvieras una pistola —dijo Florence al girarse hacia ella.

—Yo tampoco —añadió Hélène.

En ese momento, Florence soltó un bufido de agotamiento.

—Pero me alegro muchísimo de que dispararas contra esos cabrones.

—Yo creo que en eso estamos de acuerdo —respondió Élise con una sonrisa vacilante.

—Oíd. Las dos lo habéis hecho de maravilla, pero quiero que entendáis que no necesito que cuidéis de mí como si fuese una niña.

Hélène clavó la mirada en el suelo. Por supuesto, Élise había tenido que disparar su arma para proteger a Florence del segundo hombre, pero eso no iba a desaparecer sin más y ella no podía librarse de la sensación de que todavía tenía que ocurrir algo espantoso.

Cuando levantó la mirada, vio que Florence la miraba a los ojos como si tratara de buscar una respuesta en ellos.

—Ya no soñamos con el futuro, ¿verdad? Ya no tenemos sueños. Antes, siempre estábamos hablando de las cosas que íbamos a hacer.

—Cariño, volveremos a hacerlo —respondió Hélène, ocultando sus recelos—. Cuando acabe todo esto, te prometo que volveremos a tener sueños. Y mejores que los de antes.

Pero Florence se limitó a negar con la cabeza, les dio la espalda y subió corriendo las escaleras.

CAPÍTULO TREINTA

Élise

Casi dos semanas después, Élise cruzaba los dedos mientras Hélène trataba de convencer a Florence de que le vendría bien salir de casa. Florence seguía sin hablar de lo que había pasado, pero era sábado, día de mercado en Sarlat, y Hélène había pedido prestado al médico su chirriante Citroën 5CV de dieciocho años de antigüedad. Hugo no era tonto y claramente se había dado cuenta de que Hélène había estado retraída y triste. Élise supuso que su ofrecimiento del coche había sido su forma de mostrarle su apoyo. El médico no sabía que era Florence la que más necesitaba su ayuda.

Demasiado nerviosa como para salir de casa, Florence se resistió al principio, pero, por fin, tentada por la posibilidad de comprar algunas plantas y verse con Lucille, su amiga la peluquera, aceptó a regañadientes. Lucille iba a ir para convencer a su madre de que la ayudara a montar su propio negocio ambulante en el pueblo.

Una hora después de que se marcharan, Élise daba vueltas por la cocina mientras esperaba a Victor, aunque no sabía exactamente cuándo iba a aparecer. Ella había ido antes al taller a dejar un mensaje, pero él no sabía todavía que tendrían la casa para ellos solos, así que quizá no vendría de inmediato. Emocionada por su plan y por la idea de estar con él, estaba impaciente. No se habían visto desde aquella terrible noche y ya no podía esperar más. «Se quedará aquí todo el día. Seguro», se decía una y otra vez. Desde pequeña, Élise se había aferrado a la creencia de que podía hacer que las cosas pasaran si les dedicaba el suficiente esfuerzo e imaginación. Así que eso era lo que estaba haciendo ahora, imaginándoselo a su lado, los dos juntos tumbados en su cama, con el calor de su cuerpo bajo las manos de ella y el placer de sentir su piel junto a la suya. ¡En su cama! ¿No iba a ser maravilloso?

Abrió la puerta de atrás y miró a su alrededor mientras las nubes cubrían el sol. ¿Era imaginación suya o les estaban espiando? ¿Habían empeorado las cosas o es que ella estaba más recelosa? Mientras sentía la suave brisa sobre su piel y las nubes se alejaban, admiró el magnífico azul del cielo y vio un milano negro planeando sobre las corrientes térmicas. Escuchó a los estorninos y los pinzones gorjeando en el peral y oyó el zumbido de los insectos. Parecía un día de verano, tranquilo y luminoso, pero seguía habiendo cosas que le rondaban por la cabeza. Cosas duras. ¿Y qué era lo que de verdad la consumía? Parecía una especie de culpa. No podía ser la culpa de haber matado a los dos hombres. Aunque nunca había matado a nadie, tuvo que hacerlo. Y ya no se podía deshacer, ni tampoco quería.

Pero, aun así, había esperado sentir algo distinto tras los disparos; una emoción intensa burbujeando por sus venas, quizá, o una explosión de energía que le haría sentir más viva, pero en lugar de eso se sentía vacía y desmoralizada.

Por supuesto, lo que más le turbaba era ver lo que le había pasado a Florence y lo que había estado a punto de volver a pasar si ella no hubiese intervenido. Victor le había dado la pistola unas semanas antes, pero no se lo había contado a sus hermanas porque sabía lo que Hélène le iba a decir. Cuando se imaginó a sus hermanas en Sarlat, esperó que Florence estuviera disfrutando de ese día. Se merecía eso, al menos. Y, aunque retraída, su hermana pequeña había demostrado ser más fuerte de lo que se habían atrevido a esperar.

Un toque en la puerta interrumpió sus pensamientos. Fue corriendo a abrir y, cuando vio a Victor, tiró de él hacia el interior de la cocina y hacia sus brazos.

—Vaya —dijo—. ¿Qué he hecho para merecer esto?

Ella le miró levantando una ceja y dando brincos de puntillas a la vez que se apartaba.

—Mis hermanas han salido. ¡Todo el día!

En esos pocos segundos antes de que él la tocara de verdad, sintió un hormigueo en cada nervio de su cuerpo ante la expectativa. Él le pasó los dedos por el pelo y le echó la cabeza hacia atrás. A continuación, la miró a los ojos mientras la ponía de espaldas contra la puerta.

—Deja que eche el cerrojo —dijo él extendiendo la mano por detrás de ella. Después, hundió la cara en su pelo.

—Hueles —dijo.

—¿Huelo?

Victor frunció el ceño, fingiendo que se paraba a pensar.

—¿A naranjas? ¿A rosas, quizá? Puede que lavanda… Noooo, no es nada de eso. Es bastante más fuerte, no exactamente a alquitrán.

Ella se rio.

—Jabón carbólico.

—¿Sabes qué? No me importa a lo que huelas, pero creía que tu hermana hacia cosas deliciosas.

—Y las hace, pero casi se nos han acabado.

Él recorrió sus clavículas con la punta de los dedos.

—¿Y dónde quieres que me ponga?

—Creo que ya lo sabes. —Y Élise se dio la vuelta para echar a correr escaleras arriba. Él salió detrás de ella y, rodeándole la cintura con las manos, la puso de rodillas antes de que llegaran arriba.

—Suéltame, salvaje —gritó ella.

Con todo su peso sobre ella, Victor se rio.

—¿Por qué? ¿No me deseas?

—¿En la escalera? No, claro que no.

Ella lanzó una carcajada cuando él la soltó y le llevó a su dormitorio, donde ya había echado las cortinas y había encendido un par de velas.

—Ah —dijo él—. Ya tenías pensado ponerte romántica.

Élise le quitó la chaqueta.

—Sabes que sí. Así que deja de hacer bromas y vamos a ello. Y, por cierto, tú también hueles.

—¿A qué?

Ella se quedó pensándolo. Había un olor fuerte a sudor, a tabaco y a algo más.

—Ya sé. Hueles a regaliz.

Él le puso las manos en los hombros y la besó con ternura. La sensación de su boca sobre la de ella era dulce y le provocó un hormigueo por todo el cuerpo. También sabía a regaliz. Regaliz y sal.

—Élise Baudin, eres la mujer más imposible que he conocido nunca —dijo él cuando dejó de besarla—. Y también la más hermosa y la más valiente. Y te quiero.

Ella le miró parpadeando y levantó las manos para colocarlas sobre su cara y, a continuación, de puntillas, se estiró para besarle en la frente. Él la quería. Nunca le había dicho algo así. Pero ¿es que podían siquiera hablar de amor?

—¿Sí? —preguntó ella, cada vez más embriagada mientras sus entrañas parecían licuarse.

Él la sostuvo y sonrió.

—¿Y ahora qué?

Levantó las cejas y se inclinó hacia delante para besarla. Después, la levantó en el aire y la llevó hasta la cama, donde la tumbó antes de colocarse a su lado y apoyarse sobre un codo para poder mirarla. Élise pensó en la BNA y la Gestapo y en cómo su dominación y odio hacia las mujeres y su falta de empatía era una vil expresión de su retorcida masculinidad, llegando incluso a deleitarse con la violencia. Victor no se parecía en nada a ellos.

—Deja de pensar —dijo él.

—¿Cómo sabes que lo estoy haciendo?

—Porque no estás prestando atención y ahora voy a tener que castigarte quitándote la ropa, prenda por prenda.

Ella le sonrió.

—Sí, por favor.

En cuanto los dos estuvieron desnudos, él le puso la mano que tenía libre entre las piernas. Mientras movía los dedos, ella ahogó un grito y sintió que se le elevaba la temperatura. Pocas veces era la realidad tan buena como te hacía creer la imaginación, pero, con Victor era mejor. A los pocos segundos, Élise no pudo esperar más y tiró de él para que se colocara encima. Levantó la cabeza un momento y, después, tras levantar las rodillas y abrir más las piernas, se puso las manos detrás de la cabeza y, tras agarrarse a la almohada, levantó la cadera contra él. El sexo fue rápido y visceral, liberando todo el miedo y la rabia de sus vidas destrozadas por la guerra mientras sus furiosos cuerpos se movían el uno con el otro. Sentirle dentro, en su dormitorio, era como un milagro. Y ahora, con la respiración acelerada y las rodillas temblándole, deseaba que ese momento durara eternamente y que terminara antes de perder todo contacto con la realidad. La cama chirriaba, la habitación se expandía y, entonces, llegó ese momento de intensidad insoportable en el que algo se encendió y no pudo seguir reteniendo las sensaciones cada vez más fuertes. Tres latidos y, a continuación, la invadió una sensación de liberación, caliente y fría, con oleadas de energía que le fueron inundando todo el cuerpo.

Habían terminado y los dos estaban demasiado nerviosos como para actuar con calma.

Sin hablar, ella se envolvió en una bata y bajó a por una botella del vino casero de Florence. Cuando llegó al dormitorio con la botella en alto, él estaba de pie, desnudo y de espaldas a ella, con las manos amarradas sobre la cabeza, mirando por un hueco de la cortina. Su espalda era suave y musculosa, sus piernas robustas y ella deseó tocar cada parte de ese hermoso cuerpo. Tenía un aspecto sorprendentemente elegante. Solo las líneas fibrosas de su cuerpo, suaves y fluidas, y la sólida fuerza de su cuerpo eran suficientes como para que ella le deseara de nuevo.

—¿Qué estás mirando? —preguntó Élise.

Él se giró.

—A ti.

Su pecho era terso y llevaba el cabello moreno y corto y una barba incipiente en el mentón. Sus ojos eran profundos, más oscuros que nunca, también más tiernos cuando la miraba a ella. Élise vio el amor que había en ellos, el alma, la calidez, y le conmovió ver también la vulnerabilidad.

—Quítate la bata.

Ella la dejó caer al suelo y se echó el pelo hacia atrás mientras sentía los ojos de él en cada parte de su cuerpo. Élise también le miraba. Ahora, los dos de pie y desnudos, quedaron envueltos en su propio mundo y ella supo que se estaban viendo el uno al otro de verdad. Es más, veían cada uno el interior del otro de una forma que nunca habían experimentado, no solamente viendo quiénes eran, sino quiénes habían sido y quiénes podrían llegar a ser. Élise sintió que las lágrimas le inundaban los ojos.

—Recordaremos este momento —dijo él—. Pase lo que pase.

—Así es. —Y dejó la botella para acercarse a él y apoyar la cabeza en su hombro. Todos sus pensamientos se habían detenido y ahora solo existía este momento, esta sensación de conexión, este amor. Él le acarició el pelo y le habló con ternura, antes de acercar su cara a la suya.

—No importa lo que pase. Siempre tendremos esto —dijo Victor.

Y fueron hasta la cama, donde ella le empujó sobre el colchón. Él se dejó caer de espaldas sobre las almohadas, riéndose, e hicieron el amor de una forma maravillosamente lenta, sin prisas, durante el resto del día.

CAPÍTULO TREINTA Y UNO

Hélène

Antes de la guerra, a Hélène le encantaba explorar el Périgord. Le gustaba pasar el tiempo subiendo por las escarpadas colinas, deambulando por los oscuros bosques o trepando por las calcáreas cumbres de los acantilados donde los tajos verticales, inundados de matorrales y enredado musgo la dejaban sin palabras. Le encantaban las docenas de encantadores pueblos y caseríos desperdigados por las colinas y los campos de girasoles en verano. Incluso durante la guerra, había veces en las que podía coger el coche del médico y recorrer carreteras secundarias para ir a visitar pacientes de tranquilas aldeas con apenas unas cuantas casas de piedra reunidas en torno a una iglesia diminuta. Pero hoy no solo había pedido el coche, sino que también contaba con un poco de la tan preciada y racionada gasolina y estaba llevando a Florence al mercado de Sarlat.

Últimamente, el mercado no era ni por asomo como los de antes de la guerra, tan concurridos y que tanto gustaban a las hermanas, cuando cada día de mercado era como una fiesta. Pero mientras caminaban despacio, cogidas del brazo, Hélène notaba el temblor de Florence.

—¿Te acuerdas de cuando vinimos una mañana de primavera antes de la guerra a comprar *chocolatines* para comérnoslas mientras paseábamos? —le preguntó con la esperanza de poder calmarla.

Florence no contestó.

Hélène se iba fijando en la preciosa mampostería ornamentada de las mansiones de los siglos XV y XVI que se alineaban a lo largo de la calle. Esa encantadora combinación de edificios medievales y renacentistas siempre conseguían levantarle el ánimo, pero haría falta algo más para hacer que Florence saliera de su estado actual. A Hélène le parecía que hoy la angustia invadía de una forma tan profunda el interior de su hermana que apenas podía poner un pie delante del otro.

Pero mientras veía cómo Florence levantaba la vista hacia los tejados de laja de los edificios, sus fachadas de piedra caliza de color miel y las contraventanas de desteñido color azul grisáceo, su hermana habló:

—Sigue siendo precioso, ¿verdad? —dijo. Y Hélène se conmovió tanto al oír el sonido de la voz de su hermana que sintió que la garganta se le secaba. Apretó la mano de Florence y giró la cabeza hacia otro lado para ocultar sus ojos humedecidos y miró las calles adoquinadas y los anticuados escaparates, ya sin el bullicio del parloteo como antes habían estado.

No pudo evitar pensar en tiempos más felices. Se imaginó la enorme variedad de pescados que solían ver sobre camas de hielo, los quesos, duros y tiernos —*Bleu des Causses* o *Cabécou du Périgord*—, las flores recién cortadas, los tarros de *foie gras*, las manzanas de llamativos colores y las fresas tan dulces. También los pollos y las codornices cocinándose en los asadores y, en invierno, el embriagador olor de las trufas o del «oro negro», como solían llamarle. Esta había sido una región de abundancia donde las mujeres iban cargadas con alforjas de mimbre llenas de productos y los hombres se sentaban a las puertas de los cafés para arreglar el mundo con sus boinas en la cabeza, fumando Gauloises y bebiendo vino de Bergerac.

—Estás a salvo, ¿lo sabes? —le preguntó Hélène—. Yo estoy aquí y no nos va a pasar nada malo.

Florence bajó los ojos a los pies durante un momento y, después, miró a su alrededor.

—¿Estás segura?

—Sí que lo estoy… ¿Recuerdas las deliciosas *pommes de terre Sarladaises*? —le preguntó Hélène.

Florence seguía mirando a su alrededor.

—Las tomábamos en el almuerzo del hotel —respondió en voz baja.

Hélène se sintió encantada de que, al menos, Florence estuviese siguiéndole la conversación. Y pudo saborear aquellas patatas, cortadas en rodajas, salteadas en grasa de pato hasta quedar sabrosas y crujientes, mezcladas con ajo y setas o incluso con trufas en invierno y salpicadas con perejil troceado.

—Sí, así es —dijo—. Ah, y las maravillosas pastas del mercado. ¿Te acuerdas?

—*Gâteau-mousse au chocolat et aux noisettes*. Esas eran mis preferidas.

—Tú y tu pastel *mousse* de chocolate y avellanas. Comiste tanto que te pusiste enferma.

Florence parpadeó.

—¿Sí?

Hélène la miró sorprendida y trató de controlar una carcajada al ver la expresión de incredulidad en la cara de su hermana.

Habían llegado con tiempo de disfrutar del sol de la primera hora de la mañana sobre los resplandecientes edificios de arenisca amarilla mientras paseaban por el tramo de la Rue de la République que recorría la parte antigua de la ciudad. Evitaron el laberinto de estrechas calles a cada lado y entraron en la Rue de Boétie para llegar después a la catedral de Saint-Sacerdos, donde el sol que brillaba sobre las vidrieras hacía que el mundo pareciera un lugar mejor.

Florence encontró un puesto donde vendían semillas y, aunque seguía aferrada al brazo de Hélène, compró nuevas especias para añadir a su colección. La catedral al sudeste de Sarlat, junto a la Place de Peyrou, iba hacia el nordeste por la Rue de la Liberté hasta la Place de la Liberté, que era más grande. Las dos atravesaron la segunda plaza y, después, se adentraron en la maravillosa y serpenteante Rue des Consuls, donde hicieron una parada en la pequeña cafetería que era su preferida. Se sentaron dentro, pidieron una infusión cada una y, después, esperaron pacientemente a que la dueña, una anciana de pelo entrecano y ojos oscuros como uvas pasas les preparaba lo que habían pedido.

—¿Te alegras de haber venido? —preguntó Hélène, vacilante.

—Sí —respondió Florence—. Sé que tenía que salir. Pero me cuesta, ¿sabes? Tengo todo el rato la sensación de que debo mirar a mis espaldas.

Hélène extendió la mano para apretar la de su hermana.

En cuanto terminaron, la propietaria recogió las tazas y se sintieron obligadas a dejar el sitio para otros clientes.

A continuación, volvieron a la Rue de la République donde estaría Lucille, la amiga de Florence, en el salón de peluquería de su madre.

Florence se estremeció al pasar con andar rápido junto al Hotel de la Madeleine, un imponente edificio de cuatro plantas donde se alojaban oficiales alemanes. Desde sus ventanas cerradas de la primera y la segunda planta, unas banderolas nazis rojas, negras y blancas ondeaban con la brisa, cada una de ellas exhibiendo una enorme esvástica. El hotel, situado en la entrada de la ciudad medieval, era imposible de esquivar pues, solo unas puertas más allá estaba la peluquería de Sandrine.

Todos sabían que Sandrine, la madre de Lucille, era una acérrima defensora de Vichy. Lucille y Florence eran amigas desde hacía años y rara vez hablaban de política. Básicamente, hacían lo que suelen hacer las chicas. Sin embargo, Lucille era mucho más testaruda que Florence. Deseaba más que nada ser rica para, así, escapar de las garras de su exigente madre. Hélène no sabía cómo podría afectar a su relación con la otra chica la experiencia de Florence a manos de la BNA. Dudaba que Florence pudiera contenerse sin decir nada, al menos en la peluquería, y desde el momento en que llegaron, pudo ver cómo Florence mostraba valientemente una actitud alegre.

Lucille se ofreció a cortarle el pelo a Florence mientras estaban allí, así que Hélène se sentó en la sala de espera a hojear una vieja revista y escuchar los evidentes ataques a los maquis de Sandrine mientras le arreglaba el pelo a una clienta.

—Nos perjudican a todos —decía—. Le faltan el respeto a Pétain y a todo el gobierno de Vichy. Si por mí fuera, les pondría delante de un muro y les fusilaría a todos.

La otra mujer murmuró una respuesta y Hélène se preguntó cuánto más podría Lucille permanecer inmune. Hasta ahora no se había visto contagiada por el veneno de su madre. Había constantes rumores sobre Sandrine, que siempre alardeaba de sus medias nuevas, sus caros lápices de labios y su caro perfume. Algunos chismorreos en el pueblo aseguraban que tenía una aventura con uno de los alemanes que se alojaban en el hotel. Incluso puede que con dos. Hélène quería salir de allí antes de que pudiera decir algo de lo que se arrepintiera y, además, el olor a químicos de la loción de permanente le estaba dando dolor de cabeza.

Hizo una señal a Florence de que quería salir. Florence le respondió asintiendo y, en ese momento, Hélène se fue y pudo tomar una bocanada de aire fresco, aliviada.

De camino a casa, aunque aún melancólica, Florence parecía algo más animada.

—Gracias. Lo he pasado bien.

—Ahora que se ha ido Jack, Lucille puede venir cuando quiera a pasar la noche, igual que antes. Siempre que avisemos antes a Élise.

—Se lo diré. Se está quedando en casa de su tía Lili, que vive en el pueblo y, aunque Sandrine no le deje quedarse conmigo, Lili sí.

—¿Por qué no le deja quedarse contigo?

Florence pareció avergonzarse.

—Se ha enterado de que han arrestado a Hugo.

—Ah, entonces, como yo trabajo con Hugo, ya no es seguro para su hija estar cerca de mí.

—Una estúpida, ¿verdad? No hay nadie que dé más seguridad que tú. Por cierto, Lucille ha robado un trozo de fiambre de pechuga de pato que uno de los soldados alemanes le había regalado a Sandrine y me lo ha dado.

—Vas a hacer algo delicioso con eso.

—Puede ser.

Hélène rodeó a su hermana con el brazo y el coche viró bruscamente.

—Cuidado, casi nos metes en una cuneta. —Y Florence se pareció un poco más a la que era antes.

CAPÍTULO TREINTA Y DOS

Hélène no había respondido aún a la carta de su madre. No es que no quisiera exactamente, pero le resultaba muy difícil decidir qué escribir cuando había tantas cosas que no podía decir. Aunque la carta tuviera Inglaterra como destino, vía Génova, los estrictos controles de censura hacían que aún hubiera posibilidades de que la abrieran mucho antes de que tuviese oportunidad de llegar. Pero esta preciosa mañana de domingo estaba sentada en la cocina, mordisqueando el extremo del bolígrafo con una tisana a su lado.

Querida maman, escribió mientras el sol se derramaba sobre la mesa y ella veía a una mosca volando alrededor de una mancha de mermelada de fresas que no habían limpiado. Metió el dedo en ella y la frotó. Élise y ella estaban haciendo todo lo que podían por encargarse de las comidas y mantener la cocina limpia, pero ni tenían la habilidad de Florence ni su diligencia en lo concerniente a las tareas domésticas. Florence seguía cocinando, pero a veces la encontraban sentada en el jardín, con la mirada perdida y un cuenco de patatas a medio pelar en el regazo. Hélène tomó aire y lo soltó con un resoplido. Pensar en Florence resultaba doloroso. Continuó con la carta:

Me encantó recibir tu carta y tener noticias tuyas. Te alegrará saber que estamos todas bien a pesar de la ocupación. Élise sigue llevando la cafetería y yo continúo trabajando para Hugo. Florence...

Oyó el sonido de las campanas de la iglesia. ¿Qué diablos podía contar de Florence? Le parecía mal no decir nada, pero lo que había pasado era demasiado íntimo y angustiante como para tratarlo abiertamente en una carta. «Ah, por cierto, *maman*, a tu hija pequeña la violaron hace poco». El simple hecho de verlo negro sobre blanco sería de lo más espantoso. Tampoco podía formularlo con eufemismos. No solo afectaría terriblemente a Claudette saberlo, sobre todo cuando no podía venir a Francia para consolar a su hija, sino que Hélène detestaba también la idea de que cualquiera pudiera leerlo. Y lo que es más importante, Florence también pensaría lo mismo.

Hélène no tenía ni idea de cuánto tiempo tardaría su hermana en recuperarse de verdad ni si lo iba a conseguir. No parecía posible que pudiera encontrar el modo de volver a ser la chica inocente de antes. Y, si era sincera, su hermana estaba más pálida que nunca, casi sin color. Incluso después de su visita a Sarlat, parecía como si estuviese aún apartada de la vida. Su piel había sido siempre blanca, pero ahora se había vuelto prácticamente transparente y teñida del azul de sus venas, que casi se le veían. Hélène se sentiría más segura si Florence expresara sus sentimientos, pero por ahora estaba muy lejos de poder hacerlo.

Al final, Hélène se limitó a escribir que Florence estaba ocupada, como siempre, con el huerto y que tenían muchas verduras. Cuando algo que no se puede mencionar inunda tu mente, parece atrapar todo lo demás que se podría decir, así que no contó nada en absoluto. Pero así tendría que ser. Ni siquiera se atrevía a mencionar a las cabras, que tendrían que haberlas entregado a los nazis años antes. Quizá unas cuantas palabras insulsas sobre el tiempo o el pueblo, y con eso tendría que bastar. Se aseguró de que no había nada que su madre pudiera leer entre líneas y firmó la carta.

Una vez terminada, fue a su escritorio de la sala de estar, metió la carta en un sobre de correo aéreo y buscó un sello en el cajón de arriba. Antes de salir de la habitación, miró por la ventana

a ver qué tiempo hacía. «Estupendo», pensó. Completamente soleado.

—¿Te apetece ir conmigo al pueblo? —preguntó cuando entró
Élise. Movió la carta en el aire—. Tengo que mandar esto.

—Claro. Le voy a preguntar a Florence, ¿quieres?

—Sí. Mejor. ¿Crees que querrá?

Florence, que no gustaba de quedarse sola, no tardó mucho en
convencerse y, así, las tres salieron juntas. Hacía un día precioso, con
el cielo de un luminoso azul, todo resplandeciente, y parecía tan tranquilo que a Hélène le costaba creer que estuvieran en guerra. Cuando pasaron por el laberinto de casas y jardines y llegaron al centro
del pueblo, Hélène sintió que Florence apretaba su mano y miró la
cara de su hermana.

—¿Estás bien?

—Sí.

—Al menos, tienes ahora algo de color en las mejillas.

La plaza no estaba concurrida, pero deambulaban unas cuantas
personas vestidas con su ropa de domingo. La mayoría se saludaban
e intercambiaban unas cuantas palabras, como siempre habían hecho.
Unos niños reunidos en torno a la fuente se azuzaban a entrar y salir
corriendo del agua que, milagrosamente, manaba tras meses de ausencia, pero las grandes familias que antes se reunían para almorzar
tranquilamente en el restaurante rara vez aparecían ya. El restaurante estaba abierto, pero muchos de los oficiales que se alojaban en el
chateau de Suzanne lo frecuentaban ahora y eso espantaba a la gente,
aunque la comida era buena. La hermandad cuando todos se reunían
en torno a las mesas en la época de cosecha podía seguir existiendo,
aunque con una evidente ausencia de hombres. Y, por desgracia, con
tan poca harina disponible, ni siquiera había oportunidad de comprar un delicioso *croissant* mantecoso en la *boulangerie* del pueblo.

Las hermanas se detuvieron a charlar con Maurice Fabron, el herrero, un hombre que siempre se mostraba reservado. Hablaron de
lo idílica que había sido antes la vida de la Francia rural, pero que
ahora era diferente.

—Y sin embargo, en días como este, aún puede sentirse la antigua atmósfera, ¿no crees? —dijo Élise mirando a su alrededor.

—Puede ser —respondió Maurice—. Pero esos viejos tiempos no eran tan perfectos, ¿sabes? No parece importar lo segura que sea la valla; los zorros siguen entrando a matar a los pollos. Igual que siempre lo han hecho.

—¿Y te acuerdas cuando las abejas invadieron mi dormitorio? —añadió Hélène, pensando en un día anterior a la guerra en que necesitaron que Maurice se deshiciera de ellas y el jaleo que se formó cuando Élise sufrió una picadura grave y tuvieron que llevarla rápidamente a que la viera Hugo.

Él se rio.

—Eso sí que fue un verdadero desmadre.

Tras intercambiar unas cuantas palabras más, se despidieron y siguieron paseando por las calles, pasando por una hilera de casas de piedra más pequeñas de colores cremosos en las que se encontraron a Arlo, un hombre con unos penetrantes ojos negros. Su talle alto y delgado estaba compensado con un corazón muy grande.

—¿De paseo, señoras? —preguntó con una amplia sonrisa en su curtido rostro.

—Sí —contestó Hélène—. ¿Y usted?

—Mi perro ha salido corriendo —dijo con expresión de resignación—. No encuentro a ese mocoso por ningún sitio.

—Estaremos atentas y lo traeremos si lo vemos.

Arlo era de Alsacia, pero tuvo que huir de su casa y llegó al Périgord Noir con la invasión de los alemanes. Florence le había ayudado con la comida, así que, a cambio, él había sido bondadoso con las hermanas, arreglándoles la vieja carretilla y el carro hasta que por fin pasaron a mejor vida. Incluso había reparado la bicicleta de Hélène después de que ella tuviera una caída y se le torcieran las ruedas. Muchos de los hombres que habían llegado desde Alsacia con él se habían quedado allí un año, pero después les enviaron de vuelta a su pueblo en ruinas. Arlo se había quedado y se había casado con Justine, una diminuta chica del pueblo de ojos luminosos y mejillas rosadas que trabajaba limpiando para el doctor Hugo y el sacerdote.

—Pues hasta otra —dijo Arlo—. Disfrutad del día.

Y siguieron caminando hacia los campos y los bosques.

—Me encantaría que los mercados volvieran a ser como antes —dijo Florence—. Echo de menos los colores y los olores.

Hélène y Élise se miraron.

—No es necesario que os miréis —añadió—. No he perdido la voz.

Hélène pensó que Florence tenía razón con lo de los mercados. Pero, al menos, aún abría el puesto de la miel de vez en cuando. Con muchas clases de miel. De lavanda, de eucalipto, de tomillo. Y también de flores, que invadían el aire con olor a rosa, magnolia y lirio. Pero añoraba la mezcla de colores que había con las barras de pan recién hechas, la limonada casera, el verde intenso de los guisantes recién cosechados, los jugosos melones amarillos, los huevos de pato en las cestas, las nueces del Périgord, el confit de pato, las trufas y las fresas más exuberantes.

También echaba de menos los sonidos. El tarareo de las conversaciones, los gritos de los niños, seguidos de las estridentes voces de sus padres regañándoles. El ajetreo de los pies sobre los adoquines y la risa de los amigos al saludarse. Las voces de los camareros al tomar nota de los pedidos y el traqueteo al recoger los platos de las mesas de la calle en la puerta del restaurante. Suspiró. Era una suerte que aún pudieran contar con los pájaros. Muchos tordos y herrerillos seguían cantando en los árboles y el tintineante sonido de los jilgueros cuando volaban por el cielo.

Llegaron al prado que estaba cerca de su casa y donde una ligera brisa soplaba entre la hierba.

—¿No sentamos un rato aquí? —propuso Élise.

—No tenemos manta para sentarnos —contestó Hélène.

—No importa.

—¿Y las hormigas?

Pero Florence ya estaba tumbada en la hierba con las manos entrelazadas tras la cabeza y mirando al cielo.

—Voy a hacer galletas cuando lleguemos a casa —dijo en voz baja, pero con cierto tono de determinación en su voz.

Hélène se colocó a su lado y se tumbó, con los ojos levantados hacia la infinidad de un cielo azul brillante salpicado con una o dos nubes esponjosas y blancas que se movían despacio.

Élise fue la última en echarse.

—Es revitalizante, ¿verdad? —dijo—. Salir y pasar el día holgazaneando sin más. Hace que todo parezca más normal.

Florence giró la cabeza a un lado para mirarla y dejó caer los brazos junto a su cuerpo.

—¿Volverá a ser normal?

Y Hélène supo que lo que en realidad estaba preguntado era si ella volvería a ser normal.

Élise suspiró y cogió a Florence de la mano.

—Lo será.

Hélène notó el sol en sus mejillas y cerró los ojos. Sentaba bien estar tumbada en el suelo y sentir la tierra debajo de ella. Calmándose en cierto modo, conectando con la atemporalidad de la vida, enraizándose en lo que no se podía destruir. Ahora la brisa había cesado y el único movimiento era el de los insectos que volaban alrededor, y rápidamente tuvo una sensación de sopor y empezó a quedarse adormilada.

No duró mucho porque, poco después, Élise se irguió de repente.

—Ay —exclamó a la vez que se rascaba la parte posterior de la pierna—. Maldita sea. Tenías razón.

—¿Hormigas? —preguntó Hélène y, a continuación, las tres se pusieron de pie—. Tengo una cosa en casa que te lo aliviará.

Siguieron caminando hasta llegar al sendero que llevaba hasta su casa, pero cuando estuvieron cerca Hélène detuvo un poco el paso con la esperanza de poder conservar ese momento. No quería que ese día acabara.

—¿Qué pasa? —preguntó Élise.

Hélène levantó los ojos hacia la única nube esponjosa y blanca que quedaba en el cielo.

—Solo estaba recordando qué se siente en un mundo en paz.

—Maravilloso, ¿verdad?

—Me da esperanzas.

Después de entrar por la puerta principal, Florence fue directa a la cocina y Élise entró en la sala de estar. Hélène fue a por la crema para las picaduras de hormigas, pero cuando entró en la habitación encontró a su hermana mirando por la ventana.

—Ha sido un buen día, ¿verdad? —dijo Élise.

Hélène asintió. Lo había sido y el sol no había parado de brillar.

Después, fueron juntas a ayudar a Florence a preparar una comida de pasta condimentada con unas gotas de lo que les quedaba de aceite de nuez y un poco de ajo bien salteado. Luego, hicieron una ensalada de tiras de repollo y diminutas rodajas de la pechuga de pato de Lucille. Florence le echó las nueces y las alió con aceite de oliva. Las tres comieron hasta hartarse y Hélène entendió que el acto de preparar juntas la comida no solo había reforzado su unidad como hermanas, sino que también había dado nueva vida a Florence. Consciente de lo rápido que podían quedarse sin esos valiosos momentos, Hélène los atesoró en su memoria. Ahora seguro que todo iría mejor.

—Por nosotras —dijo levantando su copa de vino.

Por la noche, cuando Hélène se despertó con el sonido de un grito, supo que era Florence. Cogió su bata, encendió una lámpara de aceite y, con ella en la mano, fue a la habitación de Florence, donde la encontró agachada en el rincón, apoyada en las manos y las rodillas, con los ojos llenos de terror y la piel bañada en sudor. Hélène dejó la lámpara y se agachó para agarrarla de los brazos. Pero Florence no se movía. Ni siquiera parecía ver que era Hélène la que había acudido en su ayuda.

Cuando Florence empezó a llorar, Hélène se arrodilló en el suelo a su lado, acariciándole el pelo para tratar de calmarla. Poco a poco, unos minutos después, empezó a desaparecer la expresión de locura de los ojos de Florence y pudo fijar la mirada en Hélène, aunque todavía con la respiración entrecortada.

—Yo…

—Calla. No es necesario que hables. Solo ha sido una pesadilla.

—Esos hombres. Tan reales y todo era cada vez peor. Tenía mucho miedo. —Se puso la mano en el corazón—. Toca aquí —dijo con voz temblorosa.

Hélène hizo lo que le pidió y notó los fuertes latidos del corazón de su hermana. La ayudó a levantarse y la sentó en la cama, pero ahora Florence empezó a balancearse atrás y adelante. Sin parar.

—Sentía… Sentía que iba a… morirme del dolor de mi corazón —susurró con las palabras fragmentadas—. No podía… despertar. Gritaba. ¿Me has oído? Estaba gritando.

—Te he oído, cariño. Estoy aquí.

Florence apretó los ojos, como si quisiera bloquear el recuerdo y Hélène empezó a acariciarle la espalda con movimientos lentos y tiernos, igual que si tranquilizara a un animal asustado.

—Cariño, sé que parece real, pero no lo es. No van a volver. Y encontraremos el modo de asegurarnos de que no te quedes sola aquí. Quizá alguno de los hombres de Victor nos pueda ayudar, al menos hasta que vuelvas a sentirte cómoda.

—No quiero que venga nadie que no conozca.

—¿Enzo, quizá?

Florence la miró horrorizada.

—Dios mío, no. No es amigo mío. ¿No te lo he dicho?

—Ay, Dios, sí. Perdona, lo había olvidado. Pues, entonces, Enzo no. Quizá podamos contactar con Claude. Quizá sepa si Jack sigue por aquí. ¿Estarías bien con Jack?

A Florence pareció gustarle la idea.

—Ahora no voy a poder dormirme otra vez —añadió.

—Ven conmigo.

Mientras Florence había estado paralizada y ensimismada, había tenido a raya todos sus sentimientos. Hoy se había permitido recuperar un poco de felicidad, pero, al hacerlo, también le había abierto la puerta a otras emociones más oscuras. Y sin embargo, pensó Hélène, a pesar de esa pesadilla, era una señal de esperanza. Nadie podía sofocar sus propios sentimientos eternamente y tener una vida plena y feliz.

CAPÍTULO TREINTA Y TRES

Élise

A la mañana siguiente, Élise estaba sola en la cocina cuando se sorprendió al oír un golpe ligero en la puerta de atrás. La abrió y vio a un chico pecoso del pueblo con ojos azules, muy delgado y con una nariz grande que llevaba unas botas que le quedaban demasiado holgadas. Cambió el peso de su cuerpo de un pie al otro mientras miraba a su alrededor con curiosidad.

—Traigo un mensaje —susurró con una sonrisa contenida, visiblemente emocionado por estar implicado en el mundo clandestino. Élise supuso que no tenía ni idea de cómo era en realidad.

—¿Sí?

—De Victor. Quiere que te encuentres con él en el café.

—¿Ahora mismo?

El chico la miró con los ojos muy abiertos.

—Urgente, ha dicho Victor.

Élise le dio las gracias y, al marcharse, él le hizo un saludo militar.

Ella sonrió, divertida por el gesto y, a continuación, se preparó para marcharse, sin saber bien si decírselo o no a Hélène antes de salir. El tiempo había cambiado y, después del agradable sol del domingo, el cielo era ahora gris y el día estaba más oscuro. También hacía viento, así que volvió a entrar para coger una chaqueta y, luego, en la puerta de la entrada, vaciló. Oía el crujir del suelo a cada movimiento de Hélène mientras se preparaba para irse a trabajar, pero decidió no decirle nada. Fuera otra vez, se sorprendió al ver que Florence estaba cavando al fondo del huerto siendo tan temprano.

—Voy a salir un momento —gritó sin detenerse, lo cual le pareció una maldad tras haber oído los terrores nocturnos de su hermana.

—Eh, espera —gritó Florence, pero Élise no respondió. No podía arriesgarse a llegar tarde, ni siquiera por Florence, así que, con una cesta bajo el brazo, se fue dejando a su hermana atrás. Con suerte, no estaría fuera mucho rato y Hélène seguiría en casa otra media hora, por tanto, Florence solo tendría que quedarse sola poco rato. Pero se sentía culpable porque el plan era que Hélène iría hoy a trabajar, pero que ella, Élise, se quedaría en casa. Se dijo a sí misma que no podía hacer nada, que Florence estaría bien y que ni siquiera se daría cuenta.

Atravesó el pueblo a paso rápido, saludando al herrero con un movimiento de la mano, y después se cruzó con Angela, que estaba limpiando las ventanas de su tienda de caramelos, aunque no tenía azúcar con la que hacerlos y no podía abrir. Esa mujer siempre quería hablar, pero Élise pasó sonriente por su lado a toda velocidad. Pasó por la casa del doctor Hugo y por el Ayuntamiento y, después, llegó al café. Las contraventanas estaban cerradas y no se veía luz del interior. El café parecía vacío.

Pero dentro encontró a Victor y a otro hombre, un maquis al que Élise conocía de vista, pero no sabía su nombre. Se habían quedado en silencio cuando ella entró y, al hacerlo, vio también a Violette de pie, en la oscuridad del fondo con Suzanne, la rubia y vigorosa propietaria del *chateau* que vivía con su marido, Henri. Ninguno estaba sentado y Élise notó que el ambiente estaba tenso.

—¿Qué pasa? —le preguntó a Victor—. ¿Qué hacen aquí Suzanne y Violette?

Hubo un breve silencio y, después, Suzanne miró a Victor, que pareció hacerle una señal para que hablara.

—Tengo noticias del castillo —dijo con tono serio.

—Entiendo —respondió Élise, preguntándose qué sería tan importante como para que todos se tuvieran que reunir tan temprano.

—Ayer los nazis capturaron a tres maquis. Estaban tendiendo una emboscada a un camión de provisiones alemán y uno de los alemanes murió durante el tiroteo.

Élise puso una mueca de espanto. Dios mío. Las capturas suponían siempre un riesgo para los maquis, motivo por el cual trabajaban siempre en grupos pequeños y con la menor información posible. Dejó la cesta.

—Eso es terrible.

Suzanne negó con la cabeza.

—Lo es. Pero eso no es todo.

—¿Y qué es?

—Poco después, mientras registraban la zona, encontraron dos cadáveres. Los cuerpos de dos hombres de la BNA bien escondidos y parcialmente descompuestos. Seguían vestidos con el uniforme de la BNA.

Élise trató de disimular la oleada de conmoción que amenazaba su autocontrol. Solo Victor y Jack sabían dónde habían dejado a los dos matones de la BNA a los que había disparado, pero tenía que suponer que se trataba de esos mismos hombres. Miró a Victor, que le hizo una señal de asentimiento apenas perceptible.

—Los alemanes han acusado también de ese crimen a las tres personas que han capturado y van a ser procesados por triple asesinato —añadió Suzanne.

Élise sintió que se mareaba. Ahora iban a acusar a personas inocentes de lo que ella había hecho. Eso superaba lo horrible.

—Así que, como ves, tenemos que ayudar a escapar a esos hombres —dijo Victor, y Élise supo que él entendía cómo se sentía y, por tanto, lo desesperada que estaba por poder participar.

—En realidad, son dos hombres y una mujer —le corrigió Suzanne—. Ella es una de las líderes locales de Domme y tiene información que podría poner a muchos otros en muy serio peligro. Las

SS están esperando a que la Gestapo interrogue a los prisioneros, pero, por lo que me han dicho, no van a llegar hasta mañana.

Suzanne había hablado con calma, pero Élise sabía que debía estar tremendamente preocupada. Todos conocían las crueles consecuencias de ser entregado a la Gestapo.

—Entonces, ¿estás diciendo que solo contamos con el día de hoy?

—Esta noche. Ese es el plan. Solo hay un guardia en la puerta de las dos celdas. No esperan que nadie pueda entrar porque en los terrenos del castillo y el *chateau* hay una patrulla de vigilancia por la noche. Victor y yo nos encontraremos en el fondo de un pozo que aún no han descubierto y que lleva hasta un túnel. Es un pozo antiguo, no el más reciente que excavaron durante la Gran Guerra. Creo que tú lo conoces, Élise.

Élise frunció el ceño.

—Refréscame la memoria.

—Uno de mis perros lo encontró el día que tú y yo salimos a pasear juntas antes de la guerra.

—Ah, sí.

—Subes por el bosque que hay justo detrás del castillo y casi arriba del todo hay un muro derrumbado que está medio cubierto de enredaderas. Tienes que subirlo y, al otro lado, hay una pesada tapa de hierro que también está casi cubierta por las enredaderas. Esa es la entrada. ¿Te acuerdas?

Élise sí que lo recordaba.

—Sí —contestó.

—Victor necesita que le enseñes el camino de atrás hasta el pozo. Sé que normalmente no sales en este tipo de operaciones, pero no tenemos a nadie más.

Violette soltó un suspiro.

—Aparte de mí. Lo siento, Élise. Yo también lo conozco y Suzanne me ha pedido que lo haga, pero no puedo dejar a mi hijo.

Élise exhaló despacio. Así que por eso había venido Violette.

—Está bien. Yo le enseñaré a Victor el camino.

—Mientras tanto —continuó Suzanne—, yo distraeré al guardia

y, en cuanto llegue Victor, le dejará inconsciente. Una vez que el guardia esté fuera de juego…

—O muerto —la interrumpió Élise.

—Sí. Sacaremos a los hombres y, luego, trataremos de subir hasta la capilla sin ser vistos. Esa es la parte más peligrosa.

—Así que tú solo tendrás que enseñarme el camino y, después, marcharte.

—Desde la capilla es fácil —continuó Suzanne—. Iremos por la escalera de piedra que está oculta. Conduce soterrada hasta una habitación escondida de la bodega del *chateau* principal.

—¿No es ahí donde está el fantasma? —preguntó Élise acordándose de la historia de Isabel, la esposa infiel cuyo marido encarceló en el castillo hasta que murió de pena.

Suzanne sonrió con tristeza.

—No, esa está en una de las torres. Los hombres estarán esperando en la habitación secreta. La Gestapo llegará y verá que los prisioneros no están y yo estaré de vuelta y segura en el *chateau*. Harán un registro, claro.

—Un alboroto, más bien —dijo Élise—. Es una operación importante.

—Sí. Una de las misiones de rescate más difíciles que hemos realizado hasta ahora. Pero no encontrarán a nadie. Cuando por fin sea seguro salir, se escabullirán por una cloaca que sale mucho más abajo de la montaña.

—¿Cómo se puede ocultar una escalera en una capilla? —preguntó Violette—. ¿No resulta bastante evidente?

Suzanne frunció el ceño.

—Bueno…

La interrumpió un golpe en la puerta y todos, salvo Élise, empezaron a dispersarse en dirección a la puerta de atrás. Antes de que Victor saliera, le hizo una tierna caricia en la mejilla a Élise y le sonrió. Élise apretó la mano a su mejilla como para conservar su tacto, justo cuando Hélène entró por la puerta del café y empezó a desenvolver afanosamente una hogaza de pan.

—Espero que no te importe. He entrado con mi llave. Florence me ha pedido que te traiga el pan.

—Gracias, pero no voy a abrir.

—Entonces, ¿por qué has venido?

—No te lo puedo decir.

—Ay, Élise. Me estás preocupando.

—Pues no te preocupes. Voy ya para casa.

Mientras Élise volvía a casa pensó en el peligro de que la capturaran. Tendría que decirle algo a Hélène para explicar su ausencia esa noche, pero decidió no darle detalles. Esta noche iba a ser mucho más peligrosa que la otra en la que había intentando llevar a Tomas al refugio y quedaba a años luz de lo que suponía ocuparse del buzón. Pero deseaba de verdad tener un papel más activo. Y, como había sido ella la que había matado a los dos hombres de la BNA, lo justo era que se implicara en la ayuda de los que ahora iban a ser acusados. Ya conocía a unos cuantos maquis y Victor no solo confiaba en ella, sino que la estaba formando para que participara en operaciones cuando llegaran los aliados. Además, aunque la misión de esa noche iba a ser difícil y peligrosa, estaría con Victor. Y eso era lo único que importaba. Juntos, estaba segura de que lo lograrían.

CAPÍTULO TREINTA Y CUATRO

Florence

Florence había estado cavando más de una hora y media cuando oyó que Élise volvía a casa. Se incorporó y, secándose el sudor de la frente, se miró. Se había olvidado de que aún llevaba puesto el camisón y ahora estaba manchado de tierra y sudor. Después de la pesadilla se había vuelto a dormir, pero se había despertado temprano y, sin querer molestar a Hélène, había salido a hurtadillas de la habitación, había bajado las escaleras y había salido por la puerta de atrás. Todavía le encantaba estar a primera hora en el jardín, cuando empezaban a oírse los cantos de los pájaros y el aire tenía un olor limpio y fresco, pero aunque estaba emocionalmente agotada, no había podido sentarse a disfrutar de ello.

Y cavar había resultado una buena forma de olvidarse de todo, al menos durante un rato. Mientras trabajaba, no se le cortaba la respiración, los pensamientos no se agolpaban, no tenía ataques de calor ni sentía mareo ni náuseas. Así que siguió clavando la pala en el suelo con renovadas fuerzas.

Pero cuando se incorporó un rato después, volvieron los pensamientos y sintió lo peor de todo. Vergüenza. Asco de sí misma. Aunque no tuviera sentido, pensaba que, en cierto modo, ella era la culpable. Sabía que, si le hablaba de esto a Hélène, su hermana iba a intentar convencerla de lo contrario, pero Florence tenía que solucionar esto por su cuenta. Hasta ahora no había querido pronunciar ni una palabra sobre la violación; si no hablaba de ella, no habría pasado. Pero sabía que jamás se recuperaría si continuaba evitando la verdad. Tenía que desenredar toda la madeja que había en su interior. Racionalmente, sabía que no había hecho nada que hubiese provocado la violación, sabía que la culpa recaía por completo en las manos de aquellos hombres y que era un error culpar a la víctima inocente… Víctima. Qué palabra tan terrible. La odiaba.

Vio cómo Élise entraba en la casa sumida en sus pensamientos y se preguntó por qué habría salido antes. Deseaba parecerse más a su hermana. Ser más valiente. Más atrevida. Más decidida a luchar. Y sin embargo, cuando se había despertado esta mañana, lo había hecho con una nueva determinación. Había sabido que iba a encontrar la forma de no convertirse en una víctima y, si eso significaba tener que volverse más dura, lo haría. Si quería tener una vida, tendría que recuperar el control. No resultaba fácil nunca y era más difícil aún en tiempos de guerra. Pero si alguna vez quería volver a sentirse bien consigo misma y dejar de verse como una cosa pequeña, sucia y destrozada, tendría que hacerlo.

Suspiró profundamente, apartó la pala y, tras lavarse la tierra de las manos, subió a su habitación.

Aún con el camisón puesto, buscó debajo de la almohada y sacó su pequeño cuaderno, donde empezó a escribir cómo se sentía mientras mordisqueaba el extremo del lápiz cuando se convertía en una actividad demasiado dolorosa. Escribió sobre su rabia y su vergüenza. Escribió sobre la necesidad de hacerse más fuerte y soltó una pequeña carcajada en silencio. Ya no era tan inocente ni tan confiada. Ya había cambiado. Y ahora ni siquiera sabía si podía fiarse de sí misma. Así que también escribió sobre eso y sobre su miedo al futuro. Escribió sobre su determinación a recuperarse y sobre las cosas que más le gustaban: el jardín, la naturaleza, sus hermanas. Y luego, por fin, ya no pudo aplazarlo más y, con las lágrimas cayéndole por las mejillas, escribió sobre lo que esos hombres le habían hecho.

CAPÍTULO TREINTA Y CINCO

Élise

Iba a ser un largo día para Élise mientras esperaba a que llegara la noche. Volvía a repasar mentalmente el plan una y otra vez, visualizando el camino que tendría que tomar hasta el pozo escondido y rezando porque pudieran salir indemnes. Por mucho que consultara su reloj de muñeca o que mirara por la ventana, el tiempo parecía haberse detenido. Sentía una mezcla de agitación, expectación y ansiedad, pero se obligaba a permanecer tumbada en la cama y cerrar los ojos. La incertidumbre hacía que le costara relajarse. Mientras era plenamente consciente de los sonidos habituales de la casa, con los crujidos de las contraventanas, los gemidos de las tuberías, los ruidos del desván, también escuchaba algo distinto. No venía de fuera, sino también del interior. Y entonces, se dio cuenta de que eran sollozos de Florence. Esperó, pues no quería entrometerse en la pena íntima de su hermana, pero al ver que los lloros no cesaban, Élise fue a verla. Llamó a la puerta del dormitorio de Florence y, después, la abrió y entró de puntillas. Su hermana estaba sentada con las piernas cruzadas en el suelo, escribiendo en un cuaderno mientras las lágrimas le resbalaban por las mejillas y le caían sobre las manos. Élise se sentó a su lado y le susurró palabras de consuelo cuando Florence se echó sobre ella. Pero deseó que Hélène estuviese allí para ayudarla.

—Puedo ir a ver si Hélène puede venir a casa —dijo.

Entre sollozos, Florence consiguió decirle que no, así que Élise siguió sentada en silencio con ella hasta que las lágrimas de su hermana se secaron.

—¿Hay algo que pueda hacer? —preguntó cuando cesó el llanto.

Florence sorbió por la nariz.

—Me vendría bien un pañuelo limpio. Pero estoy bien. De verdad que lo estoy.

Élise le trajo un pañuelo limpio y, como Florence volvía a estar ocupada escribiendo y solo extendió la mano para cogerlo sin decir nada más, decidió dejarla tranquila. En cualquier caso, además de ayudar a su hermana a superar su indescriptible angustia, Élise tenía que prepararse mental y físicamente para la noche que le esperaba. Se preguntó cómo estarían pasando el día los demás. Estaba segura de que Suzanne estaría comprobando que todo estuviera listo y preparado para ellos. Poco a poco, fueron pasando las horas. Élise y Florence compartieron un almuerzo sencillo, solo un poco de pan y tomates, sin que ninguna de las dos hablara mucho y, por fin, Élise consiguió echarse una siesta de media hora. La tarde fue pasando y, cuando Hélène llegó a casa, Élise la cogió del brazo para llevarla aparte.

—Oye, tengo que informarte de algo. No puedo contarte mucho, pero esta noche voy a salir.

Hélène respondió a su seriedad no interrumpiéndola.

—Puede ser peligroso, pero tengo que ir.

Hélène le puso una mano en el hombro y la miró a los ojos.

—No voy a intentar detenerte.

Élise la abrazó, agradecida. Lo último que necesitaba era una discusión con su hermana en una noche tan importante para todos.

Ahora, mientras Élise esperaba a Victor en el bosque, levantó la vista hacia la negrura aterciopelada del cielo y los millones de estrellas que salpicaban su profundidad. Escuchaba los sonidos de la noche —el ulular de un búho, las criaturas que se arrastraban por el suelo, unas aves nocturnas que se movían entre las ramas— y se confesó a sí misma lo exhausta que ya se sentía. Sin parar de dar vueltas, nerviosa, de un lado a otro por el pequeño claro, con la necesidad de descanso para su cerebro y su cuerpo y de calma para su alma, sabía que no podía rendirse. Victor se retrasaba y estaba preocupada.

Oyó el silbido de Suzanne, la señal que habían acordado para indicar que había llegado el momento de ir en busca del pozo y, entonces, oyó el suave crujir de las hojas y las ramas del suelo con los ligeros pasos de alguien que se acercaba. Se escondió entre la penumbra y esperó, rezando porque fuera Victor.

Y entonces, unos segundos después, ahí estaba.

—Gracias a Dios —susurró mientras se acercaba rápidamente a él.

Victor la besó suavemente en la mejilla.

—Sígueme —le ordenó ella—. Tenemos que subir más por la colina.

—El pozo no queda muy cerca del castillo, ¿verdad?

—Sí que lo está —contestó ella—. Es al que se refería Suzanne.

—¿Estás segura?

—Claro. Vamos.

Mientras Élise le guiaba entre el bosque, sentía que el corazón le latía con fuerza en el pecho y que se iba animando. La sangre le corría por las venas y se sentía excitada. Era increíblemente emocionante estar en la oscuridad, abriéndose paso por el sendero cubierto de maleza entre los bosques, con Victor, prestando atención por si oían pasos que no fueran los de ellos. Pero, Dios mío, pensó, hacer algo así de peligroso le hacía sentir viva. Cuando llegaron a un muro derrumbado apenas cubierto de maleza, apartó las enredaderas y subió por él.

—Está ahí, creo —dijo.

Al otro lado, encontraron la pesada tapa circular de hierro, bien escondida, que antes no era visible. Nadie habría podido adivinar que estaba ahí si no hubiesen sabido dónde buscar. Juntos, levantaron la tapa.

—Voy a bajar —dijo Victor—. Pon la tapa cuando entre.

—Yo también bajo.

—No, Élise. Ese no es el plan.

—Solo voy a asegurarme de que estás bien y, después, volveré a subir y la cerraré cuando salga.

Él le acarició la suave piel de las manos y, a continuación, se deslizó al interior de la oscuridad.

—¿Encuentras puntos de apoyo de la pared?

Esperó, con los puños apretados y los nervios tan en tensión que pensó que se le podían partir. Las axilas se le enfriaron con el sudor mientras los segundos iban pasando. ¿Qué era lo que estaba retrasando a Victor? ¿Por qué no le respondía ya? En el bosque que la rodeaba todo crujía y, sin embargo, ella esperaba suspendida en el tiempo. Y entonces, alertada por un nuevo sonido entre el bosque a su espalda, una sensación de miedo le erizó el vello de la nuca. Contuvo la respiración mientras miraba hacia atrás y, entonces, unos segundos después, suspiró algo más tranquila. Solo era un zorro.

—Ah —oyó que decía él por fin—, lo cierto es que hay una escalera.

—Suzanne no nos había hablado de ella. Voy a bajar. ¿Puedes encender tu linterna?

—Todavía no.

—Pero está oscuro y lleva hasta un túnel, así que es seguro que nadie va a ver la luz.

—Voy a esperar a llegar al fondo —susurró él.

—De acuerdo.

Continuaron con cuidado unos minutos más. Ella se tapaba de vez en cuando la nariz ante el olor rancio y húmedo del pozo. «Aquí dentro debe de haber cosas muertas», pensó.

—Casi he llegado —dijo él—. Vuelve ya.

Vio la luz de su linterna cuando la encendió y, entonces, oyó voces en alemán que gritaban: «*Halt! Halt!*».

—¡Vuelve a subir! —le ordenó él con voz baja y tensa—. Hazlo.

Ella se quedó inmóvil durante un segundo, con el corazón en la boca. Después, consciente de que no tenía otra opción, subió por la escalerilla a una velocidad frenética, con la sangre agolpándose en sus oídos y la respiración acelerada. Cuando consiguió trepar a la parte de arriba, se le torció un tobillo. Trató de apoyar el peso en él, casi soltando un alarido de dolor. Y ahora no podía andar, solo cojear.

Pensó en que Victor estaba hecho a prueba de balas; en su infinita valentía, su inmensa fortaleza, pero, al final, no era más que un humano, igual que los demás. Se detuvo un momento en los árboles para mirar hacia el pozo y con el desesperado deseo de verle salir ileso. «Vamos, Victor», imploraba en silencio. «Vamos».

Y entonces oyó el sonido de un disparo en la oscuridad. El corazón le dio un vuelco. No. «No».

CAPÍTULO TREINTA Y SEIS

Hélène

Esa noche, tras comprobar que Florence dormía tranquila, Hélène no podía descansar. Sentía que las paredes la oprimían y terminó levantándose de la cama sin hacer ruido, evitando pisar los tablones que más crujían del irregular suelo de su habitación. Fue hasta la cocina y allí encendió el calentador, puso café en grano para que se hiciera, abrió la puerta de atrás y salió. Aún estaba oscuro, pero se trataba de esa oscuridad que apenas dura unos minutos antes del amanecer. Esperó, escuchando el mundo de la noche y viendo cómo la neblina se disipaba y el sol empezaba a salir, cosa que había hecho muchas veces antes. Limpió el rocío del viejo banco de hierro forjado que estaba bajo el castaño y se sentó, esperando mantener los ojos abiertos por si llegaba Élise. Pero hacía frío a esa hora, así que volvió a entrar para buscar un mantón de lana y ponerse el café.

Cuando volvió a estar fuera, el sol ya había salido, el cielo estaba de un magnífico color rosado y dorado y la neblina se fundía en unas finas rayas que ahora envolvían algunas franjas del valle. ¿Cómo era posible que este paisaje eternamente hermoso pareciera más suave y mágico que nunca? «Nadie podrá quitarnos esto», susurró. «Nadie». Se sentó con el café entre las manos a disfrutar de las vistas que iban apareciendo. Oyó que un gallo cacareaba y, a medida que el cielo iba tomando un tinte azul muy claro, tuvo una sensación de pertenencia a ese lugar, de alivio, de que, a pesar de todo lo que estaba pasando, aún podía sentir que ahí estaban sus raíces. Pero si la sensación de pertenencia la provocaba el hecho de ser una misma, y Hélène estaba segura de que así era, ¿cómo era posible cuando ya nadie podía ser uno mismo? ¿No estaban representando todos versiones de sí mismos, adoptando corazas de bravuconería y coraje aun cuando el miedo les carcomía? Y esa pertenencia no estaba relacionada solamente con el lugar del que uno es. También se trataba de lo que le pertenece a uno, y ahí estaba el problema. Estaban luchando para volver a tomar posesión de su país de manos de esos invasores, esos ocupantes, los que les habían robado lo que no les pertenecía. Hombres que se habían incautado de bienes preciados, que habían golpeado y matado a familias enteras, que habían pisoteado sueños, destruido aspiraciones y dejado vidas rotas a su paso. Los habitantes del pueblo estaban sobreviviendo a aquello por los pelos y se temía que, aun cuando todo hubiese acabado, el legado de la guerra no desaparecería sin más.

Pero entonces pensó en el amor y en cómo le hacía sentir.

Amaba a Florence y a Élise aunque a veces la volvieran loca, pero el vínculo de sangre entre ellas era poderoso y defendería a sus hermanas hasta el último aliento. Un hilo irrompible se extendía entre su corazón y el de ellas, uniéndolas a las tres. Para siempre. De no haber sido por la guerra, al menos una de ellas podría estar ya casada y quizá hasta ser madre. Quizá incluso las tres. Intentó imaginar cómo sería, pero no dejaba de ver ante ella la cara sonriente de Jack. Se trataba de algo más que un leve deseo que la impulsaba. Era un anhelo muy dentro de ella. Amaba a Jack. Estaba segura.

Aunque hacía lo posible por animar a sus hermanas cuando lo necesitaban, sabía que su constante buen humor ocultaba otras emociones algo más complicadas. La desesperación, la rabia, la sensación de deficiencia y la soledad. Sentía todas esas cosas, incluso habitando en el seno de una familia a la que quería.

Y ahora, una vez más, estaba preocupada. Esta vez por Élise, que seguramente ya debería de estar de vuelta. Se puso de pie y fue hasta la verja, levantó el cerrojo y empezó a recorrer el sendero arriba y abajo. Podía ver una figura que se dirigía hacia ella, pero estaba demasiado lejos como para distinguir quién era.

Pensó en retroceder, pero no lo hizo y continuó mirando. Quienquiera que fuera, avanzaba despacio. Esperó un poco más y, al final, se dio media vuelta para entrar a la casa, pero en ese momento oyó que decían su nombre. Hélène entrecerró los ojos para tratar de ver con más claridad hacia el otro lado del camino. ¿Sería Élise? Y entonces fue corriendo hacia esa persona. Dios mío, sí que era Élise, y vio que estaba cojeando y con una mueca de dolor a cada paso que daba. Corrió en ayuda de su hermana.

—¿Qué ha pasado?

—Han capturado a Victor —contestó Élise. Y, entonces, se dejó caer en los brazos de Hélène.

Como pudo, Hélène consiguió sostener a Élise hasta entrar en la casa y, a continuación, la llevó casi a rastras hasta la sala de estar, donde la sentó en una silla.

—Voy a verte primero el tobillo —dijo poniéndose de rodillas.

Élise se inclinó para frotarse la pierna.

—No puedo apoyarme en él. He tardado una eternidad en llegar aquí. He oído a los alemanes en el bosque y a sus perros. He pasado mucho miedo.

Hélène le quitó a Élise la bota y le movió el pie.

—No está roto —dijo unos segundos después y levantó la vista hacia el rostro contraído de su hermana.

—¿Estás segura? —preguntó Élise con voz temblorosa.

—Sí. Habrías gritado al tocarte. Ahora voy a traerte algo dulce para beber y luego te vendaré el tobillo. Te lo has torcido.

—De acuerdo.

—¿Y estás segura de que tienen a Victor?

Élise la miró afligida.

—He seguido las instrucciones de Suzanne al dedillo. Es que no sé cómo se han enterado. Estoy segura de que he llevado a Victor al pozo correcto. Pero ¿y si no es así? —Y entonces se inclinó hacia delante y enterró la cara entre las manos.

CAPÍTULO TREINTA Y SIETE

Después de dejar por fin dormida a Élise, Hélène se fue temprano con la bicicleta a trabajar con la esperanza de tener noticias de lo que había pasado durante la noche. Primero fue a ver a Violette, que salió a abrir todavía en camisón y con los rulos en el pelo.

—Ven a la cocina. Tengo en el fuego café de verdad.

—¿De dónde diablos lo has sacado?

—Había guardado un poco. Anoche no dormí mucho, así que necesito algo que me despierte bien.

—Yo tampoco he dormido. ¿Sabes exactamente qué estaban haciendo? Porque yo no tengo ni idea.

Violette le explicó cuál era el plan.

—Dios mío. Entonces, a eso se refería Élise con lo del pozo. Dice que los alemanes han capturado a Victor.

Violette ahogó un grito.

—¿Está muerto?

—No lo sé. Élise está muy mal.

—¿Crees que Suzanne estará bien?

—Eso espero. Pronto lo sabremos, supongo.

—¿Habrá juicio?

Hélène se encogió de hombros con gesto de impotencia.

—Tampoco va a suponer mucha diferencia si lo hay. Los juicios son un cuento. He oído de muchos en los que todo era una verdadera farsa. No son más que una cortina de humo y simplemente ejecutan a todo el que quieren y cuando quieren.

Violette la miró lívida.

—Avísame si te enteras de algo.

—Tú también.

Hélène besó a su amiga en ambas mejillas y se fue al consultorio con su bicicleta. La puerta estaba abierta, pero parecía que no había nadie. Así que, tras quitarse el abrigo, fue hasta la pequeña clínica anexa y vio que el capitán estaba sentado en la cama.

—Me han dicho que usted me ha salvado la vida —dijo—. Gracias.

Hablaba un francés relativamente bueno.

—Creo que eso ha sido cosa del doctor Marchand —contestó ella—. Ha estado sometido a muchísima presión para mantenerlo con vida.

Él la miró con una sonrisa tímida.

—Eso me han dicho. En cualquier caso, le estoy muy agradecido por actuar tan rápido.

—¿Tendrá que volver Hugo al castillo?

—No. Creo que podré asegurarme de que siga aquí. Aunque no puedo prometer que no le vayan a vigilar de cerca. Todos estamos un poco hartos de esta guerra, ¿verdad?

Ella asintió con una inclinación de la cabeza.

—¿Le puedo hablar con franqueza? —preguntó él.

—Claro.

—Echo de menos a mis hijos —dijo y, después, añadió—: Y a mi familia también.

—Nosotros no pedimos que nos ocuparan —replicó—. ¿Cree que no echamos todos de menos nuestras vidas?

—Estoy seguro de que sí. Lo siento. Ha sido usted muy amable.

—Es mi trabajo. Voy a traerle algo para desayunar.

Él extendió una mano hacia ella y Hélène la agarró con recelo.

—Haré lo que pueda por usted. Soy el capitán Hans Meyer.

—Hélène Baudin —respondió ella y, después, le soltó la mano.

Sin llamar, entró un oficial de las SS, entrechocó los talones y saludó al capitán con la cabeza.

213

—Tenemos que hacer unas preguntas a la enfermera Baudin.

Hélène parpadeó y se apartó de la cama.

—Claro. ¿En qué puedo ayudarle?

—Un joven alemán llamado Tomas Schmidt. ¿Le conoce?

Ella frunció el ceño a la vez que clavaba la uña del pulgar en el cuaderno que llevaba en la mano izquierda tras la espalda, consciente de que Meyer podría ver lo que estaba haciendo desde su cama.

—No. ¿Por qué iba a conocerle?

—Era un desertor al que capturó una patrulla nocturna. Mencionó el nombre de Sainte-Cécile.

—Ah.

—¿No le conoce?

Hélène negó con la cabeza.

—Creemos que quizá recibió ayuda de alguien de este pueblo. Que le tuvieron escondido.

—¿Por qué iba alguien de aquí a esconder en su casa a un desertor alemán? Nadie cometería una locura así. Lo más probable es que le entregáramos.

Él levantó las cejas.

—Entiendo.

—¿Algo más?

—No. Estamos interrogando a todo el pueblo. Ya hemos hablado con el médico y su esposa. Quizá no haya nada que averiguar. Ese Tomas Schmidt desvariaba.

—¿Podría ser simplemente que encontrara un sitio aquí donde esconderse?

—Todo es posible.

Se alejó y, después, volvió a girarse.

—¿Tiene usted un granero?

—Un cobertizo en el jardín. ¿Está muerto ese desertor?

—Eso, señora, no es asunto suyo.

En cuanto se marchó, Hélène tuvo que esforzarse por mantener el control. Ahora, además de que hubiesen atrapado a Victor y que posiblemente le hubiesen fusilado, tenía esto otro. ¿Y si Tomas seguía vivo y les llevaba directamente hasta su casa? Dio la espalda al capitán y se dedicó a enrollar una tira de gasa para que no viera sus dedos temblorosos. Imaginó a Tomas en distintas circunstancias. Tomas vivo. Tomas muerto. Tomas apareciendo en su casa. Tomas riéndose de ella. Tomas en su ataúd. Y, lo peor de todo, Tomas sentado dentro de su ataúd y señalándola con la mano. Mientras su mente daba vueltas sin parar, se puso las manos sobre los oídos para tratar de detener aquel raudal de imágenes.

—¿Señorita?

Se dio cuenta de que el capitán Meyer le estaba hablando.

—No se preocupe. —Oyó que le decía—. Solo intentan asustarles a todos. A nadie le importa un pimiento lo que le pase a un desertor, me temo. Lo más probable es que le hayan pegado un tiro.

Una hora después, el policía local, Leo, apareció en el consultorio preguntando por Hélène. Como ya estaba alterada, contuvo la respiración ante lo que estuviera a punto de decir y le llevó a una habitación privada del fondo donde sería menos peligroso hablar.

—Va a haber un juicio dentro de dos días —le anunció.

Hélène ahogó un grito.

—En cuarenta y ocho horas. ¿Algo más?

—A las nueve de la mañana. Los tres que ya estaban presos en el *chateau* y Victor.

—¡Dios mío! —Sintió que se mareaba de verdad.

Él no dijo nada.

—Entonces, Victor está vivo. ¿Sabes si está herido?

—Por lo que yo sé, no.

Hélène apretó los labios y, al pensar en Élise, se le cayó el alma a los pies.

—Pero le habrán interrogado.

—Lo más seguro. Pero sabrá resistirse y no les contará nada en cuarenta y ocho horas, no importa lo que le hagan. Es fuerte.

Hélène se tapó la boca con la mano para controlar un gemido.

215

Deseó poder soltar todo el miedo que se acumulaba en su interior, gritar, golpear los puños contra la pared, pero sabía que no podía hacerlo.

—Todo saldrá bien —dijo Leo acariciándole el hombro—. Élise no estaba en el café, así que he avisado a Violette y ella va a dar el aviso para que todos se dispersen.

—¿A los refugios?

—Sí. Todo el grupo se separará durante un tiempo.

—¿Y Victor?

—Me temo que ya es demasiado tarde para él.

—Pero ¿cómo le han capturado? ¿Sabían lo del plan? ¿Alguien nos ha traicionado?

Leo negó con la cabeza y se encogió de hombros.

Hélène pensó en Élise y en su temor de haber llevado a Victor al pozo equivocado. Si eso era así, su pobre hermana pasaría el resto de su vida culpándose por ello.

CAPÍTULO TREINTA Y OCHO

Volvió a casa desde el consultorio al final de la tarde, pero incapaz de mantener la calma, iba de una habitación a otra, con la mente atormentada por el juicio. Quería hablar de ello con Élise, pero no la encontraba.

La limpieza podía parecer una tarea algo extraña cuando no se sabe qué hacer, pero normalmente a Hélène le funcionaba y esperaba poder así mantener a raya su terrible sensación de mareo. Había algo de relajante en el hecho de limpiar la casa meticulosamente. La acción de frotar, el sonido rítmico de la escoba, pulir algo con fuerza. No hacía falta pensar, lo único que había que hacer era concentrar la mente en ello. Empezó por la sala de estar, la habitación donde las tres muchachas se relajaban, tomaban algo para beber, leían un libro o simplemente hablaban de cómo les había ido el día. Hélène tenía una rutina. Supervisaba la escena: cojines tirados de cualquier modo y, luego, abandonados en el suelo, libros abiertos y sin leer sobre el sofá recién arreglado —al final, Violette lo había terminado—, cortinas que había que poner rectas, una papelera rebosante y tazas y vasos vacíos.

Primero, recogió todo lo que no estaba en su sitio. Cogió los cojines, los ahuecó con fuerza y, después, los colocó ordenadamente uno tras otro sobre el sofá. Se apartó para ver el efecto. Perfecto. Después, recogió los vasos y tazas y los llevó a la cocina, donde los lavó. De vuelta a la sala de estar, devolvió los libros a la estantería, asegurándose de colocarlos en orden alfabético porque, si no, ¿cómo iban a encontrar con rapidez el que buscaban? Y luego limpió el polvo de todas las superficies, de cada lámpara, cada adorno y cada cuadro con meticuloso cuidado. La más mínima capa de polvo resultaba inaceptable. Fue especialmente cuidadosa con las figuras de porcelana de su madre y con la pieza favorita de Florence, un adorno de hierro fundido para exterior. Su hermana se había enamorado de su pátina verde desgastada y la había cogido de su jardín de Richmond, insistiendo en que debían tenerla dentro de la casa. Desde entonces, había pasado desde la habitación de Florence hasta la cocina y, por fin, a la sala de estar, donde la colocaron sobre el aparador. Claudette no lo habría aprobado. Pero para Florence, su extravagante estatuilla de un hada sentada con una pierna extendida, una pequeña paloma en el pie y delicados detalles en las alas y en la cara, resultaba encantadora.

A veces, dejándose llevar hasta un agradable estado de meditación con la limpieza, perdida en su irreflexión, Hélène se olvidaba de lo que ya había hecho y de lo que no. ¿Había terminado ya con el suelo? Seguro que no. Para Hélène, limpiar era como pintar. Dejabas de pensar. Esa era la cuestión. Mientras limpiaba o pintaba, sentía como si estuviese en trance. Lo mismo le sucedía a su madre, Claudette, con la escritura. Hélène recordaba encontrar a su madre sentada a su mesa, supuestamente escribiendo, pero, en realidad, lo único que hacía era mirar por la ventana, con el bolígrafo en el escritorio, como si también estuviese en trance. Ni siquiera se había dado cuenta cuando Hélène le había preguntado qué iban a merendar. A partir de entonces, se había imaginado a su madre escribiendo secretos en su diario y había deseado averiguar cuáles serían.

Años después, cuando vaciaron la casa de Richmond, su madre había amontonado en la puerta todos los trastos en sacos. Hélène sintió curiosidad y, cuando oscureció, salió a ver qué podía encontrar. Para su sorpresa, uno de los diarios de su madre asomaba por debajo de una caja de cartón. Hélène lo había sacado con cuidado y se lo había subido corriendo a su habitación, con la intención de compartirlo con Élise, pero, al leerlo, sintió como si fuese una ladrona que hubiese robado el corazón de su madre. Pues aquellos pensamientos y sentimientos, aquellos secretos, costaba reconocerlos como propios de Claudette, porque todo lo que había en ese diario era sobre amor perdido, pasión perdida y la muerte del alma y el deseo. En ningún momento mencionaba ningún nombre.

Hélène volvió al presente y a la limpieza y también recordó el juicio. Cerró los ojos y se obligó a respirar profundamente.

Al menos, la habitación parecía más limpia.

Respiró hondo otra vez y sacó las alfombras al jardín para sacudirlas bien. De vuelta en el interior, barrió el suelo y, cuando el recogedor se llenó, lo vació y trajo la fregona y el cubo de la cocina. Su parte favorita llegaba después de fregar el suelo. Florence había preparado el abrillantador con aroma de limón a partir de cera de abejas y aceite de oliva para usarlo en los muebles y el suelo. Hélène, a cuatro patas, lo frotó y pulió una y otra vez hasta que le dolió el brazo y, entonces, el suelo brilló. El embriagador olor a naranja y limón flotaba en el aire y respiró con fuerza, inundándose los pulmones de él. Para Hélène, el hogar era un lugar seguro donde los sonidos y los olores familiares se fundían, un lugar acogedor y cómodo, un lugar agradable donde todos podían expresarse con libertad. Y la mezcla de bonitos colores de la habitación era un testimonio de su especialmente armoniosa vida en común, un lugar de esperanza y amor, pero ahora también un lugar de vulnerabilidad.

Fue a ver cómo estaba Florence, que llevaba dormida toda la tarde.

Florence estaba ahora sentada en la cama, frotándose los ojos.

—Dios, llevo horas durmiendo.

—Me sorprende que hayas podido con todo el ruido que he estado armando.

—¿Haciendo qué?

—Limpiando. ¿Sabes dónde está Élise?

—Se fue al bosque con Claude.

—¿Con el tobillo en ese estado?

—Le estaba hablando del juicio.

—Ah.

—Ay, Hélène, es espantoso. Élise parece completamente destrozada.

—Lo sé.

—¿Preparamos juntas la cena? Dame unos minutos y bajo.

Hélène bajó a la cocina para limpiar un poco. Había soñado con una vida distinta, viajando por todo el mundo. Ver la India, Italia, América, Nueva Zelanda y Grecia. Sobre todo Grecia. Uno de esos increíbles pueblos blancos que mostraban las revistas, brillando bajo el cielo azul cobalto. Había soñado también con ser pintora, con exposiciones en Londres y Nueva York. Y había soñado con la libertad.

Mientras recogía la loza seca, comenzó a divagar y se retrotrajo a los primeros años en los que Florence tenía quince y Élise solo diecisiete. Apenas unas niñas; aquella había sido como una casa de juegos, especialmente después de que Claudette hubiera regresado a Inglaterra. Pero era aquí donde estas viejas paredes de piedra la habían protegido y habían mantenido a salvo a sus hermanas, donde había pasado de ser una chica muy imaginativa a una mujer responsable. Y ahora se sentía arraigada a esta vida, aunque sus raíces se viesen constantemente amenazadas. Y nunca más que ahora.

CAPÍTULO TREINTA Y NUEVE

A la mañana siguiente, el sol brillaba con más luminosidad, pero con el juicio a solo veinticuatro horas, una pesada nube negra se cernía sobre el pueblo. Hugo, al ver que Hélène tenía la mirada perdida y apenas oía una palabra de lo que le decían, la llevó aparte.

—Oye —dijo con tono paciente mientras le daba un paquete—, ve a tomar un poco el aire y lleva esto a Gabrielle, la mujer de Clément. —Cogió otro paquete—. Y entrega este a *madame* Deschamps y a su hija Amelie. No los confundas.

Sonrió, agradecida por tener un descanso.

Mientras estuvo fuera se tropezó con Arlo, que la miró compasivamente con sus ojos negros y le preguntó cómo estaban llevándolo ella y sus hermanas.

—Estamos todas preocupadas por el juicio —contestó, tratando de disimular lo mal que se sentía.

No hizo falta que ninguno dijera que sabían cuál iba a ser el resultado más probable.

—Conozco bien a Victor —dijo él—. Además de tus hermanas y tú, él también se portó muy bien conmigo cuando llegué aquí. Mi mujer y yo estamos destrozados.

—¿Cómo has sabido que Victor estaba entre los arrestados?

—Los nazis han puesto una lista en el Ayuntamiento.

—Entonces, ¿lo sabe todo el mundo?

—Más o menos.

Hugo la libró de sus tareas y dejó que se fuera temprano.

Llegó a casa a las cuatro y vio que Élise estaba otra vez cojeando en dirección al bosque. La llamó, pero su hermana o no la oyó o no deseaba compañía. Florence estaba ya en la cocina, cortando zanahorias, cebollas y patatas, así que Hélène se cambió y, a eso de las cinco, se dirigió al bosque para ver a Élise. La vio en el viejo merendero, con la mirada clavada en el suelo, pero, cuando se acercó, Élise se limitó a hacerle una señal con la mano para que se alejara. Iban a juzgar a Victor dentro de dieciséis horas y Dios sabía qué tormento debía de estar pasando Élise.

Hélène no sabía qué hacer. Quería consolar a su hermana, pero estaba indecisa. Si Élise quería estar sola, no tenía mucho sentido seguir allí. Y con toda la angustia por Victor y el juicio, necesitaba un largo paseo para terminar exhausta.

Se dio la vuelta y se alejó con tristeza, sin rumbo, y se sorprendió cuando, al final, miró el reloj y vio que ya eran las seis y que una densa neblina se cernía sobre el valle. Desde la loma levantó la vista y vio la curva de milanos negros que planeaban por el cielo y se elevaban sobre las corrientes térmicas en busca de comida. Mientras se acercaba a otro tramo de bosque, vio una figura oscura que pasaba de un árbol a otro y se quedó inmóvil, sin saber si darse la vuelta o seguir adelante. No sabía si aquel hombre la habría visto, pero iba hacia la zona más tupida del bosque. Quizá debía quedarse quieta hasta que hubiese pasado. Pero entonces vio que viraba a la izquierda y avanzaba en su dirección. Ella dio unos pasos atrás, dispuesta a salir corriendo, pero cuando vio que se acercaba un poco a la luz Hélène ahogó un grito.

—¡Jack! Me has dado un susto de muerte.

Se puso un dedo en los labios.

—Chsss. Me ha parecido que eras tú —dijo él cuando ella se acercó.

Hélène sintió que se ruborizaba y el corazón se le aceleraba, pero logró evitar que su voz sonara demasiado ansiosa.

—No estaba segura de si te volvería a ver.

—Ya sabes lo que dicen del bicho malo. Ese soy yo.

Ella señaló en la dirección del *manoir*.

—¿Te estás quedando allí?

—Por desgracia. Es el lugar más seguro por ahora. Estoy con Bill.

—Ah, me alegra que le hayas encontrado. Bueno, en fin, pues…

—No parece que vaya a hacer buen tiempo —dijo él. Miró hacia la neblina que se acercaba y, después, levantó la vista hacia el cielo cada vez más oscuro y extendió la mano con la palma hacia arriba—. Se acerca una lluvia fuerte, me temo. ¿Por qué no te refugias conmigo? Hasta que pase la lluvia.

El olor de la hierba y la tierra se iba volviendo más intenso bajo la llovizna. ¿Debería volver a casa antes de que empezara la tormenta? Aunque Élise no quisiera hablar, podría necesitar apoyo después.

Él se quedó mirándola con los ojos entrecerrados.

—Tienes mal aspecto.

Ella soltó un suspiro.

—¿El juicio es mañana por la mañana?

—Sí.

—Lo siento mucho —dijo Jack.

Hélène no podía hablar.

Él se acercó y le pasó un brazo por encima del hombro.

—Vamos, muchachita, parece como si necesitaras beber algo fuerte.

Ella sonrió, incapaz de contenerse. Sí que estaba muy preocupada por el juicio, pero ahora, en este preciso momento, se avergonzaba de admitir que se moría por pasar un rato con Jack.

—Eso me gustaría.

Cuando llegaron a la ruinosa casona, Hélène vio que no se encontraba en tan mal estado como se esperaba. Sí, el exterior estaba completamente tapado por la hiedra trepadora y había partes del tejado que claramente habían cedido, pero, una vez que él apartó el follaje y la hizo pasar por un pequeño hueco del muro, fue como si hubiese entrado a un santuario. Se halló en un patio exterior, en el centro del cual había un antiguo pozo. Los muros de piedra del patio estaban adornados con ramilletes colgantes de preciosas glicinias de suave color púrpura a un lado y clemátides rosas al otro. En una ubicación entre soleada y sombría como esta, las plantas habían crecido bien.

—Está en uso —dijo él—. El pozo. De hecho, es la única fuente de nuestro suministro de agua. Vamos dentro.

Con una mano firme en la parte inferior de su espalda, la llevó a través de un pasillo hasta el interior de lo que quedaba de cocina. Los antiguos fogones parecían desprender algo de calor y, cuando la lluvia empezó a caer, ella se acercó.

—¿Cocinas aquí? —Se sintió estúpida por volver a recurrir a un comentario superficial cuando lo que de verdad quería decirle era lo mucho que le había echado de menos.

—¿Te refieres a si nos preocupa que el humo nos delate?

—Supongo.

—Bueno, solo lo encendemos de noche, si es que lo encendemos, y sobre todo sobrevivimos gracias a la comida que nos traen los maquis.

Ella levantó la vista hacia el alto techo y, después, miró a su alrededor.

—¿Hay algún sitio donde sentarse?

—Deja que te enseñe. Tenemos que ponérselo un poco difícil a los alemanes para que no nos encuentren.

Salieron de la cocina y entraron en lo que debió de haber sido una alacena, con una puerta de madera con muchos tachones en un extremo. De debajo de una pesada losa sacó una llave.

—Vamos allá —dijo.

Abrió la puerta que daba a una estrecha y sinuosa escalera de piedra. Cerró la puerta con la llave y le hizo una señal para que subiera por delante de él.

—La escalera del servicio, supongo —dijo ella—. Nosotras tenemos otra también.

—Hay solo dos plantas, pero está construida en forma de U y

resulta bastante fácil esconderse donde estamos. Ahora tenemos que pasar al otro lado.

Atravesaron varias habitaciones de techos altos, con vigas que parecían haber salido directamente de un árbol sin sufrir mucha alteración. Unas contraventanas de un desteñido color crema, cerradas o medio colgando y con necesidad de una reparación, dejaban pasar ligeros haces de luz que rayaban el suelo.

—Desde aquí se sube a uno de los altillos —le explicó.

—¿No hace que sea más complicado salir corriendo?

—No. Está unido con otros desvanes y el nuestro tiene una escalera exterior que da a un jardín amurallado. O, más bien, a lo que debió de ser un jardín. Ahora está descuidado y a la escalera le faltan peldaños, así que hay que ir con cuidado en la oscuridad, pero hemos abierto un camino entre la maleza. Es imposible ver la escalera a menos que sepas que está ahí.

Cuando por fin llegaron al desván por una peligrosa escalerilla de madera, ella vio una pequeña ventana a un lado del inclinado techo.

—No me esperaba que hubiera un tragaluz.

—Da al jardín amurallado. No se puede ver desde el camino más cercano. En realidad, desde ningún sitio.

—Bien.

—Siéntate.

Había dos colchones en la habitación con un montón de mantas y varios cojines. También vio un cubo.

—Todo tipo de comodidades —comentó ella con una sonrisa.

Él hizo una reverencia.

—Sea usted bienvenida.

Hélène fue hacia uno de los colchones y se sentó con las piernas cruzadas.

—Tengo coñac. ¿Te apetece?

—Claro.

Él fue hasta una pequeña caja de madera y sacó una botella con dos tazas de porcelana descascarilladas.

—Me temo que no es la vajilla más lujosa.

Le llenó una taza y se la pasó y, a continuación, se sentó a pocos centímetros en el mismo colchón.

—Tengo mucho miedo —dijo ella—. Estoy casi segura de que van a ejecutar a Victor.

Él tomó aire.

—Estoy preocupada por Élise. Parece fuerte, pero quiere a Victor y esto va a... a... —Hizo una pausa, incapaz de pronunciar las palabras.

—Sí —respondió él—. Lo sé. Va a destrozarla.

Hélène sintió que la cara se le contraía mientras trataba de contener las lágrimas.

—Se siente culpable, creo, aunque nada de esto es culpa suya. No sé qué hacer.

—Hélène, no hay nada que puedas hacer.

—Pero, Jack, estoy desesperada.

Él la escuchó con atención y sin interrumpirla. Ella se acordó de su padre, cuando la llevaba a su despacho y le pedía que le contara qué había hecho durante el día. Sus pequeñas preocupaciones debían de parecerle de lo más prosaicas, pero su padre siempre la escuchaba y le hacía sentir que era la persona más importante del mundo. Y también le recordó a Julien. Él la escuchaba o, al menos, lo intentaba, y ella le quería por ello.

Jack extendió una mano hacia Hélène y ella la cogió. Después, él le pasó un pañuelo.

—Está limpio —dijo.

—Gracias. —Se secó los ojos y recuperó la compostura—. Quería preguntarte si podrías volver con nosotras. Florence insiste en que está bien, pero no me gusta dejarla sola. El problema es Tomas, el desertor alemán al que escondimos. Puede que no esté muerto.

—¡Vaya! Eso no son buenas noticias.

—No, sobre todo, si le obligan a contar quién fue quien le escondió. Todo esto me supera. Siento como si diera vueltas sin parar y el círculo se fuese estrechando cada día más a mi alrededor. Todos esperan de mí que sepa lo que hay que hacer, pero yo lo único que quiero es salir corriendo.

—Lo sé. Yo me siento igual a veces.

—¿De verdad?

Él dejó caer la cabeza y, después, levantó los ojos.

—Mira. En cuanto a Tomas, no sabes nada con seguridad. Puede que esté muerto y, si no lo está, es posible que no recuerde nada. Tú misma dijiste que estaba en muy mal estado.

—Prácticamente deliraba.

—Y Victor le sacó de allí con los ojos vendados, ¿no?

—Sí.

—Me temo que vas a tener que aguantar el tipo. Ojalá pudiera ayudarte, pero estamos en medio de una misión. Tú asegúrate de que el desván parezca como si no se hubiese tocado en varios años. Y que todas lo negáis.

—Es posible que Tomas no pueda volver a encontrar nuestra casa, pero sí es posible que reconozca nuestras caras.

—En ese caso, decid que probablemente le visteis en el pueblo, que debió de veros allí.

Hubo un estruendo y, a continuación, el estallido de un trueno. Ella se estremeció y, sin pensar, se acercó a él. Jack le pasó un brazo por encima de los hombros mientras la lluvia empezaba a caer con fuerza sobre el tejado, como si un millón de balas golpearan las tejas. La habitación se oscureció también y, tan cerca de la cornisa, parecía como si fuera el diluvio. Zeus, el gobernador de los cielos, dios de la lluvia, de los truenos y los relámpagos, estaba furioso. Jack dijo algo, pero Hélène no le oyó con tanto escándalo. Un rayo de luz blanca iluminó el desván y ella se sobresaltó. En esos pocos segundos, vio cómo los ojos de Jack resplandecían al mirarla. Apenas unos segundos después llegaron los truenos, seguidos de un viento aullador mientras la lluvia se volvía más intensa.

Hélène cerró los ojos. No le daban miedo las tormentas precisamente, aunque sus hermanas siempre decían que sí. A Florence le gustaba incluso salir a correr bajo las tormentas, pero a Hélène le daba miedo que le alcanzara un rayo. De niña, había leído un artículo sobre un hombre al que había alcanzado un rayo y se le había quedado el dibujo de un árbol en la espalda y el pecho.

El torrente de lluvia y el sonido del viento continuaron largo rato. Era como si hubiese una lucha atmosférica entre la tierra y el aire, y, más allá de la oscuridad, Hélène pensó que hasta las estrellas estarían llorando. Oyó que un árbol caía al suelo, pero con Jack a su lado, se sintió arrullada en una especie de crisálida protectora. Se acurrucó y notó cómo el calor de él la reconfortaba. La vida normal había desaparecido y, ahora, estaban solo ellos dos. Se sentía a salvo. De hecho, le gustaba tanto esa sensación de estar juntos que, en cierto modo, deseó que esa tormenta no cesara nunca. No quería tener que enfrentarse de nuevo al mundo exterior. No quería sentir la carga de las responsabilidades sobre sus hombros. No quería ser la que siempre sabía lo que había que hacer. Pero, sobre todo, no soportaba pensar en lo inevitable de lo que les esperaba la mañana siguiente.

A medida que la tormenta se fue calmando, poco a poco, Jack la fue echando sobre el colchón, y allí la besó. Fue un beso largo y lento y, al sentir que el estómago se le ponía en tensión, Hélène cerró los ojos y se rindió a ese momento. Los labios de él sabían a sal y a pimienta y notó que su bigote le hacía cosquillas. Pero entonces sintió que él se apartaba.

—¿Qué pasa? —preguntó ella, confundida y tratando de encontrarle sentido.

—Lo siento. No debería haberlo hecho. Me gustas, Hélène, mucho. Eres una mujer buena, pero no podemos.

El corazón le dio un vuelco.

—¿Por qué no?

—Porque es posible que yo ni siquiera esté vivo mañana y no sería justo.

Ella sintió que la garganta se le cerraba y se mordió el interior de la mejilla, deseando comportarse como una adulta, aunque por dentro se sentía espantosamente mal. No quería ser una «buena» mujer. Quería que él le dijera que era hermosa, que estaba perdidamente enamorado de ella y que deseaba estar con ella.

—¿De dónde eres, Jack? —le preguntó por fin. Era la única manera de poder llegar a un terreno más seguro, donde poder ocultar la vergüenza que sentía por ese desagradable y apretado nudo de decepción en su interior.

Él sonrió.

—Nacido y criado en Devonshire. Mi padre tiene una casa en Totnes, donde crecí, pero mi lugar preferido es la casa de mi abuela en East Devon.

—Háblame de ella.

Él le habló en voz baja.

—Es una casa de campo con techo de paja rodeada por un prado de hierba y flores silvestres y, en cierto modo, parece como si hubiese salido de la tierra. Una casa de cuento de hadas.

—A Florence le encantaría.

—Unos robles flanquean la colina al fondo y un lado de la casa y hay un riachuelo por delante. Ni siquiera hay un camino de asfalto. De hecho, me dejó la casa para mí.

—¿Murió?

—Sí.

Él había hablado con mucha melancolía sobre su abuela y la casa, y ella comprendía por completo su deseo de conectar con un lugar especial.

—¿Te parece bien si simplemente me abrazas? —le preguntó ella con el tono más calmado que le fue posible.

—Claro. —Y la rodeó entre sus brazos. Era algo, pero no lo suficiente para aliviar la oscuridad que iba creciendo en su interior a medida que se iba acercando la hora del juicio.

CAPÍTULO CUARENTA

Eran poco más de las diez de la noche cuando la lluvia empezó a amainar y Jack atravesó el bosque con Hélène. Al llegar al sendero, él le dio un rápido beso en la mejilla.

—Tengo que dejarte aquí.

Ella vio cómo se alejaba.

Era evidente que había sido sincero con lo que le había dicho en el desván de la casa, así que Hélène quizá debería abandonar toda esperanza de que hubiera algo más íntimo entre los dos. Daba la sensación de que aquello era un final, aunque, en realidad, nunca hubo un principio. ¿Tenía sentido sentir pena por algo que solo había sido una posibilidad?

—Lleva así varias horas —dijo Florence con expresión de frustración cuando Hélène entró en la cocina—. No puedo conseguir que coma nada.

Hélène vio que Élise estaba borracha, balanceándose y cantando con voz estridente. Se acercó y trató de cogerle la botella, pero Élise se resistió, furiosa.

—¿Puedes traerle un poco de agua, Florence? —le pidió Hélène.

Mientras Florence llenaba un vaso y, después, lo dejaba en la mesa, Élise lo apartó y derramó el agua por toda la mesa.

Hélène volvió a intentarlo.

—Cariño, piensa en cómo vas a estar mañana si sigues así.

Élise la fulminó con la mirada.

—Por supuesto que voy a estar mal. Ya lo estoy.

—Pero vas a tener también una resaca espantosa.

Mientras Florence secaba el agua, Élise murmuró algo que ninguna pudo escuchar.

—¿Puedes intentar comer algo? —le pidió Hélène.

—Joder, Hélène, ¿te estás escuchando? No eres mi madre. Si alguna vez te hubieras enamorado y hubieses sido correspondida, entenderías cómo me siento, pero no, la mojigata de Hélène nunca caería tan bajo como para tener sexo antes del matrimonio.

Hélène tragó saliva. Debía intentar no tomarse aquello como algo personal. Su hermana estaba sufriendo y no sabía lo que decía. Estaban todas bajo una terrible presión y temiéndose lo peor.

—Incluso Julien, el hombre con el que estuviste saliendo una temporada. Ibas por ahí con una sonrisa estúpida en la cara cuando todo el tiempo…

—Élise —la interrumpió Florence—. No…

Pero Élise no la escuchaba.

—Pensabas que le gustabas, ¿verdad? Pero ¿por qué iba a gustarle Hélène la normalita pudiendo tener a la elegante y sofisticada Violette?

Hélène la miró confusa.

—No sé a qué te refieres.

—Le vi besando a Violette.

Estupefacta, Hélène se quedó mirando fijamente a su hermana.

—No te creo.

—Oíd, estamos todas alteradas. Estoy segura de que Élise exagera —intervino Florence.

Pero Hélène había visto la cara de su hermana cuando Élise había mencionado a Violette.

Miró a Florence.

—¿Es verdad? ¿Tú lo sabías?

Florence se mordió el labio.

—De todos modos, a mí nunca me ha gustado Violette.

—¿Las dos lo sabíais y no se os ocurrió contármelo? —Miraba a una y a otra. Florence alicaída y Élise se limitaba a mirar al suelo.

En ese momento, Florence levantó la vista con lágrimas en los ojos.

—Lo siento mucho.

Hélène trataba de controlarse.

—Y habéis dejado que me ponga en ridículo. Os habéis reído a mis espaldas, no me extraña.

—No queríamos que sufrieras —contestó Florence con un gesto de negación.

—¿Y crees que enterarme de esto ahora no me duele? Yo quería a Julien. ¿Te enteras? Y habéis permitido que me comporte como una tonta. Pues muchas gracias.

Élise y Florence se miraron sin saber qué hacer.

—Lo siento mucho —repitió Florence, consternada.

—¿Creéis que lo único que yo quería era ser una enfermera y cargar con la constante responsabilidad de cuidar de vosotras dos? —espetó Hélène sin hacer caso de lo que decía su hermana y levantando peligrosamente la voz mientras las mejillas se le iban sonrojando—. ¿Creéis que nunca he querido tener mi propia vida? Lo dejé todo por vosotras.

—Hélène —dijo Élise levantando la cabeza.

Pero Hélène ya no podía contener la rabia.

—Ah, perdona, ¿no querrás decir «Hélène la normalita»? ¡Menuda zorra! Todo gira alrededor de ti, Élise, ¿no es así? Pero yo tenía sueños. Quería pintar. Me encantaba el arte. Era lo único que de verdad me hacía sentir viva… aparte de Julien.

—Pero podrías… —empezó a decir Florence.

—No, no podía. Si no estaba en la consulta, tenía que ocuparme de vosotras. Nunca he tenido espacio ni tiempo. No tienes ni idea. Ninguna de las dos. Solo os preocupa vuestra vida.

—Lo sentimos —dijo Florence—. De verdad.

Pero Hélène había perdido ya los estribos.

—A buenas horas, maldita sea. En lo único que pensáis las dos es en vosotras mismas. —Y, a continuación, salió de la habitación cerrando la puerta con un golpe y echó a correr escaleras arriba.

En su habitación, empezó a patear el suelo mientras murmuraba furiosa. Se sentía completamente traicionada por sus hermanas. Por Julien. Por Violette. ¿Cómo habían podido ocultárselo Élise y Florence? ¿Cómo podía Violette haberle hecho algo así? Sabía lo de Julien, sabía que ella, Hélène, estaba enamorada de él. ¿Qué clase de amiga hace eso? ¿Qué clase de hermana guarda silencio?

Aporreó la almohada con los puños y, después, se la apretó contra la cara mientras dejaba que las lágrimas se derramaran sobre ella.

Y cuando por fin dejó de llorar se secó los ojos y se sintió aún peor. No solo por lo que Élise le había dicho, sino porque ella no era de las que perdían los estribos. Una pelea era lo último que necesitaban ellas y ahora mismo Élise precisaba de su apoyo. Por supuesto, aquello se había desencadenado por lo que entendía que era un rechazo de Jack y por el hecho de tener los nervios a flor de piel. Había intentado contener su angustia, pero todo se había desbordado de la peor manera posible. Dio vueltas por la habitación sin saber cómo arreglar la situación. Lo único que importaba era su pequeña familia y odiaba enemistarse con sus hermanas.

Qué terrible y egoísta había sido por no ser capaz de controlarse cuando Florence había sufrido tanto y, además, en la víspera del juicio de Victor. La peor noche de sus vidas. Se tragó las lágrimas al pensar que podría haber una ejecución, que Victor podría perder la vida de esa manera. Mientras todos rezaban porque hubiese un indulto, ella sabía, en el fondo, que era muy poco probable. No era de extrañar que Élise estuviese fuera de sí.

Y Élise tenía razón. Debería haber sabido que Julien no la quería a ella. Era el hombre más guapo que había visto nunca, fuerte, de encendidos ojos marrones, pelo oscuro y una sonrisa encantadora. Y ella había quedado cautivada por él. Bueno, pues ya era agua pasada. Lo que ahora importaba era buscar el modo de ayudar a Élise a superar el próximo día.

La mayor parte de la noche, Hélène estuvo oyendo a Élise dando vueltas por su habitación. Quiso llamar a su puerta, buscar el modo de consolarla. A veces, la virulenta energía de su hermana le daba miedo, pero eso no podía detenerla. Élise se encontraba en un estado de lo más vulnerable, más herida que desafiante, y Hélène pensó que necesitaba estar sola.

Durmió un poco y, cuando se despertó, trató de respirar y sintió que se ahogaba. Se llevó una mano al cuello e intentó obligarse a respirar. No había aire en la habitación y empezó a sentir pánico. Pero, por fin, la presión en el pecho cedió y consiguió tomar aire.

A las seis de la mañana, cuando solo quedaban tres horas para marcharse, salió de la habitación y encontró a su hermana mirando por la ventana abierta.

—Élise —dijo en voz baja.

Su hermana se giró con el rostro manchado de lágrimas y, entonces, corrió hacia Hélène y lanzó los brazos hacia ella.

—Lo siento mucho —susurró una y otra vez—. No quise decir esas cosas.

—Yo también lo siento, cariño. Me siento fatal por haber perdido los estribos en un momento tan terrible. Ha sido imperdonable.

Élise se apartó y se secó las lágrimas con las mangas y, a continuación, negó con la cabeza.

—No. Estamos todas con los nervios de punta. Yo estoy a punto de perder la cabeza, pero ninguna queríamos que llegara este día.

Hélène trató de contener la emoción.

—¿Nos olvidamos de lo de anoche y buscamos el modo de sobrevivir a este día?

La cara de su hermana estaba tan pálida y esquelética que Hélène sintió que los ojos le escocían a punto de llorar.

Élise la miró fijamente, apretó los labios, se puso las manos en la cintura y, a continuación, habló con un tono distinto:

—«No llores, cariño, que te vas a poner muy fea».

—Suenas igual que ella —dijo Hélène, y las dos sonrieron porque «No llores, cariño, que te vas a poner muy fea» era lo que

Claudette siempre les decía cuando cualquiera de ellas empezaba a lloriquear.

—¿Por qué sonreís? —preguntó Florence al entrar en la habitación.

—La verdad es que no estamos sonriendo —contestó Élise—. No era más que un recuerdo.

Florence frunció el ceño.

—Escuchad —las interrumpió Hélène señalando hacia la ventana—. ¿Es un ruiseñor?

Las tres escucharon los trinos, silbidos y gorjeos.

—Sí que es un ruiseñor —dijo Florence—. Eso es una buena señal.

Atravesó la habitación con los brazos extendidos hacia ellas. Y las tres se fundieron en un abrazo.

Cuando por fin se separaron, Florence las miró a cada una.

—¿Alguna quiere desayunar?

—Si intento comer algo voy a vomitar —contestó Élise mientras Hélène negaba con la cabeza.

—¿Un café, entonces?

Élise cerró los ojos.

—Estoy muy mareada.

Hélène la ayudó a llegar a la cama.

—Acuéstate un poco y luego te ayudo a vestirte.

—¿Cómo voy a soportar esto? —preguntó Élise con los ojos todavía cerrados—. Me siento fatal y me cuesta creer lo que ha pasado. ¿Ha sido culpa mía?

—No, Élise. Ya te dije que hablé con Suzanne. Fuisteis al pozo correcto. Alguien os ha traicionado. Los alemanes lo sabían. Me temo que es así de sencillo.

—Pero ¿quién?

Hélène hizo un gesto de negación.

Cuando quedaba una hora, por fin salieron de casa, vestidas con ropa de colores grises y negros que habían rescatado de sus armarios y del viejo vestidor de su madre. Marie se había ofrecido a llevar el coche, pues a Élise le resultaba imposible recorrer andando todo el trayecto con el tobillo aún tan dolorido. Se había levantado un poco de viento y Hélène se fijó en los árboles, con sus hojas agitándose. Pensó en épocas pasadas, en su llegada a Francia, en las esperanzas puestas en su futuro. Ninguna de ellas podría haber previsto jamás algo así.

Hubo un largo silencio mientras esperaban. Cualquier palabra habría sobrado. De repente, hubo una fuerte racha de viento y Hélène oyó una ventana que se cerraba de golpe en la casa.

—Ay, perdón, es la mía —dijo Florence—. Con tanto viento, será mejor que vuelva a entrar a cerrarla.

Hélène sentía que cada parte de su cuerpo le ordenaba que saliera huyendo, pero se quedó donde estaba, con los ojos fijos en el suelo, esperando a que Florence volviera a salir.

Cuando apareció el pequeño y reluciente coche, parecía fuera de lugar en contrastaste con la ropa triste y oscura que ellas vestían y el motivo por el que la llevaban.

Hélène tomó aire y lo expulsó despacio.

—Más vale que nos pongamos en marcha.

Marie salió del coche y abrió la puerta delantera para que subiera Élise.

Élise dio un paso atrás y negó con la cabeza.

—Lo siento. No puedo. De verdad que no puedo.

Hélène le pasó un brazo por encima de los hombros.

—Cariño, no tienes por qué ir, en serio. Pero estaremos contigo. Y creo que te puedes arrepentir si no vas.

Élise miraba el suelo y lo único que podían oír era el sonido de los pájaros cantando y el viento que soplaba entre los árboles.

CAPÍTULO CUARENTA Y UNO

Cuando por fin estuvieron en la plaza del pueblo, con los nervios en tensión, Hélène oyó que una puerta se cerraba de golpe detrás de ella y, al girarse para mirar, vio cortinas que se cerraban en otras. El pequeño grupo miraba hacia el Ayuntamiento, que ahora lucía tres banderolas con la esvástica nazi, en lugar de la habitual. A pesar del viento, hacía un día bonito, de esos que solo se dan después de una tormenta. Pero reinaba un silencio escalofriante; ni siquiera se oía el canto de los pájaros ni el ladrido de un perro. Tampoco el cacareo de ningún gallo. Con las cabezas agachadas, la gente no quería mirarse a los ojos.

Los minutos pasaban despacio.

Hélène estaba al lado de Élise, con un brazo alrededor de su cintura, y con Florence al otro lado. Las tres llevaban sombreros oscuros y Élise había insistido en ponerse una bufanda de llamativo color rojo por dentro de su fina chaqueta de algodón. Un talismán secreto para darle fuerza, aunque solo ella y sus hermanas sabían que estaba ahí.

Por fin, un soldado alemán abrió la puerta principal del Ayuntamiento. El corazón de Hélène le golpeaba contra las costillas y oyó que Élise ahogaba un grito y, después, sintió que le apretaba la mano con fuerza. Los congregados subieron lentamente los escalones en fila india bajo el escrutinio de cuatro oficiales alemanes que estaban en la puerta. Hélène escuchaba los pies arrastrándose, los murmullos de la gente, quejándose del viento mientras se sujetaban sus sombreros para que no salieran volando y, después, una vez dentro, oyó toses y sillas moviéndose mientras iban tomando asiento. Se sentía mareada, así que, no podía ni imaginar cómo estaría Élise.

La sala estaba pintada de blanco y cuatro hombres de las SS vestidos de uniforme permanecían sentados en una larga mesa de caoba bien pulida. Oyó que se abría una puerta en un lado de la sala, se giró y vio que había un guardia junto a ella. El sol se filtraba en el interior y los murmullos de la sala se fueron apagando. Élise no se había movido para mirar. Mantenía la mirada fija en los hombres de las SS. Todos esperaban mientras otro guardia entraba en la sala y se acercaba a hablar con los hombres que estaban sentados a la mesa. Oyeron voces que susurraban y, a continuación, una exclamación. La espera se hizo eterna. Élise seguía mirando a los hombres de las SS y Hélène rezaba porque su hermana no hiciera nada impulsivo. Al menos, por ahora, su gesto permanecía impasible. Élise no podía ni debía mostrar el menor atisbo de que estaba o había estado implicada en nada de aquello. Ni que había tenido relación con ninguno de los prisioneros. Su hermana no era estúpida y sabía cuál era el precio de proporcionar a los nazis la más mínima razón para sospechar de ella, pero ¿podía confiar Hélène en que no se le notara nada en su expresión? A lo mejor no debería haber ido. Élise no quería ir y quizá debería haberle hecho caso.

Por fin, entraron los tres hombres y una mujer con las manos atadas a la espalda. Tenían muy mal aspecto. Hélène oyó gritos ahogados ante la visión de los rostros magullados de los prisioneros, sus ojos hinchados y las manos ennegrecidas por los golpes y casi hechas puré. Era como si todo el grupo de asistentes se hubiesen sentido espantados por igual. Ella apretó la mano de Élise más que nunca.

Les leyeron los cargos. A continuación, los nazis que habían arrestado a los tres participantes de la emboscada y responsables del asesinato de un soldado alemán y del asesinato de los miembros de la BNA prestaron declaración contra ellos.

Hélène sabía que, en realidad, había sido Élise la que había matado a tiros a los dos miembros de la BNA, pero también sabía que aun a pesar de eso, les iban a ejecutar por haber matado a un soldado alemán. Prestaron declaración en alemán, así que, nadie sabía lo que estaban diciendo, aunque podían imaginárselo.

Entonces, llegó el turno de Victor y un par de comerciantes del pueblo que le conocían de toda la vida hablaron de su buena disposición. No llamaron a declarar a nadie para que hablara en nombre de los otros tres. Aquel fue el más somero de los juicios y Hélène se sorprendió al ver que estaba llegando a su fin tan rápido. Estar vivo en una época así equivalía a ser tremendamente vulnerable, como se evidenciaba ese día. Hélène miró a los prisioneros y deseó encontrar el modo de hacerles llegar un poco de fuerza. Enfrentado a la amenaza de una muerte inminente, el más joven de los hombres empezó a llorar, pero todos parecían indefensos allí de pie, conscientes de lo que les esperaba. Conscientes de que todo estaba perdido. Todo lo que habían conocido y todo lo que alguna vez habían amado.

Los cuatro hombres de las SS sentados en la mesa intercambiaron unas palabras entre sí y, a continuación, miraron a los congregados en la sala. El mayor de los cuatro se puso de pie y, con expresión gélida, empezó a hablar en francés. Un frío gélido corría por las venas de Hélène mientras él leía el nombre de cada prisionero, de uno en uno, seguido de la sentencia de muerte ante el pelotón de fusilamiento.

—Un aviso para todos ustedes —continuó fijándose en cada uno de ellos—. La ejecución se llevará a cabo en la plaza con efecto inmediato.

Hubo un absoluto silencio de asombro. Todos se habían esperado que el fusilamiento se realizaría a puerta cerrada, en el patio de atrás del Ayuntamiento, igual que otros.

—Se levanta la sesión —anunció, y tanto él como los otros tres se giraron y salieron rápidamente por una puerta que quedaba detrás de la mesa.

Al principio, Hélène fue incapaz de moverse, pero la gente empezó a abrirse paso y tanto ella como Élise y Florence se vieron obligadas a levantarse y disponerse a salir. Lo primero que vieron fue que, mientras habían estado dentro, habían levantado cuatro postes en el suelo. Las hermanas se quedaron pasmadas detrás de los demás, pero Hélène las llevó al extremo de la plaza para esperar allí detrás de la multitud. La mayoría tenían la mirada clavada en los adoquines y lloraban en silencio.

Cuando los hombres, Victor incluido, y la única mujer salieron a punta de pistola con las manos atadas a la espalda, Hélène notó que Élise se estremecía. Su propio corazón le latía con tanta fuerza que sentía que podía desmayarse en cualquier momento, pero se obligó a mantener la fuerza por su hermana.

Los maquis condenados, con las cabezas descubiertas, miraban hacia la multitud, donde algunos habían levantado ahora los ojos para mirar. Vio que Victor fijaba ahora su mirada en Élise y sonreía. ¿Quién no podía mostrar clemencia ante aquella imagen tan desgarradora? Pero los nazis no tenían piedad. Nada iba a evitar aquello. Vio que Enzo y el inútil de su amigo sonreían y sintió deseos de darles una bofetada en sus caras de estúpidos. Vio a Suzanne y, después, por un momento, el corazón se le detuvo al creer que había visto también a Jack. Apretó el brazo alrededor de Élise, que ahora miraba a los ojos a Victor, reflejando un estoicismo inquebrantable. Su hermana iba a quedar destrozada después de esto, pero Hélène comprendió que Élise quería que Victor supiera que iba a soportar cualquier cosa que pudiera pasar, que seguiría resistiendo con cada músculo de su ser. Élise no sabía lo que era rendirse.

Era imposible huir de lo que ahora les esperaba. Victor había tomado una decisión y, por ello, iba a pagar con su vida. La experiencia le había enseñado a Hélène que era mejor huir del peligro, pero, después de esto, no había forma de huir. Todo había cambiado. Y ahora todos debían defenderse de la forma que pudieran. Los nazis, más que asustar a la gente con este acto tan espantoso, solo iban a conseguir que la Resistencia y todos sus seguidores reforzaran su determinación.

Sintió una nauseabunda sacudida de miedo cuando pusieron a los prisioneros en fila, cada uno de ellos atado a un poste. Era como si el mundo hubiese dejado de girar mientras esperaban.

Y entonces, tras oír la orden, el pelotón apuntó. El instante siguiente duró una eternidad, aunque solo fueran unos segundos. Uno a uno, mientras se escuchaba el sonido de los disparos, tres de los prisioneros cayeron inertes, sus cuerpos combándose mientras se deslizaban por los postes y con las cabezas caídas. Sin vida. Atónita, Hélène vio cómo sus vidas se acababan. Abrumada por el horror de lo que estaba sucediendo, su mente era incapaz de asimilarlo y sintió arcadas ante el hedor de la sangre y la muerte. Era cruel. Peor que cruel. En un momento eran seres humanos que respiraban, corazones latiendo, vivos, y al siguiente no. Tenían familias, personas que les querían. Oyó sollozos detrás de ella.

Solo quedaba Victor. ¿Había alguna posibilidad de que le perdonaran? Pensó sin poder evitarlo, desesperada. Al fin y al cabo, él no había matado a nadie.

El pelotón apuntó de nuevo. No iba a haber ningún indulto en el último momento. Había llegado el turno de Victor.

Élise emitió un leve sonido inhumano, distinto a cualquier otra cosa que Hélène hubiese oído jamás. Pero justo antes de caer, Victor cantó alto y claro el primer verso de *Le Chant Des Partisans*, el himno no oficial por todos conocido de la Resistencia. Murió mientras lo cantaba a la vez que resonaban los disparos en la plaza. La muchedumbre se unió a su canto, tarareando en voz baja hasta que el pelotón recibió la orden de girarse y apuntar con sus rifles hacia ellos. Entonces, silenciada por aquella amenaza, la gente empezó a retroceder lentamente y se oyó la orden gritada en un mal francés de que se dispersaran de inmediato.

En un instante, la vida de Élise había cambiado. Rígida por la conmoción y con un tobillo dolorido, se vio incapaz de poner un pie delante del otro y se echó sobre Hélène que, con la ayuda de

Florence, se las arregló para alejarla a rastras de la visión de su aman-
te muerto. Aterrada por lo que había visto, Florence miraba con ojos
incrédulos y abiertos de par en par.

Marie ayudó a Élise a subir al coche que la esperaba.

Ninguna de ellas era capaz de hablar.

CAPÍTULO CUARENTA Y DOS

Victor estaba muerto y ya nada podría ser como antes. Durante los días que siguieron, las hermanas vivieron en una especie de vacío. Tenían que seguir con sus vidas, pero ninguna de ellas sabía cómo hacerlo. Hélène tenía los ojos fijos en Élise, que estaba sentada en la cocina, mirando por la ventana. Su hermana tenía un aspecto espantoso, con las mejillas hundidas y la mirada perdida.

Hélène abrió la boca para hablar, pero la volvió a cerrar. Quería decir que el alma de Victor estaría cuidando de Élise y que siempre viviría en su corazón, pero aún era demasiado pronto. La herida seguía en carne viva, demasiado visceral como para que las palabras pudieran servir de consuelo, a pesar de la buena intención o sinceridad con que se pronunciaran. Sonarían vulgares, como tópicos vacíos. Había que sentir la pérdida con la misma profundidad que había existido el amor. Iban de la mano; el amor y la posibilidad de la pérdida. Formaban parte de la vida, incluso sin guerra.

—¿Necesitas que te traiga algo? —le preguntó.

Élise negó con la cabeza.

Hélène no sabía cómo enfrentarse a la muerte. Ninguna de ellas lo sabía. La ejecución se había llevado a Victor cuando era demasiado joven, pero se había mostrado orgulloso y con la cabeza alta hasta el amargo final. Ese tipo de muerte no podía diferenciar entre jóvenes y viejos y el padre de Victor incluso se había ofrecido a ocupar el lugar de su hijo, pero los alemanes se habían reído en su cara.

Hélène preparó una infusión de menta y dejó la taza delante de su hermana. Después, le dio una palmada en el hombro y salió.

Se había vuelto a tomar unos días de descanso en el trabajo, pero, cada vez más, con el vacío de los días por delante, se iba sumiendo en pensamientos tristes. El dolor de Élise por encima de todos los demás. Pero Hélène pensaba también en el dolor que sentían todos. Y eso le hizo acordarse de la temprana muerte de su padre. Absorbida en su propia sensación de rabia, ¿se había parado a pensar acaso en el dolor de su madre? Claudette no había llorado ni había dado muestras externas de tristeza. Sus hijas no habían visto que se retorciera las manos ni que le temblaran los labios ni el mentón. Su sueño no pareció verse afectado, como tampoco sus hábitos con respecto a la bebida. «Solo un poco de jerez antes de cenar, cariño, y un vaso de vino con la comida». Ese había sido siempre su mantra. Y no cambió. No había mostrado su aflicción con una pérdida de apetito, su maquillaje había permanecido perfecto, su pelo bien recogido en un moño y su ropa inmaculada. Llevaba tacones altos, como siempre, y una falda ajustada, una blusa limpia además de pendientes y un broche. Se había convertido en una mujer tan típicamente inglesa que Hélène pensaba que era Claudette quien tenía una madre inglesa y no su padre.

Les había advertido a todas, con un inequívoco tono tajante, que no iba a tolerar muestras de dolor ni en casa ni, menos aún, en el funeral. Hélène había controlado su aflicción. Ella, más que ninguna otra, adoraba a su padre, cosa que no era de sorprender, pues eran muy parecidos tanto en lo físico como en el carácter. Incluso cuando era muy pequeña, nada le gustaba más que acurrucarse en su despacho fingiendo que era lo suficientemente mayor como para estar leyendo mientras él trabajaba.

Ahora, Hélène se preguntaba si la máscara de Claudette había sido simplemente eso: una máscara para ocultar lo que de verdad sentía. Había sido muy difícil estar a la altura de las expectativas de su madre y se había esforzado, mucho. Y ahora Élise necesitaba una madre y Hélène no creía poder hacerlo como debía.

Cuando Hélène volvió a entrar, vio que Élise se había encerrado sola en su habitación. Florence trató de tentarla con su comida preferida, dejándole una bandeja en la puerta, pero la comida seguía intacta y tenían que recogerla más tarde, pasada y fría.

Cuando Élise salía de su letargo, era para deambular por la casa como un espectro, normalmente de noche, cuando sus hermanas estaban acostadas. Hélène oía sus pasos y decidía que había que dejar que superara esto a su manera. Pensó en Victor, que desde el principio había sido un verdadero fanático. No era de extrañar que Élise se hubiese sentido atraída por un hombre de tanta pasión, pero ahora... ¿Ahora qué? Cuando el trauma se aliviara, ¿qué le quedaría a Élise?

Florence no había hablado todavía de lo que ella había sufrido, pero, según parecía, lo estaba sobrellevando bien. Sin embargo, Hélène pensaba que, aunque las magulladuras externas habían desaparecido, las internas aún necesitaban más tiempo para curarse. En comparación, su decepción con Jack no era nada. Decidió levantar el ánimo y volver al trabajo, donde el doctor Hugo ya no tendría que encargarse solo de todo.

Pero antes le habló a Florence de su temor de que Tomas no hubiese muerto. Le contó que Élise tenía razón, que sí le habían disparado, pero nadie había confirmado que hubiese muerto o no y, después, le habló de lo que Jack le había dicho que tenían que hacer si había algún tipo de represalias. Florence estuvo de acuerdo en que había que hacer que el desván pareciera como si llevara años sin tocar.

Cuando Hélène volvió al trabajo el lunes, descubrió que buena parte del pueblo había caído enferma con algo parecido a una gripe. Dada la estación del año, resultaba poco probable, pero tuvo que salir a prestar asistencia a domicilio e informar de si alguien necesitaba de verdad la ayuda del médico. De casa en casa, fue escuchando historias de desaliento y tristeza. Incluso los que con anterioridad no habían apoyado a la Resistencia, ahora le decían que habían cambiado de opinión.

—No podemos quedarnos de brazos cruzados —había afirmado con vehemencia la hija de *madame* Deschamps cuando Hélène fue a ver a su madre al hotel. La misma *madame* Deschamps estaba histérica y hubo que apaciguarla con café y un trozo de tarta de limón.

En su casa, Clément se puso firme y se ofreció a unirse a la Resistencia.

—Sé que soy viejo —dijo—, pero todavía puedo levantar un arma. Mira. —Y del bolsillo de su chaqueta sacó una vieja pistola que debía de guardar desde los tiempos de la Gran Guerra. Hélène vio que la mano le temblaba al levantarla y tuvo que contener una sonrisa.

—Eres muy amable —le dijo con tono tranquilizador—. Pero creo que será mejor que la guardes, Clément, antes de que le hagas daño a alguien.

El anciano la miró con recelo, pero, a continuación, volvió a sentarse en su silla con la pistola de nuevo en el bolsillo.

—No está cargada —añadió.

La imagen de jóvenes asesinados ante sus propios ojos había conmocionado a los habitantes del pueblo. Angela, la propietaria de la tienda de caramelos, conocía a Victor desde que era un bebé y había estado consolando a su padre, que no había podido presenciar la ejecución y se había quedado en su casa, llorando.

—El pobre hombre está destrozado —dijo.

Hélène siempre había tenido al padre de Victor como un hombre insensible y de mente estrecha, siempre pretendiendo culpar a los demás de sus propios errores, pero ahora sentía pena por él. La gente quería ayudar y le preguntaban qué podían hacer. En muchas ocasiones, Hélène no sabía qué decir. Al fin y al cabo, la mayoría de esas personas eran ancianos y lo mejor que podían hacer era mantenerse a salvo ellos mismos. Su pueblo se había convertido en un lugar aterrador donde la gente se escondía y rara vez hablaba, un lugar donde esperaban a que algo cambiara. Y ahora había llegado ese momento. Algunos de los hombres más ancianos aún hacían hincapié en que debían ser cautelosos, pero las mujeres se habían vuelto más combativas.

Una mujer de mediana edad llamada Inès dio una palmada en la mano de Hélène cuando se sentaron en su diminuto salón.

—Escúchame, querida. Quiero darte esto.

Extendió una mano y le dio a Hélène una llave.

—¿De qué es?

La mujer respiró hondo antes de volver a hablar:

—La casita de mi hijo está escondida en el bosque, fuera del pueblo. Se me ha ocurrido que la Resistencia podría usarla como refugio.

—Es muy amable. ¿Está segura?

—Mi hijo está muerto y su mujer y su hijo han vuelto a la casa de sus padres en Toulouse, así que está vacía.

Hélène cogió la llave y, conteniendo las lágrimas, tomó nota de todos los detalles. Cuando salió de la casa, pensó en Jack. Quizá en esa casa podrían celebrar sus reuniones los agentes del SOE con la Resistencia. No había habido más arrestos, lo cual querría decir que probablemente ninguno de los ejecutados había revelado gran cosa en los interrogatorios de la Gestapo. Por lo general, se sabía que bajo torturas extremas todo el mundo terminaba dándole a los nazis lo que querían. Las SS parecían disfrutar especialmente de las torturas: uñas arrancadas, electrodos colocados en partes sensibles del cuerpo, latigazos, torturas con agua, prisioneros que debían soportar un peso igual al de sus cuerpos, colgados de los brazos en posturas forzadas, y cosas así. La Gestapo sabía que sus víctimas, al enfrentarse a una indecible agonía siempre terminaban hablando. Esa era la razón por la que nadie participaba de información crucial más allá de lo que concernía a su grupo más inmediato.

Esa noche, Hélène siguió a Élise a la cocina con la esperanza de poder preguntarle cómo se sentía, pero sin que eso supusiera que le fuera a arrancar la cabeza.

—¿Quieres comer algo? —le preguntó Hélène, preocupada por el demacrado aspecto de su hermana.

—No. Estoy un poco mareada.

—Te haré una infusión de jengibre. Eso ayuda.

Hélène se afanó en prepararse un sucedáneo de café y poner a hervir agua para la infusión, pero un momento después se giró y vio que Élise estaba de pie con una indescriptible expresión de pena en los ojos.

—No entiendo cómo sigue saliendo el sol —dijo con voz áspera y forzada, como si le doliera hablar.

Hélène sentía que la garganta se le había cerrado tanto que no podía responder.

—No sé qué hacer. No sé qué sentir. ¿Cómo se supone que debo sentirme, Hélène? Dímelo.

Hélène tragó saliva.

—Ay, cariño. Lo siento mucho.

Élise hizo un gesto de negación.

—Nunca he sentido tanto dolor. No puedo comer. No puedo dormir. A veces, siento que no puedo respirar. Ni siquiera deseo respirar. Tengo un dolor aquí. —Se dio un puñetazo en el pecho—. Aquí mismo. Y no se va.

Hélène se acercó a su hermana con los brazos abiertos. Élise dejó que la abrazara. Después, se apartó.

—Ni siquiera puedo llorar —dijo—. Y, sin embargo, el corazón se me ha roto en dos.

—No sé qué puedo decir. Ojalá pudiera.

—No.

Hélène se quedó mirando a su hermana, que estaba perdida entre un mundo en el que Victor había vivido y respirado y otro en el que ya no estaba.

—Sé que es muy manido, pero intenta ir superando cada día.

—No estoy segura de poder aguantar un día entero.

—Entonces, ve haciéndolo cada hora. —Hizo una pausa—. Oye, voy a ir al bosque. ¿Quieres venir? Podemos pasear muy despacio.

Élise negó con la cabeza.

—No. Me quedaré en casa. Quizá me siente un rato en el jardín. Mañana voy a abrir el café, aunque tenga que ir arrastrándome.

—Me lo ha dicho Florence. ¿Estás preparada?

—Creo que nunca voy a estarlo, pero tengo que hacerlo de todos modos. Necesito encontrar el modo de salir de esto.

Hélène la entendía.

—No puedo dejar de quererle —añadió Élise—. Está aquí, ¿sabes? En mi corazón. Quiero suplicarle que no se vaya. Quiero ponerme de rodillas y decirle que le quiero. No lo hice. No se lo dije. Me callé y ahora no puedo seguir haciéndolo. Nunca más, Hélène.

—Victor sabía que le querías.

—Dios, creo que voy a vomitar —murmuró antes de salir corriendo.

CAPÍTULO CUARENTA Y TRES

Durante el descanso de la tarde unos días después, Hélène fue a ver a Violette. No la había visto desde antes de la ejecución y había algo que la preocupaba.

—Qué alegría verte —dijo Violette—. Tengo una cosa para ti. Sé que nada puede hacer que las cosas mejoren de verdad, pero espero que esto te anime un poco al menos. Espera en el cuarto de la costura, por favor.

Hélène hizo lo que le pidió y, sentada junto a la ventana, oyó los pasos de Violette que subían primero las escaleras y después bajaban y, a continuación, volvió sosteniendo en alto el vestido rojo para que lo viera.

—¡Oh! —exclamó Hélène levantándose de un salto de la silla, estupefacta por la transformación.

—Lo he tenido colgado en mi armario para que no se arrugara si lo dejaba por aquí.

—Es muy bonito. No me puedo creer lo que has hecho. ¿Me lo puedo llevar hoy?

Violette sonrió y lo acercó hacia ella.

—Por supuesto. Me alegra que te guste.

Fascinada por los cambiantes colores de la seda, Hélène tocó el tejido, alisándolo bajo sus dedos.

—Quizá Élise se anime cuando lo vea. Aunque no sé si hay algo que la pueda animar ahora mismo.

—Debe de estar destrozada por la muerte de Victor.

—Sí —contestó—. Es muy doloroso. No solo su muerte, sino la forma de morir. Pero ella es una superviviente y encontrará la forma de salir adelante. No va a poder con ella, no del todo. Pero creo que está enfrentándose a muchos demonios.

—¿A qué te refieres?

—No estoy segura. No es más que una sensación.

—Algo así…, en fin…, impacta a cualquiera, pero pensar en ver a la persona a la que quieres, más que a ningún otro, siendo ejecutado… —Parpadeó con rapidez, hizo una pausa y, después, miró hacia otro lado.

Hubo un breve silencio.

—Violette —empezó a decir Hélène, vacilante—, ¿cómo murió tu marido? A él también lo fusilaron, ¿no?

Observó la cara de Violette, pero su amiga parecía incómoda, retorcía la boca sin mirar a Hélène a los ojos.

—Lo siento, Violette.

—Pierre no murió, Hélène.

—Ah, yo siempre he creído que…

Violette negó con la cabeza y, a continuación, miró a Hélène directamente a los ojos.

—Preferiría no hablar de ello.

—Lo siento mucho. Perdóname. No debería haberte preguntado.

—No pasa nada. Pero hablemos de otra cosa.

Hélène miró a su alrededor mientras buscaba algo que decir. El vestido. Había significado algo. Quizá todavía lo siguiera haciendo. Se imaginó a su madre dando vueltas sobre sí misma una noche bajo la luz de la luna, con la falda ondeando como si fuesen las olas del mar, fluyendo, elevándose y cayendo. Vio el azul del mar y las blancas crestas de las olas volviéndose, poco a poco, rojas.

Distraída, parpadeó y sintió que le faltaba un poco el aire. Dobló el vestido sobre el respaldo de una silla y recuperó la compostura. Todavía había algo más que tenía que decir.

—¿Estás bien? —preguntó Violette.

Tanto ella como Violette empezaron a hablar a la vez.

—Tú primero —dijo Violette riéndose.

Hélène echó los hombros hacia atrás. Lo iba a tener que soltar sin más.

—Puede que no sea este el momento más apropiado, pero quería preguntarte si conocías mucho a Julien.

—¿A Julien?

—Sí. A Julien, de Domme. Sabías que yo estaba enamorada de él, ¿verdad?

Tras una leve vacilación, Violette sonrió.

—Debo confesar que lo había olvidado.

—Pero yo te hablé de él.

Violette parecía incómoda.

—Sí.

—Estábamos sentadas en tu jardín.

—Sí.

—Entonces…, ¿le conocías bien?

Violette clavó la mirada en los pies y, después, la levantó.

—Yo le había estado viendo de vez en cuando durante unas semanas antes de que me dijeras lo mucho que te gustaba. Entonces, paré. Ya sabes, terminé con él.

—Deberías habérmelo dicho.

Violette se encogió de hombros.

—Lo siento. De verdad. No quería hacerte daño ni levantar la liebre. Yo sabía que él era un poco mujeriego y pensé que se te terminaría pasando.

Hubo un prolongado silencio. Hélène no sabía qué pensar, pero tenía cierta sensación de decepción. Deseó que Violette se lo hubiese contado desde el principio.

—¿Podemos olvidarnos de eso, Hélène? —le pidió Violette—. Por favor. Lo siento mucho.

Hélène se miró distraída las líneas de la mano mientras pensaba. Violette era su amiga. ¿Con quién más iba a disfrutar de un buen

252

chismorreo sino con ella? Pero ¿no decir nada? No era eso lo que se esperaría de alguien que se supone que te quiere y a quien tú también quieres.

—¿Qué ibas a decir? —preguntó por fin.

Violette se encogió de hombros.

—Se me ha olvidado.

Hélène decidió dejarlo pasar. Al fin y al cabo, Violette seguía ahí y Julien se había ido hacía tiempo. No tenía sentido aferrarse al resentimiento.

—Muchas gracias por arreglar el vestido.

—No ha sido nada.

Hélène le dio un beso en la mejilla y, después, Violette la acompañó a la puerta.

De vuelta en el consultorio, el capitán Meyer entró para que le quitaran los puntos y para obsequiarles con vino y chocolate en agradecimiento por cómo le habían tratado.

—No es necesario —dijo Hélène, pero la cálida sonrisa de él y su gratitud hizo que ella se parara a pensarlo un momento. Quizá no deberían odiar a todos los alemanes. Tenían que concentrar su odio en los nazis.

—Si hay algo que yo pueda hacer a cambio, por favor, pídamelo —dijo él.

—¿Lo dice de verdad?

Y retomó su trabajo preguntándose si realmente había alguna forma en la que él podría ayudar. Imposible, pensó. Él tenía las manos atadas, pero él la sorprendió entonces dejándole un número de teléfono de contacto antes de marcharse.

—¿Qué pasó con el desertor del que hablaban? —preguntó.

Él frunció el ceño, como si no terminara de entender lo que ella le preguntaba.

—¿No se acuerda? Me preguntó por él cuando estuvo aquí.

—Ah, sí. Creo que sigue con vida.

253

Ella sintió un pellizco de temor mientras Tomas aparecía ante ella, tan claro como el agua, con su cara blanca y esquelética y sus ojos gélidos. Levantaba la mano con el dedo índice señalándola. Tuvo que parpadear para hacer desaparecer la imagen.

Esa tarde, Hélène y Florence estaban sentadas sobre una roca plana junto al río con los pies descalzos colgando por encima del agua destellante. Florence se había pintado las uñas de los pies de rosa y decía que eso le hacía sentir mejor. Allí, en ese sitio junto al río, aunque el agua fluía con bastante rapidez, estaban seguras y Hélène se dio cuenta de que tenía ganas de hacerse unos largos, deseando más que nada estar dentro de esa agua en pleno control de su cuerpo, ya que no podía tenerlo de nada más. Sintiendo la atemporal paz del valle del río, Hélène se dio cuenta de la desesperación con la que necesitaba descansar.

—¿Tienes calor? —preguntó.

—Pues sí. Quiero nadar —respondió Florence dando voz a los pensamientos de Hélène—. ¿Estará lo bastante caliente?

—No creo que tanto como en julio o agosto.

—No, pero puede ser suficiente.

Siguieron con la mirada puesta en el río, que nacía en el Macizo Central y desembocaba en el estuario de Gironda, cerca de Burdeos, pero que atravesaba buena parte del sudoeste en su camino. A casi quinientos kilómetros, había sido una parte importante de la vida cotidiana del lugar junto al Dordoña, al ser durante mucho tiempo la única vía de transporte. A la gente le seguía gustando mucho. Había esturiones, salmones y familias de nutrias y, Hélène deseó no solo haber llevado el bañador, sino también la caña de pescar o, al menos, algo para beber.

Florence se puso de pie y empezó a quitarse le ropa.

—No lo soporto más. Me voy a meter —dijo con excitación—. ¿Vienes?

Hélène negó con la cabeza.

Florence se encogió de hombros.

—Como quieras.

Hélène vio cómo su hermana bajaba hasta el borde del agua y se metía deslizándose.

—*Mon Dieu* —exclamó—. Está congelada.

Hélène se rio. Sentía el calor del sol en la piel y levantó la cara para notarlo aún más. Algo tan simple, pero qué bien sentaba. Después de ver a Florence moviéndose torpemente al principio, poco a poco se fue acostumbrando a la temperatura y, después, empezó a nadar con fuertes y confiadas brazadas, flotando en el agua, con la cara medio sumergida y tomando aire mientras subía los brazos de forma alterna. Nadaba con fluidez, dando una perfecta brazada tras otra. Hélène se puso de pie justo cuando Florence la llamaba para que se metiera también.

—Es maravilloso —gritó—. Vamos, Hélène. No seas aguafiestas.

Hélène vaciló, pero, a continuación, se desabrochó los botones y se quitó la falda y la blusa. Se quedó mirando el agua un rato más y, después, se quitó torpemente la ropa interior también. De perdidos...

—¡Hala! —exclamó Florence—. ¡Eso sí que es ir a por todas, Hélène!

Tropezó mientras se abría paso hacia el borde del agua y, cuando se deslizó sobre las piedras que había bajo sus pies, ahogó un grito. Estaba muy fría. Chapoteó para entrar un poco en calor y, después, empezó a nadar hacia Florence, que se reía y escupía agua mientras se movía por el río.

—¡Una carrera hasta la curva! —dijo Hélène—. Hasta las casas abandonadas.

Florence sonrió.

—¡Hecho!

Y nadaron, mirándose de vez en cuando la una a la otra, avanzando lo más rápido que podían, con el agua del río discurriendo con un siseo a su alrededor, salpicando gotas de agua al atravesarla y dando patadas con las piernas y los pies. Hélène sintió que podía seguir nadando toda la eternidad y que, si lo hacía, todo iría bien; podría olvidarse de todo lo que había ocurrido, dejar de preocuparse por el futuro y vivir solo el presente. Florence llegó la primera, entre alaridos de triunfo a la vez que movía las manos.

—¡He ganado! ¡He ganado! —exclamó, encantada.

Nadó hasta el borde y salió para secarse a lo que quedaba de sol. Goteando, se sacudió como un perro y las gotas salieron disparadas para caer en el suelo como si fuesen de lluvia. Hélène la siguió a la vez que los pocos cristales de las ventanas de las casas de tejados rojos se volvían de un dorado tan intenso que costaba mirarlos. Se fijó en los frondosos manzanos, perales y en las higueras de los huertos, con sus hojas centelleando también bajo la luz del atardecer. «Sigue siendo hermoso», pensó mientras el corazón le latía con fuerza y recuperaba la respiración. Todo lo demás quedó en silencio. La luz cambió un poco. Se fue suavizando y alterándose hasta ser solo rosácea, y un mundo antiguo, atemporal, pareció filtrarse hasta el presente y, durante un breve momento, lo vio todo con los ojos de Florence. Mágico. Extraordinario. Infinito. «Ay, Florence», pensó. «Te he juzgado mal».

—Dios, cómo necesitaba esto —dijo Florence—. ¿No te sientes de maravilla? Y mira qué bonito está el río, cómo se mueven los árboles en el agua. Es igual que un mundo submarino. Y las libélulas. ¿Las ves?

Hélène sí que las veía y parpadeó porque, si no, Florence vería sus lágrimas. Y no quería eso. Cogió una piedra lisa y le quitó la tierra con la mano. Todavía con los dedos mojados y con las gotas resbalando por su pelo, lucía una mezcla de púrpura, amarillo y verde, como los bosques del otro lado del río.

En ese momento, asintió, ya con la respiración más calmada.

—No estoy tan en forma como tú —dijo.

Florence sonrió.

—Es por todo lo que trabajo en el huerto.

Hélène extendió los brazos y, con una sensación de libertad, no le importó su desnudez.

—Ah, ojalá pudiera quedarme aquí siempre.

—Yo también quiero. Hagámoslo pronto otra vez. Y nos traemos a Élise. Sé que no va a solucionar nada, pero le hará sentir mejor. Sienta bien bañarse en el río.

—Sí.

—Pero ahora más vale que volvamos antes de que se vaya el sol del todo —añadió Florence—. ¿Andando o nadando?

Hélène se rio mientras el sol se volvía rojo y naranja, sintiéndose mejor de lo que se había sentido en mucho tiempo.

—Tú estás con tu ropa interior empapada y yo completamente desnuda, así que creo que será mejor que vayamos nadando a recoger la ropa de donde la hemos dejado.

CAPÍTULO CUARENTA Y CUATRO

Esa noche, Hélène durmió profundamente. Y cuando llegó la mañana, se sintió contenta y se levantó temprano. Sintiéndose revitalizada, se preparó un desayuno sencillo, se vistió y se fue a trabajar con la intención de empezar pronto para compensar el tiempo que había perdido. Había empezado a ordenar el dispensario de una forma poco metódica, pues era demasiado pronto para que llegaran los pacientes, cuando entró Marie luciendo un vestido de flores rosas y una gran sonrisa.

—Buenos días —dijo—. ¿Te apetece un café en el jardín?

Marie era una de las pocas personas que pensaban que el sucedáneo de café sabía bien y Hélène estuvo a punto de rechazarlo, pero como Marie y ella llevaban tiempo sin tener una buena conversación, aceptó.

—Ve saliendo. Yo lo llevo.

Hélène entró y, después, salió por las altas puertas de cristal de la parte de atrás que daban a la rosaleda tapiada. Se acomodó en una de las cuatro sillas de hierro forjado que había junto a una mesa a juego, todas pintadas de color verde claro. Hacía calor y había un maravilloso silencio mientras se sentaba al sol entre el zumbido de los insectos y el delicado aroma de las rosas flotando en el aire. Dos grandes mariposas azules sobrevolaban unas malvarrosas que florecían contra el muro. A su madre también se le daba bien la jardinería y había tenido malvarrosas y dedaleras porque, según decía, atraían a los colibríes. Durante años, Hélène y Élise habían estado al acecho por si llegaban esas esquivas aves, luchando por ganarse la aprobación de su madre al ser la primera en ver alguna. Nunca lo consiguieron.

Unos minutos después, salió de nuevo Marie con una bandeja de plata que colocó sobre la mesa, haciendo que se tambaleara.

—Ay, Dios, voy a por algo para calzarla.

Entró y salió otra vez con un posavasos de corcho que metió bajo la pata de la mesa que cojeaba.

—Ya está. He hecho unas galletas de avena. Están un poco secas y se desmenuzan con facilidad, pero no están muy mal.

Le pasó a Hélène su café en una tacita blanca y le ofreció el plato de galletas.

Hélène negó con la cabeza.

—Acabo de desayunar. —A continuación, dio un sorbo al café intentando no hacer un gesto de desagrado—. No sé cómo puede gustarte esto —dijo.

Marie se rio.

—Supongo que me he acostumbrado al sabor.

Hélène dejó sobre la mesa el café sin terminar.

—Bueno, cuéntame qué tal estáis —dijo Marie—. ¿Empieza Élise a aceptar lo que ha pasado?

—Todavía lo está asimilando. Lo superará. Y va a abrir el café, pero ahora mismo está como sonámbula.

—Ha sido terrible para ella.

Pero Hélène no estaba pensando solamente en Élise, sino también en Florence. No le había contado a nadie lo que le había pasado a su hermana a manos de aquellos hombres. Quería hablar de ello con Marie y abrió la boca para hacerlo, pero, después, la volvió a cerrar. No podía traicionar a su hermana.

—¿Habéis tenido noticias de Claudette? —preguntó Marie.

—Pocas. El correo, ya sabes… —Por supuesto, Hélène sabía que ese no era el único motivo, pero no quería darle más explicaciones.

—Desde luego.

—¿La viste mucho cuando era más joven? —preguntó Hélène.

—No cuando era niña, pero cuando me casé con Hugo y me mudé aquí, nos saludábamos cuando ella venía en verano. Sobre todo, se mostraba muy reservada y siempre estaba muy ocupada con vosotras.

—¿Parecía feliz?

—¿Feliz? —Marie la miró confusa—. Puede ser. Costaba saberlo con Claudette. Yo creo que probablemente lo era, a su modo. Nunca hablaba mucho. Y tenía la sensación de que le pasaba algo.

—¿De verdad?

—No estaba segura de qué era. Os llevaba al río, de eso me acuerdo.

—Eh… Ahora que mencionas el río, yo…

Estaba a punto de contarle a Marie lo de su maravilloso baño con Florence la tarde de antes, pero la interrumpió el sonido de unas voces en la entrada. Intercambió una mirada con Marie, que puso una expresión de sorpresa y se giró para mirar.

—¿Es un paciente? —preguntó Hélène.

Marie apartó su silla y se puso de pie, pero antes de poder ir a ver quién era, entró Hugo en el jardín flanqueado por dos fornidos oficiales nazis.

—¿Es usted Marie Marchand? —preguntó uno de ellos señalando a Marie.

Hélène notó que su amiga palidecía y se agarraba al respaldo de la silla con los nudillos blancos por la fuerza.

—Sí, yo soy Marie Marchand.

El oficial metió la mano en el bolsillo de su chaqueta y, con expresión de desprecio, sacó un papel.

—Debe presentarse en el cuartel de la Gestapo en Périgueux. Tiene una semana para entregar un certificado de su ascendencia aria.

—Pero eso es absurdo —protestó Hélène, decidida a no dejarse intimidar mientras se ponía de pie y fulminaba al oficial con la mirada—. Marie no es judía.

Pero Marie levantó una mano en el aire para hacerla callar.

—La esposa del médico sabe bien de qué hablamos.

—Pero no es verdad —objetó Hélène.

El oficial estaba firme, con los hombros hacia atrás, la posición perfecta y las uñas de los dedos bien cuidadas. Un tipo vanidoso, pensó Hélène mientras la rabia se arremolinaba en su interior.

Él la miró con una sonrisa hipócrita, señaló hacia ella con una sacudida de los dedos, como si no fuese más que una mota de polvo y, después, habló:

—¿Y usted es…?

—La enfermera del doctor Hugo —contestó, todavía con gesto desafiante y levantándose de la silla.

Cuando el oficial volvió a hablar, lo hizo con una voz fría, indiferente.

—Mientras investigamos al doctor, durante su breve encarcelamiento y después de que saliera, dimos con algo inesperado sobre su mujer. Y por eso hemos venido.

El otro hombre lanzó una mirada inquisitiva a Marie.

—Si no presenta a tiempo la documentación requerida, será enviada a un campo de trabajos forzados.

Inclinó la cabeza y el otro hombre la miró con una media sonrisa.

—Una semana, *madame*.

—Les acompaño a la puerta —dijo Hugo con la mandíbula en tensión.

El oficial levantó la mano con gesto de rechazo.

—No es necesario. Encontraremos el camino —contestó antes de que los dos hombres salieran rápidamente.

Marie se dejó caer en su silla.

—Solo era cuestión de tiempo —dijo con tono de derrota. Después, dejó caer la cabeza y enterró la cara entre las manos.

Hélène miró a Hugo, que estaba detrás de la silla de su mujer, con las manos sujetándole los hombros. Parpadeaba con rapidez y tenía una expresión sombría.

—¿Es verdad? —preguntó Hélène con la voz quebrada. No podía creer siquiera estar haciendo esa pregunta.

Hugo no la miró y cerró los ojos.

Hubo un breve y espantoso silencio mientras el miedo se apoderaba de Hélène. Repasó en su cabeza todas las opciones. Tenía que haber algo que pudiera hacer. Tenía que haber una solución.

—Élise conoce al falsificador —dijo por fin—. Quizá podamos conseguir una documentación falsa para Marie.

Hugo abrió los ojos y negó con la cabeza.

—Tardaríamos demasiado. Hacen falta certificados de nacimiento hasta de sus abuelos por las dos partes. Su abuelo, por parte de madre, era judío. Marie tiene sangre judía. Es lo único que necesitan.

—No entiendo por qué no habéis buscado una documentación falsa antes, cuando aún había tiempo.

—Esperábamos que nunca llegara este momento y no queríamos que nadie lo supiera, ni siquiera un falsificador, porque, ¿de quién se puede uno fiar? Eso la habría puesto en una situación demasiado vulnerable.

Hélène apenas podía respirar por el impacto, pero la mente seguía dándole vueltas sin parar.

—En ese caso, tendremos que buscar la forma de sacarla de aquí.

Marie negó con la cabeza.

—No puedo dejar a Hugo.

—Te van a enviar a un campo de trabajo si te quedas. —Fue hacia la puerta—. Voy a hablar con Élise. Quizá tardemos un poco, pero buscaremos una solución.

Hugo se quedó mirándola con los ojos llorosos.

—Tómate todo el tiempo que necesites.

Pero cuando Hélène llegó a la cafetería, se encontró con la puerta cerrada, así que fue hacia su casa a toda velocidad, con el corazón acelerado y la cabeza agachada, sin hacer caso de nadie que tratara de abordarla.

De vuelta en casa, le contó a Florence lo que había pasado y lo desesperada y preocupada que estaba por Marie.

—Élise acaba de salir a atar a las cabras a algún sitio del bosque —contestó Florence—. Voy a buscarla. No te preocupes, Hélène, estoy segura de que algo se nos ocurrirá.

Así que Hélène se sentó a la mesa de la cocina iluminada por el sol a esperar a Élise mientras pensaba en la situación. Si eran ciertos los terribles rumores de los campos de trabajos forzados, era inimaginable que pudieran enviar a Marie a uno de esos sitios tan dejados de la mano de Dios. ¿Cómo iban Hugo y ella a sobrevivir a algo así? Leales a su pueblo, habían ayudado a todo el mundo de un modo u otro y sencillamente no era justo.

Mientras la envolvía la familiar comodidad de su cocina, recordó que solía sentarse con su padre en su cocina de Richmond y el consuelo que encontraba en su reconfortante sonrisa y cómo también su padre parecía disfrutar de su compañía. Cómo deseaba que estuviera con ella ahora. Toqueteaba su reloj, mirándolo cada pocos segundos. Seguro que Élise no tardaría.

Se puso de pie y dio vueltas por la cocina, con la mente sumida en un torbellino y, después, abrió la puerta de atrás para mirar. Nada. Solo el viento soplando en los árboles. Se volvió a sentar y se obligó a mantener la calma.

Volvió de nuevo a su mente su cocina de Richmond. Estaba en el sótano y daba a una pequeña terraza de la parte de atrás donde solían comer cuando hacía buen tiempo. En verano, la terraza era un derroche de colores con jazmines y rosas trepadoras, tiestos de geranios y cestas colgantes llenas de alegrías de la casa y petunias, muy parecido al jardín que Florence había creado para ellas aquí. Apretó los labios para no llorar y, al hacerlo, se sintió algo más fuerte. No importaba cuánto tardara y tampoco sabía cómo hacerlo, pero iba a encontrar el modo de ayudar a Marie.

Por fin, oyó que se abría la puerta de atrás y Élise entró.

—Ya me ha contado Florence —dijo mientras se desanudaba las botas antes de quitárselas.

—¿Hay alguien que nos pueda ayudar, Élise?

—¿Te refieres a que pueda escapar?

—Sí.

—Los maquis del pueblo se han dispersado desde… —Contuvo visiblemente la oleada de pena que apenas dejó entrever y, después, continuó—: Desde lo de Victor. Se han disuelto temporalmente. Nadie sabe qué información habrán sacado los nazis a los que han asesinado, así que nadie se sentía lo suficientemente seguro como para quedarse.

—¿Sabes dónde están Claude y Jack?

—Seguro que puedo averiguarlo. Me pongo de nuevo las botas y voy.

—¿Cómo tienes el tobillo?

—Está bien.

El resto del día discurrió lentamente mientras Hélène trataba de pensar en las opciones que tenían y esperaba a que Élise regresara con alguna noticia. Necesitaban a alguien que conociera lo suficiente el lugar como para poder llevar a Marie por los Pirineos hasta España y, después, a Inglaterra. Aunque no tenía ni idea de qué podría pasar después.

La espera estaba siendo terrible y, cuando empezó a anochecer, Élise aún no había vuelto. Para intentar entretenerse y controlar la creciente sensación de pánico, Hélène se preparó una infusión de manzanilla y salió a respirar los aromas de las flores del jardín y los de la verde tierra de los bosques que había detrás. Sintió una repentina oleada de optimismo cuando vio que Jack se acercaba entre las sombras junto a uno de los cobertizos que estaban en el lateral de la casa. Le hizo una señal para que se acercara y así lo hizo él, y, aunque el corazón se le había acelerado, Hélène le miró con expresión de calma.

—Rápido. Vamos dentro antes de que nadie te vea. Necesitamos tu ayuda.

Él miró a su alrededor.

—Aquí no hay nadie. No creo que los pájaros ni los conejos digan nada. ¿Qué es lo que pasa?

Le agarró del codo con gesto decidido y le llevó hasta la puerta de atrás.

—Cómo me alegra que hayas venido.

—Soy un ángel misericordioso, ya me conoces.

Le llevó a la sala de estar, donde se sentaron junto a la ventana.

—Bien. Dime de qué se trata. He recibido un mensaje de Élise por medio de Claude que decía que viniera todo lo rápido que pudiera.

—No son buenas noticias. En resumidas cuentas, es que tenemos que ayudar a Marie a salir de Francia.

—¿Por qué?

—Los alemanes saben que Marie tiene ascendencia judía.

—¡Dios mío!

—Solo tiene una semana para presentar un certificado de origen ario. —Miró a Jack y, a continuación, se echó hacia delante para esconder la cara entre las manos—. Esto es un infierno. No puedo soportarlo.

—Y supongo que ya no hay tiempo de prepararle una documentación falsa —dijo él.

Hélène sintió que la angustia la inundaba, pero tomó aire antes de levantar la mirada para hablar:

—Le he dado muchas vueltas, pero no.

—Dime qué puedo hacer.

—Tenemos que sacarla de Francia rápidamente, pero no hay maquis por aquí que la puedan ayudar.

—Los maquis del pueblo no tienen por qué saber necesariamente cómo hacerlo. Resulta complicado organizar este tipo de huidas. Pero ya lo he hecho antes.

—¿Estás diciendo que podrías llevarla tú?

—Si no hay nadie más que lo haga se la llevarán a un campo de trabajos forzados, ¿no?

—Entonces, ¿lo vas a hacer?

—Necesitaré la ayuda de Élise.

Hélène contuvo la respiración y sintió como si las sombras de la casa dieran vueltas a su alrededor.

—No —contestó—. Élise no puede ir. Está demasiado frágil.

Habiendo pasado tan poco tiempo desde la muerte de Victor no va a ser...

—¿Lo suficientemente prudente? —la interrumpió.

—Necesita tiempo para recuperarse antes de meterse en algo así. Si hace falta que vayan dos personas, yo iré.

—¿Estás segura? Es una misión importante, Hélène.

—Lo sé.

Despacio, Jack se puso de pie y, con mucha prudencia, colocó las manos sobre los hombros de ella.

—Vas a estar fuera una temporada.

—¿Cuánto tiempo? —Le miraba a los ojos mientras contenía la respiración.

—Es difícil de saber.

Hélène soltó el aire lentamente.

—¿Tu padre podría ayudarla cuando llegue a Inglaterra?

Él dejó caer las manos.

—Me aseguraré de ello. Si tú nos acompañas hasta los Pirineos, puedo organizar que la red de allí la lleve a través de las montañas y, después, la suba al ferri. Pero, a menos que algo salga mal, yo no atravesaré las montañas con ella. Hay mucho que hacer aquí.

Ella se tapó la boca con la mano, pues no quería que él viera la emoción que estaba sintiendo, una mezcla de alivio porque Marie tuviese una oportunidad de poder escapar y también de angustia al pensar que tenía que dejar a sus hermanas.

—Va a ser un viaje peligroso —dijo él—. ¿Estás segura?

—Lo estoy.

—Bien. Creo que será mejor que nos hagamos pasar por marido y mujer y que Marie sea tu madre. Si viajas con uniforme atraerás la atención hacia ti, no hacia Marie ni hacia mí.

—¿Y la documentación falsa?

—Yo me encargo. Conozco gente que al principio no estaban convencidos, pero Pascal Giraud, el secretario de Hugo, nos proporcionará los permisos para viajar. Podemos fiarnos de él.

Hélène se quedó en silencio mientras lo pensaba. El no ir no era una opción, pero notaba las manos sudorosas y podía sentir que su inquietud iba en aumento. Tanto Élise como Florence estaban ahora mismo muy vulnerables y, sin embargo, por mucha reticencia que tuviera por dejarlas, tenía que hacerlo.

—Necesitaremos un vehículo —añadió él—. Tú sabes conducir, ¿verdad?

—Claro. Le preguntaré al padre de Victor si nos puede prestar la furgoneta azul.

—Estupendo. Nos turnaremos para conducir y Marie podrá descansar en la parte de atrás. Solo tendremos que decir que es tu madre en caso de que nos hagan bajar a todos. Diremos que regresamos al oeste después de haber visitado a unos parientes y que llevamos una motocicleta.

Hélène no podía evitar sentirse dividida. Con la furia de la guerra, a nadie le gustaba alejarse de casa y esto era mucho más que una simple excursión a Sarlat.

—Yo sé que puedes hacerlo —dijo Jack, claramente consciente de lo que ella estaba pensando.

Hélène se miraba las manos, retorciéndolas una y otra vez.

—¿De verdad lo crees?

—Claro que sí.

—¿Y mis hermanas?

—Estarán bien. Las dos son adultas y más fuertes de lo que crees. Ten fe, Hélène.

Se mordió el labio, temerosa. Esto no era lo que deseaba, pero se obligó a recuperar la compostura y seguir adelante.

—¿De acuerdo?—preguntó él.

—De acuerdo.

—No hagas una maleta muy grande. Con una muda de ropa bastará. Si nos vemos obligados a abandonar la furgoneta, tendremos que viajar ligeros de equipaje.

—¿Por qué íbamos a tener que abandonarla?

—Por distintos motivos, pero, principalmente, por la falta de gasolina. Pero hay una cosa más… —Hizo una pausa para tomar aire—. Quiero que sepas que no hay nada garantizado. Puede ser que no lo consigamos.

Ella sintió una presión en el pecho, como si no pudiera respirar bien.

—Hélène, puedes hacerlo —insistió él agarrándola de las dos manos.

Ella se quedó inmóvil durante lo que le pareció una eternidad, sin poder pensar, solo respirando y sintiendo el tacto de él en sus manos.

—Sí —contestó por fin con un tono más decidido—. Claro que puedo. Y lo haré.

—Tendrás que ser muy discreta durante, al menos, los tres días anteriores a nuestra marcha y que no se te vea ni en el pueblo ni en el trabajo. ¿Visitas de vez en cuando a los pacientes en sus casas?

—Viajo para atender a pacientes que no se pueden mover y, a veces, tardo varios días. Así que es factible.

—Tendremos que dejar claro que has salido del pueblo varios días antes que Marie, para que no te relacionen con su desaparición.

CAPÍTULO CUARENTA Y CINCO

A primera hora de la mañana siguiente, Hélène fue a la comisaría de policía a hablar con Leo para pedirle si podía hacer una llamada de teléfono. Después, fue directa a casa de Hugo para contarle cuál era el plan y pedirle tiempo libre para poder llevarlo a cabo. Él tomó las manos de ella entre las suyas y las apretó.

—Lo que sea con tal de ayudar a Marie.

Después de eso, Florence y ella salieron en busca de la casa vacía de la que le había hablado Inès. La mujer le había dicho que estaba oculta en el bosque, a las afueras del pueblo, pero estuvieron caminando casi una hora y siempre se perdían. Hélène sentía las piernas pesadas al andar, igual que su ánimo, pero tenía que hacer esto hoy. Si las chicas tenían que esconderse mientras ella estaba fuera, este podría ser el mejor sitio. Resultó difícil de encontrar, pero se sintió aliviada cuando por fin dio con los altos arbustos y árboles tras los que se ocultaba la casa.

—Una casa de Caperucita Roja —dijo Florence cuando se abrieron paso y la vieron.

—O quizá no —contestó Hélène con una carcajada.

—Vamos a ver si hay una abuelita dentro.

Hélène giró la llave y, cuando la puerta se abrió, la brisa levantó el polvo y lo removió bajo la luz del sol. La casa era pequeña pero cómoda, con cierto olor a humedad por la falta de uso, pero había una cocina y una pequeña sala de estar. Se aventuraron por las chirriantes escaleras y encontraron dos dormitorios. Cuando volvieron a salir, descubrieron un baño y un granero.

—Es como si toda la casa se hubiera quedado anclada en el pasado —dijo Hélène.

—Pero casi se puede sentir que la gente sigue viviendo aquí.

—Sí, es verdad —asintió Hélène a la vez que agarraba la mano de Florence—. Por favor, enséñale esta casa a Élise cuando se sienta más fuerte.

Florence se rio.

—Si es que puedo volver a encontrarla. Creía que íbamos a estar perdidas toda la vida y que tendríamos que dormir en el bosque durante cien años.

—Puede ser un buen lugar de reunión para los maquis o para vosotras dos, ¿no crees? Y no hay ni un lobo a la vista.

Florence examinó el pequeño y descuidado jardín mientras Hélène cerraba la puerta y, a continuación, emprendieron el camino a casa.

Obsesionada con la impresión que le había dado la casa, esa sensación de vidas que aún seguían allí, Hélène repasaba mentalmente su propia historia mientras caminaban y Florence guardaba silencio.

Antes de que Florence naciera, sus padres se reían mucho, daban paseos por el parque con Hélène y Élise y las montaban en los columpios mientras ellas gritaban: «¡Más alto, más alto!». Iban a la playa en verano, normalmente a Devon, a Hope Cove o a la bahía de Lannacombe. A veces, llegaban hasta la península de Roseland en Cornwall. Y también pasaron algún que otro fin de semana en Brighton. Su madre sonreía, cantaba y corría por la arena con ellas. Una época preciosa y mágica, así que, cuando su padre se alejó de la familia, Hélène se sintió confusa, enfadada y preguntándose qué había hecho mal.

En cuanto cumplió once años, Élise y ella entraron en un colegio privado de segunda cerca de su casa de Richmond. Hélène recordaba aquello como una época solitaria, con su madre centrando su atención en Florence y su padre cada vez más ausente de casa. Para Hélène y para Élise los buenos tiempos habían llegado a su fin.

Su madre había perdido su chispa y ya no perdonaba a sus hijas mayores ningún defecto. Y a medida que su casa se fue convirtiendo en un lugar cada vez más sombrío, Hélène aprendió enseguida que un hogar no se construye solamente con ladrillos y cemento. Cerró los ojos para tratar de recuperar la sensación de su pasado más feliz, pero, igual que los colibríes, resultaba esquivo.

Se preguntó qué diría su padre si la viera ahora. Le había enseñado que aprender de los errores era la mejor manera de avanzar en la vida. Que no había nada imposible si creías en ti. Y que, si caías, volvías a levantarte. ¿Estaría orgulloso, elogiaría su fortaleza y coraje, estaría contento al ver cómo había mantenido unida a la familia y por lo que estaba a punto de hacer para ayudar a Marie?

En cuanto a su infancia con Florence, le había encantado hacer llorar a su hermana pequeña, dándole pellizcos y tirones de pelo. En una o dos ocasiones había rezado porque Florence desapareciera o se muriera. Y lo único que Florence hacía era levantar la vista hacia su hermana mayor con tanta luz y admiración en los ojos que Hélène se llegó a odiar a sí misma. Entonces, un día, Florence se interpuso en el camino de un ciclista en la calle y Hélène corrió a ayudarla, con el corazón golpeándole en el pecho por el miedo de que su hermanita pudiera morir de verdad. No había sido grave, pero ese accidente hizo que Hélène se diera cuenta de que la envidia que sentía no era culpa de Florence y, desde ese día, había jurado quererla.

Y aquí estaban ahora, a punto de separarse y sintiendo tanto amor por su hermana que le dolía.

—¿Qué estás pensando? —preguntó Florence—. Pareces absorta.

—Lo siento. Estaba pensando en Marie. Y en otros tiempos. Es curioso ver que el pasado no desaparece ni muere.

Tres días después, Hélène se despidió de sus hermanas. Florence la envolvió en sus brazos y no la soltaba mientras Élise daba palmadas a Hélène en la espalda. Cuando Florence la soltó por fin, Hélène vio que su hermana menor estaba llorando en silencio.

—Cariño, vas a estar bien sin mí —dijo con la voz quebrada, pero hizo un esfuerzo por recuperar la compostura y continuó—: En serio, ya verás.

Florence se limpió la nariz y la cara con la manga.

—No es por eso.

—Entonces, ¿por qué?

—Tengo miedo por ti.

—Cielo, ya lo hemos hablado. Voy a estar con Jack y volveré muy pronto. Jack sabe lo que hace. —Entrecerró los ojos—. Y ahora prometedme que os vais a cuidar la una a la otra.

Las dos asintieron.

—Buena suerte —susurró Élise—. Sé fuerte. Puedes hacerlo y volverás sana y salva. Te necesitamos.

Hélène sintió que el corazón le daba un vuelco y sonrió.

—Nunca pensé que te oiría decir eso.

Élise inclinó la cabeza con una expresión de «los milagros existen».

Hélène cogió su bolso y, dándose la vuelta, salió de la casa antes de que se dieran cuenta de lo aterrada que estaba en realidad.

Atravesó el pueblo a paso rápido, mirando a izquierda y derecha. Todavía no había amanecido, así que no había nadie, pero había que tener cuidado. Vio el bulto de la furgoneta azul que ya la esperaba en la puerta de atrás del consultorio. «Dios mío», pensó, «esto está pasando de verdad». Abrió la puerta de atrás y atravesó el consultorio hasta la casa.

En la entrada, Marie lloraba sobre el pecho de Hugo, pero se giró cuando Hélène entró.

—No puedo dejarle —dijo—. Díselo tú. Llevamos treinta y cinco años juntos. No quiero dejarle.

Hugo le acariciaba el pelo.

—Voy a estar perfectamente —contestó.

Marie no parecía creerle.

—Tienes que irte, Marie —dijo Hélène—. O te vas ahora o dejas que te lleven ellos. Es así de simple. De esta forma tendrás una oportunidad de luchar.

—Pero yo no quiero tener ninguna oportunidad sin Hugo. ¿Y qué le harán a él cuando descubran que me he ido?

—Si Hugo fuera contigo, creo que los alemanes sospecharían e irían en tu busca antes de lo que imaginas. De esta forma, dirá que no tenía ni idea de lo que estabas planeando y estoy segura de que el capitán Meyer le defenderá. Yo creo que él confirmará que Hugo no sabía nada.

Había supuesto un peligro pedir ayuda a Meyer, pero le había llamado por teléfono la mañana siguiente a la visita de Jack. No le había hablado al capitán de su plan, solo que próximamente Hugo podría necesitar de su apoyo porque, por desgracia, ella tendría que salir de viaje para atender a un pariente enfermo que vivía en la costa.

Escondida, había hecho que pareciera como si se hubiese ido tres días antes que Marie, cosa que además quedaba confirmada cuando Hugo explicaba su ausencia ante sus pacientes y ante todos los demás. Mientras tanto, Marie había hecho notar su presencia ayudando a Hugo en el consultorio. En cuanto se notara la desaparición de Marie, Hélène esperaba que el capitán tuviera claro enseguida que debía creer lo que Hugo decía.

Y ahora había llegado el cuarto día y estaban listos para marcharse. Dos días después, los nazis iban a volver para comprobar si Marie tenía algún certificado que demostrara que sus orígenes eran de verdad arios. Pero para entonces ellos ya estarían lejos.

Hélène vio cómo Marie, la mujer que había sido una madre para todas ellas, se aferraba a su marido. ¿Cómo podía haber tanta maldad en el mundo para que algo así le pasara a personas tan buenas? ¿Cómo era posible que Hitler hubiese manipulado a toda una nación para hacerle creer que esto estaba bien? Resultaba increíble y, sin embargo, estaba pasando de verdad.

Hugo estaba claramente inquieto y asustado, aunque estaba tratando de ocultar sus emociones por el bien de Marie.

Marie se giró hacia Hélène, tomó aire y cogió su pequeño bolso de lona.

—Nos reunimos con Jack en la furgoneta. Él tiene las llaves.

Hélène observó el silencioso amor y la angustia que había entre Hugo y su mujer y, entonces, Marie le miró con una sonrisa confiada y salió de la casa.

Hélène se atrevió a mirar por última vez a Hugo, cuyo rostro se había arrugado ahora, sin un ápice de valentía.

—No te preocupes —dijo y se acercó a besarle en las mejillas—. Vamos a cuidar de ella. Lo prometo.

Fuera, vio cómo Jack ayudaba a Marie a subir a la parte de atrás de la furgoneta. Hélène miró el interior y vio que estaba lleno de herramientas y equipos del taller; ruedas de repuesto y cosas así, además de la motocicleta. Detrás de ella había arreglado un lugar para que Marie pudiera descansar. Con los ojos secos, Marie subió.

—Siento que huela a aceite de motor —dijo Jack—. Da un golpe en la pared divisoria si necesitas algo. —Y, a continuación, cerró la puerta trasera de la furgoneta y fue a sentarse en el asiento del conductor con Hélène a su lado. Le acarició la mano.

—¿Lista?

—Lista —contestó ella, consolada por ver que era tan detallista y encantador y sonriéndole a pesar de sus temores.

Él puso en marcha la furgoneta y salieron del pueblo. Aún estaba oscuro y avanzarían más si tomaban carreteras secundarias y se mantenían alejados de las ciudades que sabían que estaban ocupadas por los nazis. Irían en dirección a Bergerac, evitando la guarnición alemana y, después, viajarían hacia el oeste por rutas secundarias. Al principio, habían planeado ir más al sur y, después, al oeste, pero ahora habían decidido ir hacia Burdeos. Era más peligroso, pero tardarían menos tiempo. Había un *Propagandastaffel,* un escuadrón de propaganda, en la ciudad de Burdeos que, obviamente, se ocupaba de la propaganda, pero también de controlar la prensa francesa. Y había refugios para submarinos y el campo de internamiento de Mérignac-Beaudésert cerca de allí. Tendrían que evitar también el campo de Gurs, que no quedaba lejos de Pau, utilizado principalmente para judíos y para personas que el gobierno consideraba peligrosas.

Por seguridad, se desviarían antes de llegar a Burdeos y, después, se dirigirían hacia el sur en dirección a los Pirineos. Marie no era joven y le habían advertido que el trayecto caminando por las montañas hasta España sería arduo. Pero cientos de aviadores franceses, británicos y estadounidenses y judíos huidos habían conseguido escapar por la misma ruta, todos ellos asistidos por una red de hombres y mujeres locales que les habían proporcionado alimento y cobijo con el riesgo de ser capturados también. Hélène trataba de no pensar en cómo se las iba a arreglar Marie, sobre todo cuando Jack le contó que en ese momento había más riesgo de emboscadas que antes y que había varios que no lo conseguían.

Durante la primera parte del viaje se cruzaron con poco tráfico y consiguieron mantener una conversación. Hélène estuvo segura de que Jack era consciente de lo asustada que estaba y había intentado mantener una conversación constante por el bien de ella.

—¿A qué te dedicabas antes de la guerra? —le preguntó ella durante un momento de calma.

Él infló las mejillas.

—Era arquitecto restaurador, lo creas o no. Trabajaba sobre todo en Londres, pero también en Bath, Cheltenham y sitios así.

—¿Volverás a ello?

—No lo sé. Siempre he querido tener una granja. Ovejas, vacas lecheras, no sé. Puede que frutas.

—¿Y por qué no lo hiciste antes?

—Supongo que por la tentación de tener algo más.

—¿Y cuando todo esto acabe?

—Quizá vuelva a Devon y me quede allí. ¿Y tú?

—Bueno, nuestra casa está aquí.

—¿Y cuando alguna de vosotras o las tres os caséis?

Hélène se rascó la parte de atrás de la cabeza.

—No lo he pensado. Me gusta imaginar que las tres vamos a seguir siempre juntas, pero sé que las cosas cambiarán. Supongo que lo veremos cuando llegue el momento.

—¿Volverías alguna vez a vivir a Inglaterra?

Se encogió de hombros.

—¿Quién sabe? —contestó ella y, después, miró por la ventana para que él no viera que las mejillas se le encendían porque, por supuesto, se había imaginado a sí misma viviendo en Inglaterra con él.

Llegaron a su primera parada a última hora de la tarde. Jean-Michel Poitiers, el sacerdote de un pueblo, les proporcionó comida y cobijo para pasar la noche, Marie en la casa y Jack y Hélène en un establo. Habían seguido fingiendo que eran un matrimonio, así que, les alojó juntos. La casa tenía dos plantas, con un tejado rojo tan inclinado que Hélène pensó que debía de tener un desván que podrían usar. Se encariñó con el sacerdote al instante, un hombre alto y delgado de nariz aguileña, un mechón de pelo blanco y rizado y unos ojos extraordinariamente azules y alegres.

Durante una comida, elaborada principalmente a base de patatas, él les contó que había estado ayudando a refugiados durante los dos últimos años, que le habían arrestado en una ocasión, pero que luego le soltaron. Después de comer, le dio una botella de vino y unas mantas a Jack para que las llevara al establo y una lámpara de aceite a Hélène. Le siguieron al exterior de la casa y cruzaron el patio hasta un granero oculto tras una hilera de álamos.

—Aquí no viene nadie —dijo el sacerdote—. Estaréis seguros. Pero si oís un silbido largo seré yo. Podréis salir por allí.

Les señaló una pequeña puerta del fondo y, después de que les dejara solos, vieron un viejo colchón en un rincón con un cajón puesto del revés a su lado con dos tazas y un sacacorchos.

—¿Vino, señora? —preguntó Jack levantando la botella en el aire.

Se bebieron el vino con rapidez y, de hecho, Hélène habría bebido más. Mucho más.

—Es hora de acostarse, creo —dijo él antes de tumbarse sobre el colchón y colocarse una de las mantas por encima.

Ella hizo lo mismo y, aunque tenía la respiración acelerada por la cercanía, Jack empezó a roncar suavemente a los pocos segundos. Hélène permaneció despierta a la vez que aumentaba su necesidad de él y se volvía insoportable. Con la mente agitada, se obligó a no rozar su cuerpo con el de ella mientras que, a la vez, estaba deseando hacerlo. Al final, se rindió y se acurrucó a su lado, consolándose con el calor que él desprendía y respirando su olor masculino. Sudor, vino y tabaco. Él se dio la vuelta y, dormido, la envolvió con un brazo.

Ella se despertó de noche, llorando, pero sin saber el motivo. Un dolor brutal la invadía. No podía respirar bien y sentía como si un pozo de emociones acumuladas rebosara de su cuerpo. Pena, miedo, rabia, desesperación. Sentimientos que había tratado de mantener bajo control y que ahora se descontrolaban y se mofaban de ella. «Ja, ja, ja. ¿Creías que podrías huir de nosotras? ¡Pues no!».

En medio de su desesperación, soltó un gemido.

—Chsss —dijo Jack acariciándole el pelo—. Todo va a salir bien.

Ella trató de contestar, pero la garganta le dolía.

—No te rindas nunca, pequeña —continuó él, y ella se giró para mirarle a la cara, apenas visible bajo la luz de la luna que penetraba por un pequeño tragaluz.

—Mi padre decía eso —contestó ella, capaz de hablar por fin—. Exactamente eso mismo.

—Un hombre sabio, tu padre.

—A veces, siento que nunca voy a poder convertirme en la mujer que quería ser y que no voy a tener la oportunidad de saber quién podría ser.

—¿Por la guerra?

—Sí. Y luego me siento culpable y ruin porque no tengo ningún derecho a estar triste.

—Creo que no eres consciente de lo valiente que eres.

—¿Por venir contigo y Marie?

—Bueno, sí. Pero también por lo que haces, cada día. Por cómo cuidas de otras personas.

—Es mi trabajo.

—No. Es la valentía de la gente común y corriente la que me conmueve. Pese a lo mal que está todo, seguir siendo humana. Eso es lo que de verdad importa. Ninguno sabemos a qué nos vamos a tener que enfrentar y, sin embargo, seguimos adelante.

Hélène suspiró.

—Pienso en las historias que he oído. Hay gente que ha visto cómo metían a niños en vagones de ganado como si fuesen animales. Niños inocentes. Eso me hace llorar.

—¿Qué es lo que más temes, Hélène? Con respecto a ti, quiero decir.

Les sorprendió el sonido de un búho y hubo una pausa mientras ella pensaba la respuesta.

—Me da miedo que me lleven de noche y que jamás pueda volver a ver a mis hermanas.

—Tienes que luchar contra ese miedo de una forma activa. Todos lo hacemos. El miedo solamente es bueno si nos incita a actuar, no si nos paraliza.

Ella se quedó pensando en lo que le había dicho y, estimulada por su silenciosa compasión, le preguntó:

—¿A qué le tienes miedo tú, Jack?

—Tengo miedo de que los nazis sean aún más malvados de lo que creemos. Al final, todo se sabrá... Y ahora ¿crees que podrás dormir?

—No estoy segura de que pueda.

—Cuando yo no puedo dormir, recito poemas que aprendí en el colegio hasta que me quedo dormido.

Hélène soltó una carcajada.

—Yo canto en silencio.

—Quizá podríamos cantar algo juntos, en voz baja, claro.

Al igual que su padre, Hélène tenía buena voz, aunque nunca había presumido de ello ni había cantado delante de gente que no la conocía bien. Pero tomó aire y empezó a cantar. Al fin y al cabo, empezaba a sentir que conocía bien a Jack.

CAPÍTULO CUARENTA Y SEIS

A la mañana siguiente, Hélène se levantó del colchón, desesperada por ir al baño, pero con las mismas ganas de no molestar a Jack. Miró su cara bañada por la luz del sol que entraba por el tragaluz y, después, vio que había un cubo de metal, pero le daba demasiada vergüenza usarlo. Fue a ver las puertas del granero, pero, claro, estaban cerradas por fuera. Atrapada, se rascó la cabeza mientras pensaba que, al final, tendría que conformarse con el cubo, pero entonces se acordó de la puertecita de atrás. Fue rápidamente hacia ella, abrió el pestillo y salió a un pequeño claro rodeado de árboles. Se introdujo en la sombra de los árboles y se agachó con un suspiro de alivio por poder vaciar la vejiga.

Cuando hubo terminado se puso de pie, extendió los brazos por encima de la cabeza y aspiró con placer el aire fresco de la mañana. Miró a su alrededor y observó el tranquilo escenario. A lo lejos, oyó el ruido de un pueblo que se despertaba, ladridos de perros, gritos de niños y el motor de una motocicleta. Resultaba reconfortante oír sonidos de vida normal y se permitió disfrutar de ellos durante unos segundos. Pero ¿después qué? ¿Despertaba a Jack o iba a la casa para, con suerte, poder desayunar? Se decidió por esto último. La intimidad de la noche que había compartido tan cerca de Jack le hacía sentir un calor en su interior, pero no estaba segura de cómo reaccionar ante él cuando se despertara. Daba vueltas en su mente a las palabras que podría decirle. Quizá debería decirle lo agradecida que estaba o, quizá, limitarse a preguntarle si había dormido bien. ¿O debería tratar de mostrarse indiferente?

Mientras rodeaba el granero, se encontró con Marie, que le sonrió y le dio los buenos días.

—Iba a abriros la puerta.

—He salido por detrás. Jack sigue dormido.

—Entra en la casa y yo despierto a Jack.

Hélène atravesó un patio donde una docena de esmirriadas gallinas escarbaban el suelo de tierra y había una cabra solitaria atada a un poste junto a una zona de hierba amarillenta. Giró el pomo de la puerta que Marie le había señalado y se vio dentro de una gran cocina de granja con el típico suelo de baldosas rojas, donde la asistenta del sacerdote se afanaba en preparar café y sacar una bandeja del horno. La habitación olía a comida, humo, tabaco y vino.

—Huele de maravilla —dijo Hélène.

Había utensilios de cocina y cacerolas de cobre colgando de bajas vigas negras de madera y, al otro lado del horno, una chimenea de piedra vacía. La mujer inclinó la cabeza y no dijo nada. Dejó una taza de café delante de Hélène y un par de bollos que había preparado.

—Gracias —dijo Hélène—. ¿Solo voy a desayunar yo?

—Usted, su marido y su amiga.

Y, mientras hablaba, Marie volvió con Jack siguiéndole detrás frotándose los ojos y con el pelo revuelto y una amplia sonrisa en la cara.

—Buenos días —dijo Jack a la vez que le daba una palmada en el hombro al pasar.

Ella le miró de reojo, muy consciente de que Marie y la asistenta tenían la mirada clavada en ella.

Durante el desayuno hablaron de cosas triviales y, cuando Marie dijo que quería dar un paseo para estirar las piernas, Hélène se levantó de un salto para ir con ella.

Una vez fuera, se dirigieron al claro del bosque que había detrás del granero y, después, se adentraron entre los árboles, donde la luz moteada formaba dibujos sobre el suelo. Al principio, no hablaron, con el crujir de las botas sobre el suelo mullido, las ramas caídas y los helechos muertos. El bosque olía a tierra y estaba lleno de maleza, los robles lucían un precioso color verde luminoso y el cielo de más allá era de un azul impoluto. Cuando se adentraron más en el bosque, oyeron el gorgoteo de la corriente de agua de un arroyo y el susurro de la larga hierba con la brisa. Se quedaron inmóviles un rato, para disfrutar sin más de ese día y tratar de no pensar en lo que les esperaba, hasta que habló Marie:

—Será mejor que volvamos.

—Ojalá pudiese quedarme aquí.

Marie le dio unas palmadas en la mano.

—Vamos.

La brisa llegaba ahora con ráfagas más fuertes y los pájaros empezaron a removerse en las ramas de más arriba. Unos helechos gigantes y unos cúmulos de florecillas blancas al lado les marcaban el camino de vuelta.

—¿Nunca se lo habías contado a nadie? —le preguntó Hélène mientras emprendía el camino.

—Bueno, a Hugo, por supuesto. Él quería que huyéramos a Inglaterra o a América desde el principio. Fui yo la que insistió en que nos quedáramos.

—¿Qué ha pasado con el resto de tu familia?

—No soy del Périgord, ya lo sabes. Como tu amiga Violette, nací en París, pero me mudé aquí cuando Hugo y yo nos casamos hace muchos años.

—¿Y tu familia se quedó en París?

—Sí, mis padres y mi hermano pequeño, Jacques. Como yo, mi madre nunca ha sido judía practicante. Mi padre es católico y dentista.

—¿Y dónde están ahora?

Marie movió la cabeza con tristeza.

—Los deportaron al principio.

—Lo siento mucho.

—Lo supe porque una antigua amiga del colegio me escribió para contármelo. Fue arriesgado, porque si hubiesen interceptado la carta, los alemanes también habrían sabido lo mío.

—¿Y cómo han terminado averiguándolo?

Marie hizo un gesto de negación.

—No lo sé. La cuestión es que mis padres son ya ancianos y mi madre ya estaba delicada. Tiene problemas respiratorios y estoy segura de que el viaje en esos espantosos vagones de ganado debió de acabar con ella.

—¿Y tu padre y tu hermano?

—Son fuertes los dos. Mi hermano no se casó, así que, no tenía una familia de la que preocuparse. Cuidaba de mis padres. Debería haber sido yo la que lo hiciera.

Hélène extendió una mano para coger la suya.

—Pero escuchamos las noticias de Inglaterra, de forma ilegal, claro. No las entiendo.

—Entonces, crees que…

—Sí, me temo que pueden estar muertos. Me rompe el corazón saber que la gente a la que quiero ha sido tratada como si no valiesen nada. A los judíos nos llaman «sabandijas», ¿sabes?

Hélène negó con la cabeza.

—Tenemos que creer que habrá un futuro mejor cuando esto acabe.

Marie soltó un suspiro.

—Yo no quiero dejar a Hugo y me siento increíblemente sola sin él.

—Solo tenemos que ponerte a salvo y estoy segura de que Hugo te estará esperando cuando todo termine.

Hélène había mantenido la mirada en el suelo y pensaba en Hugo mientras volvían al claro y no había visto a Jack acercándose.

—Tenemos que irnos —gritó él, y ella levantó la vista. Jack la observó con una sonrisa mientras se quedaron mirándose el uno al otro. Era como si se encendiera una luz en su corazón—. Hay un baño con inodoro dos puertas más allá de la cocina, pero sed rápidas. El sacerdote me ha dado las señas de nuestro siguiente refugio.

Hablaba con tono profesional, concentrado en la tarea que tenía entre manos, y tanto Marie como Hélène se dirigieron al baño.

Un poco después, volvían a estar de camino y, durante buena parte del día, ni Jack ni Hélène hablaron, mientras las horas iban pasando una tras otra. Arrullada por el constante movimiento de la furgoneta mientras viajaban por serpenteantes carreteras secundarias a través del campo, Hélène pensó en lo que Marie le había contado de sus padres. Y eso le hizo pensar en su propia madre.

Un día, cuando Hélène tenía unos once años, Claudette estaba arreglando unas flores que había cogido del jardín de Richmond. Hélène le preguntó si podía coger una, una rosa de color rosa, para ponérsela en el pelo, y su madre se había girado para mirarla con una extraña sonrisa.

—¿Qué sentido tiene? Tu pelo es demasiado fino. La flor terminará cayéndose.

—Puedo sujetármela con una horquilla —había contestado ella.

Claudette se rio.

—Aunque la mona se vista de seda, mona se queda. Ahora vete, cariño. Deja de molestar.

Una hora después, Florence salió corriendo al jardín para jugar con Hélène en el columpio con una preciosa rosa de color rosa sujeta en el pelo. Llena de rabia, Hélène se columpió lo más alto que pudo y, después, saltó. El columpio siguió moviéndose por la inercia y golpeó a Florence en la cabeza. Impactada por lo que había hecho, Hélène se quedó inmóvil.

Florence empezó a gritar y Claudette fue corriendo y, al darse cuenta al instante de lo que había pasado, se giró hacia Hélène:

—Zorra salvaje —siseó—. Ve a tu habitación y quédate allí. Se lo voy a contar a tu padre.

Hélène se marchó llorando. No había tenido intención de hacerle daño a su hermana, ¿no? Había sido una reacción instintiva a la crueldad de su madre. Cuando su padre fue a verla, ella le contó toda la historia. Él le acarició el pelo y le dijo que no hiciera caso a su madre, pero que no era justo que lo pagara con Florence.

—¿Qué estás pensando? —preguntó Jack, interrumpiendo sus recuerdos—. Pareces distraída.

—Estaba recordando algo.

—¿Alguna cosa en particular?

—Mi infancia. Pasé una mala racha con mi madre.

Él se rio.

—¿No le pasa a todo el mundo?

—Pero ¿por qué ocurre?

Él se encogió de hombros.

—A mí que me registren. Mi madre era cariñosa, pero sobreprotectora.

—No me habría importado eso.

—Te habría importado si hubieses conocido a mi madre.

Hélène se rio y se giró para mirarle, pero él se había puesto serio.

—Mira al frente —dijo él—. No creo que pueda desviarme a tiempo.

Hélène miró y sintió una opresión en la cabeza.

CAPÍTULO CUARENTA Y SIETE

Consciente de que el corazón se le había acelerado, Hélène tomó aire con fuerza. El control de carretera alemán estaba a unos doscientos metros más adelante, pero ella vio un tractor y otros dos vehículos que avanzaban antes que su furgoneta azul. Miró a su alrededor, deseando ver alguna carretera lateral. Aparte de la mandíbula apretada, nada en el rostro de Jack revelaba temor alguno mientras iba frenando, con la mirada fija en la carretera que tenía al frente. El tractor que iba poco antes se movía despacio, cosa que podía ser una ventaja, pues los alemanes del control le gritaban para que siguiera circulando. Por delante del tractor, Hélène vio un carro de heno y un automóvil, posiblemente alemán, que estaban detenidos ahora, pero los guardias estaban sacando a la gente a rastras, por lo que probablemente no fuesen alemanes.

—Recemos para que no nos paren —dijo Jack.

El corazón de Hélène latía a toda velocidad y no paraba de girarse a izquierda y derecha, cada vez más decidida a encontrar una salida mientras iban avanzando poco a poco. Y entonces la vio.

—¡Allí! ¡Mira! Rápido. Un camino a tu derecha. Estaba oculto por los árboles.

—De acuerdo —contestó a la vez que viraba de inmediato para entrar por él—. Es estrecho. Reza para que no sea un camino sin salida.

—Debe de llevar a alguna granja. ¿Nos han visto?

Oyeron un vehículo y Hélène sintió que todo el cuerpo se le ponía en tensión, con los nervios a flor de piel. ¿Les estaba siguiendo por el camino? Escuchó con atención, igual que Jack.

—Igual nos sale bien —dijo ella con una oleada de entusiasmo cuando pareció que pasaba de largo.

—Y no estamos muy lejos de Burdeos, pero ya no vamos a poder llegar al refugio.

Jack siguió conduciendo y el camino se fue estrechando cada vez más. Ella empezó a respirar con más tranquilidad cuando fue evidente que el vehículo no les había seguido, pero se habían salvado por los pelos y, antes o después, tendrían que enfrentarse a un puesto de control. Por fin, llegaron a una especie de cruce y, tras una breve vacilación, Jack se encogió de hombros y giró a la izquierda. Ya estaba oscureciendo, pero no se atrevía a encender los faros.

—Hay que parar —dijo ella—. Podemos ver el mapa mañana, pero estos caminos tan diminutos no están marcados. Es imposible saber adónde nos dirigimos en medio de la oscuridad.

Él hizo un gesto de fastidio, pero al final paró.

—Tendremos que dormir en la furgoneta.

—Tú puedes pasar la noche con Marie en la parte de atrás, si quieres. Yo echaré una cabezada aquí.

—¿No podemos buscar antes un sitio menos visible donde aparcar la furgoneta? Voy a salir a echar un vistazo.

Bajó y se alejó para ver. Varios minutos después, volvió, le dijo lo que había encontrado y, a continuación, él avanzó con la furgoneta y la detuvo junto a una vaya en el campo. Hélène abrió la verja y, después, él entró con el vehículo y lo aparcó tras una hilera de árboles altos.

—Tendremos que conformarnos con esto —dijo.

—¿Puedes abrirle a Marie? Tiene que hacer sus necesidades. Te veo ahora.

Cuando Hélène abrió la puerta de atrás, vio que Marie estaba pálida. Extendió una mano para ayudarla a bajar de la furgoneta.

—¿Estás bien?

—Estoy entumecida y dolorida y se me ha derramado el agua cuando Jack ha hecho un giro brusco. No sé qué estaba pasando. ¿Nos seguían?

—No. Hemos evitado una barricada viniendo por aquí.

—¿Sabemos dónde estamos?

Hélène negó con la cabeza.

—Intentaremos definir la ruta por la mañana. Voy a traerte agua, pero tendremos que dormir en la furgoneta.

—Me muero de hambre. ¿Queda algo de comida?

—Me temo que no.

Jack se acercó con paso resuelto.

—Siento lo del rodeo tan accidentado. ¿Tienes espacio para tumbarte en la parte de atrás, Marie?

—Sí. Antes necesito ir al baño.

Él movió la mano hacia los arbustos.

—Tú misma.

Mientras Marie se alejó, Hélène le dijo a Jack que prefería intentar dormir un poco en la parte delantera de la furgoneta.

—Voy a sentir claustrofobia atrás. Al menos, hay ventanas en la parte delantera.

—No vas a ver nada. Pronto estará completamente oscuro.

—Pero sabré que están ahí.

Él se rascó la parte posterior de la cabeza.

—Por mí no hay problema. ¿Quieres coger un par de mantas de atrás?

Hélène encontró las mantas un momento antes de que Marie volviera.

—¿Estarás bien? Estás muy pálida.

—Estaré bien. Os veo por la mañana. Pero ¿podéis dejar la puerta de atrás sin cerrar con llave, por favor? Por si acaso.

—Claro que sí. Buenas noches. —Y besó a Marie en las dos mejillas.

Pero no fue posible encontrar una forma cómoda de dormir en la parte delantera de la furgoneta y Hélène, que siempre había tenido problemas para dormir, se movía y revolvía tanto que Jack terminó diciéndole:

—Oye, yo puedo dormir en cualquier sitio. Incluso erguido. ¿Por qué no intentas tumbarte apoyando la cabeza en mi regazo? Si hay sitio... Venga.

Él se levantó la manta hasta el mentón y ella se las arregló para tumbarse con dificultad y de lado, pero, al menos, los músculos del cuello se pudieron desentumecer al apoyarse sobre él. Había tenido dolor de cabeza desde el momento en que había visto el puesto de control alemán y el alivio por poder tumbarse era inmenso, pese a que se le clavaran en el cuerpo distintas partes de la furgoneta. Una vez más, sintió el consuelo de la proximidad de él y del calor de su cuerpo y, desde su posición, podía ver estrellas que salpicaban el cielo de la noche. Empezó a relajarse de verdad, con el corazón latiéndole ahora a un ritmo constante. Y poco a poco fue sintiéndose menos asustada. Todo iba a salir bien. Con la cabeza en su regazo, no estaba en posición de mantener una conversación íntima y resultaba evidente que Jack solo quería dormir, así que guardó silencio y, al final, fue quedándose también dormida.

La despertó un golpeteo. Tardó un momento en darse cuenta de dónde estaba, pero, cuando lo hizo, se irguió y vio que Jack ya estaba despierto y que miraba por su ventanilla, donde un niño de pelo oscuro les miraba.

Jack bajó la ventanilla para saludarle. El niño sonrió y abrió la puerta de la furgoneta. A Hélène le pareció que tendría alrededor de siete años y quiso preguntarle su nombre, pero el perro que tenía a su lado empezó a ladrar, histérico. Jack y Hélène bajaron de la furgoneta y cuando abrieron la puerta de atrás vieron que Marie no estaba.

—¿Dónde está? —preguntó Hélène.

—Pues espero que no haya ido lejos.

Hélène miró a su alrededor. Hacía un día precioso; soleado, luminoso y fresco y el campo donde habían aparcado era un derroche de flores silvestres con unas cuantas cabras desperdigadas que ahora examinaban la furgoneta. Jack acariciaba al perro, que ya se había calmado, y a continuación oyeron los gritos de una mujer.

—Paul. Paul. *Petit déjeuner.*

—¿Es tu *maman*? —preguntó Hélène mientras la mujer se acercaba corriendo.

—*Oui* —contestó el niño.

La mujer, cuyo encrespado pelo rubio se levantaba a su alrededor, se detuvo a un par de metros de distancia.

—¿Qué es esto? —preguntó con los ojos entrecerrados—. No tienen permiso para aparcar en nuestro campo.

Hélène dio un paso al frente. No estaba segura de si la mujer estaba siendo hostil o si simplemente estaba siendo cautelosa.

—Disculpe, *madame*. Nos hemos perdido. Voy de viaje para cuidar de un pariente enfermo en Burdeos. Este es mi marido.

La mujer miraba fijamente a Marie, que acababa de salir entre los arbustos.

—Mi madre —dijo Hélène.

—¿Y para eso tienen que ir tres?

—Venga —dijo Jack antes de enseñarle la motocicleta que estaba en la parte posterior de la furgoneta.

—Mi marido tiene que entregarla a un cliente de Burdeos —le aclaró Hélène, consciente de que no se había ceñido a la historia que habían planeado.

La mujer pareció tranquilizarse un poco.

—Bueno, yo soy Francoise. Supongo que tendrán hambre, así que vengan. Veré qué les puedo preparar.

Mientras comían los huevos y el pan que la mujer les había puesto delante, ella salió de la habitación llevándose a Paul con ella. Jack sacó el mapa del bolsillo y trató de averiguar qué camino habían tomado. Hizo un gesto de negación.

—No está marcado. Le preguntaré a Francoise cuando vuelva.

Pero, unos minutos después, no fue Francoise quien volvió, sino un hombre que llevaba un gorro de tela, un mono de trabajo, una expresión de enfado y un rifle con el que les apuntaba.

Jack se puso rápidamente de pie y levantó las manos.

—Eh —dijo—. Baje el rifle y nos iremos.

La respuesta del hombre fue un disparo en la pared.

—Desde luego que os vais a ir, pero con la Milicia, a los que voy a avisar con mi hijo en unos momentos.

Hélène se levantó de la silla.

—Buenos días, yo soy…

—Me importa un pimiento quién eres ni lo que eres.

Francoise entró en la habitación, también con un arma en la mano, una pistola, aunque la miraba como si le pasara algo, no se fiara mucho de ella o no supiera cómo utilizarla, cosa que resultaría extraña tratándose de la mujer de un granjero.

—Sois unos prisioneros que os habéis escapado —dijo ella con voz temblorosa—. Lo hemos oído en la radio. La Milicia y los alemanes os están buscando por todas partes. No creáis que me habéis engañado. Él… —señaló a Jack— no es francés.

—Por favor, dejen que nos vayamos —suplicó Hélène—. Pueden ver que mi madre no está bien. No somos prisioneros que nos hayamos fugado, de verdad.

El hombre volvió a hacerse cargo de la conversación.

—Poned las llaves de la furgoneta en la mesa.

Jack hizo lo que le pedía.

—Y las llaves de la motocicleta.

Jack vaciló y la habitación se quedó tan en silencio que Hélène podía notar la tensión en el aire, pero, cuando el hombre le hizo un gesto con el rifle, Jack metió la mano en su bolsillo.

Hélène sabía que Jack iba armado, pero había dos personas contra él solo. Ella no tenía modo de saber si estaba a punto de usar su pistola ni qué iba a pasar si lo hacía. El momento se alargó durante una eternidad, pero después Jack sacó otra llave.

—Bien —contestó el hombre—. Sobre la mesa. Ahora os podéis ir.

—¿Y nuestros bolsos? —preguntó Hélène.

—Junto al camino.

Jack y Hélène intercambiaron una mirada, pero estaba claro que no había otra solución. O se iban sin nada o les arrestarían.

—¿Y cómo llegamos a Burdeos? —preguntó Hélène.

—Andando. Seguid el camino unos cuantos kilómetros y, después, os encontraréis con la carretera que lleva a la ciudad. Desde allí podréis tomar un tren.

—Oiga —dijo Jack—, quédese con la furgoneta, pero deje que nos llevemos la motocicleta. Mi suegra no puede caminar tanto.

La mujer del granjero se rascó la cabeza, como si se lo pensara, pero el hombre se limitó a fulminar a Jack con la mirada.

En ese momento, el niño entró corriendo en la habitación y alzó los brazos hacia las piernas de su padre.

—Te he dicho que esperaras en la entrada hasta que te llamara —gruñó el padre a la vez que se agachaba para apartarlo.

En una milésima de segundo, Jack sacó su pistola y disparó al granjero en el pie. A cambio, el hombre levantó su rifle maldiciendo, pero se derrumbó antes de poder usarlo. La mujer fue corriendo hacia él y Jack cogió las llaves de la furgoneta y de la motocicleta y le dijo a Hélène y a Marie que subieran corriendo a la furgoneta. La mujer levantó su arma, pero Jack ya sabía que era un farol. Extendió la mano y se la quitó de la suya. A continuación, cogió el rifle del hombre y fue detrás de Hélène y Marie.

Saltaron dentro de la furgoneta y Jack condujo como un loco hasta que llegaron a la carretera.

—Van a avisar a la Milicia —dijo Hélène—. Así que vamos a tener que dejar la furgoneta.

—Tienes razón. La moto, espero que nos podamos valer con ella. Pero tendremos que separarnos. Por suerte, no les has dicho que eras enfermera.

—Estaba a punto de hacerlo.

—Lo sé.

Ella pensaba a toda velocidad.

—Me pondré el uniforme y podrás dejarnos en algún sitio cerca de la estación. Marie puede ponerse el otro gorro y el abrigo.

—Yo tengo unas gafas de carey que puede ponerse también.
—Las sacó del bolsillo—. Lleva también sus cosas de costura, ¿verdad?

—¿Y tú? —preguntó Hélène.

—Iré a toda velocidad hasta Burdeos. Si os paran, aseguraos de
llevar a mano vuestra identificación, los billetes de tren y las cartillas
de racionamiento.

—Eso haremos.

—Os veré en esta dirección. —Escribió algo en un trozo de papel—. Memorízala y, después, rómpelo. No habíamos planeado ir allí
esta vez, así que sospecharán, pero les conozco o, al menos, a los del
año pasado. Diles que Jack os ha enviado y di: «Parece que los alemanes están ganando la guerra». Ellos responderán: «Pues sí que eres
optimista».

—¿Y si no dicen eso?

—Salid pitando.

CAPÍTULO CUARENTA Y OCHO

Hélène apretaba el entrecejo mientras miraba a Jack alejarse. No estaba dispuesta a llorar, pero ¿llegaría sano y salvo a Burdeos? ¿Y ellas? A pesar de ser mediodía, las calles de la pequeña ciudad a la que habían llegado estaban medio vacías, con apenas unas cuantas mujeres que vendían verduras con sus cestos, y hasta los niños parecían cansados y desanimados. Hélène había memorizado la dirección de Burdeos y ahora ella y Marie, moviéndose con determinación, fueron a comprar los billetes al serio empleado del ferrocarril que estaba en el mostrador. Él las miró de arriba abajo, entrecerrando los ojos con gesto de recelo y, segura de que todos iban a darse cuenta de su engaño, Hélène sentía que el cuello le dolía por la tensión. Pero, al final, él les entregó dos billetes y les informó del andén de donde salían.

Tenían que esperar veinte minutos, durante los cuales Marie llevó puestas las gafas de carey y se concentró en la costura mientras que Hélène se mantenía alerta por si aparecía alguien con aspecto de alemán. El andén estaba más concurrido de lo que habían esperado. Mujeres con cestos llenos de productos del campo charlando y, entre ellas, alguna que otra viuda vestida de negro, tres niños pequeños jugando a las chapas y una docena de ancianos. Apareció una mujer joven con gesto de preocupación, mirando a izquierda y derecha, como si buscara a alguien, o quizá es que acababa de perder su tren. Hélène se preguntó adónde irían todos. Al fin y al cabo, no

293

todos podían estar huyendo ni fingiendo ser quienes no eran. Cuando sonó el silbato se puso de pie, se alisó su arrugado uniforme de enfermera y Marie guardó su costura.

Una vez en el tren, encontraron un vagón vacío y se acomodaron en él. Hélène se sentía agotada y estaba segura de que Marie también. Cerró los ojos hasta que volvió a oír el silbido y sintió que el vagón se sacudía y un chirrido de un metal contra otro cuando empezó a moverse. Se le había soltado el pelo de su apretado moño, así que volvió a sujetárselo lo mejor que pudo y se secó las gotas de sudor de la frente. Después, sedienta, miró por la ventanilla del vagón. ¿Por qué no se le habría ocurrido comprarse algo para beber?

Pero enseguida se entregó al balanceo rítmico y al traqueteo del tren y dejó sus pensamientos a la deriva. En primer lugar hacia sus hermanas, aún preocupada porque al haberse ido las había dejado en la estacada, pero entonces vio el ceño fruncido de Marie y se reafirmó en su determinación por seguir adelante. Tenía que hacer esto. Antes, se había limitado a permanecer con una actitud estoica ante la ocupación alemana, pero ahora era muy distinto.

Apretó la mandíbula cuando unos soldados alemanes subieron al tren en la primera parada, pero estaba decidida a que no se le notara el miedo. Le preocupaba que el pulso de su cuello se le pudiera ver, pero los dos soldados comprobaron su documentación y apenas las miraron dos veces. Así que su primer control había pasado sin incidentes y Hélène casi tuvo una sensación de triunfo.

No volvieron a pedirles de nuevo que se identificaran hasta que llegaron a su destino y, aun entonces, nadie les preguntó qué hacían allí. Parecía como si una mujer de mediana edad acompañada de una enfermera no levantara sospechas.

Los problemas empezaron cuando por fin llegaron a la dirección que Jack le había dado. Ella y Marie se quedaron mirando, aterradas, el edificio bombardeado. Las casas que estaban a cada lado estaban llenas de agujeros de balas y no les quedaba ni un cristal en las ventanas, pero Hélène vio que seguía habiendo gente que se asomaba a ellas. La casa que había venido a buscar estaba en un estado mucho peor. El tejado y la mayoría de las vigas habían cedido y se sujetaban en ángulos extraños cerca del suelo. Montones de ladrillos, paredes de yeso y bultos de hormigón habían salido volando por todos lados, incluso sobre la acera por donde la gente se limitaba a rodearlos. Alemania había bombardeado Burdeos casi al comienzo de la guerra y, después, también lo hicieron los aliados, con el fin de destruir la base submarina. Hélène sabía que había sido objetivo de intensos ataques británicos y estadounidenses, sobre todo a principios de 1943, pero según veía ella, esto parecía más reciente. De todos modos, Jack había estado en Francia ese mismo año y la casa debió de estar en pie entonces. Casi encorvada del todo, se abrió paso entre los escombros, se metió bajo lo que quedaba de tejado, cruzando los dedos porque el edificio se hubiese asentado y no hubiera nada que, de repente, cediera y le cayera sobre la cabeza. Cuando llegó al otro lado, se encontró lo que debió de haber sido un jardín. Una puerta que estaba tirada en el suelo se movió, de pronto, y apareció una joven polvorienta con el pelo castaño oscuro como si saliera del suelo.

—Ah —dijo con expresión de ponerse a la defensiva y entrecerrando los ojos al ver a Hélène.

Bajo el escrutinio de aquella mujer, Hélène se encogió y, después, probó a decir la contraseña, pero la mujer seguía mirándola fijamente.

—Se supone que yo tenía que venir aquí —dijo.

—Se han ido todos. Ya sabes, los que estaban aquí. Se los han llevado. Solo estamos mi hijo y yo.

—Mi madre y yo necesitamos un sitio donde quedarnos.

La mujer volvió a entrecerrar los ojos.

—¿Eres enfermera?

—Sí.

—Si ayudas a mi hijo, te enseñaré dónde podéis dormir.

Hélène asintió y volvió para avisar a Marie de que podía entrar también.

Cuando la mujer levantó la puerta, Hélène vio debajo de ella una estrecha escalera de piedra que aún seguía, más o menos, intacta. Ella y Marie siguieron a la mujer, que sostenía una linterna por delante de ella. Al final de la escalera, bajaron las cabezas y avanzaron por un laberinto de pequeñas habitaciones del sótano con techos bajos. En algunas, las vigas habían cedido, pero en otras permanecían intactas. Después llegaron a una habitación con las paredes ennegrecidas y una pequeña ventana sin cristales justo debajo de una viga rota. Cuando Hélène se puso de puntillas, pudo ver un trozo de cielo, así que, al menos, la habitación tenía una fuente de aire. Y sin embargo, a pesar de eso, olía a moho, a humedad y a putrefacción, y lo que fuera que antes había sido el suelo ahora estaba cubierto de tierra.

—Podéis quedaros aquí —anunció la mujer—. Yo soy Mathilde, por cierto. Pero ahora os llevo con mi hijo.

Hélène miró a Marie y al único colchón mohoso del rincón, lleno de mugre.

—¿Podrás soportar estar aquí?

—Nos turnaremos para salir a buscar a Jack. Si nos vamos a otro sitio, no creo que podamos llegar nunca a las montañas.

Una bombilla desnuda colgaba del techo amarillento, pero, cuando Hélène probó a encenderla, no se encendió. ¿Cómo iba a hacerlo si la casa de encima había volado por los aires?

Miró a su alrededor.

—¿Crees que esto es suficientemente seguro?

El mentón de Marie temblaba, pero su voz sonó firme:

—Creo que todo lo que podía caerse ya se ha caído.

—Espero que tengas razón. Todavía hay una tonelada de ladrillos y escombros encima de nosotras. Pero, oye, tengo suficiente para pagar una pequeña pensión durante un par de noches.

—No. Vamos a intentar quedarnos aquí hasta que aparezca Jack.

CAPÍTULO CUARENTA Y NUEVE

Durante dos días, Hélène y Marie esperaron a Jack en Burdeos, cada vez más inseguras sobre qué hacer si no aparecía. Además de preocuparse por lo que eso podría significar para Marie, a Hélène le aterraba también lo que le pasara al propio Jack. ¿Estaba bien? ¿Le habían capturado los nazis para interrogarle? ¿Le habían hecho daño? Aunque no parecía que él sintiera lo mismo por ella, había nacido una fuerte conexión entre los dos. Se retorció el pelo por detrás y, después, lo dejó caer.

Si Jack no aparecía pronto, iba a tener que ser ella quien se pusiera en contacto con quienesquiera que fueran las personas que podrían acompañar a Marie, aunque no tenía ni idea de cómo encontrarlas. Cuando lo hiciera, después podrían dejar a Marie con la red de guías y asistentes locales que la ayudarían a cruzar a España y, después, a Inglaterra. Hélène sabía que las principales vías de escape se habían usado también para sacar del país a los pilotos aliados, sobre todo, poco después de la caída de Francia ante los alemanes. Ahora, con campos de internamiento más seguros y guías españoles que exigían mayores pagos, resultaba más complicado y la gente se veía obligada cada vez con más frecuencia a tomar rutas desconocidas y más elevadas por las montañas. Por lo que Hélène sabía, María tendría que llegar a Pau en tren, pero después... no estaba segura. Quizá podría llegar a pie a Oloron-Sainte-Marie. Pero cuando se aventuró a compartir sus preocupaciones con Mathilde, la mujer cuyo hijo estaba enfermo, le dijo que se habían equivocado de camino.

—Deberías haber ido a Perpiñán desde Toulouse —murmuró la mujer.

—Lo pensamos, pero hay demasiadas tropas alemanas cerca de Toulouse —contestó.

La mujer se encogió de hombros.

El tercer día de espera, Hélène había salido a buscar algo de comida con su cartilla de racionamiento, pero durante el camino de vuelta, justo antes de girar la esquina de la calle, le sorprendió el sonido de una explosión. Rodeó la esquina en dirección a la casa y encontró a Mathilde y a su hijo pequeño de pie al otro lado de la calle, en medio de una nube de polvo, mirando los escombros. Tres soldados alemanes se reían mientras daban la espalda a la devastación y se subían a un camión.

—¿Qué ha pasado? —preguntó Hélène.

Mathilde puso un gesto de desprecio mientras el camión se alejaba.

—Esos cabrones han lanzado una granada de mano al sótano.

Hélène miró a su alrededor presa del pánico.

—Marie. ¿Dónde está Marie? ¿Estaba contigo?

En ese momento, oyó unos pasos que se acercaban por detrás de ella.

—Estoy aquí —gritó Marie—. Justo detrás de ti. Y mira…, he encontrado a Jack.

Hélène se quedó mirándole a la vez que le inundaba una sensación de alivio.

—¿Qué te ha pasado? —preguntó con lo que quería que fuese un tono de voz alegre y pretendiendo que se le notara lo asustada que había estado.

—Tuve que tomar una ruta más larga. Había patrullas y puestos de control nazis donde menos me los esperaba.

—Bueno…, gracias a Dios que has conseguido llegar. Estaba preocupada.

Él se rio.

—¿Tú? ¡Seguro que no!

Y ella no pudo evitar sonreír.

Jack las llevó a un refugio y esa noche Marie se acostó temprano mientras él y Hélène se quedaron levantados charlando a la luz
de una vela. Ella le miraba aliviada, increíblemente feliz por ver que
él se había librado de ser capturado. Bajo la luz parpadeante, sus ojos
verdes se oscurecieron y ella creyó verle el alma.

—¿Estás bien? —preguntó Hélène.

—No estoy seguro. No dejo de pensar. —Suspiró e hizo una
pausa durante un momento antes de seguir—: El amor es lo que nos
hace ser quienes somos, ¿no crees?

—Nunca te he oído hablar de amor.

—Tu amor por tus hermanas, por Marie, por Hugo. Eso te convierte en la persona que eres.

—Supongo. —Se aclaró la garganta antes de preguntar—: ¿Y
quién te convierte a ti en la persona que eres?

—El amor por mi país —respondió, pero entonces frunció el
ceño, y ella tuvo la impresión de que no estaba seguro—. Es mi deber defender mi patria, pero, al final, es el amor, ¿sabes? No es el
deber.

—¿Ni el odio?

—Bueno, el odio puede ser un estímulo. Pero la indiferencia es
más destructiva, creo. Nos libera de la culpa. Siempre he intentado
ser la mejor versión de mí mismo. Cuando se burlaban de mí siendo niño, después de que mi madre muriera, mi abuela me enseñó a
enfrentarme a mis miedos y a mis acosadores.

—Y lo hiciste.

—Nunca miré atrás.

Ella le cogió la mano.

—Jack, ¿no desearías tener una familia propia algún día?

—Yo…, bueno. —Le acarició la mano y fijó la vista en la mesa, sin mirarla a ella. Hélène contuvo la respiración, segura de que él iba a decir algo más.

—¿Qué?

—Hay cosas… —Dejó caer los hombros e hizo un gesto de negación, como si cambiara de opinión—. No puedo pensar en nada mientras estemos en guerra.

—Pero la gente sigue enamorándose, casándose, teniendo niños. Incluso durante la guerra.

—Yo no puedo —respondió él. Y entonces levantó la cabeza y la miró, y sus ojos se enternecieron—. Hasta que…, en fin… Hay muchas cosas que no sabes. Pero no estoy preparado. ¿Lo entiendes?

—Claro que sí. —Pero no sabía si se refería a que algún día quizá estaría preparado para ella o en un sentido más general. No quiso humillarse haciéndole una pregunta tan directa, sobre todo si había pocas probabilidades de que la respuesta fuera la que ella esperaba. Pero le había encantado la forma en que él le había hablado, despacio, como si buscara la verdad, que ella le pudiese comprender y no le malinterpretara. Hubo un largo silencio durante el cual Hélène escuchó los sonidos del reloj que iba haciendo avanzar la noche. Pronto llegaría la mañana y, entonces, él se iría. Se reprochó a sí misma su falta de coraje.

—¿Y cuánto tiempo va a pasar hasta que vuelvas con nosotras? —le preguntó por fin.

—Depende.

El corazón le dio un vuelco.

—¿Es posible que no vuelvas?

Los diminutos músculos alrededor de sus ojos temblaron.

—Tengo que recibir nuevas órdenes. Pero sí que tendré que volver aquí, a Burdeos, al menos para recoger la moto. Si es que puedo.

—Yo podría esperarte y volveríamos los dos juntos.

Él negó con la cabeza.

—Demasiado arriesgado.

—Pero es arriesgado para ti.

—Es mi trabajo. Es lo que he venido a hacer. Y tú tienes que

300

volver a casa. Hugo estará deseando tener noticias de Marie y tus hermanas querrán saber que estás bien. Nunca me perdonarían si te siguiera poniendo en peligro.

Sí, pensó ella. Probablemente, tenía razón.

—Bueno, avísanos si al final vuelves.

Él le agarró la mano.

—Has sido un gran apoyo todo este tiempo. No sabes cuánto te admiro.

Hélène se sintió encantada, pero también algo decepcionada. No era admiración lo que deseaba.

Él se puso de pie y cogió el candelabro.

—Creo que ya es hora de acostarse. Estamos todos en la misma habitación. ¿Te parece bien?

Subieron a una habitación del desván donde Marie ya estaba dormida en un colchón del rincón. El viento hacía traquetear el marco de la ventana y una ráfaga silbó por el interior de la habitación. La vela parpadeó y lanzó sombras por las paredes y el techo.

Jack miró a su alrededor.

—Parece que tú y yo vamos a tener que dormir juntos otra vez.

Hélène se tumbó primero y, a continuación, Jack se acomodó a su lado. No apagó la vela de inmediato y, durante unos segundos, se quedaron mirándose. Después, él le puso las manos sobre la cara y ella saboreó la sal y el vino cuando la besó en los labios.

—Tú, Hélène Baudin, no solo eres hermosa, sino también una mujer increíble.

CAPÍTULO CINCUENTA

Hélène tomó el primer tren de Burdeos a Sarlat, con paradas en cada estación. No todas las vías seguían en buenas condiciones, así que el tren se vio obligado a detenerse para realizar apresuradas reparaciones y tardó más de lo habitual. Estaba contenta consigo misma, orgullosa de haber tenido el coraje de ayudar a Marie a ponerse a salvo. Y ahora que Jack la iba a llevar con las personas que la ayudarían a cruzar las montañas, Hélène se sentía aliviada. A pesar del creciente temor que había sentido, había hecho todo lo posible por su amiga. Una parte del trayecto pasaba junto al río Dordoña, así que resultaba pintoresco y disfrutó mientras miraba por la ventanilla mientras se perdía en el recuerdo de las palabras de Jack y revivía la excitación de su beso. De esa forma, el viaje transcurrió con bastante rapidez. Hubo un momento de angustia cuando la policía francesa subió al tren, pero, cuando vieron su uniforme de enfermera, creyeron los motivos de su viaje y la dejaron tranquila.

Cuando llegó a la estación, tenía un paseo de treinta minutos hasta el centro de Sarlat, de donde saldría en el único autobús hacia su casa. Se sentó en el traqueteante vehículo con una mezcla de emociones contradictorias: feliz por volver a casa, triste porque Jack no estuviera con ella y rezando porque Marie consiguiera cruzar la montaña. Al menos, no era invierno.

Llegó a casa y vio a Florence sentada a la mesa de la cocina, haciendo punto.

302

—¡Has vuelto! —exclamó Florence lanzando al aire las agujas y dando saltitos—. Qué feliz estoy de que hayas regresado a casa.

Hélène dejó caer el bolso y levantó los brazos.

—Ven aquí.

Florence corrió a abrazarla y, después, claramente tras oír el ruido, Élise entró en la habitación.

—Bien hecho —dijo con una sonrisa de oreja a oreja—. Sabía que lo conseguirías. Voy a preparar café.

—La verdad es que preferiría una bebida de verdad.

Élise se rio y los ojos se le iluminaron.

—Esa es mi chica. ¿Nos queda algo, Florence?

Florence se soltó del abrazo y fue a por sus provisiones mientras Hélène y Élise se abrazaban.

—Tienes un aspecto fantástico —dijo Élise—. Más salvaje. Está claro que el peligro te sienta bien.

—No estoy segura de que sea para tanto.

Unos segundos después, Florence volvió con una botella de coñac sin abrir.

Hélène la miró con gesto de sorpresa.

—¿De dónde diablos la has sacado?

—La tenía guardada.

—Pues estoy encantada de volver a casa con este recibimiento. ¿Cómo os ha ido a vosotras? ¿Y qué demonios estás tejiendo, Florence? Parece muy pequeño.

Hélène se sintió confusa cuando vio que Florence miraba inquisitiva a Élise y, después, Élise le respondía con un ligero movimiento de cabeza.

Florence soltó un largo suspiro, como si fuese a hablar, pero luego negó con la cabeza.

—No. Díselo tú, Élise. La noticia es tuya.

Hubo una pausa y un denso silencio cayó sobre ellas antes de que Élise hablara por fin:

—Bueno —dijo mirando al suelo con una inhabitual expresión de timidez. Luego, con más determinación, volviendo a ser ella misma,

levantó la cabeza y miró a Hélène a los ojos—. La cuestión es que…
estoy esperando un bebé.

—Y yo voy a ser tía —añadió Florence—. Y tú también.

Hélène, que estaba de pie junto a la mesa, apartó una silla y, de
inmediato, se dejó caer sobre ella, sin saber bien cómo reaccionar. Se
sentía rara, algo perdida, posiblemente también con algo de envidia.
¿Era una buena noticia? No estaba segura. Pasaron unos segundos
mientras miraba a Élise.

—No sé qué decir.

Florence levantó en el aire las agujas.

—Patucos, ¿ves? Solo tengo lana azul, así que tiene que ser niño.

Élise se había dado la vuelta al ver la reacción de Hélène y miraba ahora por la ventana, hacia la oscuridad.

—¿El bebé es de Victor? —preguntó con cautela.

Élise se dio la vuelta de inmediato, con los ojos en llamas.

—¿Cómo puedes pensar que no lo es? Claro que es suyo.

—Lo siento, yo…

—¿Es que no puedes alegrarte por mí?

—Ay, cariño, yo me alegro por ti, pero…

—Pero ¿qué? —la interrumpió Élise—. No hay pero que valga.

—Bueno, supongo que estoy algo preocupada. Un bebé sin padre no es una opción fácil. Mira a Violette.

—Ella parece estar arreglándoselas bien. De todos modos, no sé
por qué dices que es una opción. No es una opción.

—Perdona, yo…

Élise volvió a interrumpirla.

—Yo no lo he planeado y, desde luego, no quería que Victor muriera, pero es lo que ha pasado y no hay vuelta atrás. Yo estoy feliz,
Hélène. ¿No lo ves? Siempre tendré una parte de Victor conmigo.

—Sí que lo veo. De verdad. No quería parecer desagradable. Es
que me ha sorprendido un poco, ¿de acuerdo?

—De acuerdo.

—Entonces, ¿vas a seguir llevando el buzón?

Élise la miró con una sonrisa exultante.

—Ahora estoy haciendo algo más.

Hélène frunció el ceño.

—¿Y qué pasa con el bebé?

Élise la fulminó con la mirada y levantó los brazos con gesto de exasperación.

—Faltan meses hasta que llegue el bebé, Hélène. No soy una maldita inválida.

—Por supuesto. —Hélène se dio cuenta de que lo había malinterpretado todo. Sonrió y cambió el tono de su voz para mostrarse más comprensiva—. ¿Y desde cuándo lo sabes?

—Lo sospechaba antes de que mataran a Victor, pero Hugo me lo ha confirmado esta semana.

—Pues me alegro. De verdad. Es una noticia maravillosa.

Élise asintió.

—¿Cómo está Hugo?

—Como alma en pena sin Marie. Y, bueno, lo que es más importante, ¿cómo te ha ido a ti? ¿Marie está bien?

—¿Y Jack? —añadió Florence.

Hélène les contó toda la historia entre gritos ahogados de Florence y palmadas de aprobación de Élise.

—¿Y por aquí? ¿Qué más ha pasado mientras yo no estaba? —preguntó.

—No mucho más —contestó Florence—. *Madame* Deschamps ha vuelto a estar desorientada.

—¿Más de lo habitual?

—Me la encontré por la mitad de nuestro sendero.

—Pobrecita. ¿Algo más?

Florence negó con la cabeza.

—Creo que no.

—No es verdad —dijo Élise mirando a su hermana pequeña con una sonrisa—. Florence tiene un nuevo amigo, ¿no es así? Esa nota que metieron ayer bajo la puerta era de él, ¿no?

CAPÍTULO CINCUENTA Y UNO

Con un cojín metido bajo el brazo, Hélène se envolvió en una manta y, con su última novela en la mano, bajó a la sala de estar. Incapaz de dormir después de la noticia del embarazo de Élise, se tumbó en una alfombra con el hada de hierro fundido de Florence a su lado, pero, en lugar de leer, se puso a acariciarla. Siempre había tratado de ser pragmática, sin dejarse vencer por lo que consideraba que era una nostalgia inútil, pero ahora volvía a pensar en el pasado. Le pasaba aun cuando no quería hacerlo. Con la mirada perdida, fue retrocediendo a lo largo de los años y viéndose en distintos momentos en su casa de Richmond hasta que las imágenes terminaron encajando en un día específico. El día en que su madre desapareció y las tres habían llegado del colegio y se encontraron con la casa vacía. Al recordarlo ahora, pudo ver que el carácter de las tres ya estaba definido. Dejó el hada de Florence y cerró los ojos mientras sacaba aquel recuerdo del lugar donde lo había guardado durante tanto tiempo. Aquel día volvió a tomar vida de una forma clara y potente.

Élise había sido la primera en entrar por la puerta de atrás, seguida de Florence y, por último, de Hélène. Claudette no trabajaba y siempre estaba en casa cuando regresaban del colegio, pero cuando Florence la llamó la casa siguió en un extraño silencio. Claudette no estaba. Y tampoco su padre. Y lo que era más importante, la asistenta de su madre, la señora Frobisher, ya se había ido, así que iban a tener que arreglárselas ellas solas. Florence encendió la radio y empezó a bailar por la cocina, encantada ante la inesperada libertad, mientras Élise daba golpes con fuerza por la cocina y Hélène miraba en la despensa para ver si se le ocurría qué podían merendar.

—Podemos tomar pastel —dijo Florence con entusiasmo—. Nadie nos lo va a impedir. *Maman* hizo ayer un pastel de jengibre.

Élise la miró.

—¿Ya lo has probado?

Florence se mordió el labio.

—Dijo que no dijera nada.

Élise dejó en el suelo su bolso.

—En serio, siempre deja que te salgas con la tuya. No es justo.

—Podrías probar a ser más agradable con ella.

—¿Más agradable? Soy agradable.

—Élise, no es verdad. Eres mala con ella y también lo eres conmigo.

Élise frunció el ceño, con las manos en la cintura.

—¿Cuándo he sido mala contigo?

Florence la miró con gesto de incredulidad.

—Eh… Pues solo a todas horas. Hélène también es mala.

Hélène cerró de golpe la puerta de la despensa.

—No hay nada para comer.

—Ya te lo he dicho. Hay pastel —insistió Florence con mirada llorosa.

—¿Dónde?

—¡En la caja de los pasteles, estúpida!

—Eso sí que es ser agradable —dijo Élise.

—¿Qué?

—Llamar a Hélène estúpida. Creía que tú eras la agradable.

—Cierra el pico, Élise. A veces, te odio, ¿sabes? —Y dicho esto, salió de la habitación y subió las escaleras dando fuertes pisotones.

Ahora, con lánguidos y lentos movimientos, Hélène se levantó del suelo, sorprendida por esta inesperada visión del pasado. Todas se habían sentido perdidas. La breve desaparición de su madre había resultado peor que su ácida lengua, pero ¿cuándo había empezado aquella aspereza? Aquellos comentarios crueles. Aquellas pullas. Cuandoquiera que fuera y cualesquiera que hubiesen sido los sueños de su madre, Hélène sabía que nunca se habían cumplido.

Estaba perdiendo la noción del tiempo y, aunque en cierto modo deseaba seguir recordando el pasado un rato más, le parecía una indulgencia. Qué extraño era que las tres siguieran viviendo juntas. En ciertos aspectos, muchas cosas no habían cambiado. En otros, los cambios eran enormes. Estaba la guerra y, ahora, también esto: un bebé y su amor por Jack pendiente de resolver. Con dolor de las articulaciones, se acercó a la ventana para abrir la cortina. Seguía estando oscuro. Deseó que llegaran los primeros rayos del amanecer porque, a veces, no soportaba la larga oscuridad de la noche. Y también deseaba estar con Jack. Desde fuera, oyó el ulular de un búho. ¿Qué iba a pasar con ellas? ¿Dónde estarían dentro de un año? ¿De dos? ¿De más? La guerra no cesaba y esa noche ya estaba harta de sentir que sus vidas se les escapaban entre los dedos. A pesar de su profundo agotamiento, empezó a frotarse los brazos para aliviar el dolor.

CAPÍTULO CINCUENTA Y DOS

Florence

Cuando recibió la nota de Anton en la que se disculpaba por no haber estado en contacto, pero proponiéndole que se vieran ahora, Florence no estuvo muy segura de querer volver a verle. Aun así, sentía que necesitaba hacerlo. Iba a ser la primera vez desde su calvario a manos de aquellos terribles hombres de la BNA, pero se recordó a sí misma que Anton no era como ellos. No era en absoluto como ellos. Debía verle una última vez. Así que fue al principio del sendero de su casa, como él le había sugerido en su nota, y esperó con recelo. Cuando llegó, vestido con unos pantalones crema y una camisa azul de manga corta, con la cara resplandeciente, ella sonrió con la esperanza de haber tomado la decisión correcta.

—¿Te gustaría ir a una casa de Caperucita Roja que conozco? —le preguntó ella desoyendo una repentina sensación de desasosiego.

—¿De Caperucita Roja? —preguntó él con expresión de sorpresa.

—Solo es una casita vacía.

Le había hablado a Élise de ella y le había enseñado el camino para encontrarla y sabía que todavía no la estaban usando como refugio, aunque quizá sí en el futuro. Vaciló, nerviosa y quizá un poco asustada ahora. ¿Y si no era tan buena idea?

—Me encantaría —contestó él—. Suena interesante.

«No va a pasar nada», se dijo. «Todo irá bien».

Anton empujaba ahora su motocicleta por un camino que rodeaba un campo descuidado mientras Florence se abría paso entre las piedras. Se sentía cohibida y no estaba segura de qué decir.

—¿Te pasa algo? —preguntó él—. ¿Es porque he tardado mucho tiempo en ponerme otra vez en contacto contigo? He tenido que ir a trabajar a Burdeos una temporada.

Ella negó.

—No, para nada.

Este no era el mejor momento para dar explicaciones. Quizá nunca llegaría ese momento. En cierto modo, estaba encantada de verle, pero se sentía intranquila estando a solas con un hombre. Aunque fuese un hombre como Anton.

—Es que…, bueno, estás muy callada.

—Lo siento.

Hacía un bonito día, cálido y soleado, los prados estaban llenos de narcisos silvestres y tulipanes amarillos. Unas cuantas nubes blancas y esponjosas flotaban en un cielo que, por lo demás, era de un azul perfecto, y unas mariposas blancas se movían entre los pastos mientras una suave brisa traía aromas de hierbas salvajes. Cerca se podían ver las elegantes torres de un *chateau* y los bosques que bordeaban la finca estaban llenos de faisanes. Debería ser un día perfecto, pensaba Florence mientras espantaba los montones de insectos voladores y tropezaba después con una pequeña piedra.

—¡Uy! —exclamó él a la vez que extendía una mano para sujetarla.

—Gracias —contestó ella—. Estoy bien. Creo que es mejor que dejes aquí la moto, detrás de estos árboles.

Anton la obedeció y continuaron sin ella. Por fin, se abrieron paso entre unos altos arbustos y unos árboles que ocultaban una pequeña casa y él le preguntó por qué quería ir a este sitio en particular.

Ella se quedó pensativa antes de responder:

—Quería estar en un sitio tranquilo. He venido antes y está muy apartado. —Lo cierto era que esa casita le parecía una buena idea porque así nadie les vería juntos.

—Ah.

—Vamos a entrar a echar un vistazo.

Florence sabía dónde había escondido Hélène la llave, así que la cogió de debajo de una maceta de terracota que ahora estaba llena de hierbajos, pero que antes debió de lucir un bonito arreglo de flores de verano. Giró la llave en la cerradura y abrió la puerta.

—Vamos —dijo mientras se acercaba a abrir la ventana y las contraventanas exteriores, al tiempo que trataba de mantener un tono despreocupado y alegre.

—Podemos jugar a las casitas.

Él se rio y la siguió al interior de la cocina.

—¿Es eso lo que hacías de niña?

—¿Jugar a las casitas? La verdad es que no.

—¿Y qué hacías?

Florence infló las mejillas con gesto exagerado.

—Lo que más recuerdo es ir detrás de mis hermanas con la esperanza de que algún día pudiera llegar a gustarles.

Él la miró sorprendido.

—¿No caes bien a tus hermanas?

—Ahora sí. Pero yo era la pequeña y…, en fin, mi madre me prestaba a mí mucha más atención que a ellas. En aquel entonces yo no tenía ni idea, claro. Solo pensaba que me pasaba algo malo.

—¿Estaban celosas?

—Resentidas, creo.

—Ay, la infancia. Puede resultar una época complicada. Mi padre quería que yo fuera ingeniero como él, pero no tenía aptitudes para ello. Lo que más me ha gustado siempre han sido los idiomas, aunque mi padre también habla inglés y francés, como yo.

—Eres mucho más listo que yo —dijo Florence. Aunque para ella no solo era listo, sino también cultivado. Y sin embargo, aunque un hombre al que le gustaban los castillos románticos y la jardinería no podía ser malo, ella seguía mostrando recelo. Al fin y al cabo, era alemán y ella le había enseñado el camino a lo que podría llegar a ser un refugio. ¡Dios mío! ¿Qué había hecho? ¿Había sido una tonta insensata solo por haber ido allí sola con él?

—Tú eres lista a tu modo —dijo él.

—¿Qué?

Anton se rio.

—Estabas con la cabeza en otra parte. He dicho que tú también eres lista, solo que de forma distinta. Eso es lo que mi padre nunca supo entender.

—¿Que cada uno es listo a su manera?

—Exacto.

—Hélène es lista. Toca el piano y pinta, al menos antes. Además de ser enfermera. Y a Élise le gusta la historia. Eso me deja en mal lugar, me temo.

—Yo no creo que eso sea verdad.

Ella suspiró, pero ahora que ya no se sentía cómoda con él, no sabía cómo responder. Notaba cierta presión en el pecho, pero, al final, consiguió hablar:

—Me he hecho este vestido yo misma.

—Ahí lo tienes. Coses, cuidas del jardín. ¿Qué más?

—Pues me gusta leer y me encargo de hacer la comida, los encurtidos, las mermeladas y los pasteles.

—La esposa perfecta —comentó él.

—Ya lo sé. Repugnante, ¿no? Pero eso es lo que el gobierno espera. Cuando llegué aquí solo tenía quince años y tuve que asistir a clases obligatorias de hogar. Era divertidísimo. No teníamos que hacer nada parecido en Inglaterra. Y los chicos de aquí, cuando cumplen los veinte años, tienen que ir a campamentos de trabajo en el bosque para que los adoctrinen. Los llaman *Chantiers de la Jeunesse*.

—¿Vivías en Inglaterra? —preguntó él, y ella se dio cuenta rápidamente de su error.

Fue consciente de que él no había respondido a su comentario sobre el adoctrinamiento, pues todos conocían el movimiento de las Juventudes Hitlerianas. Quizá se avergonzaba de ello.

Habían estado sentados en un banco junto a la ventana, por donde ahora entraba el sol. Él la miró como si fuese a decir algo. Por un momento, ella se sintió bien, pero, de repente, le invadió una necesidad de salir corriendo, se sacudió y se separó de él. Su mata de pelo rizado le ocultaba la cara.

—¿No me vas a contar qué te pasa? —preguntó extendiendo una mano.

Sintió que el cuerpo le temblaba y se estremeció.

—No lo sé explicar.

—¿Qué es, Florence? ¿Qué te preocupa? Sé que te pasa algo.

Ella giró la cabeza para mirarle y las lágrimas le inundaron los ojos.

—Solo me he sentido un poco…

—¿Qué?

Florence inclinó la cabeza.

—Por favor, no me obligues a contártelo.

—No quiero obligarte a que digas nada, pero ¿te puedo ayudar?

Ella le miró fijamente. Él había juntado las palmas de sus manos y la miraba con preocupación y confundido, y lo único que ella pudo hacer fue volver a negar con la cabeza.

—No.

—¿Florence?

Ella levantó la mano, con la palma hacia él, con un gesto de refutación definitivo.

—No puedo hablar de eso… No creo que pueda hacerlo jamás.

Él la miró con impotencia, pero ella se puso de pie de pronto y fue hacia la puerta abierta.

—¿Te importa si lo dejamos?

Él se levantó también.

—Claro.

Fuera hacía más calor que antes, así que fueron en busca de una zona más sombría del bosque antes de ir a recoger la moto. Después, caminaron en silencio unos minutos, con ella unos pasos por delante.

Más tranquila, se giró y le sonrió.

—Este fin de semana he visto a mi padre —dijo él un rato después.

—¿Está en Francia?

—Poco tiempo. Entre el otoño de 1941 y el verano de 1943 ha estado destinado en las fuerzas armadas alemanas para supervisar la construcción de los refugios de submarinos de Burdeos que habían levantado los italianos.

—¿Y ahora?

—Ahora, por el bombardeo de los aliados, hay que levantar un segundo techado sobre la base submarina. Ha venido para eso. Le he contado que me he hecho amigo de una chica francesa.

—¿Sí?

—Sintió curiosidad y me dijo que había disfrutado mucho en Francia cuando estuvo aquí hace muchos años. Esta noche voy a cenar con él.

—¿Y cómo has podido tener tiempo para venir hoy a verme?

—Bueno, mi trabajo de traductor y profesor de francés en la guarnición alemana de Bergerac y Burdeos ha terminado. Querían enviarme a París, pero les he pedido un permiso de quince días durante el que espero que se me ocurra un plan mejor. Puede que en el Ayuntamiento de Sarlat necesiten un traductor.

—Me encanta Sarlat. O… me gustaba antes de la guerra.

Él hizo una mueca casi de dolor.

—Lo siento.

Emprendieron el camino de vuelta, rodeando el pueblo y en dirección a la casa de ella. A medio camino, Florence vio a Lucille, que venía en la dirección contraria.

—Lucille —gritó Florence saludando a su amiga con un movimiento de la mano—. Hola.

—Acabo de ir a tu casa —contestó Lucille manteniendo cierta distancia.

—Bueno, pues aquí estoy. Ven a conocer a Anton.

Lucille miró hacia un lado y después al otro, nerviosa.

Florence se rio.

—No te va a morder, ¿sabes?

Lucille les hizo un breve saludo con la cabeza a los dos y se alejó.

—En otro momento. Tengo que irme. Perdona. —Y después se fue a toda prisa por el camino que iba hacia el pueblo.

—¿Qué mosca le ha picado? —preguntó Florence, molesta.

Anton la dejó en la verja y ella se quedó un momento viendo cómo se alejaba. Se sentía estúpida e infantil, como si hubiese actuado de forma exagerada, ¿no era así? ¿O era normal en alguien como ella? Irguió la espalda, pero no podía fingir que estaba bien. Entonces, ¿era normal sentirse mal al pensar que un hombre la pudiera tocar? Aunque fuera un amigo. ¿Desaparecería alguna vez esa sensación? Sintió frío y tristeza y deseó poder volver atrás y actuar de forma distinta, pero, por supuesto, no podía.

Florence miró la puerta de la casa y, en ese instante, Hélène la abrió y salió con Élise al camino, ambas con expresión de curiosidad.

CAPÍTULO CINCUENTA Y TRES

Hélène

—¿Era ese tu amigo? —preguntó Hélène manteniendo un tono de despreocupación. Esperó mientras se frotaba los tensos músculos del cuello con los ojos puestos en su hermana, pero Florence apartó la vista.

Hélène frunció el ceño.

—¿Florence?

En esos segundos en los que Florence no contestó, abrió y cerró las manos de forma repetida, como si estuviese tratando de contener su respuesta. Era evidente que algo pasaba, pensó Hélène.

—¿Y bien? —insistió, acalorada e impaciente bajo el aire cada vez más húmedo.

Cuando Florence habló por fin, lo hizo con una mirada gélida.

—¿Me estabas vigilando desde la ventana? —preguntó—. ¿Espiándome?

—Parecía simpático —continuó Hélène, sin querer admitir que sí había estado vigilándola—. ¿Quién es?

—No es asunto tuyo. Solo es un amigo, nada más. Se llama Anton y… —Resopló y apretó los labios.

—¿Y? —insistió Hélène.

Florence hizo un gesto de dolor.

—Bueno, supongo que sí debería contarte algo.

Hélène sintió una punzada de preocupación.

—¿No estará casado?

Florence negó con la cabeza.

—Menos mal. Entonces, dinos. No puede ser tan grave. —Hizo una pausa y, después, ahogó un grito—. Dios mío, no estarás embarazada, ¿verdad?

Florence la miró espantada.

—Lo siento. No estaba pensando en lo que decía.

Florence se pasó las manos por el pelo sin mirar a Hélène a los ojos.

—Oye, no tienes por qué contarnos nada si no quieres. Voy a entrar. Hace demasiado calor aquí afuera y tengo cosas que hacer. —Se dispuso a alejarse.

Hélène quería vigilar de cerca a su hermana. ¿Iba a mentirle? Las mentiras que le preocupaban más eran las que estaban tan cerca de la verdad que parecían creíbles. Oyó los ladridos de un perro y un caballo que relinchaba en un campo cercano y volvió a preguntarse si su hermana le contaría la verdad.

Mientras tanto, Florence giraba el tacón en un montón de hierba seca.

—Si de verdad lo quieres saber…, la cuestión es que…

Hubo un breve silencio.

—¿Sí?

—Bueno…, lo cierto es que Anton es…, en fin, que es alemán.

Élise soltó un silbido.

—¡Estás de broma!

El aire pareció disminuir y, por un momento, Hélène sintió como si se estuviera ahogando. Sin palabras, bajó la cabeza mientras pensaba qué decir y, después, levantó los ojos y vio la cara de su hermana, el vivo retrato de la tristeza.

—Florence —dijo con ternura—, sabes que no es seguro ser amiga de un alemán. Si la gente se entera de que has estado tonteando con el enemigo…

—Él no es el enemigo —la interrumpió Florence, a la defensiva—.

Es bueno y yo no estoy tonteando. Además, como te he dicho, no es más que un amigo. Le gusta la naturaleza, como a mí.

—¿Desde hace cuánto le conoces?

—Desde hace un tiempo.

—¿Por qué no me lo has dicho antes?

Florence levantó el mentón con gesto desafiante.

—Porque sabía lo que ibas a decir. Sabía que iba a ser la confirmación de todos tus prejuicios.

—¡Santo cielo! —exclamó Élise—. Eso es un poco cruel.

Hélène se pasó los dedos por el pelo con frustración. No quería tener que enfrentarse a esto. Lo más fácil sería decir algo desagradable y, entonces, el daño ya estaría hecho. Tenía que encontrar el modo de convencer a Florence sin terminar enfadadas.

—Escúchame —dijo con el tono más suave que pudo—. Cuando llegue la liberación habrá represalias. Ten por seguro que será así.

Florence la miró fijamente con ojos tristes.

—Supongo que sí.

—Cariño, no es solo una suposición. Vamos, Florence. ¡Te harán daño! Te afeitarán la cabeza y te humillarán. —Hélène podía sentir el latido de una vena en la sien.

—No tienen por qué enterarse.

—Ya se está hablando de venganza. Lo sabes, ¿no?

—Lo mantendremos en secreto.

Hélène levantó la voz.

—¡No! La Resistencia castigará a cualquier mujer que se haya relacionado con un nazi.

El labio inferior de Florence empezó a temblar.

—No me grites. Anton no es un nazi.

—Eso no importará. Es alemán. Con eso bastará.

Con una sensación de inmensa tristeza en su interior, Hélène miró a Élise, que se encogió de hombros y levantó las manos con gesto de impotencia. Hélène miró fijamente a Florence, que a sus veintidós años se estaba comportando como una rebelde quinceañera.

En cualquier momento pondría los ojos en blanco. Pero tenía que hacerle entender.

—Florence —dijo con voz más calmada.

—¿Qué?

—Por favor, no discutamos.

—Por una vez en tu vida, Hélène, ¿podrías dejar esa actitud santurrona? No eres mi madre. No finjas serlo.

—Eso no es justo —respondió Hélène sintiéndose herida—. Yo no…

—Sí que lo haces —la interrumpió Florence—. De todos modos, lo más probable es que no vuelva a verle.

—Por el amor de Dios, ¿esperas que me lo crea? Solo estoy tratando de cuidar de ti. Élise, di algo, por favor.

Élise volvió a encogerse de hombros.

—No sé qué decir.

—Pues yo me rindo. Ya no sé qué más puedo hacer —dijo Hélène a la vez que levantaba las manos en el aire y se alejaba deseando quedarse sola.

Oyó que Élise decía algo, la suave elevación y caída de las palabras de su hermana y las irritantes respuestas de Florence diluyéndose de fondo mientras ella volvía a entrar en la casa y, después, en la cocina. Tras todo el drama de tener que llegar a Burdeos y todo lo que había ocurrido allí, ya se sentía harta. Más que harta, estaba completamente exasperada. ¿Cómo podía Florence ser tan tonta? ¿Y cómo podían haber pasado tantas cosas en tan poco tiempo? Era una locura. Élise embarazada, el padre del bebé muerto, Florence haciéndose amiga del enemigo. ¿Qué más? Negó con la cabeza con gesto de exasperación. ¿Cómo iba a poder marcharse y dejarlas solas otra vez? ¿Qué pasaría entonces? Era intolerable. Se imaginó futuros desastres con la llegada de cada vez más bebés que no paraban de gritar en cunas que inundaban la casa, alemanes rubios y de piernas largas que empezaban a salir de los armarios escoberos y los roperos, tantos que por un momento tuvo que reprimir una sonrisa. Otras cosas igual de absurdas revoloteaban por su mente. Florence casándose con un nazi con andares de ganso y yéndose a vivir a Alemania para dar a luz al perfecto bebé ario que lucía una esvástica en la frente. Ella misma con el pelo llenándosele de canas, sola y posiblemente loca. Tomó una bocanada de aire para recuperar el control y sintió que estaba a punto de llorar. Pero no. Los músculos de su vientre se contraían. Vaya, iba a ponerse a reír. Se tapó la boca. Eso era de lo más inapropiado y se mordió el labio para contenerse, pero una oleada de risas se abrían paso desde su vientre. Cuando Florence y Élise entraron en la cocina, brotó en forma de carcajada. Intentó hablar, explicarse, disculparse, decir que sabía que nada de eso resultaba gracioso, pero no podía pronunciar palabra.

—No tiene gracia, Hélène —dijo Florence, pronunciando en voz alta los pensamientos de su hermana y con tal expresión de indignación que no hizo más que empeorar las cosas.

Presa ahora de una risa imposible de contener, Hélène se agarró al respaldo de una silla y se dobló de risa. Élise empezó a reírse también. Hélène casi consiguió parar, pero, cuando vio a Élise, las carcajadas volvieron a estallar. Una risa irresistible y descontrolada. Y sin embargo, Florence tenía razón. No tenía gracia. Nada de aquello la tenía. Pero ahora, con una punzada en el costado, Hélène no podía hacer otra cosa que agarrarse la cintura y tomar aire. Un momento después, extendió los brazos, como si quisiera agarrar algo tan importante que su vida dependiera de ello y, después, los dejó caer.

—Yo… yo…

Florence la miraba con incredulidad.

—¿Qué te pasa? —preguntó antes de acercarse a ella y darle una bofetada en la cara—. Estás histérica. Para.

Enmudecida, Hélène se limitó a negar con la cabeza y frotarse los ojos, que ahora le escocían. La risa fue cesando por la necesidad de tomar aire por fin. Y cuando finalmente se serenó, lo que de verdad resultó gracioso, lo más extraordinario, fue que pareció como si, de repente, se hubiera quitado un peso de encima y sintió que podría hacer cualquier cosa. Lo que quisiera.

CAPÍTULO CINCUENTA Y CUATRO

Esa noche las hermanas evitaron hablar del amigo alemán de Florence y la casa estaba fría e inusualmente silenciosa. Al día siguiente, poco después de un desayuno igual de silencioso, Hélène vio a un hombre de pelo canoso y vestido de calle junto a la verja y mirando hacia la casa, como si vacilara. Vestía un elegante traje de chaqueta cruzada de un apagado color azul marino. Llevaba un ligero sombrero de fieltro color crema y en la mano un maletín marrón de piel. Continuó mirando mientras colocaba una mano sobre la verja, pero, entonces, la apartó de inmediato. Se alejó unos pasos, se quitó las gafas de montura metálica, las limpió con un pañuelo y, a continuación, con el ceño fruncido, miró como si estuviese pensándose seguir por el sendero.

Tenían que estar alerta, pensó Hélène, estar pendientes por si alguien les vigilaba, ya fuesen profesionales o simplemente colaboracionistas. Ambos suponían una fuente de peligro constante. Eran más fáciles aquellos a los que se podía identificar, los que miraban abiertamente, por lo general, hombres mayores, los que te siguen con la mirada por la calle mientras tú sientes el calor en la espalda. Más difíciles resultaban los observadores discretos, los colaboracionistas pasivos entre los que se incluían los que mantenían la cabeza agachada y los ojos cerrados ante lo que estuviera pasando y también los que actuaban como si no pasara nada. Hélène sospechaba que, tras la liberación, esas mismas personas serían las primeras en declarar su implicación activa con los maquis y ya sentía desprecio por ellos. Había colaboracionistas que pensaban que no tenían más remedio que serlo si querían sobrevivir, pero, cada vez más, Hélène sentía que no cabía excusa alguna. Durante el viaje a Burdeos había aprendido que había que plantarse y hacerse oír, pasara lo que pasara.

—Nunca le he visto —dijo Élise acercándose por detrás de ella—. ¿Y tú?

Hélène miró a su hermana.

—No… ¿Crees que es de la Gestapo? A veces, van vestidos de paisano.

—Demasiado vacilante para ser de la Gestapo.

—Probablemente se haya perdido. Mira, ya se va.

Florence seguía sin hablar, a pesar de los intentos de Hélène por entablar conversación con ella. Y por mucho que intentara pensar en algo positivo que decir, las respuestas de su hermana eran secas. La mayor parte del tiempo, Florence estuvo en el jardín, agachada mientras plantaba alguna semilla o con los brazos en alto para podar las copas de los arbustos. Ahora trasteaba en la cocina y, cuando Hélène le preguntó si quería salir a dar un paseo, Florence se negó a levantar la vista.

—¿Puedes dejarme en paz? —espetó.

Así que, Hélène se retiró.

—Ahí está otra vez —dijo Élise un rato después—. Ese hombre que hemos visto. Está ahí mirando desde la verja.

—¿Qué crees que querrá?

Ni idea… ¿No deberíamos preguntarle a Florence si le ha visto antes?

—Mejor no. Está muy quisquillosa.

Pero Élise llamó a Florence de todos modos.

—¿Puedes venir?

—Estoy ocupada en la cocina.

—Por favor.

Hélène se mostró cautelosa cuando su hermana vino desde la cocina limpiándose las manos llenas de harina en su enorme delantal

322

color azul parisino con tirantes cruzados en la espalda, tan ligero y cómodo que lo llevaba puesto desde la mañana a la noche.

Se apartó los rizos rubios de su malhumorada cara.

—¿Qué?

Élise apuntó hacia la ventana.

—¿Has visto antes a ese hombre?

Florence se acercó a las dos y miró con cuidado.

—No creo, pero solo le veo la espalda. ¿Corremos peligro?

—Estoy segura de que no va a hacer nada. Pero no es habitual ver a desconocidos en el sendero tan cerca de la casa.

Florence miró al hombre con los ojos entrecerrados.

—Ay, se está dando la vuelta.

Dio un paso atrás hacia el interior de la habitación.

Efectivamente, el hombre se había girado y, mientras se acercaba a la verja, extendió una mano para levantar el cerrojo.

—¿Y? ¿Le habías visto antes? —susurró Élise.

—No. Y no nos puede oír, así que no hace falta que susurres.

—Voy a salir —decidió Hélène.

Élise hizo un gesto de negación.

—No. Salimos las tres. Si es que quieres, Florence. ¿Crees que parece alemán?

Hélène dejó que Élise saliera primero. Florence había vacilado, pero solamente un momento y, al final, las siguió y se colocó un poco por detrás de Hélène.

Cuando el hombre las vio a las tres juntas, pareció sorprenderse.

—Buenas tardes. Les suplico que me perdonen por la intrusión —dijo saludando brevemente con la cabeza. Su francés era perfecto, con un ligerísimo acento alemán.

—Habla un francés excelente —contestó Hélène, sintiendo de inmediato más desconfianza.

Él respondió con una inclinación de la cabeza.

—Lo aprendí de niño.

—¿En qué podemos ayudarle? —preguntó Élise con un tono

323

igual de educado, aunque Hélène estuvo segura de que Élise seguía preguntándose si aquel hombre trabajaba para los nazis y había ido allí para espiarlas.

El hombre miró a su alrededor.

—No estoy seguro de estar en el sitio correcto.

—¿Para qué?

Él la sonrió.

—Bueno, lo cierto es que estoy buscando a Claudette Baudin.

Las tres intercambiaron miradas de sorpresa.

—¿En serio? ¿Para qué la busca? —preguntó Hélène.

—Bueno, por nada en especial. Solo quería saludar. Estoy de paso y me he acordado de que vivía por aquí. La última vez que estuve por esta zona fue hace muchos años y durante el paseo me ha parecido reconocer la casa.

—Vive en Inglaterra —respondió Élise.

—Ah, debió de vender la casa. Era esta, ¿verdad?

—Lo sigue siendo —contestó Élise—. Pero aquí vivimos nosotras. Es nuestra madre.

La miró con expresión de curiosidad y, entonces, parpadeó al ver a Florence más apartada de las otras dos hermanas.

—Ah, entonces, tú debes de ser la menor.

—¿Cómo lo ha sabido?

Él se rio.

—Por nada raro. Simplemente pareces la más joven.

Florence sonrió y pareció más relajada. Quizá la conversación sobre su madre la estaba alegrando.

—Entonces, ¿usted conocía bien a nuestra madre? —preguntó Hélène.

—Eh…, bueno, no… Como he dicho, solo estaba de paso por el pueblo y me ha parecido que sería de buena educación…

—¿Qué?

—Hacer una visita. Nada más. —Se quitó el sombrero, inclinó la cabeza y, después, se lo volvió a poner—. Ha sido un placer, pero ahora tengo que ocuparme de otros asuntos.

Se giró y se alejó con paso rápido, dejando a las tres desconcertadas.

—Deberíamos haberle preguntado el nombre —dijo Élise.

Hélène se encogió de hombros.

—Tampoco importa mucho. No volverá.

—¿De qué crees que conocía a *maman*?

CAPÍTULO CINCUENTA Y CINCO

Había llovido un poco, el aire se había quedado más fresco y desde su asiento de la ventana Hélène podía ver las gotas de agua que caían de los delicados pétalos de las hortensias. Pero dentro de la casa el ambiente seguía estando tenso. Hélène se sentó a leer mientras Élise soltaba las costuras de sus pantalones de algodón grises para que le cupieran mejor y empezó a arreglar una chaqueta marrón de hombre para ponérsela con ellos.

—¿Ya te queda justa la ropa? —preguntó Hélène dejando el libro sin prestarle atención. De todos modos, no podía concentrarse en él.

—Por el pecho y la barriga. Sí, un poco. Pero esta chaqueta es perfecta.

Hélène se rio.

—Salvo por los agujeros.

—¡Se arregla y no se tira! ¿No es eso lo que dicen en la vieja y alegre Inglaterra?

—Sí. Ojalá estuviese allí ahora. ¿No te gustaría?

—¿Sinceramente? No. —Élise hizo una pausa—. ¿Has conseguido hablar con Florence?

Hélène tomó aire con fuerza.

—Lo he intentado, pero la verdad es que no me habla.

—Nunca la he visto así. Tan… tan…

—¿Distante?

—Sí, me preocupa.

Hélène sentía que el estado anímico de Florence se estaba viendo afectado no solamente por su discusión, sino también por lo que le había ocurrido a manos de la BNA. Algo tan horroroso no podía desaparecer sin más.

—Voy a acercarme al pueblo a recoger unas galletas que olvidé traer. ¿Vienes? —preguntó Élise.

—Iba a hacer la colada.

—¿No puede esperar?

—Supongo que sí.

En el pueblo, Élise fue a su café y Hélène se sentó en un banco de la plaza a esperar. Se le acercó Arlo, mucho más alto que su diminuta esposa Justine, y los dos dieron los buenos días a Hélène. Hablaron un momento y, después, pasó la anciana y querida *madame* Deschamps, que les interrumpió para preguntarle a Hélène si tenía pastel de limón.

—¿Pastel, *madame*? Lo siento, no tengo. Pero ¿quiere sentarse conmigo?

La anciana negó con la cabeza.

—No, no quiero sentarme. Lo que quiero es pastel. ¿Tienes?

—Quizá su hija haya preparado uno. ¿Ha mirado en su cocina?

—Qué buena idea —contestó.

—Vamos. La acompaño a su casa.

Mientras Arlo y Justine se despedían, Hélène cruzó su brazo con el de la anciana y la acompañó al hotel, donde abrió la puerta. Efectivamente, las recibió el aroma mantecoso del horno mientras Amelie salía a toda prisa de la cocina, limpiándose las manos en el delantal y suspirando con una mezcla de alivio y exasperación.

—No sé, me doy la vuelta cinco minutos y desaparece. Es que se le meten esas ideas en la cabeza.

—Estoy aquí, ¿sabes? —protestó *madame* Deschamps.

—Gracias por traerla. Pero espera un momento y te corto un trozo de pastel para que te lo lleves a casa.

—No es necesario —respondió Hélène levantando una mano—. Solo estaba esperando a Élise.

—Da igual. —Amelie se dio la vuelta y minutos después regresó con un precioso pastel dorado en una bandeja con dibujos. Lo dejó en la mesa de la entrada y se lo enseñó a Hélène. A pesar de la escasez, se podían oler las almendras, la miel, la vainilla y la cáscara de limón.

—Es toda una proeza —dijo Hélène con una sonrisa.

—Hago lo que puedo —contestó Amelie con expresión de felicidad y, a continuación, le envolvió una porción grande en un paño de cocina y se lo dio a Hélène—. La semana pasada hice tarta de canela y manzana con nueces ralladas. Tenemos que hacer experimentos con la falta de harina.

—Sí, mi hermana hace lo mismo. Yo no cocino.

Amelie le dio una pequeña palmada en la mano.

—Pero tú, querida mía, eres enfermera. Eso es más que suficiente.

—¿Ves? —dijo la anciana, interrumpiéndola—. Te dije que había pastel.

Hélène y Amelie intercambiaron una sonrisa.

De vuelta a la plaza, Hélène vio a un desconocido al otro lado, cerca del Ayuntamiento. Todavía sonreía por lo que había pasado y también seguía oliendo aún el pastel, así que tardó un momento en ver que se trataba del mismo hombre al que habían visto antes en la puerta de su casa. Cuando él la vio, inclinó la cabeza y se acercó con la mano extendida y sonriendo.

—Friedrich Becker. Hola. Os he conocido a ti y a tus hermanas en tu casa.

—Sí —contestó ella a la vez que se daba cuenta de que no llevaba puesto ahora el sombrero y que podía verle bien el pelo canoso—. Hélène Baudin —dijo por fin, recordando que tenía que mostrar buenos modales.

—¿La mayor de Claudette?

—Sí.

—Encantado.

Hubo un breve silencio mientras ella trataba de pensar qué decir.

—¿Estará mucho tiempo en Sainte-Cécile? —le preguntó por fin.

Él se encogió de hombros.

—Ah, no. Solo he venido por un pequeño asunto. Pero esperaba tropezarme con alguna de vosotras. ¿Cómo estás?

—Bien, gracias.

—¿Y tus hermanas?

—Muy bien, dadas las circunstancias. —Dios mío, eso había sonado muy estirado, más propio de una matrona que de una joven.

—Recuerdo a la menor. ¿Cómo se llamaba?

Ella levantó las cejas.

—Se refiere a Florence. Creo que no dijimos cómo nos llamábamos.

El hombre sonrió.

—Debí imaginármelo. Florence es un nombre precioso. ¿Tienes tiempo para un café, Hélène? Me encantaría hablar sobre tu madre. Y hay algunas cosas que me gustaría comentarte.

—¿Sí? —preguntó Hélène, algo perpleja.

—Veo que hay una cafetería justo ahí.

—Es el café de mi hermana, en realidad. No está abierto hoy, pero, mire, aquí viene.

Élise fue hacia ellos balanceando su bolsa de galletas y pareció desconcertada cuando Becker se levantó a saludarla.

—Este es Friedrich Becker, Élise. Ya sabes, el viejo amigo de *maman* al que hemos conocido en la puerta de casa.

Su hermana torció el gesto con recelo.

Se produjo una situación incómoda.

Élise no extendió la mano, pero al final contestó con educación.

—Encantada de volver a verle.

—*Herr* Becker quiere hablarnos de algunas cosas.

Élise miró a Hélène con escepticismo.

—¿En serio? ¿Con nosotras?

—Sí.

—Bueno, no es que podamos hablar mucho aquí, en la plaza, a la vista de todo el mundo.

Hélène supo que lo que quería decir, en realidad, era que no les podían ver en el centro del pueblo relacionándose aparentemente con un alemán.

—¿Es importante? —preguntó Élise.

Becker la miró con cierta sonrisa cautelosa.

—Prefiero pensar que lo es.

—En ese caso, será mejor que venga a nuestra casa —añadió ella con bastante descortesía.

—Eso sería estupendo.

—¿Mañana a última hora de la tarde?

—Gracias. —Hizo una pausa—. Ha sido un placer veros a las dos. Que tengáis un buen día.

—Vaya —dijo Hélène cuando él ya no podía oírlas—. Eso ha sido raro.

—Desde luego. ¿Qué diablos querrá?

CAPÍTULO CINCUENTA Y SEIS

A la tarde siguiente, el cielo estaba limpio, lo cual auguraba que el siguiente sería un día magnífico y seco. Anticipándose a él, Hélène estaba tendiendo la colada en el jardín de atrás cuando oyó que la verja delantera chirriaba al abrirse.

—Yo voy —gritó Élise desde el banco de la puerta de la cocina, donde estaba sentada.

Hélène la oyó ir hasta la puerta y, luego, un fragmento de conversación. Un momento después, Élise volvió.

—Es él —susurró con tono arisco—. Becker —añadió—. Está esperando en la puerta.

Hélène rodeó la casa hasta la parte delantera de la casa y le vio con pose rígida.

—Bueno —dijo ella extendiendo la mano y, al darse cuenta a continuación de que la seguía teniendo húmeda por la colada, la retiró y se la secó con la falda.

—*Herr* Becker. ¿Quiere que pasemos dentro? —sugirió Élise.

Justo entonces, Hélène vio que Florence también salía del jardín de atrás. La llamó, pero su hermana no contestó y siguió caminando por el sendero hacia el lugar donde estaba un joven rubio que esperaba inmóvil, con la mirada clavada en el suelo.

—Anton —oyeron que decía Florence—, ¿qué haces aquí?

Hélène, Élise y Friedrich Becker se giraron al unísono. Élise y Hélène intercambiaron una mirada de perplejidad.

Vieron cómo Florence llegaba hasta el joven y le extendía la mano, pero, en lugar de estrecharla, él levantó las suyas con gesto de rechazo y dio un paso atrás.

—¿Qué pasa? —preguntó Florence, desconcertada.

Entonces, fue Friedrich Becker quien habló:

—Anton, te he pedido que esperaras en el coche, pero, ya que estás aquí, será mejor que entres. —Miró a Hélène—. Si eso te parece bien, señorita Baudin.

Así que este era el famoso Anton. No parecía nada contento de ver a Florence. De hecho, parecía estar completamente confundido.

—Deberíamos entrar todos —contestó Hélène—. Élise pondrá agua a hervir.

Becker hizo un ligero gesto de asentimiento.

—¿Tenéis té inglés?

Hélène negó con la cabeza.

—Me temo que no, solo infusiones y sucedáneo de café.

Becker miró al joven.

—Ven, Anton.

Anton obedeció de inmediato rodeando a Florence. Ella parecía aún más desconcertada que antes y, a continuación, fue detrás de él mientras todos pasaban al interior.

Hélène les condujo hasta la cocina, donde Élise llenó el hervidor y, después, lo colocó en el fogón y se quedó de espaldas a él.

Hélène hizo una señal a sus invitados para que se sentaran. Anton tomó asiento, pero Friedrich Becker prefirió quedarse de pie. Ella inclinó la cabeza.

—Como prefiera, *Herr* Becker.

—Por favor, llámame Friedrich.

Pero Florence le miraba con expresión atónita.

—¿Becker? ¿Es usted el padre de Anton?

—En efecto. Es mi único hijo.

Mientras tanto, Anton tenía la mirada fija en sus manos mientras las retorcía sin parar. Hélène sintió un pellizco de miedo. Al fin y al cabo, los alemanes seguían siendo sus enemigos, por muy simpáticos que se mostrasen. ¿Qué demonios estaba pasando? Quizá habían venido para decirles que la amistad entre Anton y Florence no podía seguir adelante. ¿La desaprobaba Friedrich? Si era así, quizá eso fuera lo mejor. Al menos ella dejaría ya de ser la mala de la película. Miró a Florence, que permanecía apartada, apoyada contra la puerta trasera.

—Tiene una casa preciosa, señorita Baudin —dijo Friedrich mirando a Hélène.

—Gracias. A nosotras nos gusta.

—Pero yo ya he estado aquí antes.

—Le vimos en la verja —contestó Élise.

Él negó con la cabeza.

—Me refiero a mucho antes. Un verano pasé aquí un par de semanas.

—¿En el pueblo?

—En realidad, fue en esta casa.

Élise apretó los labios.

—¿Qué quiere decir?

Él se quitó las gafas para limpiarlas.

—Es una larga historia. Creo que ahora sí me voy a sentar, si me lo permitís. —Miró a Hélène, que asintió.

Mientras se sentaba junto a la mesa, Élise preparó la infusión de menta y acercó los vasos marroquíes de Claudette a la mesa. Había un ambiente de expectación en la habitación y Hélène sabía que sus dos hermanas estaban tan confundidas como ella.

—Empezaré por el principio —dijo Friedrich a la vez que pasaba el dedo pulgar por el borde de su vaso.

Él comenzó a contar cómo había conocido a su madre en la Conferencia de Génova durante los meses de abril y mayo de 1922.

—Fue la primera conferencia en la que se permitió la participación de Alemania tras la Primera Guerra Mundial. Claudette había asistido como acompañante de vuestro padre. Como funcionario del Foreign Office, él formaba parte de la delegación británica. Pasamos bastante tiempo juntos vuestra madre y yo.

—¿Usted y ella? —repitió Hélène a la vez que iba sacando conclusiones—. Estuvieron…

—No estará intentando decirnos que tuvo una aventura con nuestra madre —intervino Élise torciendo el gesto con expresión de rabia.

—No pretendo justificarme, pero ella pasaba muchas horas sola en lo que describió como «un matrimonio que ya se había distanciado».

Hélène se preparó para responder, pero no dijo nada.

—¿Y cómo terminó viniendo aquí? —preguntó Élise.

Él frunció el ceño con gesto de concentración o vergüenza. Hélène no supo distinguir cuál de los dos.

A continuación, él continuó hablando:

—No resulta fácil hablar de esto, pero nos enamoramos, vuestra madre y yo…

—Pero ella estaba casada.

Friedrich parpadeaba a toda velocidad.

—Sí, es verdad.

Hélène frunció el ceño. Él parecía nervioso, como si estuviese tratando de reunir el valor. Miró por la ventana, volvió a parpadear y, después, las miró de nuevo. Siguió sin hablar y ella fue sintiéndose cada vez más inquieta.

—Sí —añadió él por fin—. Estaba casada y, debido a la amistad que ha surgido entre Anton y Florence, tengo que contaros la verdad.

—¿La verdad? —repitió Hélène—. ¿Qué verdad? ¿Y qué tiene que ver con Anton?

—Esto —respondió él antes de hacer un gesto visible de tragar saliva—. Unos meses después de nuestra breve relación, vuestra madre dio a luz a nuestra pequeña bebé.

Pequeña bebé. ¿Qué pequeña bebé? El corazón de Hélène latía con fuerza. ¿De qué estaba hablando? Sintió que se mareaba y trató de mantener el equilibrio, pero, de repente, la habitación parecía estar viniéndose abajo y moviéndose. Tomó aire con fuerza y, después, fue soltándolo despacio a la vez que ladeaba la cabeza a un lado para examinar el rostro de él en busca de algún indicio de falsedad. Friedrich había vacilado, pero quizá fuese lo normal dadas las circunstancias, y los movimientos de sus manos no parecían de nerviosismo. Pero, aun así, Hélène sentía recelo y desconcierto.

—¿Cuándo ocurrió eso? —preguntó con frialdad.

—La niña nació a finales de 1922.

Las tres hermanas se quedaron completamente inmóviles mientras asimilaban sus palabras. Hélène sintió como si la casa misma se hubiese quedado congelada y ella también. La pregunta se quedó en el aire. Ninguna de ellas podía —ni quería— tomar la iniciativa de exigir que contara la espantosa e inevitable verdad.

El silencio se prolongó, pero, al final, fue Florence quien habló con voz temblorosa:

—¿Qué día?

—El treinta de diciembre.

Florence se ruborizó y fue deslizándose hasta el suelo, donde se quedó sentada con las rodillas pegadas al pecho, los hombros encorvados y la cabeza agachada. Élise se quedó mirándola, atónita, tapándose la boca con una mano y los ojos abiertos de par en par.

Hélène sintió que los ojos empezaban a escocerle.

—Entonces… —dijo.

Él se aclaró la garganta, nervioso.

—Sí. Florence es mi hija. Anton es su hermanastro.

El impacto no golpeó a Hélène de inmediato. Durante unos segundos, se sintió lejos de aquella habitación, de sus hermanas, de sí misma. Después, cuando la verdad la embistió, sintió una oleada de rabia. Respiraba de manera entrecortada, con dolor, mientras sopesaba lo que él había dicho y, entonces, miró a Florence. ¿Cómo iba a protegerla de esto? Lanzaba miradas de furia a Friedrich. No podía ser verdad. ¿Cómo se atrevía a ir allí a poner sus vidas del revés? Y ahora Florence le miraba fijamente, con la piel contraída alrededor de los ojos mientras se le inundaban de lágrimas. Hélène abrió la boca en un intento de encontrar algo que decir para ayudar a su hermana, pero le costaba hallar las palabras.

—Cariño… —empezó a decir, pero Florence levantó una mano en el aire y negó con la cabeza con una expresión de angustia en su rostro.

La respiración de Hélène se aceleró y frunció los labios. Apuntó a Becker con un dedo.

—Tiene que irse. No me creo una sola palabra de esto. Váyase. ¡Ya!

CAPÍTULO CINCUENTA Y SIETE

Élise

Inmediatamente después de que Hélène le pidiera a Becker que se marchara, Florence se fue a la cama. En la puerta de la casa, él le había suplicado a Hélène volver al día siguiente, insistiendo en que tenía que terminar su historia. Incapaz de negarle al menos eso, Hélène terminó cediendo. El paisaje de su infancia había cambiado de forma drástica cuando nació Florence y, ahora, si todo eso era cierto, sabían el motivo. Élise se sintió aliviada de tener un poco de tiempo para pensar antes de que él regresara. Había muchas cosas que asimilar. Mientras tanto, Florence había cerrado la puerta de su dormitorio y no respondía a los ruegos de Hélène ni de Élise para que comiera o bebiera algo.

Por la mañana, había un ambiente sombrío cuando las tres se reunieron en la cocina.

—No puede ser verdad —repitió Hélène más de una vez—. ¿Cómo ha podido venir aquí con esa historia tan extravagante y perturbar a Florence de esta manera?

—Hablas como si estuvieses intentando convencerte —dijo Élise con gesto de negación—. Pero sabes que la fecha coincide.

Hélène se giró hacia el fregadero y la ventana, y Élise oyó el ruido del agua salpicando entre los cubiertos y los golpes de la loza limpia sobre el escurridor. Quitando la comida intacta de los platos del desayuno.

Élise contuvo su fastidio por el ruido y se acercó a Hélène para acariciarle el hombro, pero ella se sacudió para apartarla.

Florence, que estaba sentada a la mesa de la cocina recorriendo con el dedo la veta de la madera, reprimió un gimoteo. Élise sacó una silla y trató de abrazarla. Pero Florence se encogió y se apartó. Élise miró a Hélène, pero esta seguía donde estaba, incluso de espaldas parecía enojada.

—Florence, todo se va a arreglar —dijo Élise con tono apaciguador a la vez que volvía a mirar a Hélène que, ahora al menos, se había girado hacia ellas. Y gracias a Dios que había dejado de hacer ese ruido tan molesto.

Los hombros de Florence empezaron a agitarse y, a continuación, contuvo una lágrima.

—Le odio. ¿Por qué ha tenido que venir? No puede ser mi padre, ¿verdad, Élise?

—No lo sé.

En ese momento, Florence empezó a llorar.

Élise se encogió al oír el dolor que había en esas lágrimas. Una especie de desesperación primitiva y visceral. Demasiado terrible como para poder explicarla, era como si Florence llorara por una parte de sí misma que jamás podría recuperar, una parte de sí misma que había desaparecido de la noche a la mañana. Sus sollozos aparecían en oleadas, estallando una y otra vez, sepultándola y alejándola de sus hermanas mientras ella permanecía encorvada y sola. Se había abierto un abismo y Élise no tenía ni idea de cómo atravesarlo.

Esperó con la mirada fija en el suelo y, después, mirando por la ventana. Oyó los balidos de sus cabras y, más allá, el cacarear de un gallo. La luz del sol se fue introduciendo en cada rincón de la cocina y deseó salir a caminar por la hierba, por el sendero, hasta adentrarse en el bosque. Cualquier lugar menos este y con un espantoso torrente de emociones que no veía la forma de poder contener.

Pero, un rato después, Florence volvió a tragar saliva con fuerza y las lágrimas amainaron.

—¿Cómo pudo hacer *maman* algo así? —dijo torciendo el gesto con rabia—. ¿Cómo pudo?

Élise negó con la cabeza.

—No lo sé. Pero, oye, todavía no estamos seguras de que esté diciendo la verdad.

Probó otra vez a ofrecerle consuelo, pero Florence siguió sin permitírselo y la empujó para que se apartara.

—¿Qué voy a hacer? —gimoteó Florence dejando caer los hombros—. ¿Qué?

Empezó a llorar otra vez. Desesperada ante el olor de Florence, Élise sintió que los ojos le empezaban a escocer también. No quería que esa angustia la invadiera, pero ¿cómo iba a levantarse de ahí y marcharse?

—Cariño, no tienes por qué volver a verle —dijo—. No tiene por qué cambiar nada.

Florence la fulminó con la mirada, recuperando la rabia.

—¿Cómo te atreves siquiera a decir eso? Lo cambia absolutamente todo.

Élise se sentía tan fuera de lugar que volvió a mirar a Hélène, pero su hermana seguía apoyada contra el fregadero, mirándolas con la tez pálida y los brazos caídos a ambos lados, sin mostrar una sola señal de que fuera a moverse. Élise la miró con el ceño fruncido.

—¿No puedes decir algo? —preguntó, pero Hélène se limitó a hacer una mueca, como si estuviese conteniendo las lágrimas.

Élise no entendía nada. Nunca había visto a su hermana mayor así. Hélène era la compasiva, la cariñosa, la que llegaba y asumía el mando ante cualquier crisis. ¿Por qué se estaba reprimiendo? ¿La había impactado esto tanto que sencillamente no podía hablar?

—No quiero volver a verle —dijo Florence cuando sus sollozos volvieron a disminuir.

339

—No tienes que hacerlo si no quieres —contestó Hélène por fin, más animada e interviniendo en la conversación—. Ninguna tenemos que verle.

Florence se quedó sin fuerzas, como si hubiera perdido todo el ánimo. Y ahora sí que dejó que Élise la envolviera entre sus brazos y la acercara a su cuerpo. Élise miró a Hélène, que respondió con una especie de triste sonrisa quebrada, y le pareció que Hélène estaba dándose por vencida y, quizá, entregándose al abandono.

—Dios mío, ojalá ese hombre no hubiese venido nunca —dijo Florence antes de limpiarse los ojos con los dedos—. Será mejor que vaya a lavarme la cara.

Cuando se levantó para ir al lavadero, Élise empezó a respirar más tranquila. Quizá lo peor había pasado.

—Bien hecho —dijo Hélène.

Élise sonrió y ladeó la cabeza.

—Quizá empiece a formarme como enfermera también.

—Yo no iría tan lejos —contestó Hélène con un suspiro—. Nunca me imaginé nada así. ¿Y tú?

—No. Ojalá no le hubiese invitado a venir. ¿Cómo estás tú?

—Impactada. Rabiosa. Asustada por Florence. Es decir, ¿cómo va esto a cambiarlo todo? Y lo que es peor, si es verdad…, su padre es alemán.

Por la tarde, oyeron que llamaban a la puerta. Hélène miró a Élise a los ojos y, a continuación, los apartó antes de alisarse la blusa. Su hermana se quitó la cinta que le sujetaba el pelo en una coleta baja.

—En fin.

—No tenemos por qué dejarle pasar —respondió Hélène.

Élise sintió un nudo en la garganta.

—Yo creo que sí.

Hélène la miró.

—¿Por qué no vas tú?

Y, de nuevo, Élise pensó que Hélène dejaba ya de estar al mando.

Nunca habían valorado su labor y sintió un escalofrío de vergüenza por no haberla sabido apreciar.

Fue a la puerta y dejó entrar a Friedrich.

—¿No viene Anton? —preguntó.

—Esta vez no. Quizá quiera hablar luego con Florence, si es que ella está dispuesta.

Élise cabeceó y, esta vez, le invitó a pasar a la sala de estar. Bien parecido para tratarse de un hombre mayor, iba vestido ahora con un traje claro de verano que resaltaba el azul de sus ojos y su pelo plateado. Su padre nunca había sido tan elegante ni sofisticado como este hombre y Élise podía entender ahora que su madre se hubiese sentido atraída. Friedrich se sentó en el más grande de los dos sofás y miró a su alrededor con impaciencia. Buscando a Florence, pensó Élise.

Se hizo un largo silencio.

Élise estaba a punto de hablar, pero entonces entró Florence, arrastrando los pies y sin molestarse apenas en mirar a Becker, con los ojos todavía enrojecidos por el llanto y la piel moteada. Se sentó en la silla más apartada, mantuvo la cabeza agachada y empezó a morderse las uñas. Élise se quedó de pie y Hélène se apoyó en el asiento de la ventana.

Al final, Élise rompió el silencio:

—Aún no nos ha explicado cómo terminó pasando aquí parte del verano.

—Tienes razón.

—¿Y bien?

—Vuestro padre había interceptado una carta que yo había enviado a vuestra madre en la primavera de 1924. Descubrió que Florence no era hija suya.

Élise sintió que los ojos le ardían al pensarlo. Resultaba difícil imaginar a su padre abriendo el correo de su madre, aunque, ya puestos, también costaba asimilar la idea de que su madre tuviera una aventura.

—Le dio un ultimátum a Claudette. Que eligiera entre quedarse o marcharse sin ninguna de sus hijas.

Hélène estaba inclinada hacia delante, moviendo la cabeza a ambos lados y Élise pudo ver lo mucho que eso le estaba doliendo.

—Como seguro recordaréis, vuestra madre venía aquí de vacaciones a menudo con vosotras mientras vuestro padre se quedaba trabajando en Londres —continuó Friedrich—. Yo llegué a Sainte-Cécile el verano de 1924 y Claudette y yo pasamos un par de semanas juntos. Yo quería ver a Florence y traté de convencer a Claudette para que se viniera conmigo.

—Pero no lo hizo —intervino Élise.

—No. Debéis saber que yo estaba felizmente casado con la madre de Anton y que me siento orgulloso de mi hijo, pero Claudette fue el amor de mi vida, mi alma gemela.

—¿Sin Hélène y sin mí? —preguntó Élise con toda la intención—. ¿Quería que se fuera con usted y que se llevara solo a Florence?

—Sí, me avergüenza reconocerlo… Sin embargo, no quiso hacerlo. —Becker miró a Élise y, después, a Hélène—. Lo siento mucho.

Élise clavó la mirada en él, incapaz de hablar.

Hélène se disculpó y salió de la habitación. Mientras estuvo fuera nadie dijo nada. Era ya la última hora de la tarde y las sombras que proyectaba el sol se habían alargado. Mientras Élise miraba por la ventana sintió cómo los distintos acontecimientos del pasado se movían y chocaban entre sí a medida que iban encajándose hasta formar una imagen completamente nueva. Su madre había cambiado y este hombre era el motivo por el que lo había hecho. Se había quedado al lado de su padre por Hélène y por ella, pero nunca había vuelto a ser feliz. Y, por primera vez, Élise sintió una dolorosa compasión por su madre. Con razón se había mostrado tan resentida con ellas.

Cuando Hélène volvió, le pidió a Élise que fuera con ella. En la entrada, Élise vio el vestido de seda roja colgado de la barandilla.

—¿Qué?

—Póntelo —susurró Hélène—. Rápido.

—¿Por qué?

—Tú hazlo. Tengo que ver una cosa.

—Ver ¿el qué?

Hélène soltó un suspiro.

—Élise, por favor. Date prisa.

Élise entró en la cocina para cambiarse y cuando las dos volvieron a entrar en la sala de estar, Friedrich se quedó mirándolas, boquiabierto.

—¿Alguna vez vio a nuestra madre vestida con esto? —le preguntó Hélène.

Él seguía con la mirada fija. Parecía incapaz de apartar los ojos de Élise.

—Sí. Vi ese vestido la última vez que estuve con Claudette. Habíamos cenado juntos aquí, en la casa.

—¿Por qué? —preguntó Florence—. ¿Por qué tuvo que verla otra vez?

Friedrich la miró, como si buscara algo en su rostro.

—Para hablar.

Aparte de un gesto de negación con la cabeza, Florence no dijo nada más y bajó la mirada a sus manos vacías.

—¿Y qué pasó? —preguntó Élise.

Él miró alrededor de la habitación y volvió a posar los ojos sobre Florence.

—Yo siempre quise conocerte —contestó—. Pero tu madre...

—¿Está diciendo que ella no se lo permitió? —dijo Florence con voz llorosa.

—Tenía sus motivos.

Hubo un prolongado silencio.

—¿Y? —insistió Élise por fin, claramente consciente de que todos estaban esperando—. ¿Mi madre llevaba este vestido?

—Sí. Estaba muy guapa y veo que tú, Élise, eres la viva imagen de ella. Pero Florence, al igual que Anton, ha salido a mí. Durante un tiempo, Claudette me estuvo enviando fotografías de una niñita rubia de pelo rizado. A mí se me rompía el alma, pero me tenía prohibido verte... o... —vaciló—. Quizá fuese tu padre.

—Mi padre era un hombre bueno —intervino Hélène—. ¿Cómo se atreve a sugerir que no lo era?

—Por supuesto. —Friedrich levantó las manos como si se pusiese a la defensiva—. No he querido decir... En fin, ella llevaba ese vestido aquella noche y nos bebimos dos botellas de vino tinto entre los dos, así que supongo que se podría decir que los dos estábamos bastante borrachos. Yo insistí en mi petición de que dejara a vuestro padre, pero ella siguió negándose.

—Desde luego, era lo que tenía que hacer —dijo Hélène.

—Puede ser, pero, dime, ¿era feliz vuestra madre?

Hélène negó con la cabeza.

—Cuando éramos pequeñas, sí, pero no después de que naciera Florence.

—Entonces, ¿es culpa mía? —preguntó Florence con expresión de rabia y dolor.

El rostro de Hélène se arrugó.

—Por supuesto que no. Nada de esto ha sido culpa tuya. Si nuestra madre decidió ser infiel a nuestro padre, fue culpa de ella.

—Pero las personas no deciden de quién se enamoran —protestó Florence.

—La vida consiste siempre en tomar decisiones difíciles. No podemos seguir todos nuestros instintos o deseos simplemente porque nos apetezca. Algún día lo aprenderás.

Florence pareció quedarse atónita ante el repentino tono mordaz de Hélène y el mentón empezó a temblarle.

—De nada sirve buscar culpables —señaló Friedrich.

Hélène se enfureció y le fulminó con la mirada.

—Usted no tiene derecho a decir nada.

—Lo siento —respondió Friedrich con un suspiro.

—Continúe con su historia —le ordenó Élise.

—Ella se negó a venirse conmigo. Dijo que no podía dejar a sus dos hijas mayores. Yo le sugerí que se viniera con vosotras tres, pero dijo que eso destrozaría a su marido.

Élise miró a Hélène, que abría y cerraba la boca mientras las lágrimas brillaban en sus ojos.

—A cambio, propuso que continuáramos con nuestra historia de amor en secreto. Yo le dije que no podría. Le expliqué que había conocido a Liv, una mujer alemana a la que había tomado cariño. Desde luego, yo no podía consentir que engañáramos a Liv ni a vuestro padre. Pero tampoco podía comprometerme con Liv mientras hubiese alguna posibilidad de que Claudette transigiera. Ese iba a ser mi último y desesperado intento.

—¿Y cómo terminó destrozándose el vestido?

—Claudette empezó a gritar, a chillar, a rasgarse el vestido delante de mí. «Entonces, vete con tu Liv», me gritaba una y otra vez. «Vete con ella».

Élise tomó aire lentamente. Aquello era espantoso.

—Y entonces una de las niñas, que estaba durmiendo arriba, empezó a chillar.

Élise miró a Hélène, que estaba pálida.

—¿Hélène? —preguntó.

Hélène apretó entonces los ojos.

—Creo que yo debía de estar en el rellano.

—¿Estabas llorando?

—Recuerdo que le estaba gritando, que le suplicaba: «Mami, para, por favor, mami, para». Estaba asustada.

—¿Recuerdas algo más?

Hélène parecía dudar.

Élise sabía que aquello era como recuperar un recuerdo que no quería buscar. Normalmente ocurría en esa zona intermedia entre el sueño y la vigilia, cuando desde lo más profundo afloran, de repente, imágenes reprimidas. No tenía ninguna intención de obligar a Hélène a que recordara algo tan doloroso.

—No pasa nada —dijo—. No tienes por qué hacerlo.

Pero Hélène levantó una mano en el aire para interrumpirla.

—Subió rápidamente las escaleras, como loca. Recuerdo que dije: «No, mami». Pero ella me agarró y me tiró del brazo con tanta fuerza que me dolía el hombro, pese a mis súplicas.

Hélène miraba al vacío, como si estuviese viendo aquella escena desarrollarse en algún lugar delante de ella. Élise se acercó, pero Hélène no pareció darse cuenta.

—Yo me agarraba a su falda, intentando detenerla, pero ella bajó la escalerilla del desván y me empujó peldaños arriba hasta meterme dentro. Yo le suplicaba que no lo hiciera, le imploraba que no cerrara la trampilla. Pero la cerró de todos modos. Ella sabía que a mí me aterraba el desván, la oscuridad, los fantasmas.

Friedrich dejó caer la cabeza un momento.

—Yo no lo sabía.

—¿No?

Friedrich la miró consternado.

—Lo habría evitado. Pensé que te había vuelto a meter en tu dormitorio. Volvió a bajar llorando, sollozando, retorciéndose. Histérica. Tenía una botella en la mano. No sé de dónde la sacó. La lanzó contra la pared y me dijo que me fuera.

—¿Y la dejó en ese estado?

—Al principio, me negué a irme, pero ella se puso peor. Yo sabía que mientras siguiera allí ella no se calmaría.

Hélène seguía pálida, pero asintió.

—Sí que terminó calmándose o, al menos, oí que cesaban los gritos, pero…

—¿Qué? —preguntó Élise.

—Me dejó allí arriba toda la noche. Yo estaba tan aterrada que me mojé entera y ella nunca se disculpó. Eso es lo que más recuerdo, el picor y el olor de la orina y el deseo de que ella dijera que lo sentía mucho.

Élise pudo ver cómo los ojos de su hermana se entrecerraban, como si se estuviese conteniendo, y sintió que dentro de ella estallaba la rabia que su hermana no expresaba. Pero, Dios, qué duro era encajar a la mujer serena y calmada en la que se había convertido su madre con aquella mujer salvaje y borracha que Friedrich había descrito.

Friedrich escondió la cabeza entre las manos durante un momento y, a continuación, volvió a levantar los ojos con tristeza para mirar a Hélène.

—Siento mucho lo que te pasó. Vine al día siguiente, pero no me abrió la puerta. Estuve viniendo todos los días durante el resto de aquella semana, pero ella no quería hablar conmigo. Me culpé por haberle hablado de Liv, pero quería que entendiera que no podíamos seguir como estábamos.

—Entonces, entre el nacimiento de Florence y todos aquellos acontecimientos, ¿habían seguido viéndose? —preguntó Élise, consciente de que estaba empleando un tono de rabia y sentencioso.

—No. Solo durante aquellas dos semanas, ese verano.

—¿Qué pasó con Liv? —preguntó Florence levantando entonces la cabeza.

—Me casé con ella. Es la madre de Anton. Yo le había hablado de Claudette y ella me dijo que me esperaría. Era una mujer buena.

—¿Era?

—Murió el año pasado. —Se miró las manos y Élise, acordándose de Victor, sintió una tristeza tremenda—. He vuelto solo para ver si Claudette y yo podríamos llegar a un acuerdo con respecto a Florence. Estaba deseando conocer a mi hija.

Florence se puso de pie y salió de la habitación cerrando la puerta de golpe. Élise vio que Hélène miraba sin dejar de parpadear. Ella misma sentía también que las lágrimas le quemaban en los ojos, pero se las secó con los nudillos.

—Y Anton no ha venido hoy conmigo porque ya se lo he contado todo.

—¿Cómo se siente él con todo esto? —preguntó Élise.

—Es complicado. Se sentía atraído por Florence, sentía una conexión, pero lo terminará entendiendo. Mi hijo es comprensivo. Creo que se compadece de mí.

Hélène se miró el reloj, como si deseara que todo aquello terminara y, después, miró a Élise, como si ya no lo soportara más.

—Dios mío, ya son las seis —dijo su hermana.

—Estoy abusando de vuestra hospitalidad —contestó Friedrich y se puso de pie—. Gracias, pero si Florence quiere, quizá podríamos verla mañana después del almuerzo. Anton y yo estaremos en la verja a las dos. Debemos salir para Alemania poco después.

CAPÍTULO CINCUENTA Y OCHO

Hélène

Había resultado traumático tener que escuchar cómo se revelaban los acontecimientos del pasado y, a pensar de sentir más compasión por su madre, Hélène estaba rabiosa por su padre. El amor de su madre, su pasión —o lo que quiera que fuera— y sus terribles consecuencias habían durado toda una vida. Y si los habitantes del pueblo se habían enterado de lo que había pasado, el comportamiento de su madre debió de parecerles escandaloso. Ella misma se había escandalizado y deseó poder retroceder en el tiempo y no haber hablado nunca con Friedrich Becker.

Florence llamó entonces a la puerta y entró en la habitación de Hélène con la cara pálida.

—Hélène, ¿puedo hablar contigo?

—Claro —respondió a la vez que daba unas palmadas a su lado en la cama.

—He estado pensando en eso.

—Yo también.

—¿Tú le crees?

Hélène soltó un suspiro.

—No quiero creerle.

—Al principio yo tampoco quería, pero ahora sí que le creo. Aunque no puedo pensar en él como mi padre.

—No tienes por qué volver a verle. Va a regresar a Alemania de todos modos.

Hubo un breve silencio.

Florence suspiró con fuerza.

—Me siento fatal cada vez que pienso en ello, pero sí que tengo que verle otra vez. A él y a Anton, antes de que se vayan. Quizá no vuelva a tener otra oportunidad.

Hélène sabía que no podía impedírselo. Y probablemente no debía hacerlo. Nadie podía evitarlo, cualquiera que pudiera ser el impacto.

—Friedrich Becker parece un hombre decente —dijo ella a la vez que extendía la mano.

Florence la apretó y, después, la soltó.

—¿A pesar de su aventura amorosa?

—Es cosa de dos, ¿no? Ojalá no fuese alemán.

—¿Culpas a *maman*?

Hélène lo pensó con detenimiento, pero su mente estaba dispersa y fue su padre quien apareció en ella. Su triste y solitario padre. Cómo anhelaba poder hablar de todo esto con Marie, pero, claro, ella ya no estaba.

—Creo que necesito salir un rato —dijo Hélène a la vez que se levantaba—. Para aclararme las ideas. ¿Vas a estar bien?

Florence asintió y le dio un beso en la mejilla.

—Siento haber estado de tan mal humor últimamente.

Hélène le dio una palmada en el hombro y, a continuación, salió de la habitación.

Al no poder contar con Marie, Hélène decidió ir a ver a Violette, así que cogió unos cuantos acianos del jardín y salió.

Mientras caminaba, pensó en lo que Friedrich había contado y que, al menos, también arrojaba algo de luz sobre la conducta posterior de Claudette: su distanciamiento, su lenta retirada, el hermetismo de su corazón. Hélène apenas recordaba a su madre como una mujer joven y animada, toda risas y diversión, pero recordar a esa madre resultaba difícil y borroso. Hélène solo podía llegar hasta el fantasma de su madre y un vestido rojo de verano que flotaban a la deriva por un pasado cambiante que nunca llegaba a tomar cuerpo.

Se paró en seco en el camino, apretando los ojos en un intento por concentrarse y entonces, de repente, fue como si se encendiera una luz y se abriera una veta entre el recuerdo, llena de color y luminosidad. Y volvió a ser una niña en un día seco y soleado en el que Claudette, Élise y ella misma estaban en el campo. Hélène no podía ver allí a su padre. ¿Habían ido de vacaciones sin él? Respiró hondo y dejó que aquel recuerdo se desplegara. Pudo verse corriendo por un estrecho camino con Élise, sintiéndose libre mientras respiraba los aromas florales del estío. Iban a coger ramos de blancas y delicadas flores de saúco. «Solo de esas», dijo su madre, advirtiéndoles que no tocaran las que estaban más marrones ni el perejil de monte, que se parecía. Las flores de saúco buenas eran su tesoro, dijo Élise mientras las iban guardando con cuidado en sus bolsos de lona, cada una tratando se ser la que más cogiera. Y cuando llegaron a casa, ayudaron a Claudette a hacer champán de saúco. Pocos días después empaquetaron las botellas con cuidado y las metieron entre el equipaje en el maletero del coche para llevarlas a su casa de Richmond, donde tendrían que seguir varias semanas sin abrir.

Hélène recordó ir cada día a ver si estaban menos turbias. Y ahora notó el sabor de algo. Menta. Las pequeñas ramitas de menta que su madre había usado para aderezar la deliciosa bebida espumosa. Acabaron la primera botella y se comieron varias porciones de bizcocho Victoria hasta quedar saciadas.

Le habría encantado permanecer en aquel recuerdo idílico, pero la devolvió al presente el sonido de los ladridos de unos perros del pueblo.

Violette salió a la puerta rápidamente, con aspecto de estar algo cansada.

—Ah —dijo—. Será mejor que pases.

—¿Estás bien?—preguntó Hélène.

Violette tenía unas ojeras pronunciadas y parecía agotada. Hélène pensó que había ido a verla en un mal momento y estuvo a punto de despedirse para volver después, pero hubo algo que hizo que se quedara. Tal vez pensó que Violette podía necesitarla o quizá, lo que era más egoísta, no podía dejar pasar la necesidad de hablar con ella.

—¿Está bien Jean-Louis?

—No muy bien. Se queja otra vez de dolores en el pecho. Ninguno de los dos hemos dormido mucho.

Hélène le dio los acianos.

—Lo siento. Puedo volver en otro momento.

Por un segundo, Hélène casi estuvo segura de que Violette parecía sentirse aliviada, pero entonces sonrió.

—No, pasa. Voy a ponerlos en agua.

Encontró un bonito jarrón blanco que encajaba a la perfección con los acianos de brillante color azul. Con su don especial, Violette sabía exactamente qué cosas combinaban mejor y, aunque era evidente que estaba cansada, llevaba puesto un elegante traje de dos piezas con una falda y una chaqueta ajustada que dejaba ver su esbelta cintura. De un precioso color verde claro, resultaba tan práctico como versátil y se había anudado un pañuelo de lunares al cuello.

Cuando las dos estuvieron sentadas en la pequeña cocina, Hélène le contó todo lo que Friedrich les había revelado.

—Siento como si mi familia hubiese cambiado para siempre —concluyó entre sollozos—. Es muy perturbador. Y no sé cómo va a afectar a Florence.

Violette parecía escucharla, asintiendo en los momentos precisos, exclamando cuando tenía que hacerlo, pero Hélène no creyó que le estuviese prestando atención. Esa forma de escuchar sin hacerlo resultaba fastidiosa y, al verse incapaz de expresar debidamente sus temores con respecto a Florence, apenas pudo ocultar su frustración.

Su amiga se miró el reloj y se puso de pie de forma repentina.

—Tengo que encender el horno.

—¿Te estoy entreteniendo? —le preguntó Hélène con cierta brusquedad.

—No… no. No es eso. Perdona. Es solo que ahora mismo tengo muchas cosas en la cabeza.

Hélène miró a su alrededor. La cocina estaba desordenada. Algo muy poco propio de Violette que, al igual que la misma Hélène, estaba obsesionada con la limpieza.

—Y va a llegar un cliente de un momento a otro.

—¿Para recoger un sombrero? ¿O para encargarte uno?

—Claro —respondió Violette, pero por su gesto pareció ponerse a la defensiva y no sonó muy convincente—. Oye, podemos hablar de Florence cuando quieras, pero estoy segura de que va a estar bien.

Con una desagradable sensación de desazón en el estómago, Hélène pensó que la estaba despidiendo. Apareció en su mente el rostro de Jack. Al menos, él la escucharía. Ojalá supiera dónde estaba.

—Es que… —dijo antes de hacer una pequeña pausa, pero decidida a contarlo todo, continuó—: Lo que quiero decir es que no sé hasta qué punto puede afectar a su vida aquí el hecho de ser medio alemana.

—¿Te refieres a después?

—Sí. Durante la liberación.

—¿Y estás segura de que va a haber una liberación?

—Sí.

—Lo mejor será que no diga nada, ¿no crees?

Hélène se puso de pie como si hubiesen llegado a un acuerdo tácito entre las dos.

—Ya me voy. No quiero seguir entreteniéndote.

Violette fue a la puerta y las dos se dieron un breve abrazo. Después, Hélène se alejó preguntándose qué le pasaba a Violette.

Pasó junto al Ayuntamiento y, en los escalones, vio a un oficial alemán de las SS hablando con Pascal, el secretario. Un momento después, el oficial fue en dirección a la casa de Violette. Se detuvo en la puerta y, después, llamó. «Ha ido a recoger un sombrero», pensó Hélène. Qué desagradable debía de ser para Violette tener que lidiar con un hombre así.

Mientras miraba, recordó de nuevo lo que Friedrich les había contado. Resultaba difícil entender que su padre diera un ultimátum, aunque debió de hacerlo para mantener a la familia unida. ¿Había hecho bien actuando así? Quizá no. El hecho de quedarse le había provocado tal acritud a su madre que terminó desbordándose hasta convertirse en una amargura que le duró toda la vida. Y Élise y ella habían albergado un resentimiento ante aquel favoritismo, pues Claudette siempre había querido más a Florence.

Vio cómo Violette abría la puerta y dejaba entrar al oficial con una sonrisa en el rostro. Aquello hizo que Hélène se estremeciera.

CAPÍTULO CINCUENTA Y NUEVE

Florence

Mientras se abrían paso entre el bosque, Florence se sentía tan aturdida que parecía como si una ráfaga de viento pudiera llevársela.

—Vamos —dijo Anton haciéndole una leve señal para que siguiera caminando.

Bajo un radiante cielo azul celeste, saltaron sobre enmarañadas raíces de árboles y cuidaron de no aplastar las flores silvestres del suelo vigilando en todo momento que sus manos no se tocaran. A ella siempre le encantaba mirar todos los diferentes tonos de verdes —el musgo, los líquenes, las hierbas—, pero hoy era incapaz de hallarse y en su fuero interno bullía la confusión.

Cuando se sentaron en el banco del merendero se miraron, nerviosos. Toda la complicidad entre ellos habían desaparecido. «Como desconocidos», pensó Florence.

—Yo… —empezó a decir ella, pero después se mordió el interior del labio, invadida por un sentimiento que no sabía identificar del todo. Vergüenza, miedo, tristeza. Pero, sobre todo, no podía librarse de un desolado anhelo de verdadera conexión. Por el contrario, sentía que algo se había quebrado en su interior y que ahora no pertenecía a ningún lugar.

—Bueno —dijo él un rato después—. Esto es bastante raro, ¿no?

Ella sintió un dolor punzante en la sien. Era mucho peor que raro. Pero si decía algo se echaría a llorar, y no quería llorar otra vez. Miró las copas de los árboles, donde las hojas titilaban bajo la luz del sol. Le dolió la garganta al tragar, pero volvió a intentarlo.

—Yo... —Pero sus emociones seguían abrumándola.

Él guardó silencio.

—¿Quién soy? —consiguió preguntar por fin, cerrando las manos en un puño—. ¡Me siento como si fuera alguien que ni siquiera conociera!

—Eres la misma persona.

—Pero no lo soy. Ahora soy medio alemana. —Pero eso no era todo—. Estoy muy confundida. Duele, ¿sabes? Duele de verdad.

Él trató de cogerle la mano, pero ella la apartó. Había muchas cosas que no podía explicar y ni tan siquiera entender. Quería ser parte inglesa y parte francesa. No esto. Quería tener el padre al que siempre había querido, no a Friedrich Becker.

—Solo tienes que acostumbrarte —dijo él.

—¿Y si no lo consigo?

Él se encogió de hombros y pareció tan triste que ella sintió que era una egoísta por no haber tenido en cuenta cómo esto podría estar afectándole.

—¿Y tú? —preguntó—. ¿Cómo estás? Al fin y al cabo, has sabido la verdad apenas un día antes que yo.

Un nervio latía en la frente de él y respiró hondo antes de hablar:

—Tengo que asimilar muchas cosas, pero para mí resulta más fácil. He ganado una hermana. ¿Me comprendes?

Ella no dijo nada.

—Tengo una cosa para ti —continuó él a la vez que se metía la mano en el bolsillo para sacar un medallón de plata con una cadena. Lo abrió y se lo dio—. Mi padre quería que lo tuvieras.

Ella cogió el medallón y, tras ver las fotos que había en su interior, levantó los ojos hacia él, perpleja.

—¿No lo ves? —dijo él—. El bebé de la derecha eres tú y el de la izquierda yo.

Ella escuchó el estallido del canto de un pájaro y se las arregló para no llorar.

—Creía que las dos fotos eran tuyas.

Él negó con la cabeza.

—Parecemos gemelos. ¿Alguna vez te habías preguntado por qué no te parecías a tu padre ni a tu madre?

—Sabía que Hélène se parecía a papá y Élise a *maman*. Simplemente creía que debía de haber salido a mi abuela inglesa. Está muerta, claro, pero ahora…, en fin, ni siquiera tenía una abuela inglesa.

Él la miró fijamente y ella vio una gran compasión y ternura en sus ojos. Tenía que aferrarse a la idea de que Anton y Friedrich eran buenas personas. Pero, aun así, resultaba espantoso descubrir que era hija del enemigo.

—Incluso ahora nos parecemos, ¿verdad? —dijo Anton.

—Supongo que sí. Aunque antes no me había dado cuenta. —Hizo una pausa y vio una ardilla roja que subía a toda velocidad por el tronco de un árbol cercano. Él miró en la misma dirección que ella.

—Hay mucha vida en estos bosques —dijo.

—Necesitamos desesperadamente que llueva más.

Ella quería hacerle más preguntas, no caer en una conversación trivial, pero vaciló. ¿De verdad quería saber más cosas sobre su vida? ¿El hecho de saber más no haría que fuese más real? No quería que fuese real. Quería despertar y descubrir que todo había sido un sueño.

—Antes creía en las hadas del bosque. Ahora no puedo.

—¿Qué ha cambiado?

—La vida, supongo.

En esta zona tan profunda del bosque el aire seguía estando húmedo y ella respiró la fragancia de las hojas y la tierra y se quedó mirando los helechos verdes que se abrían con la brisa. Pero suspiró al pensar en su propia cobardía. Tras llegar a la conclusión de que se arrepentiría después si no lo intentaba, le preguntó cómo había sido su madre.

—Era divertida, amable y buena —respondió—. Siempre estaba sonriendo.

—Debes echarla de menos.

Vio cómo él tragaba saliva.

—Lo siento mucho.

Seguían siendo cautelosos el uno con el otro. Las reglas del juego habían cambiado y suspiró profundamente.

—Eso ha sonado sincero.

—Me siento muy incómoda.

—¿Conmigo?

—Conmigo misma.

Él sonrió.

—Yo también. Un poco.

—Parece que tu madre era encantadora. No era como la mía. Mi madre era buena conmigo, no tanto con Hélène ni con Élise.

Se quedaron sentados un rato más y, después, él miró su reloj y dijo que ya era hora de ir a reunirse con Friedrich.

—Parece... bueno —dijo ella y, a continuación, infló las mejillas por lo torpe del comentario—. Lo que quiero decir es que no puedo llamarle «padre». Parecería... una deslealtad, creo.

—No le va a importar. De verdad.

Ella tomó aire y, después, lo exhaló lentamente, consciente de lo que tenía que preguntar.

—Entonces, ¿cuándo os vais a Alemania?

—Mañana.

Vaya, pensó. Tan pronto y sin saber cuándo volverían, si es que lo hacían. Quizá fuese para bien. No estaba segura.

—También te he traído esto —dijo Anton antes de darle un cuaderno—. He escrito dentro mis poemas favoritos y, mira, ahí tienes nuestra dirección. Espero que me escribas. Después de la guerra.

Ella volvió a sentir una pena inmensa.

—¿Estaréis bien? Me refiero a si Alemania pierde la guerra.

—Parece cada vez más probable.

—¿Y?

Él le agarró la mano y la apretó con ternura.

—Estaremos bien. Pero tenemos que marcharnos mientras todavía se pueda. ¿Prometes no olvidarnos?

Cuando se reunieron con Friedrich, él la cogió de las dos manos y la miró fijamente.

—Tienes las manos frías —dijo antes de soltarlas.

Tenía razón. Estaban frías, pero mantuvo la mirada fija en sus pies sin poder mirarle a los ojos.

—Estoy muy contento de haberte conocido —añadió él.

Entonces, ella levantó los ojos y vio que estaba sonriendo y que tenía unos ojos preciosos, como los de Anton.

—Y, Florence, eres aún más guapa de lo que me había imaginado jamás.

Ella sintió que se sonrojaba, pero se las arregló para responder con una sonrisa.

—Y por lo que me ha contado Anton, también tienes muchas virtudes.

—Sé cocinar un poco —respondió ella, y él se rio.

—También la modestia. Si alguna vez necesitas algo, házmelo saber. O ponte en contacto con Anton. No te defraudaré.

Ella quería decir algo, pero la respiración se le entrecortaba y se vio obligada a tragar saliva en lugar de hablar. Él le cubrió las manos entre las suyas para calentarlas.

—Adiós, preciosa. Hasta que volvamos a vernos —dijo y, después, se fueron, y ella se sintió desconsolada, tanto que quiso gritar que no sabía qué hacer.

Al final, sin ganas de ir a ver a sus hermanas ni de quedarse un rato a solas, fue a visitar a Lucille.

Todavía llorosa, le contó todo a su amiga. Pero a medida que se alejaban del pueblo, Lucille guardaba un silencio absoluto y Florence, deseando que le dijera algo, la agarró de los dos brazos.

—¿Por qué no dices nada?

Lucille la miró sorprendida.

—¿Cómo puedes preguntarlo siquiera?

Florence frunció el ceño, con el corazón encogido.

—¡Eres alemana! —espetó Lucille.

Florence puso una mueca de dolor

—Óyeme, Florence, no puedes decírselo a nadie. A nadie en absoluto. La gente se va a escandalizar. Se pondrán furiosos. No se van a creer que no lo supieras. Todos odian a los alemanes y alguno podría querer hacerte daño.

—También soy medio francesa.

—Eso no importa. Es espantoso. Tienes un hermano alemán. Un padre alemán. Si esto se sabe, te convertirá en una enemiga.

Florence se tragó su angustia y trató de hablar, pero estaba demasiado triste y asustada como para pronunciar palabra. ¿Qué iba a hacer? ¿Qué podía hacer? No quería ser el enemigo. Era absolutamente imposible.

—Oye —dijo Lucille—, tengo que irme. Por favor, no se lo cuentes a nadie, ¿de acuerdo?

Después de que Lucille se hubiese ido, Florence se quedó un rato sola y fue hacia su casa por el camino más largo. Escuchaba el piar de los pájaros en los árboles y ahuyentó con las manos las hordas de insectos que revoloteaban a su alrededor, pero nada llamaba del todo su atención. Se sentía repudiada y terriblemente sola. Justo cuando llegó al camino que iba hacia el pueblo, un coche oficial nazi, un Citröen negro, pasó por su lado en dirección al *chateau* y al castillo. Le sorprendió ver a dos personas a las que conocía sentadas en el asiento de atrás. ¿Qué estaban haciendo allí?

CAPÍTULO SESENTA

Élise

Élise estaba sentada en el banco, somnolienta, casi dormida, mientras escuchaba cómo el viento se iba volviendo más fuerte y traía consigo la fragancia de las flores silvestres del campo. Podía oír también el canto de los pájaros y algo que escarbaba entre los arbustos. Pero entonces, lo que era aún más importante, oyó la verja cuando Florence llegó a casa.

—Hola —gritó—. Estoy aquí, en el jardín. ¿Cómo ha ido?

Florence fue a sentarse en el banco con ella.

—Ha sido… No sé. Incómodo, raro. Triste.

Élise se quedó mirando a Florence. Parecía cansada. Había algo diferente en su mirada y le pareció como si su luz hubiese desaparecido por un momento para quedar sustituida por cierto recelo. Parecía menos etérea y se le notaba algo de crispación. Élise se sintió desdichada, como si todo hubiese cambiado entre ellas para quizá nunca volver a ser lo mismo.

Florence se toqueteó el medallón que llevaba en el cuello.

—Anton me ha regalado esto. Los dos regresan mañana a Alemania.

—¿Cómo te sientes al pensarlo?

Florence miró hacia otro lado.

—No sé. Hay momentos en que me alegro de que se vayan y,

361

luego, me da pena. Pero de todos modos, no podría pasar más tiempo con ellos, no ahora que hay tanto odio. En fin, es justificado, ¿no? El odio hacia los alemanes.

Élise dejó caer la cabeza.

—Sí.

—Me condenarían si volviese a verme con ellos y la gente nos viera juntos. Hélène ya ha dicho lo que podría pasar, sobre todo si es que de verdad se acerca la liberación.

—Así es —contestó Élise—. De verdad. Se está acercando.

—Y Anton y su padre no quieren estar aquí cuando lleguen los aliados.

Se miraron la una a la otra en ese momento extraño e incómodo.

—Seguimos siendo hermanas, ¿verdad? Yo... —dijo Florence tratando de emplear un tono de confianza, aunque su voz temblorosa la delataba.

Élise, ahora de pie, levantó a su hermana y le pasó un brazo por encima.

—Siempre hermanas. No lo dudes nunca.

—¿Y Hélène?

—Por supuesto. Ella también.

—Estoy cansada. Pero no cansada en el buen sentido. Es decir, no podría dormirme, aunque ojalá pudiera. En realidad, me gustaría dormir cien años. —Hizo un gesto de negación con la cabeza—. Pero supongo que tendré que ponerme a cavar y buscar algo para cocinar.

—Pues adelante, brujita.

Florence sonrió y Élise se sintió tremendamente aliviada al verla.

—Ah, casi se me olvida. He visto a Violette y a su hijo en un coche oficial de las SS. Parecía como si los llevaran al *chateau*.

Al día siguiente, Élise iba caminando en silencio por el sendero. Por primera vez desde el juicio iba a reunirse con Claude y dos de los maquis y había pensado elaborar un plan para ayudar a Violette.

Rezaba porque la modista estuviese bien, pero le desesperaba pensar que los alemanes pudieran estar castigando a la gente antes de verse obligados a retirarse. Aun así, se acarició el vientre y le susurró con tono de urgencia al bebé que crecía dentro de él: «Todo saldrá bien. Solo un empujón más para echar a los nazis. Eso es todo». A continuación, fue en dirección al refugio y se sorprendió al ver pasar a Enzo, que la llamó.

—¿Cómo está tu hermana?

Nunca le había gustado ese chico tan furtivo, pero se detuvo.

—¿Cuál de ellas?

—Florence, claro.

—Está bien, gracias.

Él entrecerró los ojos y sonrió con gesto de satisfacción.

—La vi.

—¿Sí?

—Con un hombre joven y otro de pelo canoso mayor que ella. Vaya que sí. Parecían llevarse muy bien. ¿Vuestro padre?

—No. No es mi padre. Ahora, si me perdonas. —Continuó andando con paso rápido sin hacer caso a más preguntas.

Pero, cuando entró en el refugio un poco más tarde, la primera persona a la que vio no fue a Claude, sino Jack.

—No te esperaba —dijo, sorprendida.

Él la apartó a un lado para que pudieran hablar en voz baja sin que los demás les oyeran.

—Volví anoche.

—¿Y Marie?

—Sigue su camino, espero.

—Bien. Hélène va a sentirse aliviada. También Hugo, claro.

—Iba con los mejores guías, pero no sé cómo habrá ido el paso a través de las montañas.

Élise asintió.

—Espero que se encuentre bien, pero los alemanes se están volviendo ahora más impredecibles —añadió él.

Ella miró a los dos maquis que estaban sentados a la mesa. Ya conocía a Mathius, que había sido amigo de Victor; un hombre alto y delgaducho con venas hinchadas en las mejillas y una pelambrera negra y rizada. Le sonrió y le presentó al otro hombre. Un joven, más bien un muchacho, de pelo rubio y fornido que la miraba con ojos curiosos y que se presentó como Louis. Parecían haber acordado en silencio su presencia en la reunión.

—He invitado a Élise a nuestra reunión —dijo Claude—. Va a tener ahora un papel más activo.

Apartó una silla para ella y Élise se sentó con ellos a la mesa, donde miraban con atención un mapa. Élise decidió que le contaría a Jack lo de Violette una vez que hubiesen abordado el tema principal.

—Entonces, ¿cuál es el plan? —preguntó Mathius—. ¿Es verdad que va a haber un desembarco de los aliados? Hemos oído muchos rumores antes que al final no han resultado en nada.

—No puedo contaros mucho ni sé más de lo que me han confirmado mis mandos. Aquí en el Dordoña nuestro objetivo es detener la marcha de la Segunda División Panzer de las SS, conocida como «Das Reich». Un pelotón duro donde los haya.

—¿Sabemos cuándo? —preguntó Élise, emocionada de verse implicada en los planes de echar por fin a los nazis de su país.

—Todavía no —respondió Jack—. Pero tenemos conexión por radio con Londres y cualquiera de vosotros puede oír Radio Londres si cuenta con algún aparato. Lo bueno es que, debido a los bombardeos en Alemania, la moral de las tropas alemanas se está viniendo abajo. Eso nos da cierta ventaja.

Claude asintió.

—¿Y Das Reich está ahora en Montauban? —preguntó Mathius.

—Sí. A unos cincuenta y cinco kilómetros al norte de Toulouse.

—Aquí hemos estado ocupados siguiendo vuestro plan. —Claude continuó mirando a Jack—: Intensificando la campaña de ataques, sabotajes y barricadas. Además, ha habido el cuádruple de entregas de armas por paracaídas.

—Bien —asintió Jack.

Claude se puso serio.

—El problema es que la mitad de los maquis no saben todavía cómo funcionan esas armas.

—Pero todos están deseando ir, ¿no? —preguntó Jack.

—Por supuesto. Hay un grado de expectación que nunca he visto. Frenético, diría yo.

Jack le miró sorprendido.

—Esperemos que esa pasión compense su falta de destreza.

—Las represalias alemanas han sido terribles —dijo Mathius—. No solo fusilamientos. También han prendido fuego a muchas casas de Montpezat, han quemado granjas y han echado abajo todo el pueblo de Terrou.

Jack infló los carrillos y dejó escapar un soplido.

—Va a ir a peor. Estos hombres, como poco, son peligrosos. Implacables cuando ven frustrados sus planes.

Hubo un breve silencio mientras todos asimilaban esas palabras.

—Bien. —Señaló un punto del mapa—. Pues la idea es interceptar a los alemanes en Bergerac, aquí. —Y, a continuación, siguió explicando el resto del plan y respondiendo preguntas más específicas de Claude, Élise y los dos maquis.

Antes de que se fuera, Élise le contó a Jack que Florence había visto que llevaban a Violette al *chateau* y le preguntó si, al menos, podría averiguar el motivo.

—A menos que a Suzanne se le ocurra algo, no hay muchas esperanzas de que podamos hacer nada en ese aspecto —dijo—. Lo siento mucho, pero es demasiado arriesgado y ahora que tenemos que prepararnos para lo del Das Reich no podemos permitirnos perder a ningún hombre en una operación que con toda probabilidad va a fracasar.

Estaba preocupada por Violette, pero, por supuesto, él tenía razón y si Suzanne se enteraba de algo lo diría. Así que estrechó su mano y se despidió de los demás.

De camino a casa, dio una vuelta por el pueblo para que la gente la viera recoger unas cosas del café. Tenía que evitar levantar sospechas de que algo raro estaba pasando, por lo que tenía que aparentar que lo que estaba haciendo era lo habitual de su trabajo. Ahora hacía algo más de frío, la brisa era cortante y le iba dando vueltas a todo lo que Jack le había dicho, con la esperanza de que al día siguiente hicieran un llamamiento a los voluntarios de las granjas y pueblos de alrededor para que cogieran sus armas y fueran con los maquis. Esas personas, a las que se conocía como AS o *Armée Secrète*, eran hombres y mujeres que llevaban una vida normal hasta que recibían la señal de tomar las armas.

Cuando llegó a las calles de la salida del pueblo, algo la detuvo en seco durante un momento mientras trataba de identificar qué era. Oyó un aullido de dolor y, después, carcajadas y voces de mofa. Se inclinó hacia delante mientras prestaba atención. ¿De dónde venía ese ruido? Las voces se fueron volviendo más agresivas y cuando oyó un fuerte alarido dirigió su atención a una pequeña plaza que había cerca. Continuó caminando y rodeó la esquina. Al principio, solo pudo distinguir las espaldas de dos hombres que lanzaban insultos y piedras a alguien que estaba agachado y se intentaba esconder detrás de un banco. Élise odiaba a los matones y se propuso darles a probar su propia medicina. Tras acercarse, reconoció a Enzo y a su amigo y oyó las palabras «zorra alemana» y «puta nazi» repitiéndose como un cántico.

Rodeó el borde de la plaza a hurtadillas para ver de quién se burlaban y sus peores pensamientos quedaron confirmados. Florence, con un vestido blanco sin mangas, estaba encogida como un animal atrapado, cubriéndose la cara con un brazo y suplicándoles que pararan. Élise sacó su pistola y se acercó a los muchachos.

—¡Apartaos de ella ahora mismo! —gritó apuntándoles con la pistola.

Ellos se pavonearon sin moverse, irguiendo la espalda y sacando pecho.

—¿Por qué no nos obligas? —cacareó Enzo—. Apuesto a que ni siquiera está cargada.

Ella amartilló el arma y le apuntó al corazón.

—Créeme, soy una magnífica tiradora.

Él se quedó un poco pálido.

—No te atreverías.

—¿Quieres apostarte algo?

Enzo abrió la boca, ahora un poco más inseguro.

—No soy nada reacia a matar. De hecho, me gusta, sobre todo cuando mi objetivo es escoria como vosotros dos. —Y una milésima de segundo antes de apretar el gatillo, apuntó con la pistola al cielo.

—*Putain!* —exclamó uno de los chicos, tras dar un salto con el corazón en la boca y empezar a retroceder.

—Y ahora oídme bien. Si me entero de que os acercáis a mi hermana otra vez, os mataré. Y es una promesa. Ahora, largaos cagando leches, imbéciles.

Los dos se giraron y echaron a correr a la vez que la maldecían.

Florence se levantó de donde había estado agachada y rodeó el banco para dejarse caer sobre él. Tomó aire con dificultad y, después, lo soltó despacio.

—¡Matones de mierda! —exclamó Élise—. ¿Cuánto tiempo has estado así?

—No mucho.

—¿Te han hecho daño?

—Solo un poco. Una de las piedras me ha dado en la pierna antes de esconderme detrás del banco. —Le enseñó a Élise la zona de la pierna donde ahora se veía un hilo de sangre—. Pero, por suerte, has llegado a tiempo.

—¿Te puedes poner de pie?

Florence respondió que sí y Élise la ayudó a levantarse.

—Vamos a llevarte a casa.

Florence se quedó mirándola.

—La cuestión es: ¿cómo lo han sabido?

—¿Se lo has contado tú a alguien?

—Solo a Lucille y ella no va a decir ni una palabra.

Élise no contestó. No tenía la misma fe que Florence en Lucille.

Recorrieron el sendero hasta su casa y encontraron a Hélène dormida en la sala de estar.

—No la despiertes —dijo Florence y se dio media vuelta—. Voy a preparar café.

—No estoy dormida —se oyó decir a Hélène con un murmullo.

Élise se cruzó de brazos.

—En ese caso…

—En serio, Élise, no importa —la interrumpió Florence tirándole del brazo.

Hélène se incorporó.

—¿Qué es lo que no importa?

Élise le levantó la falda a Florence para enseñarle la sangre.

—Ese estúpido de Enzo y su amigo se han estado burlando de ella y le han lanzado piedras.

—De verdad, no ha sido nada —insistió Florence.

—Cuéntale lo que te decían.

Florence dejó caer la cabeza, pero Élise continuó:

—Esos deslenguados de mierda la estaban llamando zorra alemana.

Élise miró a Hélène y vio que toda una gama de emociones recorría su rostro: rabia, miedo, fastidio, culpa. Sabía que Hélène estaba tratando de reprimir su instinto de arreglarlo todo para cuidar de ellas, pero, si quería poner arreglo a esto, ¿cómo podría hacerlo?

Hélène se puso de pie y cruzó una mirada con Élise antes de dirigirla hacia Florence.

—Voy a limpiarte la herida. Ven.

—¿Crees…? —dijo Élise—. Es decir, ¿no sería mejor que Florence no salga de casa en unos días?

—Hablaremos de lo que vamos a hacer después de verle la pierna. ¿De acuerdo, Florence?

CAPÍTULO SESENTA Y UNO

Hélène

Hugo había dicho que no empezarían temprano, así que, aún en casa, Hélène abrió de par en par la ventana de la cocina y, a continuación, miró a su hermana, que estaba ocupada limpiando la mesa.

—¿No hay nada que podamos hacer por Violette y su hijo? —le preguntó.

Élise dejó de limpiar y levantó la mirada y, a continuación, hizo un gesto de negación.

—Me temo que ahora mismo no.

—¿Estás segura? ¿Has visto a Suzanne?

Élise negó otra vez. Una ráfaga de viento hizo que se movieran las cortinas.

—Por el amor de Dios, cierra esa ventana —dijo—. Hoy se está levantando mucho viento.

—Pero esto está muy cargado —contestó Hélène, aunque cerró la ventana de todos modos—. Abriré mejor la puerta de atrás.

Élise se encogió de hombros y terminó lo que estaba haciendo. Después, fue al fregadero para enjuagar el trapo.

—He ido a casa de Violette, pero no ha abierto —dijo Hélène—. Deben de tenerlos todavía presos en el *chateau*.

Élise dobló el trapo por encima del fregadero para que se secara.

—Pues solo podemos rezar porque no les hayan hecho nada.

—Ojalá pudiera hacer algo. Odio no saber nada.

Élise dio una palmada para matar una mosca, pero se le escapó.

—Hélène, no hay nada que podamos hacer. Desearlo no cambiará las cosas. Sé que es espantoso, pero hay que concentrarse en preparar lo que vendrá los días siguientes. Lo he intentado, pero no hay nadie libre para poder hacer nada más.

Hélène asintió y no pudo evitar pensar en lo que había ocurrido la última vez que había intentado realizar un rescate.

—¿Has sabido algo de Jack? —preguntó mirando a Élise.

—Sí. Ha vuelto.

La expresión de Hélène se iluminó.

—¿De verdad? ¿Le has visto?

—Ayer.

—No me lo habías dicho.

—Fue una reunión de planificación. La verdad es que no me dejan decir nada.

—¿Y dijo algo de Marie?

—Solo que había ido bien. Que iba con buenos guías. Los mejores.

—Ay, gracias a Dios. Cuánto me alegro. —Y pensó en el alivio que iba a sentir Hugo. La ausencia de Marie había resultado dura para el anciano médico, a pesar de que siempre mostrara una actitud valiente y siguiera poniendo a todos por delante de él.

—Va a ser un gran golpe —dijo Élise un rato después—. En cuanto nos enteremos de dónde desembarcan los aliados. Jack está muy implicado.

—Bien. ¿Te ha dado algún mensaje para mí?

—No, pero…, oye, Hélène, como te he dicho, era una reunión de planificación, no una conversación trivial. No iba a decirme nada personal, ya sabes. Cree que Das Reich, una potente división de las SS, va a estar moviéndose por esta zona para tratar de enfrentarse a los aliados.

Hélène no podía mirarla a los ojos. No resultaba fácil hablar de Jack.

—Me parece lógico —contestó—. Oye, tengo que ir a darle a Hugo la noticia sobre Marie.

—Claro. Salúdale de mi parte.

Hélène recogió sus cosas y fue al pueblo. Hugo estaba desesperado por tener noticias de Marie y, ahora que tenía algo que contarle, Hélène no quería que pasara un momento más. Lucille, la amiga de Florence, estaba atravesando la plaza justo cuando llegó Hélène y levantó la mano para saludarla, pero la muchacha se dio rápidamente la vuelta y volvió por donde había venido. Hélène soltó un suspiro con la esperanza de que Florence no le hubiese contado nada sobre que tenía un padre alemán.

Al acercarse al consultorio, oyó unos vítores amortiguados. Abrió la puerta y vio a Hugo y a Pascal, el secretario, sonriendo de oreja a oreja, y a Leo, el policía, lanzando su gorro al aire. Arlo también estaba ahí, con un brazo alrededor de la cintura de su mujer, Justine, y *madame* Deschamps y su hija Amelie tenían los ojos abiertos de par en par y resplandecientes. Vio que cada uno sostenía una copa y que había tres botellas de champán en una mesita. Hélène se rio ante la alegre escena.

—Oh, mi querida muchacha —dijo Hugo con una sonrisa mientras llenaba una copa para ella y se acercaba para dárselo—. ¡Ha llegado el día! ¡Ha llegado el día! ¿No te has enterado?

—¿De qué? —preguntó a la vez que aceptaba la copa que le ofrecía.

Él le pasó un brazo por encima del hombro.

—Apenas puedo hablar de la emoción. Han desembarcado. Los aliados han desembarcado.

Ella ahogó un grito, incrédula.

—Dios mío, ¿en serio? Pero eso es maravilloso. ¿Dónde?

—En Normandía. Han desembarcado en Normandía. Acabo de oírlo en Radio Londres —añadió él.

—¡Gracias a Dios que existe la BBC! —exclamó Hélène. Sabía que hacían todas sus emisiones en francés para la Francia ocupada por los nazis. Y ahora la dirigía la Francia Libre que había escapado de la ocupación.

—Recuerda este día, Hélène. 6 de junio de 1944. Es el comienzo del final para los malditos nazis. Y ahora ha llegado el momento de hacer un brindis.

Todos levantaron sus copas mientras Hugo pensaba qué decir.

—Por nosotros —declaró por fin—. Por todos y cada uno de los que hemos sufrido este infierno y hemos vivido para contarlo, y por todos aquellos que han perdido la vida.

—Por nosotros —repitieron todos.

—Por el éxito de los aliados —añadió Hélène—. Y por la derrota nazi.

Todos asintieron y levantaron sus copas por los aliados.

Hugo abrió la segunda botella blandiéndola en el aire y el corcho salió volando al otro lado de la habitación, pasando muy cerca del lóbulo derecho de *madame* Deschamps. Ella pareció sorprendida, pero no molesta. Estaban todos eufóricos, entre risas y carcajadas mientras él servía un poco en sus copas.

—Yo también traigo una noticia —susurró Hélène unos momentos después y le apartó de los demás para contarle lo último que sabía de Marie.

Él la miró visiblemente conmovido, con los ojos llenos de anhelo.

—¿Ha llegado ya a Inglaterra?

—Lo dudo, pero lo hará pronto. Es una suerte que los nazis hayan dejado de buscarla.

Mientras Hélène continuaba hablando con el médico y sus amigos, el herrero llegó al consultorio para decirles que había oído rumores de una insurrección a gran escala en la zona de Bergerac. Puentes que habían volado por los aires, vías de ferrocarril destrozadas, puestos y plataformas giratorias destruidos. Hélène se sentía orgullosa del papel que Jack había desempeñado en todo eso. Esperaba que al Das Reich, la división de las SS de la que Élise le había hablado, le resultara imposible avanzar a mucha velocidad. Y que solo pudieran moverse lentamente hacia el norte desde Montauban.

Mientras volvía a casa, con paso ligero y animado, Hélène apenas podía creerse la noticia. Se dio cuenta de que estaba llorando, pero estas eran lágrimas de felicidad. Lágrimas maravillosas. Los aliados habían desembarcado de verdad. Por fin estaba pasando y se sentía eufórica. Por fin, quizá, Francia podría volver a ser libre. La verdadera felicidad parecía haberse quedado en la época en la que habían dado por sentada la libertad, pero ahora volvía a estar al alcance de la mano. Los nazis se marcharían; no hoy, pero sí pronto. Y la posibilidad de una vida en una Francia libre parecía mucho más que un sueño lejano.

CAPÍTULO SESENTA Y DOS

Al día siguiente, Hélène acababa de llegar al consultorio, pero ya estaba trabajando con Hugo en la preparación de los medicamentos que había que dar a los pacientes. Todas las superficies estaban impolutas y ella trabajaba con pausada eficacia.

—Ha habido aún más explosiones alrededor de Bergerac —dijo Hugo—. También incendios.

—¿Los alemanes están provocando incendios? —preguntó ella.

—No lo sé. Puede ser. A menos que sean los nuestros. ¿Puedes alcanzarme ese bote de penicilina, por favor? Es él último que tenemos.

Ella abrió el armario de las medicinas y sacó una botella grande de cristal marrón.

—Será mejor poner para toda la semana en cada uno de los botes más pequeños.

—¿Podemos conseguir más penicilina?

—Parece poco probable. Los suministros siguen todavía sin llegar.

Ella asintió.

—¿Oíste anoche Radio Londres? Es…

—Claro. El desembarco aliado se ha afianzado.

Ella cerró los ojos un momento y relajó los hombros mientras una sensación de alivio le inundaba el cuerpo.

—Gracias a Dios. No me imagino lo espantoso que ha debido ser para las tropas.

—Bastante aterrador, diría yo. Y están empapados. El locutor decía que han desembarcado más de ciento cincuenta mil soldados estadounidenses, británicos y canadienses en cinco playas.

—¿Cinco?

—Sí. Todas a lo largo de un tramo de ochenta kilómetros de costa normanda. Se dice que los alemanes se habían creído que el desembarco iba a ser en otro lugar.

—¿Han dicho eso en la radio?

—Lo han dado a entender.

Ella se quedó sin palabras, casi mareada, deseando poder tener también una radio. Así podría escuchar los avances cada día, aunque tenía que admitir que el suspense podría ser terrible.

—Es el comienzo del fin. Recuerda lo que te digo.

—Ah… Lo deseo de todo corazón. —Sintió lágrimas en los ojos y se quedó inmóvil un momento, ante la expectativa de un final que aún no había llegado, pero que quizá, solo quizá, llegaría pronto y, a continuación, tomó aire y siguió hablando—: ¿Andamos escasos de algo más?

—Tenemos bastantes barbitúricos. Pentobarbital y butabarbital. Cualquiera habría imaginado que durante una guerra se usaría más, ¿verdad?

—Pues sí.

—Tenemos suficiente sulfapiridina, creo. ¿Puedes comprobarlo? Vamos a necesitarla si tenemos que tratar alguna baja.

—¿Has oído algo? —preguntó Hélène levantando la mirada.

—Estás un poco nerviosa. Solo ha sido el tubo de escape de un coche.

Pero Hélène tomó aire y se mordió el labio.

—Espero que lo que quiera que sea no tenga nada que ver conmigo.

—¿Por qué iba a tener que ver contigo?

Hélène tragó saliva.

—Hugo, la verdad es que me vendría bien que me aconsejaras.

Él ladeó la cabeza.

—Cuéntame.

—Verás, es que hace poco hemos sabido que Florence tiene un padre distinto al mío y al de Élise.

Hugo la miró con expresión de sorpresa.

—Dios mío. ¿Quieres que hablemos de ello?

Sin saber qué decir, Hélène se dejó caer en una silla.

—No lo sé. Sí. No.

—Bueno. La noticia ha tenido que ser un impacto, pero…

—Me temo que hay algo más —le interrumpió ella—. Su padre es alemán.

—Ah. Bueno…, pensémoslo un momento. —La miró y, después, bajó los ojos al suelo antes de hablar de nuevo—: En primer lugar, quizá no sea tan preocupante como crees.

—Ay, Hugo.

—Que no salga de casa por ahora. Ya iremos viendo.

—No sé cuánto tiempo tenemos antes de que llegue la liberación y las represalias que seguramente le seguirán.

—Aún queda un poco. Los aliados tienen todavía por delante una batalla tremenda.

—La cuestión es que van a necesitar a Élise y yo preferiría no dejar a Florence sola en casa en estos momentos.

—Tómate todo el tiempo que necesites —dijo él dándole una palmada en la mano—. A menos que tengamos más bajas, podré arreglármelas con facilidad.

Los dos oyeron los chirridos de neumáticos de más coches que llegaban. Intercambiaron una mirada de inquietud al oír puertas de coches que se cerraban de golpe y, después, empezaron los gritos.

—Voy a ver qué está pasando —dijo Hélène mientras se acercaba a la ventana para mirar. Al ver que la plaza del pueblo se llenaba de vehículos blindados, todos luciendo la insignia nazi, dejó caer los hombros. Se apartó de la ventana para mirar a Hugo y se puso la mano en el pecho—. La plaza está abarrotada de soldados alemanes.

Hugo se había quedado pálido.

—¿Das Reich?

376

—No, es demasiado pronto —contestó ella—. Puede ser por los descarrilamientos y los ataques. —Los dos sabían que eso quería decir que los alemanes querrían venganza.

—¿Dónde está tu hermana?

—¿Élise?

—Sí. ¿Está en el café?

—No creo. Tenía reuniones fuera del pueblo.

—Así estará más segura. —Hizo una pausa—. Hélène…, nunca te he dado las gracias.

—¿Por?

—Por acompañar a mi mujer.

—Sí que me lo agradeciste, Hugo. Por favor, no te preocupes. Estoy segura de que Marie está en buenas manos.

Hélène sabía que su voz parecía más segura de lo que ella se sentía, pero no quería alarmarle.

—Espero que tengas razón —contestó él—. ¿Deberíamos salir ahí?

Ella negó con la cabeza.

—Pronto llamarán a la puerta.

El descarrilamiento de un tren que iba a recoger suministros de un enorme almacén alemán había sido un éxito. Hélène había visto, con el corazón en la boca, cómo su hermana salía en un camión con varios maquis la noche de antes, llenos de emoción y grandes expectativas. Este era precisamente el tipo de operación que Jack había venido a organizar, pero ella sabía bien que no debía albergar la esperanza de verle ahora, aunque, si era sincera, eso no la iba a detener.

Mientras esperaba con Hugo, se agarró al lateral de la encimera y pensó en Jack. Desde su última noche juntos había sentido que, después de todo, aún podían tener alguna oportunidad. Quizá solo fuera una pequeña posibilidad, pero había sentido la calidez de su amor. De eso estaba segura.

—Quizá no vengan —dijo Hugo.

Ella sentía las manos húmedas.

—No aguanto esta espera. ¿No deberíamos seguir preparando las medicinas?

Cogió de nuevo uno de los botes de cristal y empezó a llenarlo. Mientras lo hacía, pensaba en el embarazo de Élise y en lo peligroso que era que estuviese participando en las actividades de los maquis. Pero cuando Hélène se había enfrentado a ella, su hermana se mofó sin más.

—Tengo que honrar la memoria de Victor —había dicho con un brillo de desafío en sus ojos.

—¿No es suficiente llevar a su hijo en tu vientre?

Élise se había puesto de pie con las manos en la cintura y se había quedado mirándola con expresión de pena.

Pero Hélène había empezado a contemplar que no todas las opciones eran iguales y, si Élise estuviese ya meciendo a un niño en sus brazos, seguramente se habría visto obligada a tomar una decisión distinta. ¿Era posible decidir hacer algo que podría poner en peligro a tu propio y querido hijo?

Un grito procedente de la calle la detuvo en seco.

—Ay, Hugo —dijo—. ¿Qué está pasando ahí?

Él se acercó a la ventana para mirar.

—Caos. Eso es lo que pasa.

Mientras Hélène se secaba las gotas de sudor de los labios, pensó en Violette. Su amiga no quería hacer sombreros para los oficiales alemanes, pero había decidido hacerlos por el bien de su hijo. Pero si los aliados ganaban, ¿estaría a salvo?

Y si los aliados avanzaban, ¿qué supondría eso para Florence, con un padre alemán?

Oyó que la puerta lateral se abría de golpe. Dos hombres atravesaron la entrada a toda velocidad y entraron en la habitación. Uno de ellos, al que reconoció como el hermano mayor de Enzo, un chico que se llamaba Emile, cojeaba por lo que parecía una herida reciente en la pantorrilla. El otro era mayor, tremendamente delgado y demacrado. Era evidente que los dos estaban huyendo.

—Ayudadnos. Os lo suplicamos —imploró Emile con miedo en los ojos.

—Llévalos a los dos a la clínica —le ordenó Hugo—. Mételos en una cama.

—¿Con la ropa puesta?

—No hay tiempo de desvestirles ni de vendarle la herida a ese hombre. Cúbrelos con una manta y vuelve aquí lo más rápido que puedas.

El corazón de Hélène le latía con fuerza mientras hacía lo que le había ordenado, después, abrió la puerta de atrás y la dejó abierta para que pareciera que esos hombres habían entrado por ella y se habían escondido ahí sin que Hugo lo supiera.

Justo cuando volvía se oyeron unos estruendosos golpes en la puerta. Hugo le dio a Hélène una botella de aceite de ricino.

—Mídelo. Que parezca que estás ocupada, pero tranquila.

Mientras ella levantaba la botella, irrumpieron cinco soldados armados con rifles.

—Fuera —dijo su jefe—. Todo el mundo fuera.

—Hay enfermos de nuestra clínica —contestó Hugo.

—¿Cuántos? Tienen que salir.

—Deje que… —trató de explicarle Hugo.

Pero aquel matón le apartó de un empujón y entró a la pequeña sala donde ahora había cinco hombres. Los tres que estaban enfermos de verdad y los dos que estaban huyendo. Hugo y Hélène entraron detrás, ambos con miedo de lo que pudiera pasar a continuación. Con sus rifles, los soldados arrancaron las mantas de la primera cama y las arrojaron al suelo mientras su ocupante, un anciano de ochenta años, se encogía asustado. Continuaron una cama tras otra hasta llegar a la última, que era la ocupada por Emile, el hombre herido.

—¿Por qué hay sangre en el suelo? —preguntó el alemán.

Emile se levantó al instante de la cama y levantó los brazos como gesto de rendición. El anciano salió de su cama y fue corriendo hacia la puerta. Antes de llegar a ella, sonó un disparo en el aire haciendo que todos se sobresaltaran. El anciano cayó desplomado al suelo.

—Esto es un hospital —dijo Hugo—. No puede…

El soldado se giró hacia Hugo y le apunto directamente con el rifle.

—Cierre la boca, abuelo. Puedo hacer lo que me dé la gana. Ya conoce cuál es el castigo por ayudar a un terrorista.

Hélène dio un paso al frente.

—Por favor, ninguno de nosotros sabía que esos hombres estaban aquí. Mire, la puerta de atrás está abierta. Han debido de entrar a hurtadillas mientras nosotros estábamos delante preparando los medicamentos. Por favor, el doctor Hugo no haría nunca nada malo.

El hombre le lanzó una mirada implacable.

Entró otro hombre y Hélène reconoció al instante que se trataba del capitán Hans Meyer. Hélène trató de ver su expresión y sintió alivio al ver que parecía haberse dado cuenta de lo que estaba ocurriendo.

Pronunció una orden en alemán y el soldado que apuntaba a Hugo con el rifle lo bajó. A continuación, ordenó a los soldados que arrestaran al maquis herido y, después, que se llevaran al hombre muerto de la clínica.

Se marcharon todos excepto el capitán Meyer, que miró primero a Hélène y, después, a Hugo.

—Debe tener más cuidado con quién deja entrar. Mantenga las puertas cerradas con llave. No estaré aquí mucho tiempo más.

Hélène trató de decirle que no habían sabido que esos hombres estaban allí, pero él hizo un gesto de negación.

—No nací ayer, ¿no es eso lo que dicen ustedes?

Hélène evitó mirarle a los ojos.

—En fin, aprendan de esto para la próxima.

—Gracias.

Él la miró fijamente.

—Por si aún no se ha enterado…, el joven desertor, Tomas, creo que se llamaba. Se ha recuperado y se espera que lo traigan hoy para que pueda identificar a las personas del pueblo que le ayudaron a esconderse. Podrían perdonarle la vida si lo hace. Pero escuche con atención, es posible que ya tengan, al menos, parte de la información que necesitan.

Hugo asintió.

—Gracias por su ayuda, capitán.

Se levantaron y se quedaron mirando al soldado al salir. A continuación, el médico empezó a recoger despacio las sábanas del suelo. Hélène fue a ayudarle y, después, limpió la sangre, con el corazón en un puño. Tomas. ¿Qué demonios iba a hacer ella ahora?

CAPÍTULO SESENTA Y TRES

Cuando acabaron, Hélène se concentró en respirar hondo mientras Hugo le daba palmadas en la espalda y le repetía que todo iba a salir bien. Ella no sabía qué podría pasar pues, por supuesto, ese muchacho las iba a denunciar para salvar su vida. Miró con desolación por la ventana cómo las SS se llevaban a rastras a dos ancianos, uno de ellos el abuelo de Emile, que había sido un héroe de la Gran Guerra y que ahora vivía dedicado por completo a sus nietos. Era terrible.

En el momento en que la plaza se vació de soldados, Hugo le dijo que se fuera a casa. Ella recogió sus cosas, le dio un beso en la mejilla y, después, se fue a paso rápido por las ahora silenciosas calles de adoquines. Tenía la respiración acelerada, entrecortada, mientras serpenteaba entre los nogales con cuidado de no pisar a los gansos y, después, corrió por el sendero hasta llegar a su verja. No entró por la puerta principal, sino que rodeó por el lateral, donde vio que Florence estaba en el jardín, más abajo. Por la posición de sus hombros, Hélène vio que su hermana estaba poco comunicativa. Se acercó despacio.

—Florence, tengo que hablar contigo.

Florence se giró, parpadeando y con expresión hermética.

—¿Qué pasa?

—Van a traer a Tomas al pueblo para que denuncie a las personas que le escondieron.

Florence ahogó un grito y se agarró al brazo de Hélène.

—¿Qué vamos a hacer?

—Élise y tú debéis ir a la casita escondida. La que te enseñé, ¿te acuerdas?

—¿La casa de Caperucita Roja?

—Sí. Y quedaos allí hasta que no haya moros en la costa.

—¿Qué vas a hacer tú?

—Algo se me ocurrirá. Al menos, nos han advertido que va a ser hoy. Mete lo necesario en un bolso y vete ya, ¿de acuerdo?

Florence parecía aterrorizada.

—No sé dónde está Élise.

—Ni yo. Estaré atenta por si viene. Llévate algo de comida y un mantón abrigado. Yo espero poder llevarte más cosas después, pero ahora date prisa. —No quería decirle que para entonces quizá podría estar arrestada.

—Es culpa mía. Si no hubiese insistido en meterlo en el desván.

—No te preocupes. Vete.

Florence entró en la casa corriendo y, minutos después, con el bolso listo, estaba besando a Hélène en las mejillas.

—Lo siento mucho, Hélène —dijo.

—Olvídalo. Luego hablamos.

Después de que Florence saliera hacia el refugio, Hélène preparó un bolso para Élise, por si acaso, y trató de pensar qué hacer. Se quedaría con el uniforme de enfermera puesto y esperaría poder librarse con alguna excusa. Pero si era cierto que Tomas les había contado ya algo, ¿qué pasaría entonces? Quizá podría decir que le había tratado médicamente y que, después, le había aconsejado que se entregara. No parecía un gran plan. Quizá Tomas se había escapado antes de tener la oportunidad de que la Milicia supiera nada de él, lo cual no era mucho mejor.

Dio vueltas por la casa con ansiedad y, después, sintiendo claustrofobia por estar bajo techo, salió al jardín. Era un día tranquilo, no se movía ni una brizna de hierba ni las hojas del castaño ni tampoco las pocas nubes que había en el cielo. Todo estaba inmóvil. A la espera. Sintió cómo el corazón le bombeaba la sangre por las venas. Sintió el pulso latiéndole en el cuello, demasiado rápido. El estómago se le tensó. La mandíbula se le había cerrado. El mundo entero se cernía sobre ella, encerrándola. Y el silencio. El espantoso silencio. Notó que las manos le temblaban y las juntó, clavándose las uñas en la carne tierna.

Entonces, de repente, el silencio quedó interrumpido por Élise.

—¿Te has enterado? —dijo.

Roto el hechizo, Hélène se giró mientras Élise iba hacia ella.

—Habla en voz baja. ¿Te refieres a lo de Tomas?

—Sí. Nos lo ha confirmado Hugo. He traído a Henri conmigo. No te preocupes, está escondido.

Hélène miró a su alrededor.

—¿Para qué?

—Es el único que puede acabar con Tomas de un solo disparo.

Hélène tragó saliva. Qué locura era esa. El dueño del *chateau* era ahora un asesino y estaban planeando matar al mismo muchacho al que anteriormente habían tratado de salvar.

—¿Y si falla?

—Es un riesgo calculado —contestó Élise con más resolución que nunca—. No te preocupes. Henri está en el granero abandonado que hay al lado de donde empieza nuestro sendero. Tenemos dos vigilantes que estarán alerta para ver desde qué dirección vienen los alemanes o la Milicia. Creemos que del pueblo, pero no estamos seguros.

—¿Y Henri va a disparar solamente a Tomas?

—Solamente. No queremos arriesgarnos a que nadie más resulte muerto. Henri es sin duda el mejor tirador que tenemos.

—Entonces, sí que ha estado trabajando para la Resistencia.

Ella sonrió.

—Por supuesto. Pero lo hemos mantenido en secreto.

—Me alegra saberlo.

—Traerá consecuencias, pero queremos que crean que solo se trata de un maquis temerario que dispara a cualquier soldado alemán que pase. Que está relacionado con el descarrilamiento.

—Pero seguramente lo averigüen.

—Puede ser, pero hemos organizado acciones similares en otros sitios. Muchas. Pero principalmente disparar a las ruedas o los radiadores para no dar lugar a muchas más represalias.

—Así pensarán que forma parte de eso.

Élise se encogió de hombros.

—Eso espero. Y ahora escucha. Si Henri no consigue liquidar a Tomas, oirás un fuerte silbido. Quédate aquí en el jardín todo el día, pero si oyes el silbido, tendrás que ir corriendo a esconderte hasta que puedas llegar al refugio.

Las hermanas se miraron con preocupación. Hélène tenía miedo, segura de que algo iba a salir mal, pero Élise le agarró la mano y se la apretó.

—Vamos, puedes hacerlo. Estoy segura de que después de lo de Burdeos puedes hacer lo que sea.

Hélène respondió con una débil sonrisa.

—¿Cómo habéis organizado todo esto tan rápido?

—Suzanne lo oyó anoche en el castillo, así que hemos tenido tiempo. Ahora no sabemos cuándo llegarán los guardias que traen a Tomas, pero creemos que van a interrogar primero a la gente del pueblo, por tanto recibiremos algún aviso. Suzanne ha dicho que no creen que Tomas estuviese oculto en el pueblo mismo, sino en un granero o alguna granja cercanos.

—Una casa como la nuestra.

—Pues sí, pero no olvides que hay más.

—¿Y si les dice que había tres mujeres? ¿No llamará eso la atención?

—Estaba aterrado y deliraba, tú le sedaste y, luego, tuvo los ojos vendados. Es probable que su memoria sea algo precaria.

—¿Y qué me dices de cuando intentasteis llevarlo al refugio Victor y tú?

—Tomas fue con los ojos vendados parte del camino y yo iba vestida de hombre con un gorro de tela ocultándome el pelo. —Fue a coger de nuevo la mano de Hélène—. No le des muchas vueltas,

385

Hélène. Tranquila. Lo único que tienes que hacer es estar atenta por si oyes el disparo. Si va seguido de un silbido, echa a correr, y si no, quédate aquí hasta que yo llegue.

—¿Dónde vas a estar tú?

—Estaré cerca. Ahora, basta de preguntas. Está todo preparado.

Élise entró en casa y salió minutos después con un aspecto casi irreconocible, disfrazada de granjero. Hélène la miró sorprendida.

—No vas a poder pasar tan desapercibida cuando estés de seis meses.

—Espero no tener que hacerlo.

Hélène la miró con una sonrisa. A Élise siempre le había gustado sorprender a la gente, no como las chicas que optaban por formarse como mecanógrafas y taquígrafas solo para cazar a alguno de sus jefes y establecerse en una preciosa casita con dos preciosos hijos. El de precioso no era un calificativo que soliera utilizar Élise. Bonito sí. También fiero. Y Hélène se dio cuenta de lo mucho que la admiraba por ello.

CAPÍTULO SESENTA Y CUATRO

Florence

Florence corría por el bosque, tropezándose con el enjambre de raíces y ramas caídas, perdiendo el equilibrio de vez en cuando y estabilizándose justo a tiempo para no caerse. Más de una vez se resbaló con las hojas mojadas y salió volando, pero se las arregló para no caerse agarrándose a la áspera corteza del tronco más cercano. Olía la tierra mojada, las flores silvestres, oía el canto de los pájaros y las ramas secas que crujían a sus pies. De algún lugar cercano llegó el sonido de una corriente de agua, del croar de unas ranas y el golpeteo de un pájaro carpintero. Toc, toc, toc. Vio a una ardilla roja que subía por un árbol, pero hoy quería pasar a toda velocidad junto a los árboles. El bosque se veía sombrío, fantasmal y, por una vez, no resultaba nada reconfortante. Solo se detuvo para levantar la vista hacia las verdes copas de los árboles en dos ocasiones y, tras espantar de su cara a los insectos que volaban, continuó corriendo. Cuando llegó a los prados que llevaban hasta el refugio se agachó, sin aliento por el esfuerzo, con las manos en los costados y jadeando hasta que se le pasaron los calambres.

Rodeó los prados bajo la sombra de los robles que había al borde del camino, alerta en todo momento de cualquier rastro de los soldados. La alta hierba susurraba con la brisa y el prado mismo era un derroche de color. Deseó poder pararse a disfrutar del día, pero sabía que no podía. Poco después, llegó hasta los árboles tras los que se escondía la casita. Pasó por un hueco y corrió por el sendero lleno de maleza, pero se detuvo en seco cuando vio una motocicleta a medio cubrir. ¿Había llegado ya Élise? Sabía que su hermana utilizaba a veces la moto que había sido de Victor. Se acercó con cuidado y, al llegar a la puerta, vio que el cerrojo no estaba echado y que estaba entreabierta. La abrió y dijo en voz baja el nombre de su hermana. No hubo respuesta.

Al oír unos pasos, retrocedió con el corazón en la boca mientras miraba por la cocina con la esperanza de encontrar un sitio donde esconderse. Salvo por una puerta, no había nada más en la habitación. La invadieron los recuerdos del asalto de los BNA y el miedo le recorrió el cuerpo. ¡La despensa! Tenía que esconderse en la despensa. Corrió hasta lo que pensaba que era su puerta y empezó a tirar del pomo y a girarlo. Mientras entraba en pánico volvió a intentarlo, pero la puerta no cedía.

—*Merde!* —murmuró mientras los pasos se acercaban y el corazón empezaba a latirle aún más rápido.

—Vaya, ese no es el lenguaje propio de una chica francesa bien educada.

Al reconocer la voz, se giró.

—¿Qué haces aquí?

—Yo estaba a punto de hacerte la misma pregunta.

—Ay, Jack, Hélène está en peligro y es todo por mi culpa. —Ladeó la cabeza con una mezcla de tristeza y miedo.

—Ven aquí.

Su voz sonaba amable y tierna, así que se acercó a él y Jack la tomó de los brazos y la miró a los ojos.

—Cuéntamelo todo.

Ella le explicó lo que estaba pasando y le dijo que Élise no había aparecido o que, al menos, no lo había hecho cuando ella se había marchado y que Hélène iba a tener que enfrentarse sola a los soldados alemanes y a Tomas. En cuanto oyó aquello, él se puso en acción y se dio la vuelta para coger las llaves de la motocicleta de la mesa donde las había dejado. Florence sabía que Hélène le tenía mucho cariño a Jack y desde el viaje a Burdeos había visto una nueva luz en sus ojos. Pero no había sabido lo mucho que Jack también la quería. ¿Había pasado algo entre los dos en Burdeos? No lo sabía. Desde luego, parecía preocupado ahora por Hélène mientras se dirigía hacia la puerta y, a continuación, se giró para mirarla.

—Cierra con llave cuando yo salga, también las contraventanas, y quédate arriba. No dejes entrar a nadie. Solo a Élise, a Hélène o a mí. Yo volveré en cuanto pueda.

Después de que se fuera, Florence cerró las contraventanas y la puerta y, a continuación, subió a tumbarse en una de las camas, aunque antes quitó el polvo y la arenilla que habían caído de las vigas del techo y que ahora formaban una fina capa sobre las mantas. Cuando por fin se tumbó, miró las grietas de las paredes que se extendían desde el suelo hasta el techo y que eran visibles incluso bajo la tenue luz. A juzgar por el polvo de la cama, las vigas de madera debían de estar llenas de carcoma, y quizá también los tablones del suelo. Se preguntó por la familia que había vivido allí, el marido muerto, y la esposa y el hijo huidos. No le sorprendía que la mujer no quisiera seguir viviendo en esa casa sin su marido. Debía de sentirse muy sola y Florence pensó que aún palpaba la tristeza que invadía la casa.

No quería quedarse tumbada casi a oscuras y sola, pero no se atrevía a desobedecer a Jack. Había en él algo muy masculino y resuelto y ella se sentía segura pensando en él. Su defensor. La suya era una forma de liderazgo relajada, pensó, pero luego, mientras se lo imaginaba, experimentó una sensación inesperada, casi una rendición o quizá fuese necesidad. La necesidad de entregarse. Aquello la sorprendió. Sin embargo, fue en aumento. Sentía que podía darle cualquier cosa que él deseara, hacer lo que él le pidiera. Entregarle su vida. Sí, eso era. Qué extraño. ¿La rendición era lo mismo que la sumisión? ¿Qué quería decir? Ni ella misma entendía lo que le pasaba.

Por primera vez, reconoció que sus sentimientos hacia Jack eran complicados. Al contrario que la dulce ternura de Anton, la fuerte personalidad de Jack resultaba embriagadora y, desde aquellos inocentes días en los que había salido a pasear con Anton, ella había cambiado. Ya nada resultaba sencillo. La vida la había cambiado y también había cambiado lo que ella quería. Ahora se sentía atraída por Jack sin poder evitarlo. Se imaginó su rostro, sus ojos verdes, su amplia sonrisa y sintió que ella también le sonreía. Por un momento, vaciló y, a continuación, se colocó una mano en el vientre, más por distraerse que por otra cosa, pero mientras sentía una oleada de deseo se imaginó que eran las manos fuertes de Jack las que tenía sobre su estómago. Y sus labios sobre su boca. Se acarició la suave carne del interior de sus labios con un dedo. Sintió que los pezones se le endurecían y que iba apareciendo una presión, tanto que la sensación entre sus piernas se volvió muy intensa. Se estremeció de placer, con la respiración acelerada, mientras se entregaba a sensaciones cada vez más fuertes. Rindiéndose. Le dejaría hacer lo que quisiera. Que la tomara como deseara. Y ahora que había llegado tan lejos, no podía controlarse por mucho que quisiera, ni tampoco quería. Por el contrario, todavía con la sensación de que era Jack quien la tocaba, abrió las piernas y dejó caer las rodillas. La necesidad emocional y física la abrumaba. Se acarició cada vez con más urgencia mientras se entregaba y se dejaba hasta que empezó a sentir las oleadas. Solo duró unos breves segundos y, poco a poco, mientras la respiración se le iba tranquilizando, disfrutó de una inesperada felicidad. Quizá la violación no le había hecho tanto daño como pensaba. Puede que al final todavía hubiese alguna esperanza para ella.

Pero ahora, mientras el rostro de Hélène aparecía en su mente, fue consciente de la deslealtad de su comportamiento. Hélène amaba a Jack. Horrorizada por lo que había hecho, se reprendió a sí misma. Nunca más debía permitirse pensar en Jack de esa forma y jamás podía volver a hacerlo, aunque solo fuese en su imaginación. Jack no era de ella ni lo sería nunca. ¿Cómo iba a mirarle sabiendo lo que había pensado de él? ¿Cómo iba a poder mirar a Hélène? Se sentía sucia, manchada por su propio y estúpido deseo. Era despreciable. Ella era despreciable. No habían sido los cuentos de hadas los que la habían asustado, sino sus propios pensamientos descontrolados, sus propios instintos de autodestrucción y el poder de su imaginación.

Bajó las piernas de la cama y se puso de pie. Después, dio vueltas de un lado a otro preocupada por lo que podría estar pasando en casa. Qué persona tan horrible debía ser para haberse olvidado, aunque solo hubiese sido por un momento, del peligro en el que Hélène se encontraba. Hélène, que llevaba años cuidando de ella, que había sido como una madre, que siempre se había puesto en segundo lugar.

—Hélène —susurró—, lo siento mucho.

CAPÍTULO SESENTA Y CINCO

Hélène

Mientras el sol de la tarde inundaba la cocina, Hélène se preparó un café y lo removió despacio. Después, salió otra vez, lo dejó en el suelo y enseguida se olvidó de él, como solía pasarle a su madre. Su padre siempre se quejaba amargamente de la cantidad de tazas de té que encontraba por toda la casa, llenas, frías y abandonadas. Parecido a como Élise y ella se habían sentido. Bueno, solo en lo de la frialdad y el abandono. Había sido aquel un hábito poco propio de alguien tan dado al control como Claudette, pero Hélène era ahora más consciente de las grietas que había en la máscara de su madre; de los rincones de su interior donde se alojaba una madre diferente. Escondida, pero para nada muerta. Pensó en el vestido rojo de seda. Había sido de su madre, pero resultaba inconcebible que Claudette se hubiese mostrado tan pasional y furiosa como para hacer jirones la falda en un arranque de rabia y alcohol.

Hélène sentía como si llevase horas esperando en el jardín, pero, cuando miró el reloj, vio que apenas había pasado algo más de una hora. La espera resultaba insoportable y estaba deseando entrar para buscarse alguna tarea útil que hacer con las manos, pero Élise había insistido en que se quedara fuera para oír el silbido, si es que lo había. Si. Qué palabra tan corta. Miró hacia las contraventanas de la casa, con la pintura descascarillada. Había que volver a pintarlas. Lo

392

haría en cuanto todo esto hubiese acabado. Soltó un largo y sentido suspiro. Había demasiadas cosas que hacer y no soportaba estar mano sobre mano mientras sentía una inquietud tan abrumadora.

Merodeó por el jardín como un gato en busca de su presa, solo que esta vez podía ser ella la posible presa. Se llevó una mano a la frente para limpiarse el sudor. Ya no podía tardar mucho más.

Y entonces, de repente… ¿Era Jack el que había salido entre los árboles y, después, había vuelto a desaparecer y a aparecer un poco más cerca? Entrecerró los ojos para ver con más claridad a la vez que los ocultaba del sol con una mano. Sí, seguro que era él, bajo la penumbra de los árboles, apenas visible. Volvió a mirar. Sorprendida. Encantada. Asustada. Pensando todavía en que se lo había imaginado. ¿Cambiaría la luz y, al final, se daría cuenta de que no era él? Pero, tras acercarse un poco, vio la inconfundible sonrisa de su rostro.

—No puedes estar aquí —susurró ella.

—He pensado que te vendría bien un poco de ayuda.

—Está todo en orden. No debes dejar que te vean. Por favor, Jack.

Por un momento, casi olvidó su propio nombre mientras estudiaba su cara, más delgada que antes, pero sus ojos verdes seguían brillando y llenos de luz.

—¿Cómo lo has sabido?

—He visto a Florence.

—¿En la casa?

Asintió.

—Odio esto, Jack —dijo ella tratando de contener las lágrimas—. Pero ahora tienes que irte.

Él le limpió las lágrimas con los dedos.

—No estoy llorando.

—Claro que no. —Levantó las manos con fingido gesto de rendición y, después, le quitó algo del pelo.

—Una mariquita —dijo antes de dejarla volar.

Había sido un gesto de cariño, quizá un reconocimiento de eso que había entre ellos, lo que quiera que fuera eso que había entre ellos.

—Ten cuidado, Hélène. Pero estaré cerca. Por si acaso.

Su seguridad la tranquilizó y, después de que él se fuera, se quedó sentada en el banco de hierro forjado sintiéndose algo menos angustiada que antes. Recordó la primera vez que había visto a Jack y sus alegres ojos tan llenos de calidez. Era un hombre bueno. Un hombre honesto. Deseaba oírle hablar de sus esperanzas y sus sueños. Pero ¿alguna vez la incluiría en ellos? Quizá. Solo quizá. Esperaba que él se mantuviera al margen si venían los alemanes a por ella. No serviría de nada que los arrestaran a los dos. Centró su atención en escuchar, pero sentía como si de repente todo el mundo se hubiese convertido en un revoltijo de sonidos. Ovejas, vacas, cabras, pollos, pájaros, insectos, árboles, hierba. Todo lo que podía producir sonido lo estaba haciendo. De pronto, se había levantado una brisa y ahora todo se movía también. ¿Cómo iba a oír así ningún silbido? Y ella, que tan cautelosa había sido siempre, ¿cómo había terminado en esta situación? ¿Deberían haberse quedado en Inglaterra, haber buscado el modo de hacerlo en lugar de obedecer sin más las órdenes de Claudette? En su mente apareció su padre cuando la enseñaba a montar a caballo. «A veces, hay que caerse para aprender a levantarse y a mantenerse en pie», le había dicho. «No te agarres con tanta fuerza, Hélène».

Pero quería agarrarse y no soltarse jamás. A su vida, a sus hermanas, a lo que había sido su refugio. Pasó los dedos por la madera áspera de la valla y levantó la vista hacia el sendero con la esperanza de que pasara algo, pero, al mismo tiempo, deseando que no fuera así. ¿Qué posibilidades había de que esto terminara bien? ¿Cuáles eran las probabilidades de que Henri consiguiera disparar solo a Tomas antes de que a los guardias les diese tiempo de responder al disparo? Un cincuenta por ciento. ¿Menos? ¿Más? Infló las mejillas con gesto de frustración al no permitirse pensar en ese pobre muchacho alemán al que iban a matar por salvarlas a ellas. Se imaginó a Henri, con el dedo sobre el gatillo, con el objetivo sobre el muchacho. Solo sería necesaria una bala y un disparo directo al pecho para que todo terminara. En su imaginación, vio a Tomas gritando de dolor y llevándose la mano a la herida antes de soltar su último aliento. Otra pobre víctima. Resultaba espantoso imaginarlo.

Su mente daba vueltas a toda velocidad y no podía evitar que sus pensamientos saltaran de una cosa a otra. Pero pensar era el único modo de mantener la cordura, la única forma de poder soportar esto, cualquiera que fuese el resultado. Se obligó a no obsesionarse con el peor resultado posible, con la idea aterradora de que si Tomas la identificaba a ella y a la casa, sería el final. La torturarían y la ejecutarían y sus hermanas tendrían que huir. Sus hermanas. Dios mío. Sus hermanas. Al menos, Florence estaba a salvo en la casa. Pero ¿dónde estaba Élise?

¿Estaría a salvo? ¿Estaría en el bosque?

Hélène bajó hasta el final del jardín, desde donde echó una mirada a los muros color miel de su casa. Después, miró hacia el bosque con la esperanza de poder ver a Élise o a Jack allí escondidos, pero no había rastro de ninguno de los dos. Lo cual era bueno. Mejor si permanecían escondidos. Pero se sentía terriblemente sola, esperando allí sin poder hablar con nadie. ¡Dios! Esto era insoportable. Con una tensión que pocas veces había sentido con anterioridad, se giró para volver a su banco favorito y oyó el repetitivo cu-cu-cu-cu-cu de una paloma torcaz.

Y entonces, de repente, sonó un disparo en el aire.

CAPÍTULO SESENTA Y SEIS

Segundos después del primer disparo, Hélène oyó otro. Y entonces, casi a la misma vez, oyó un silbido. Ahí estaba. Si el disparo iba seguido de un silbido tenía que salir corriendo. Aun cuando apenas se había extinguido el sonido de los disparos, salió a toda velocidad por el jardín, cruzó el sendero y corrió hacia el interior del bosque con tanta rapidez que el pecho le dolía y se vio obligada a detenerse para recuperar el aliento. Se agarró el bolso que llevaba colgado. Sí, llevaba la documentación y también dinero. ¿Así iba a ser ahora? ¿Tendría que pasar toda la vida huyendo? Oyó gritos, pero no supo de dónde venían. Miró hacia atrás. ¿Serían Jack o Élise? ¿Estaban ahí? ¿Siguiéndola? Pero ni Élise ni Jack gritarían. Pasó entre dos viejos robles, con más cautela ahora, cuidando de no hacer ruido, y poco después llegó al merendero. El instinto la había llevado hasta ahí, pero el miedo le nublaba la mente. Empezó a correr otra vez, siguiendo el estrecho camino de tierra que serpenteaba entre el bosque, rodeando los árboles y los arbustos por aquí y por allí. Apenas se atrevía a pensar hacia dónde iba. Y entonces tropezó con una maraña de raíces y se aferró a unos troncos para no caer mientras jadeaba por el esfuerzo. Cada pocos minutos, se detenía para mirar y escuchar. Nada de aquello le resultaba familiar. Y lo único que podía oír era el sonido de sus propios latidos y el zumbido de la sangre en su cabeza. Incluso los pájaros estaban en silencio.

A medida que la luz empezó a desvanecerse, los árboles parecían asediarla. Notó el fuerte olor de la tierra margosa, los aromas de los animales, el hedor dulzón de algo en descomposición. Pisó sobre palos y ramitas secas que crujían bajo sus pies. ¿Era eso un ruido distinto? ¿Pasos? Con el corazón en un puño, sintió una oleada de pánico mientras odiaba aquella oscuridad acechante. El bosque había cobrado vida ahora, el sonido venía de todas partes. Un silbido, un susurro, un ruido de otro mundo que transportaba el aire. ¿Era Jack? Había dicho que estaría vigilando, ¿no? Miró a su alrededor en busca de alguna amenaza.

Cerca de allí había un cobertizo. Un cobertizo que a Florence le encantaba. Pero ¿por dónde estaba? Giró la cabeza de un lado a otro. La oscuridad se fue haciendo más pesada, el aire de la noche más denso, el camino imposible de identificar. Echó a andar otra vez, caminando con cuidado, pero, entonces, se cayó y rodó por el suelo mientras trataba de recuperar el aliento y soltaba un grito de frustración y miedo. Cuando estuvo de nuevo de pie y recuperó el aliento, volvió a lanzarse hacia la oscuridad. Si pudiese llegar hasta el cobertizo, podría descansar hasta el amanecer y, después, buscar el refugio donde Florence la estaría esperando, preocupada.

Pero ahora el bosque estaba oscuro y no podía continuar a ciegas. Necesitaba mantener la cabeza despejada, pero el bosque se había convertido en su enemigo. La oscuridad la había engullido por completo. Los árboles se erguían imponentes y sus copas enormes e implacables dominaban sobre ella y la aprisionaban. Con la espalda apoyada contra el tronco de un roble, se deslizó hasta el suelo sintiéndose pequeña. Oyó un animal que se movía, que se iba acercando. ¿Había lobos? Seguro que no. No habían visto ninguno desde, al menos, quince años antes. Pero, en la oscuridad, su imaginación se disparó de forma descontrolada y, entonces, lo vio. El lobo. Vio sus ojos, sus espantosos ojos amarillos. Vio cómo mostraba sus dientes mientras caminaba hacia ella. Hambriento. Desesperado. Las tripas se le revolvieron y soltó un leve gemido de miedo. El lobo iba a comérsela viva. Se encogió en un intento por volverse aún más pequeña. Y entonces oyó una voz. La voz de Jack.

—¿Hélène?

—Aquí —gritó ella sin fuerza, ahogándose con sus propias palabras, casi sollozando.

—Quédate donde estás. Tengo una linterna. Te encontraré.

Una sensación de alivio la inundó. Le escuchaba, pero, cuando sus pasos se volvieron más silenciosos, volvió a ponerse nerviosa. Los sonidos viajaban de una extraña forma en el bosque y sintió pavor de que, al final, el lobo fuera a por ella. Acabaría con ella de un mordisco. La mente se le disparó. ¿De verdad había oído la voz de Jack? ¿O de otra persona? ¿O había sido su imaginación? Sentía que ya no podía estar segura de nada. Solo había una cosa clara: no era solo a los nazis a quienes tenía que temer, sino también a su propia mente. «Por favor, que sea Jack. Haré lo que sea, pero, por favor, que sea él…». Susurraba esas palabras una y otra vez y, entonces, por fin, vio la luz de una linterna.

—¿Hélène?

—Sí.

Pero lo único que podía ver era la potente luz de la linterna. Él la bajó y se acercó a ella.

Se sentó a su lado en el suelo y abrazó su cuerpo tembloroso hasta que se calmó.

—He encontrado un cobertizo. Tenemos que ir allí ahora. ¿Puedes?

—Yo quería llegar a ese cobertizo, pero no he traído linterna y no sé dónde estoy.

—No queda lejos, pero si te quedas aquí sentada mucho rato te van a comer las hormigas.

—Creía que eras un lobo. Creía que un lobo estaba a punto de comerme viva.

Él la ayudó a levantarse.

—No hay lobos aquí, Hélène, pero sí muchísimas hormigas.

—¿Qué ha pasado? He oído dos disparos y un silbido. ¿Qué es lo que ha salido mal?

—No ha pasado nada. Henri ha alcanzado a Tomas, pero con el segundo disparo.

—Pero ¿por qué han silbado?

—Una equivocación. Por los dos disparos.

—¿Una equivocación? —Sintió que el corazón seguía latiéndole con fuerza por la adrenalina de haber estado corriendo y el brutal y descontrolado miedo que la había invadido. Todo parecía confundirse en una neblina y parpadeó con fuerza para recuperar la visión. Poco a poco, el rostro de él fue apareciendo con claridad. Ya no era necesario seguir corriendo.

—¿Estás bien? —preguntó él agarrándola de los brazos—. Estás temblando.

Ella tomó aire varias veces y lentamente.

—¿Dónde están ahora los soldados? ¿En el pueblo?

—No, han cogido el cuerpo de Tomas y se han ido.

—¿Van a volver?

—Creemos que no, pero no podemos estar seguros todavía. Ahora, vámonos.

La agarró de la mano y tomó la delantera, sin soltarla, hasta llegar al cobertizo. Abrió la puerta y enfocó la linterna por el interior. Había una vieja manta enrollada en el rincón. Le soltó la mano y la desplegó sobre los tablones del suelo. A continuación, se sentaron con las rodillas contra el pecho y se echaron el uno sobre el otro. Ella se sintió reconfortada por su calor, por el olor almizcleño de su piel y el sonido de su respiración.

—Parece que siempre terminamos en la misma situación, ¿no? —dijo él.

—Sí.

Deseaba besarle, pero, en lugar de esperar a que él lo hiciera, Hélène se giró y le besó en los labios. Él respondió y ella sintió que la energía le recorría todo el cuerpo. Sentía un apabullante deseo de hacer el amor, pero él le acarició la mejilla y le habló con ternura.

—Este no es el sitio adecuado, Hélène. Ni el momento. Lo sabes, ¿verdad?

—Pero ¿por qué?

—Mira este lugar.

—¿Eso es todo? —La voz le temblaba, pero añadió—: ¿Por el lugar?

Él hizo una pausa.

—Hay cosas…

—¿Cosas?

—Cosas de las que no puedo hablar.

—Ay, Jack, ojalá lo hicieras —dijo ella quebrándosele la voz.

—Lo sé.

Tenía razón, claro. Era una idea absurda, pero seguía sintiéndolo como un rechazo y se le cayó el alma a los pies.

CAPÍTULO SESENTA Y SIETE

Hélène fue la primera en despertarse, aunque no es que hubiese dormido mucho. Se retorció sintiendo el cuerpo rígido y dolorido y, después, dio una palmada a Jack en el hombro. Él no se movió y, entonces, le dio un suave empujón.

—Jack —murmuró.

Él se levantó de inmediato, con los ojos completamente alerta mientras miraba a su alrededor. A ella le dio la impresión de que, bajo presión, él siempre se despertaría así.

—¿Pasa algo? —preguntó.

Ella le sonrió, deseando mantener sus sentimientos bajo control.

—No pasa nada. Todo está bien. Yo estoy bien.

—Estupendo.

Hélène se acercó hacia la puerta y se giró para mirarle.

—Pero ahora quiero irme a casa. No hay peligro, ¿no crees?

—Eso creo. En cualquier caso, yo voy contigo.

—No. Pero ¿puedes ir al refugio a por Florence? Ha estado allí todo este tiempo y no sé si Élise habrá conseguido ir o no.

—Claro. ¿Encontrarás el camino hasta tu casa?

Ella abrió la puerta del cobertizo y miró a su alrededor y, después, le miró a él.

—¿Por qué no me indicas en qué dirección está el merendero? Sabré cómo ir desde allí. Conozco estos bosques bastante bien. No entiendo cómo me he perdido.

—Siempre pasa con el miedo y la oscuridad.

—Estaba completamente aterrada, si te soy sincera —dijo ella mientras él le quitaba unas hojas secas de la ropa.

—Tienes ramitas en el pelo. Déjame. —Se colocó detrás de ella y fue cogiendo suavemente algunos tallos, brotes y un par de hojas, y le pasó la mano por encima de la cabeza para enseñárselas antes de tirarlas al suelo. Después, le dio la vuelta para mirarla a la cara y la besó en la punta de la nariz—. Creo que ya está.

Salieron los dos. Él le señaló un hueco entre dos grandes robles.

—Ve por ahí y te será fácil llegar. Sigue tu instinto.

—¿Y tú traerás directamente a Florence?

—Claro.

Se acercó a ella y la abrazó un momento antes de marcharse.

Hélène echó a andar en la dirección que él le había indicado, encontró enseguida el merendero y continuó. Había poco viento y el bosque parecía inofensivo, lleno de vida y de luz. El aire olía bien y lo saboreó, llenándose los pulmones con su dulzor. Qué bien sentaba estar viva. Después, levantó la vista hacia las copas de los árboles, donde las hojas, iluminadas por el sol de la mañana, resplandecían y susurraban. Pasó por encima de unas raíces de árbol, posiblemente las mismas con las que había tropezado la noche anterior, y sintió vergüenza por lo aterrorizada que había estado. Pero además de la vergüenza se adueñaba de ella una sensación de alivio. Había estado muy preocupada y, por supuesto, resultaba verdaderamente espantoso que hubiese tenido que morir, pero necesitaban dejar de tener miedo a que Tomas las identificara.

Cuando abrió su verja y se acercó a la casa, el alivio de estar en su hogar y a salvo casi la dejó sin aliento. Se sintió algo mareada y se apoyó en la puerta hasta que recuperó la respiración. Unos segundos después, la abrió y entró. Lo único que necesitaba era que Florence estuviera en casa y todo habría terminado. Se dio cuenta de que el estómago le rugía y de que estaba muerta de hambre, así que puso agua a hervir para hacer una infusión y, después, buscó las galletas que Florence había preparado un par de días antes.

Abrió la lata y, a continuación, dejó unas cuantas galletas sobre una bandeja de dibujos azules, una de las preferidas de Florence. Había suficientes galletas para los tres. Para ella, para Florence y para Jack. Sabía que no tenía que preocuparse demasiado por Élise ahora mismo. Últimamente, su hermana estaba aquí, allá y en todas partes, viviendo una vida distinta, y no podía llevar la cuenta de sus movimientos. Hélène solo podía rezar por que no sufriera ningún daño.

Entró en el lavadero, se lavó y, después, subió a ponerse ropa limpia. Era un día caluroso, así que eligió un bonito vestido de lunares de tonos azules. Mientras se cepillaba el pelo, se dijo que se sentía agradecida por estar en casa y que eso no tenía nada que ver con el hecho de esperar que Jack se quedara a desayunar. Cogió un par de pendientes de plata de una cajita forrada de terciopelo que tenía en el cajón de arriba y los sostuvo delante de las orejas. Tenían forma de concha con un diminuto diamante en el centro, pero seguían siendo discretos. Negó con la cabeza y los volvió a guardar. Demasiado evidente, pensó. Quizá Jack no se diera cuenta, pero Florence sí, y podría decir algo. Se detuvo. «Qué demonios», murmuró, harta de ser tan precavida y previsora. ¿Qué había pasado con la artista que había sido y que llevaba tanto tiempo dormida? ¿Por qué no se iba a poner los malditos pendientes? Ya era hora de empezar a hacer lo que de verdad quería. Volvió a sacar los pendientes, se los puso y, tras girar la cabeza de un lado a otro y admirarlos en el espejo de su tocador, se sintió bien. Segundos después, entró Florence corriendo y se abalanzó a sus brazos.

Un rato después, Florence se apartó y Hélène vio algo reflejado en su rostro. ¿Incomodidad? ¿Culpa? Pocas veces había tenido su hermana esa expresión.

Pero ahora Florence hablaba a toda velocidad.

—Gracias a Dios que estás bien, Hélène. He estado toda la noche sola y sin saber qué había pasado. Ha sido horrible. —Miró a su alrededor—. ¿Con quién hablabas?

—Conmigo misma, cariño. Solo hablaba conmigo misma.

—He visto que has preparado la mesa para el desayuno. Me muero de hambre.

—¿Has pasado miedo en esa casa?

—La oscuridad ha sido lo peor. Y ya sabes que la imaginación se puede disparar por la noche cuando no puedes dormir.

Hélène se puso de pie y extendió una mano hacia su hermana.

—Desde luego que lo sé.

—Me preocupé cuando no llegaste. Pensaba que te habían arrestado. ¿Dónde estabas?

—En el bosque.

—¿Toda la noche?

Hélène asintió.

—Sola.

—Al principio, pero luego me encontró Jack, gracias a Dios.

Florence la miró con una expresión que Hélène no supo interpretar.

—¿Se ha quedado toda la noche contigo? —preguntó su hermana.

—En el cobertizo. Sí. ¿Está abajo?

—No. Ha tenido que irse. Lo siento.

—Es una pena —contestó Hélène, con la voz más firme de lo que se había esperado—. Quería darle las gracias. Pero da igual, vamos a bajar.

Bajaron a la cocina, donde Florence se sentó de inmediato para devorar dos galletas mientras Hélène, que antes había estado tan hambrienta, se limitó a mirarla.

—Han cogido a Tomas, ¿sabes? Está muerto.

Florence tragó saliva, pero entonces las lágrimas empezaron a caerle por la cara y Hélène bajó la mirada a la mesa para dar a su hermana un poco de espacio. Unos segundos después, Florence se secó los ojos con la manga y sorbió por la nariz.

—Yo quería salvarle.

—Lo sé. Yo también me siento fatal.

—Es un alivio que ya no pueda identificarnos, pero también me siento triste y culpable.

—Hiciste lo que pudiste por ayudarle.

Florence negó con la cabeza.

—No debí hacerlo. Fui una ingenua en ese momento, pero ahora me doy cuenta de lo tonta que fui. Nos puse a todas en peligro y nunca me lo habría perdonado si…

—Para —la interrumpió Hélène—. Eso no ha pasado y estamos todas bien. Y recuerda que, de todos modos, a Tomas lo iban a ejecutar por desertor.

—Sé que era alemán, pero… —Levantó los ojos hacia Hélène con una expresión insondable—. Yo también lo soy… ahora.

Hélène la miró y sintió que los ojos le ardían llenos de lágrimas que no derramaba. Y había sido al mirarla cuando lo supo. Claro que lo supo, pero no quería pensar en lo que eso iba a significar para todas ellas. Ahora, de repente, se enfrentaba a la realidad de lo imposible que sería que Florence continuara viviendo allí.

CAPÍTULO SESENTA Y OCHO

Élise

La mañana del 8 de junio hacía un calor abrasador y el aire era polvoriento. Élise estaba con Leo en la comisaría de policía repasando sus planes para mantener a todos a salvo, identificando dónde podrían esconderse y todo lo demás, cuando él recibió una llamada de teléfono. Habló poco, pero asintió varias veces con una expresión de angustia.

—¿Qué? —preguntó ella cuando colgó.

Leo tomó una larga bocanada de aire y, después, la soltó rápidamente.

—El Das Reich ha salido esta mañana al amanecer.

—Dios mío, están de camino. La puta división de las SS está ya de camino.

—Son más de setecientos kilómetros hasta Normandía.

—Pues ya ha llegado el momento de que los detengamos.

Élise era consciente de que, aunque aún era pronto, muchos de los maquis estaban ya listos para las múltiples emboscadas con las que esperaban retrasar a los alemanes.

—Al parecer, han tomado la D940 en dirección a Tulle —dijo Leo.

Ella soltó un fuerte suspiro de alivio.

—Entonces, no van a venir por Sainte-Cécile. Estamos a salvo.

—Hay gente que ha salido ya para el bosque, por si acaso.

Volvió a sonar el teléfono y Leo respondió. Ella le miraba fijamente, con el alma en vilo mientras esperaba.

—De acuerdo —dijo él—. Entonces, es peor de lo que pensábamos. Gracias por avisar.

Colgó el teléfono y con el índice y el pulgar se pellizcó la piel del puente de la nariz.

—¿Qué pasa? Dime.

—Están disparando a civiles. Un granjero que llevaba a sus bueyes al campo y unas mujeres que han cometido la tontería de salir a mirar. Y están incendiando varias alquerías.

—*Putains!* Los muy cabrones.

—No perdonan a nadie.

Élise se quedó mirando a Leo mientras los dos asimilaban que probablemente habría un *ratissage*, un último y cruel intento de eliminar a la resistencia.

—Quieren que parezca que siguen teniendo el control.

—Pero no lo tendrán si nosotros intervenimos.

—Va a derramarse mucha sangre, Élise. Se han movilizado más de quince mil hombres y más de mil cuatrocientos vehículos.

—¿Te ha dicho eso tu contacto?

Él la miró con expresión sombría.

—¿Cómo podemos esperar siquiera que vamos a poder detenerles?

Élise se quedó inmóvil al oír que llegaba una motocicleta y que, a continuación, se detenía justo en la puerta. Entró un maquis —por suerte, no se trataba de ningún alemán— y Élise reconoció a Mathius, el hombre que había sido amigo de Victor.

Empezó a hablar con rapidez.

—Un batallón ha girado hacia el oeste en Gourdon, lo cual quiere decir que, al final, sí que se dirigen hacia Sainte-Cécile.

—*Merde!* —Élise cerró los ojos con fuerza al oírlo—. Tendré que avisar a todos de que se mantengan lo más lejos posible de la plaza.

—Rápido —dijo él—. No tenemos mucho tiempo.

Cuando Élise salía de la comisaría, oyó el chirrido de su motocicleta mientras se alejaba y, de una en una, fue llamando a las puertas mientras se mantenía alerta al posible sonido de los motores. ¿Cuánto tiempo tenía? ¿Cinco minutos? ¿Diez? Primero, fue corriendo a casa de Clément, y él fue a abrir con su vieja pistola apretada al pecho.

—Los cubriré desde mi ventana de arriba —dijo con voz ronca—. No te preocupes.

—No —insistió ella—. Tienes que esconderte, Clément. Vete a tu establo.

Él tomó aire.

—No puedo dejar a mi mujer.

—Pues entonces quédate arriba con ella, pero que no te vean. Y no dispares. ¿Entendido?

Él asintió a regañadientes y Élise siguió llamando a las puertas. Maurice, el herrero, estaba en su puerta con un revólver en la mano y protestó cuando ella le dijo que se escondiera.

—Me voy a enfrentar a ellos como un hombre —dijo.

—Piénsalo. Si haces una tontería así, se van a querer vengar de todo el pueblo.

Intentó hacerle cambiar de opinión y esperaba poder llevárselo del brazo, pero él se resistía.

—Maurice, son un enorme ejército moderno. Un ejército terrorífico. Deja la lucha para la Resistencia.

Pero él se mantuvo firme y, al final, ella tuvo que marcharse sin convencerle.

Siguió hasta el hotel, hasta la casa de la tía de Lucille y la de Arlo. Todos se quedaron petrificados y prometieron ocultarse. Muchos otros no salieron a abrir, lo cual era bueno, sin duda. O se habían marchado, o ya estaban escondidos.

De repente, un desagradable ruido de motores atravesó el aire. El corazón se le aceleró al pensar en las motocicletas de avanzadilla de las SS y en su tremenda velocidad. ¿Seguía teniendo tiempo para llegar a casa de Hugo? Estaba ahora en el otro lado del pueblo y en una de las calles más apartadas. Si corría llamaría la atención y podría tropezarse con ellos. Pero era eso o esconderse en un callejón con la esperanza de que no la vieran, lo cual tampoco sería seguro, sobre todo si se desplegaban por todo el pueblo. Sintió la punzada de su propio miedo en la garganta y en el pecho. Pero sus dedos se cerraron para convertirse en puños y, llena de energía, atravesó a toda velocidad las calles, tropezando con los adoquines, enderezándose y después avanzando con fuerza por la plaza. Hugo la esperaba con la puerta abierta.

—Date prisa —gritó—. Rápido.

Ella corrió aún más deprisa y, con apenas unos segundos de sobra, entró en la casa de Hugo, cerrando la puerta detrás de ella, con el corazón latiéndole con fuerza y sin apenas aliento.

Él la agarró de la mano.

—¡Gracias a Dios! Arriba. ¡Rápido!

Ella consiguió recuperar el aliento y él la hizo subir escaleras arriba. Desde el rellano, la llevó hasta una pequeña habitación delantera desde la que podrían mirar tras las cortinas de gasa de una ventana abierta. Ella oía el zumbido de sus latidos en los oídos y en la cabeza, tan fuerte que creyó que él también podría oírlo.

Hugo apartó un poco las cortinas.

—Por el amor de Dios, que no te vean, Hugo —susurró ella.

—Dios mío —murmuró él—. Ya han llegado las motocicletas y los primeros coches blindados. —Volvió a correr las cortinas y se apartó.

Ella se acercó un poco para ver por el hueco de la cortina y ahogó un grito al ver los enormes vehículos nazis que iban llegando a la plaza con su ruido metálico. «Por favor, que no haya nadie a la vista», susurró. «Por favor, que pasen sin aterrorizar al pueblo».

—Camiones semioruga con ametralladoras —dijo Hugo en voz baja—. Qué monstruosidad. Con la capacidad de un tanque y el manejo de un coche.

Ella volvió a mirar y se quedó pasmada al ver que iban equipados con morteros y lanzallamas, completamente preparados para la guerra. Solo con verlos, cualquiera se moriría de miedo.

Élise imaginó que habría disparos y rezó para que el herrero hubiese hecho caso a su aviso. Se llevó una mano a los labios y el mentón para evitar el temblor y esperó mientras por su cabeza pasaban a toda velocidad imágenes de muerte y destrucción en su propio pueblo. Pero no había oído ningún disparo hasta el momento, solo el ruido del colosal ejército en su avance y el desagradable olor a aceite, gasolina y polvo. El ruido continuó sin cesar y, poco a poco, empezó a desvanecerse. Ella empezó a soltar despacio la respiración.

—¿Ya está? —susurró—. ¿Se han ido?

Entonces se quedó mirando fijamente a Hugo al oír un nuevo estruendo mecánico.

—¿Qué es? —preguntó con expresión de sorpresa.

—Son los camiones —murmuró Hugo, y los dos esperaron en silencio mientras toda la unidad pasaba despacio y, después, se dirigía hacia Sarlat.

—¿Por qué a Sarlat? —susurró ella.

—Dios sabrá.

—Voy a salir a ver si están todos bien.

—¿Crees que es prudente? Pueden venir más por detrás.

—Tengo que asegurarme de que nadie ha resultado herido.

Fuera, unos cuantos habitantes del pueblo salieron de sus casas a la plaza, felicitándose con cautela de su buena suerte. El convoy había pasado por allí y nadie había resultado herido. El aire estaba lleno de polvo que se arremolinaba alrededor de ellos bajo la luz del sol mientras hablaban entre susurros. Élise se acercó a Lucille, que la abrazó. A continuación, la muchacha abrazó también a Leo, que se sonrojó. Élise fue a asegurarse de que Clément y su mujer estaban a salvo y también *madame* Deschamps, pero cuando volvía a casa de Hugo oyó el estruendo del convoy que se abría camino hacia el pueblo.

Élise ahogó un grito.

—¡Santo cielo! —Hugo tenía razón. Venían más. Pero no, se

dio cuenta de que no era eso. Eran los que acababan de pasar que volvían hacia donde ellos estaban.

Lucille soltó un grito. Leo la agarró y juntos corrieron a esconderse en la comisaría. Otros habitantes del pueblo parecieron quedarse paralizados. Élise les gritó que se fueran y, después, ella misma echó a correr para llegar a casa de Hugo justo a tiempo y subir corriendo las escaleras para reunirse con él.

Mientras iban entrando las motocicletas de avanzadilla, Élise no sabía si habrían conseguido todos ponerse a salvo. Y ahora, desde la ventana, podía ver cómo regresaba todo el escuadrón alemán.

Mientras miraba, vio que al final Maurice Fabron no había vuelto a casa. Iba corriendo desde la herrería a la plaza, con sus padres gritándole que volviera. Pero él solo chillaba sin parar de lanzar disparos de forma descontrolada. Consiguió acertar sobre una de las motocicletas, que viró, pero el conductor consiguió salir ileso. Élise contenía la respiración. Este no iba a ser el final. En un instante, varios aguerridos soldados alemanes saltaron de un camión y atraparon de inmediato a Maurice. Él no era rival para el Das Reich. Élise sintió que se le cortaba la respiración mientras le veía plantarse firme, apuntando su revólver hacia los alemanes y, después, desplomarse sobre el suelo cuando descargaron una ráfaga de disparos automáticos sobre él. El conductor de la motocicleta subió con su vehículo a un camión. Después, ella se apartó horrorizada cuando vio que las SS sacaban a rastras de la herrería a los padres de Maurice, donde estaban llorando, y en el centro de la plaza les dispararon a los dos en la cabeza y dejaron allí mismo sus cuerpos. A continuación, prendieron fuego a la herrería y todo el pueblo empezó a inundarse con el acre olor sulfuroso del humo.

Sintió que el corazón le daba un vuelco cuando vio que los alemanes disparaban ahora sus cañones contra el hotel y hacían estallar las ventanas de la pastelería. El lanzallamas soltó una ráfaga de fuego naranja como si se tratara de un dragón rabioso. *Madame* Deschamps salió a la calle entre sollozos, con el camisón sucio y la cara manchada de hollín. Élise le gritó que volviera a entrar. Gracias a

Dios, la mujer la oyó y escapó de una última ráfaga de disparos al agacharse rápidamente en el callejón.

Pero entonces se oyó otro disparo y después otro más. Élise y Hugo saltaron para ponerse a cubierto cuando una bala entró por la ventana para dar contra la pared de enfrente. Los dos se quedaron mirándose consternados.

En ese momento, los alemanes se giraron y se fueron por la ribera del río en dirección este, dejando en el aire polvoriento un olor a quemado, a gasolina y a aceite.

Fue el fin.

CAPÍTULO SESENTA Y NUEVE

Por suerte, el sol brillaba con fuerza, pensó Élise. Al menos, las calles mojadas se secarían rápido. Hélène y ella habían acudido con otros a limpiar el pueblo después de que Leo, Arlo y dos maquis hubiesen retirado los cadáveres. El humo se les había metido en el pelo, la nariz y la garganta y limpiar la sangre viscosa que se había ennegrecido con el calor resultaba nauseabundo. Su olor dulce y metálico fluía por encima de los adoquines bañados por el sol y terminaba cayendo por las alcantarillas. Una parte se había quedado ahora en sus ropas. Sintieron morirse mientras trataban de tranquilizar a los aterrados ancianos, que no dejaban de temblar aferrados a sus rosarios. Clément había aparecido y se había sentado en la puerta de su casa con su acordeón, aunque no lo estaba tocando. Se limitó a quedarse allí sentado, en silencio, con expresión de estar destrozado. Élise fue a la fuente, igual que hacían todos, para lavarse las pringosas manos manchadas de sangre y, mientras veía cómo el agua se volvía rosa, se estremeció.

Cubiertos en sudor, Hélène, Leo, Arlo y ella estaban ahora sentados en el café, limpiándose la frente, agotados tanto por el puro espanto de todo aquello como por el esfuerzo por limpiarlo todo. Arlo había tapado las ventanas de la pastelería con tablones, pero no había mucho que pudiera hacer nadie por el hotel. Necesitarían albañiles. En el café, Élise repartía los sucedáneos de café mientras hablaban en voz baja, aliviados porque todo hubiese terminado, pero tremendamente tristes por la pérdida de Maurice y sus inocentes padres.

Élise negaba con la cabeza.

—Él creía que hacía lo que debía.

—Se ha sacrificado —dijo Leo.

—Pero ¿para qué? —suspiró Arlo—. Yo lo único que veo es la forma en que ha caído al suelo y cómo han disparado después a sus padres. Por no hablar de lo que ha pasado con el hotel y la pastelería.

—Ha sido valiente.

—No, ha sido un estúpido.

—Yo tampoco termino de entenderlo —dijo Élise—. Pero no sirve de nada seguir dándole vueltas.

—Tienes razón —contestó Leo—. Al menos, ya ha terminado. Debemos recordarlo y mirar hacia el futuro.

Arlo le miró con ojos tristes y dubitativos.

—¿Tú crees?

—Vamos, Arlo —dijo Leo—. No es propio de ti ser tan pesimista. Sé que lo que ha pasado es terrible, pero podemos reconstruir, arreglar, volver a levantar el pueblo entero.

Arlo asintió, despacio.

—Sí, tienes razón. No es fácil, pero en memoria de todos los que han muerto debemos mirar hacia el futuro. Pero ¿crees que de verdad va a acabar todo esto? La guerra lleva ya mucho tiempo. No me puedo imaginar…

Leo le miró con una tierna sonrisa.

—Por supuesto que va a acabar —dijo Élise—. Ya verás. Dentro de poco recuperaremos nuestro país y también nuestras antiguas vidas. Los mercados, las celebraciones, las bodas, los largos almuerzos de los domingos, toda la comida que podamos engullir. Y la felicidad. ¡Piénsalo!

—¡Y lo mejor de todo es que esos malditos nazis se habrán ido!

—exclamó Arlo, poniéndose por fin a la altura del creciente optimismo de los demás.

—Eso está mejor —dijo Leo dándole una palmada en la espalda.

—Bueno, tengo que volver con Justine —dijo Arlo a la vez que se ponía de pie.

Justo entonces, alguien llamó a la puerta y Élise fue a abrir a Jack. Entró y los miró a todos.

—Traigo noticias.

Arlo se sentó y Hélène se puso de pie.

—¿Algo que ver con Florence?

Jack hizo un gesto de negación y acercó una silla a la de ella.

Élise vio que su hermana se volvía a sentar. Parecía aliviada. Hélène no había participado en la conversación que estaban teniendo el resto, quizá porque se sentía demasiado bloqueada, pero ahora había venido Jack y ella estaba un poco más animada.

—Cuéntanos —le pidió Élise.

—Ha sido… —Hizo una pausa y cerró los ojos con fuerza—. Ha sido… una completa barbarie.

—¿Qué ha pasado? —le preguntó Leo con tono serio.

—Una venganza. Una terrible venganza.

—¿Dónde?

—En Tulle.

—¿Por qué? —preguntó Élise.

Él apartó la mano de la de Hélène, se sacó un papel arrugado del bolsillo y lo alisó sobre la mesa.

—Este es uno de los varios carteles que han pegado en las paredes por todo Tulle. —Lo leyó en voz alta.

> *Ciudadanos:*
>
> *Cuarenta soldados alemanes han sido cruelmente asesinados por los maquis comunistas.*
>
> *Como consecuencia, estos terroristas serán ahorcados como castigo. Por cada soldado alemán muerto se arrestará a tres. Por*

tanto, ciento veinte hombres serán ahorcados y sus cuerpos se-
rán lanzados al río.
    Como gesto de bondad, no se prenderá fuego a la ciudad.

Dejó de leer y la habitación quedó en silencio. Poco después, habló Hélène con voz titubeante y una mano temblorosa cubriéndole
apenas la boca.

—¿Estás diciendo que eso es lo que ha pasado? ¿Que los soldados de las SS estaban tan furiosos que han hecho esto?

Él clavó la mirada en la mesa.

—Para darnos a todos una lección, sí, pero no ha sido a maquis
a quienes han matado. Las SS han capturado a hombres en sus casas, en las calles, en sus trabajos, en hostales y en cafeterías. Les decían que se trataba de un control de documentación.

—¡Dios santo! —exclamó Leo—. ¿Y la gente les ha creído?

Jack hizo un gesto de negación.

—Lo dudo. Algunos han ido voluntariamente. Otros, no tanto.
Han arrestado a cientos de hombres de entre dieciséis y sesenta años,
les han reunido a todos y, después, los han ido reduciendo.

—Dios mío —dijo Élise mientras se imaginaba la angustia de
las mujeres mientras sus hermanos, padres, maridos e hijos eran lle-
vados a rastras.

—Se han llevado a todos, incluso al barbero del pueblo y a su
hermano el verdulero, a un profesor, un camarero y un barrendero
al que han ahorcado simplemente porque no llevaba los zapatos lim-
pios. Después, han dejado en libertad a los más influyentes del pueblo y a los que tenían buenos contactos.

—Entonces, ¿quiénes son los hombres a los que sí han matado?
—preguntó Leo.

—Maquis no. Esos se han ido al bosque. Al final, han sido principalmente personas solas y retardados, hombres que no contaban
con nadie que les defendiera. Les han puesto en fila, con las manos
atadas a la espalda, y han ordenado a los jóvenes del pueblo que llevaran escalerillas y cuerdas.

Hélène y Élise se miraban ojipláticas la una a la otra, y Élise se mordió el interior de la mejilla hasta que salió sangre.

—Primero han usado farolas con una escalerilla a cada lado, una para el prisionero y la otra para el ejecutor. Algunos hombres lloraban, otros gritaban, otros daban puntapiés y otros…, en fin, se revolvían en el extremo de la cuerda y han terminado disparándoles.

Se oyó un grito ahogado en la habitación. Élise no sabía seguro quién sería. Miraba fijamente al suelo, obligándose a no llorar.

—Cuando ya no quedaban más farolas, han atado horcas en los balcones de los primeros pisos, junto a cestos de geranios rojos y rosas. —Hizo una pausa para tragar saliva, tratando claramente de controlar sus sentimientos—. La matanza ha durado más de tres horas y han obligado a toda la ciudad a mirar.

—¿Incluidos los niños? —preguntó Hélène con voz entrecortada.

Él no respondió.

—¿Han ahorcado a ciento veinte? —preguntó Élise, apenas sin voz.

—No. Se han quedado sin cuerda cuando iban por noventa y nueve. Después, han ordenado a los jóvenes que las cortaran. Por razones de higiene, en lugar de lanzarlos al río, los han subido a camiones y los han llevado hasta el basurero que está a las afueras de la ciudad. —Dejó caer la cabeza.

En la sala había un silencio helador.

Solo Leo trató de hablar:

—Yo… yo… —Pero después se rindió.

—El espectáculo ha sido diseñado para aterrorizar a la población —continuó Jack—. Y como insulto final un grupo de oficiales de las SS ha presenciado los ahorcamientos mientras bebían botellas de vino bueno desde la terraza del Café Tivoli.

Nadie más dijo nada. Élise podía oír la respiración acelerada de Hélène, casi jadeando, como si estuviese esforzándose por dominarse. Élise extendió una mano, pero Hélène negó con la cabeza y gimió como si su corazón estuviese a punto de romperse. Y entonces empezaron a caer las lágrimas por las mejillas de Élise y ya no pudo detenerlas, mientras que Arlo y Leo miraban aturdidos por el impacto.

Aquel espantoso silencio continuó.

Al final, fue Jack quien volvió a hablar.

—Nada puede cambiar lo que ha pasado en Tulle, pero, al menos, ya ha acabado todo en Sainte-Cécile. Tenemos que estar agradecidos por ello. Y los alemanes, por fin, van a dejar el *chateau*.

CAPÍTULO SETENTA

Hélène

Hugo había convencido a Hélène de que se tomara libre el día siguiente y así había hecho ella, aunque habría preferido mucho más ir a trabajar. Ahora, todavía en camisón, estaba limpiando la cocina. Era lo único que se le había ocurrido hacer, la única forma de volver a tomar las riendas de su vida y de sus emociones. A medida que limpiaba y ordenaba, la casa iba volviéndose algo más ligera y lo mismo había esperado sentirse ella. No había funcionado. Ya había limpiado la mesa y las manchas del fregadero, pero no podía acabar con la tristeza que la envolvía.

Florence bajó y se quedó en la puerta mirándola.

—¿Te acuerdas de los bollitos de canela? —le preguntó.

Hélène se incorporó y sorbió la nariz.

—Es lo primero que voy a preparar cuando tenga harina decente.

—¿Y luego qué?

—Pues, luego, los *croissants* de almendra más pringosos, dulces y empalagosos que te puedas imaginar.

A Hélène se le hizo la boca agua.

—Tuvimos suerte de poder escapar de lo peor —dijo Florence—. Lo que pasó en Tulle es impensable, pero nuestro pueblo no salió mal parado.

419

Hélène sabía que eso era verdad, pero no podía sentirse tan positiva.

—Quizá podamos volver a algo parecido a la vida normal en poco tiempo —añadió Florence.

Hélène contuvo su sensación de angustia. Su hermana tenía razón, pero a qué precio. Y mientras tanto tenía que seguir con la limpieza o nada bueno pasaría. Con mayor energía, barrió el suelo, llenó un cubo y, después, empezó a fregarlo.

—Deja eso, Hélène —dijo Florence—. Hoy deberíamos intentar hacer algo bonito. Algo positivo. Para sentirnos mejor.

—Limpiar hace que me sienta mejor —contestó Hélène, pero dejó de fregar—. ¿Tienes algo en mente?

—No, solo necesito hacer algo. Lo que sea. —Se quedó mirando a Hélène—. Es espantoso sentir una especie de alivio porque le tocara a Tulle y no a nosotros. ¿Es muy terrible tener que admitir algo así?

Hélène negó con la cabeza.

—No. Yo siento lo mismo también.

—Y luego me siento culpable por sentir ese alivio.

—Y yo.

La noche anterior, después de que Hélène le contara a Florence lo que había ocurrido en Tulle, su hermana había encendido dos velas y había insistido en celebrar una vigilia por todos los que habían muerto y las dos se habían quedado levantadas la mitad de la noche. Ahora, a pesar de estar agotada, Hélène sentía que tenía que seguir adelante.

—No podemos salir, ya lo sabes. Es mejor quedarse en casa.

—Pero ya se han ido, ¿no? Los nazis.

Hélène hizo un gesto de negación y empezó a fregar de nuevo el suelo.

—Puede ser, pero es más seguro quedarnos aquí por ahora.

—¿No estás cansada de hacer siempre lo que es más seguro?

Hélène se detuvo y pensó en ello.

—Pues sí —contestó—, lo estoy. Cuando todo esto termine quiero hacer algo más con mi vida.

—¿Como qué?

Hélène negó con la cabeza.

—Aún no lo sé.

—Yo siento lo mismo.

—¿Que no lo sabes?

—Bueno, sí —respondió Florence—. Pero me refería a que quiero hacer algo diferente. Algo importante. Quizá me convierta en bailarina, en exploradora o en detective.

—Esa es una mezcla bastante curiosa —comentó Hélène riéndose.

—Sí, pero entiendes lo que quiero decir.

—Lo entiendo.

—Y pronto tendremos mucho tiempo para hacer todo tipo de cosas maravillosas.

Hélène se incorporó.

—Sí, tienes razón. También lo creo. Por un momento, lo había olvidado. Debemos tener fe. Y espero que para nosotras también haya pasado ya lo peor. Como has dicho tú. Gracias.

Florence sonrió.

—Bueno, pues mientras tanto voy a preparar un rico almuerzo, ¿quieres?

Hélène sonrió.

—Esa, mi querida niña, es una idea estupenda.

—Al menos, tenemos huevos. Puedo prepararnos una *omelette aux fines herbes*. —Miró por la cocina—. Tengo cebollino, estragón, perifollo y perejil. Perfecto. ¿Tienes hambre ya?

Hélène se quedó pensando. No había comido en veinticuatro horas y se dio cuenta de que estaba tremendamente hambrienta.

—Me comería una vaca —respondió.

—Bueno, eso no te lo puedo ofrecer, pero sí una tortilla increíblemente deliciosa. Ahora, deja el suelo. Puedes ayudarme con la comida. En serio, ¡tú y tu obsesión por la limpieza!

—¡Y tú y tu obsesión por la cocina!

—¿Y Élise? —preguntó Florence.

—Pues Élise y su…

—Obsesión por el riesgo —dijeron las dos juntas y se rieron.

Hélène apartó la fregona y el cubo y Florence cogió sus utensilios e ingredientes y, en ese momento, pareció como si pudieran retomar la vida normal.

—Corta esas hierbas y mézclalas en ese cuenco, ¿de acuerdo? —le ordenó Florence acercándole a Hélène un cuenco azul y blanco—. ¿Élise está aquí también?

—No.

—¿Y dónde está?

Hélène movió la cabeza a ambos lados y suspiró.

—Ya conoces a Élise.

Tras coger cuatro de los seis huevos que había dejado en un plato llano, Florence rompió las cáscaras sobre una tabla de cortar y los echó en un cuenco blanco. Los removió, les añadió las hierbas, sal y pimienta con su estilo habitual y, a continuación, calentó un pedazo de mantequilla en una sartén de hierro hasta que empezó a hacer espuma.

Con qué seguridad se movía Florence, pensó Hélène. Como una verdadera chef. Se había vuelto más fuerte, más decidida, pero, aun así, Hélène no podía dejar de preocuparse por cómo le iría a su hermana después de la guerra.

En cuanto la espuma se rebajó, Florence vertió la mitad de la mezcla de los huevos y agitó la sartén de la tortilla. Cuando empezó a burbujear le dio la vuelta al huevo, sin dejar de moverlo para llevar la parte ya hecha al centro y así calentar los bordes del huevo sin hacer.

—¡Tachán! —exclamó unos segundos después con expresión de satisfacción—. Esta es la tuya. —Cuando agitó la sartén, los bordes se enrollaron a la perfección. Volcó la tortilla en un plato y se la pasó a Hélène. Después, Florence volvió a los fogones para preparar la segunda tortilla.

Mientras Hélène se llevaba a la boca el tenedor, oyeron una motocicleta y, después, pasos. «¿Quién será ahora?» pensó. «Tengo que comer». Un momento después, la puerta se abrió y entró Élise a toda velocidad.

—Rápido, Hélène. Tienes que venir al *chateau*.

—¿Ahora? ¿Por qué?

—Te lo explico por el camino. ¡Date prisa!

—No estoy vestida.

—Por el amor de Dios, Hélène. Ponte un abrigo encima del camisón.

—No, me voy a poner algo. Tendrás que esperar.

—No hay tiempo. ¡Tienes que venir ya! Es Violette.

Élise fue a la entrada y cogió una chaqueta fina de verano.

—Toma —dijo cuando volvió—. Ponte esto. Vamos.

—¿Y yo? —preguntó Florence.

—No podemos ir tres en la moto. —Miró la mesa—. Quédate y cómete tu tortilla.

Hélène se echó la chaqueta sobre los hombros y se puso un par de sandalias. Salieron corriendo, montaron en la moto, Élise puso en marcha el motor y, después, aceleró a toda velocidad. Tomó el camino de tierra a la vez que le gritaba a Hélène que se agarrara con fuerza. Trató de explicarle lo que estaba pasando en el *chateau*, pero el ruido del motor y el viento en sus oídos hacía que a Hélène le resultara imposible oírla.

A Hélène le angustiaba que Élise pusiera la moto a toda velocidad, pero también le preocupaba saber qué le podría haber pasado a Violette para que fuera necesaria tanta urgencia. Cuando estuvieron cerca, esperó que Élise tomara el camino de atrás hasta el *chateau*, pero fue por el camino principal bordeado por árboles que, por supuesto, era mucho más rápido.

—Los alemanes se han ido —gritó Élise.

—¿Qué?

Giró la cabeza y viró bruscamente.

—Que los alemanes se han ido. Del *chateau*. Todos. He estado allí.

Esta vez, Hélène sí la oyó y gritó un «¡Hurra!».

—Mantén los ojos en la carretera, por el amor de Dios —dijo ella.

Élise aparcó delante de una enorme puerta delantera que habían dejado abierta de par en par y, después, apagó el motor. Bajaron y entraron rápidamente al vestíbulo principal.

—¿Por dónde? —preguntó Hélène mirando a su alrededor.

—Sígueme.

Élise la llevó hacia el comedor y Hélène vio de inmediato que había un cuerpo en el suelo justo detrás de la puerta. Se detuvo a mirar y ahogó un grito cuando reconoció al capitán Meyer, con sus ojos azules sin vida y una mancha roja en medio del pecho.

—¡Oh, no! —susurró, horrorizada—. Era un buen hombre. Nos ayudó. ¿Quién le ha hecho esto?

—Violette. Pero eso no es lo peor.

—¿Violette? Dios mío. ¿Por qué?

—No te lo puedo explicar… Es demasiado horrible. Tendrás que verlo con tus propios ojos. Rápido. Vamos.

Hélène siguió a Élise por otra habitación en dirección a un patio cercado, una verdadera solana que a Suzanne le gustaba disfrutar en primavera. Oyó que alguien gemía. Un horrible aullido zorruno, peor que un gruñido, más angustiado, más desesperado y, entonces, cuando entró en el patio, vio a Suzanne sentada con la espalda apoyada en la pared, a Henri en el suelo, herido, y a Violette arrodillada sobre el cuerpo de su pequeño hijo.

Hélène fue a acercarse y se detuvo cuando Violette levantó una pistola hacia ella. Sorprendida, Hélène no entendía nada. ¿Qué había pasado? Dio un paso vacilante en dirección a Violette.

—No te acerques más, Hélène —le advirtió Violette.

Parecía loca, con su pelo normalmente tan bien peinado completamente revuelto y la ropa sucia. Y sus ojos. Hélène no había visto nunca una mirada tan atormentada. Jamás.

—¿Qué le ha pasado a Jean-Louis? —preguntó.

Violette empezó a temblar visiblemente.

—Le han disparado por la espalda. Nos habían encerrado aquí, separados. Entonces, justo antes de que se marcharan, han dejado que saliera corriendo hacia mí y le han disparado en la espalda, justo delante de mis ojos. Mi niño pequeño. —Las lágrimas le caían por las mejillas.

Hélène quería consolarla, pero se dio cuenta de que no podía.

—¿Qué le ha pasado al capitán Meyer? —preguntó.

—Le he matado yo.

—Violette, ¿por qué?

—Por Jean-Louis.

—Pero él no ha podido disparar contra tu hijo.

—No.

—Hay más. —Oyó Hélène que decía Suzanne—. Cuéntaselo, Violette.

Hélène miró a su amiga, incapaz de entender nada.

—¿Por qué le has matado?

—Porque... —Y volvió a soltar un gruñido—. Porque me amenazó con contarle todo a Suzanne y a Henri.

—No lo entiendo. ¿Contarles el qué?

Violette no respondió.

Hélène miró a Suzanne.

—¿Henri está bien?

—Estoy bien —contestó él—. No es más que una herida sin importancia en la pierna. Un rasguño.

—Será mejor que eche un vistazo.

Pero Violette volvió a levantar su pistola.

—No. Eso puede esperar.

Hélène la miró a los ojos.

—Entonces, ¿de verdad me vas a disparar si no te obedezco? Creía que éramos amigas.

—Yo no tengo amigas. —Violette soltó una amarga carcajada, pero no bajó la pistola.

—Siéntate.

Hélène soltó un suspiro de desesperación, pero se agachó.

Suzanne empezó a hablar, pero Violette entrecerró los ojos y su rostro se cubrió con una máscara de furia y rabia.

—Sois todos unos estúpidos con tanta amistad y tanto confiar. No puede haber perdón.

—¿Qué quieres decir? —preguntó Hélène—. Lo que dices no tiene sentido.

Pasaron unos segundos. Nadie dijo nada.

Entonces, habló Violette con la voz quebrada por el dolor:

—He sido yo, ¿no lo entiendes?

Hélène negó con la cabeza.

—Jean-Louis tiene sangre judía por su padre. Lo averiguaron.

Otro silencio.

—Yo creía que podría librarme, pero me amenazaron con deportarle si…

Hélène sintió que le apretaba la garganta y que la boca se le secaba.

—¿Si qué?

—Si no les daba lo que querían.

—¿Quieres decir que los oficiales de las SS no solo iban a tu casa por los sombreros? ¿Iban también en busca de sexo?

Violette dobló el cuerpo un momento y, después, se giró para levantar los ojos hacia Hélène, sin pestañear.

—Ojalá hubiese sido solo eso.

—¿Qué más?

Violette levantó su otra mano, como si quisiera protegerse.

—¿Qué más? —insistió Hélène sintiendo que la sangre se le helaba.

—Información. Pero no les conté todo lo que sabía. Lo prometo. Solo las cosas que esperaba que no os perjudicaran. —Dejó caer la cabeza—. Excepto lo de Tomas.

Hélène se quedó atónita.

—¿Les contaste que habíamos escondido a Tomas?

—No. No. Eso no. Les dije que había oído rumores de que alguien del pueblo le había dado refugio. Nos habían traído aquí y estaban dispuestos a matar a Jean-Louis si me negaba a darles algo. Solo tenía cinco años.

Hélène oyó que su hermana gruñía, un gemido de dolor al entenderlo todo.

—¿Victor? —preguntó Élise—. ¿Fuiste tú la que les contó lo del intento de rescate?

Violette asintió.

La voz de Élise sonaba áspera, casi a punto de romperse.

—Ejecutaron a cuatro personas. Mataron al padre de mi hijo por tu culpa.

—¿Qué habrías hecho tú? ¿Dejar que se llevaran a tu único hijo? ¿Dejar que le mataran? —Soltó una carcajada con un fuerte sonido penetrante—. De todos modos, lo han terminado haciendo, ¿no?

Hélène abría y cerraba la boca, demasiado consternada como para decir nada.

Violette empezó a temblar mientras se agarraba mechones del pelo con la mirada perdida. Nadie más se movió.

—Vamos, Violette —dijo Hélène, recuperando la voz—. Por favor, suelta la pistola. Podemos encontrar el modo de solucionar esto.

—No hay solución posible. No para mí —respondió Violette con voz temblorosa.

Y entonces Hélène tuvo la terrible sensación de saber qué era lo que Violette pretendía hacer. El miedo se fue apoderando de ella mientras hacía todo lo posible por detener a su amiga.

—¿Por qué te fuiste de París? Nunca me lo has contado.

—Creía que ya lo habrías adivinado.

—En absoluto.

—Pierre no era Pierre. Era Gustav Peter, un oficial alemán. No era el padre de mi hijo, pero en cuanto supe que ya estaba embarazada, me abandonó y la Resistencia de París sabía lo nuestro, así que...

No cabía duda de que no había tenido otra opción, pensó Hélène.

—Por favor, Violette —dijo—. Yo no te culpo por lo que has hecho. Puedes huir de aquí. Empezar de nuevo en otro sitio.

Violette negó con la cabeza.

—Sabes que eso no es posible, Hélène. Lo siento mucho. Soy consciente de que no puedo esperar ninguna clemencia.

De nuevo, nadie dijo nada. Nadie asintió. Tampoco nadie lo negó.

Hélène sentía que las lágrimas le ardían tras los párpados y se esforzó por no llorar.

—Dame la pistola, Violette —dijo como si le hablara a una niña—. Vamos, por favor. Buscaremos una solución.

Y entonces, justo delante de ellos, Violette movió la cabeza y apuntó la pistola hacia su propia garganta.

—¡No! —gritó Hélène a la vez que se ponía de pie de un salto pero, en ese momento, Violette apretó el gatillo.

Hélène se llevó una mano a la boca, incapaz de asimilar que la mitad del precioso rostro de Violette había saltado por los aires. Los huesos, la sangre, la carne. Tanto horror que jamás podría olvidarlo. Durante unos segundos, el impacto fue tan grande que Hélène no sintió absolutamente nada. No podía respirar ni hablar ni apartar la vista de Violette, que ahora yacía muerta cubriendo a su pequeño hijo con su cuerpo. Hélène se dejó caer sobre el suelo y empezó a gemir. Élise se acercó a ella y la abrazó hasta que su cuerpo dejó de temblar.

CAPÍTULO SETENTA Y UNO

Hélène estaba sentada con Florence en el banco del jardín rota de dolor. Tenía los brazos cruzados con fuerza sobre el vientre, como si se estuviese agarrando los codos.

—Creía que lo que había pasado en el pueblo era terrible —dijo antes de soltar un suspiro entrecortado—. Y fue malo, malo de verdad, pero esto ha sido aún peor. No sé si alguna vez podré sacármelo de la cabeza.

Florence le pasó un brazo por encima del hombro.

—Esto ha sido más personal. Era tu mejor amiga.

—Pero ¿cómo han podido matar a un niño así? ¿Cómo han podido hacerlo?

—No lo sé.

—Era tan pequeño.

Hélène sacudió la cabeza y miró hacia el otro lado del jardín. A pesar del aroma a flores y miel, del cielo azul infinito y de la belleza de ese lugar, se sentía completamente destrozada, incapaz de apreciar nada de aquello. Su mundo se desmoronaba, rompiéndose en mil pedazos. Se sentía herida y se alteraba cada vez que pensaba que un hombre adulto podía disparar cruelmente a un niño por la espalda. Se puso de pie de repente y empezó a dar vueltas de un lado a otro del banco.

Florence tampoco decía nada.

Hélène apretó la mano derecha en un puño, la golpeó contra la palma de la izquierda y la agitó.

—Me dan ganas de dar golpes contra algo. Me gustaría enfurecer por lo que ha pasado, pero siento que la rabia está atascada… —Abrió el puño, apretó los ojos, levantó la mano y se la llevó con fuerza contra el pecho—. Aquí. Dentro de mí.

—Ay, Hélène —dijo Florence—. Lo siento mucho.

Volvió a sentarse y, doblando el cuerpo hacia delante, se encorvó.

—Me da miedo sentir que pierdo los estribos. ¿Cómo puedo evitarlo?

—No puedes. Pero te irás sintiendo un poco mejor.

Al sentir que las lágrimas afloraban, cerró los ojos y se apretó tres dedos contra cada párpado para detenerlas.

—Ya no sé qué sentido tiene todo esto.

Florence suspiró.

—Son cosas que pasan. Cosas que no hemos pedido. Y debemos encontrar el modo de vivir con ellas. No hay que buscarle un sentido, Hélène.

—Yo no quiero vivir con esto —dijo entre lágrimas.

—Lo sé.

—No es solo que no pueda perdonar a Violette. Jamás les perdonaré a ellos lo que le han hecho a ella. ¿Cómo sabemos si no habríamos hecho lo mismo? No soporto pensar en todo lo que ha tenido que sufrir.

Por fin, Florence se puso de pie.

—Vamos. No podemos quedarnos aquí sentadas. Por ahora, tenemos que hacer algo, algo bueno, o terminará siendo cada vez peor. Si hay una cosa que he aprendido es que no podemos permitir que ganen.

Hélène la miró.

—¿Por lo que te pasó a ti?

Florence clavó la mirada en ella.

—Al principio, te sientes destrozada por emociones que no comprendes y que pueden seguir así toda la vida, pero al final… todo cambia. Hay un momento en el que decides qué es lo que quieres sentir. Cómo quieres estar. Yo podría haber seguido sintiéndome llena de rabia, pequeña y avergonzada durante toda la vida. Decidí que no. Y decido que no cada día, incluso ahora.

Hélène la miró fijamente.

—Nunca habías hablado así.

—No.

—Yo creo que nunca más seré capaz de hacer nada.

—Podrás. Pero, por ahora, vamos dentro, hagamos algo juntas. Aquí fuera el calor es abrasador. Vamos.

Hélène asintió.

—Ya sé —dijo Florence mientras se le iluminaban los ojos—. Vamos a pintar.

—¿Pintar qué?

—Un mural. Pintaremos un mural. ¿Por qué no?

Hélène se secó los ojos.

—¿En serio? Yo no creo…

Pero Florence le sonreía y extendió una mano hacia ella.

—Vamos a pintar unos preciosos girasoles en las paredes de la cocina. Todavía tienes pinturas, ¿verdad?

Hélène contestó que sí.

—Siempre dijimos que lo íbamos a hacer, así que vamos.

Y de ese modo, durante las siguientes horas, estuvieron pintando girasoles hasta que tuvieron las manos llenas de pintura, las uñas sucias y los brazos doloridos. Florence había tenido razón al proponer aquello y la mente de Hélène se calmó un poco. Todavía tenía una terrible sensación de náuseas cada vez que pensaba en Violette, pero con cada girasol que pintaba se iba sintiendo mejor.

—Tienes que dejar de pensar —le ordenó Florence—. Concéntrate en las flores.

Hélène mojó el pincel en la pintura amarilla y continuó pintando, con los girasoles floreciendo en la pared, delicados y bonitos. Movía la mano de manera instintiva, casi como si no pensara en que estaba pintando. Había olvidado esto, pero la sensación era mucho mejor que al limpiar. Y las flores y el acto de crearlas resultaban sanadores y esos girasoles amarillos iban transformándose en símbolos de esperanza. ¿Cuándo se había convertido su hermanita en una mujer tan sabia? El único sonido era el del roce de los pinceles sobre la pared y el zumbido de las moscas sobre los cristales de las ventanas. Hélène sentía como si el tiempo mismo se hubiese detenido, dejándole un interludio de paz, un descanso del dolor por lo que había pasado en el *chateau*. Al menos, durante un rato. No podía durar mucho, pero, por ahora, se sentía agradecida.

Miró a su hermana.

—Tienes pintura amarilla en la mejilla.

—¿Sí?

—Más bien, mucha.

—Podemos tomarnos un descanso. ¿Tienes hambre?

Hélène se sorprendió al darse cuenta de que sí tenía.

—Me voy a lavar las manos y la cara y, después, prepararé algo. ¿De acuerdo? Tú puedes usar el fregadero de aquí.

Después de que Florence se fuera al lavadero, Hélène se acercó al fregadero, pero no abrió los grifos. Lo que hizo fue mirar por la ventana hasta que oyó que alguien llamaba a la puerta. Cuando se abrió, se dio media vuelta y vio entrar a Jack. Hélène no era de las que se desmayaban, pero, de repente, sintió un fuerte mareo y náuseas y, entonces, en un momento, todo se volvió negro.

Cuando se despertó, vio que Jack la estaba subiendo por las escaleras.

—¿Qué? —preguntó.

—Te has desmayado. Voy a llevarte a la cama.

—Estoy mareada.

—Lo sé.

—¿Te ha contado Élise lo que ha pasado?

—Sí. Es terrible. He ido al *chateau* a ayudar. No me sorprende que te hayas desmayado.

Abrió la puerta del dormitorio y la tumbó en la cama.

Ella empezó a temblar.

—Tengo frío. Mucho frío.

—Entonces voy a ponerte las mantas por encima. Le voy a

pedir a Florence que te traiga algo caliente y, después, me quedaré contigo.

Salió de la habitación y ella oyó que hablaba con Florence.

Las monstruosas imágenes volvían a aparecer en su mente. A todo color, reproduciendo cada detalle, golpeándola en el estómago una y otra vez. Tanta sangre. Empezó a llorar y los fuertes y silenciosos sollozos le hacían doblarse de dolor cuando él volvió a entrar. Le pasó una caja de pañuelos y su bondad hizo que ella llorara aún con más fuerza.

Jack se tumbó a su lado en la cama abrazándola y acariciándole le pelo.

—Mi querida muchacha. Has sido muy fuerte, muy valiente.

—Lo siento —dijo ella con un nudo en la garganta.

—Suéltalo, Hélène. No puedes tener dentro algo así.

Y ella se dejó llevar. Lloró por Victor, por el pequeño Jean-Louis, por el capitán Meyer y por su amiga, Violette. Lloró por Francia y por todas las personas cuyas vidas se habían vuelto del revés. Lloró por los que habían muerto y por los que se habían llevado. Lloró por ella misma y por sus hermanas. Por Florence y por Élise, cuyo hijo iba a nacer sin un padre. Lloró por no haber conseguido mantener a sus hermanas a salvo como había querido. Lloró hasta que le ardieron los ojos, hasta que sintió como si la cabeza le fuera a estallar y hasta que ya no pudo respirar, con su cuerpo agitándose y temblando como si jamás pudiera volver a quedarse quieto. Pero después de sonarse una y otra vez la nariz, se limpió las lágrimas y, por fin, pudo quedarse tranquila. Entonces, él la besó en la frente y le cantó en voz baja hasta que se quedó dormida.

Se despertó por la noche y vio que él seguía allí, tapado ahora con las mantas, vestido solo con su ropa interior.

—Hazme el amor, Jack —susurró en la oscuridad, con la luz de la luna deslizándose sobre su cara. Vio cómo le sonreía y no se le ocurría qué sería capaz de hacer si él no le respondía.

Por un momento, Jack vaciló. Después, la besó y Hélène sintió que el corazón le daba un vuelco. Le ayudó a quitarse la ropa y,

433

después, él hizo lo mismo con la de ella. Jack recorrió con un dedo su frente, su mejilla y, después, el cuello hasta el pecho. La besó en el cuello y en los labios y, a continuación, le acarició el cuerpo. Ella sentía cada caricia con tal intensidad que casi le resultaba imposible contener sus sensaciones. Este era el momento en que por fin él le abría su corazón y, cuando hicieron el amor, con ternura, despacio, profundamente, fue la experiencia más tierna de su vida. Volvió a llorar después, pero estas eran unas lágrimas distintas. Ahora no eran de tristeza, sino de amor y esperanza. Se quedó escuchando la noche asomada a su ventana abierta. Y entonces la casa volvió a quedar sumida también en la seguridad del silencio y ella pudo entregarse también a un profundo y plácido sueño.

CAPÍTULO SETENTA Y DOS

A la mañana siguiente, Hélène se despertó antes que Jack. El sol ya había salido y dibujaba formas en movimiento entre las ramas del castaño. Se acercó a la ventana y se inclinó para respirar el chispeante aire fresco. Los pájaros saltaban de un árbol a otro y cantaban entre las ramas. Se había levantado una brisa y todo el jardín parecía estar en movimiento, con el aire lleno de vida con el zumbido de los insectos al volar. Iba a ser un día caluroso. Durante ese instante, el mundo parecía nuevo y, aunque no se sintió exactamente feliz, quizá sí un poco reconfortada. Cuando se giró para mirar a Jack, vio que él la miraba con ojos tristes. No es que ella se hubiese olvidado de lo que había ocurrido en el *chateau*. Era solo que durante esos breves momentos todo parecía quedar muy lejano. Y Hélène se sintió intocable. Solo estaban Jack, ella y su dormitorio, pero ahora se preguntaba cómo se sentía él y esperaba que no se arrepintiera de haber pasado la noche juntos.

Pero él la miró con una tierna sonrisa y acercó la mano hacia ella. Hélène se acercó y se apoyó en el borde de la cama. Él le apretó la mano y ella supo lo que él sentía antes de hablar.

—¿Llevas mucho rato despierta? —preguntó.

Ella negó con la cabeza.

—¿Habrá tiempo de desayunar? —Miró el reloj de la mesita de noche—. Voy a tener que ponerme en movimiento.

—Ah, yo creía…

435

—Lo siento de verdad.

Ella había esperado que pudieran pasar el día juntos y ahora no sabía cómo iba a pasar las siguientes horas ni cómo iba a mantener a raya las espantosas imágenes de lo que había pasado. Miró de nuevo hacia la ventana. El jardín, el bosque de detrás, parecían ahora más demarcados, demasiado brillantes, y deseó que todo se volviera más difuso y tenue.

Los ojos de él buscaron los de ella…, esperándola, pero Hélène no sabía qué decir.

—Hélène, ¿estás bien?

Ella sonrió con demasiado entusiasmo y él la miró con expresión curiosa.

—Florence hace unas *crêpes* maravillosas —dijo ella sin estar dispuesta a suplicarle que se quedara—. Voy a ver si se ha levantado. Tú baja cuando estés listo.

Cogió la bata de la percha de la puerta, se la puso y salió de la habitación.

Abajo, vio que Florence ya estaba levantada, con su delantal azul atado sobre su camisón blanco. Su hermana estaba preciosa con sus rizos rubios enmarcándole el rostro y su piel tan rosada y clara. Parecía triste, pero no destrozada, y Hélène vio lo mucho que había crecido. Por un momento, pensó en lo que para todas ellas iba a significar la revelación del padre de Florence.

—¿Se ha quedado Jack? —preguntó Florence, y Hélène apartó de su mente los pensamientos desagradables.

—Bajará en un momento. ¿Vas a hacer *crêpes*?

—Sí. Creo que hay harina suficiente.

Florence puso una sartén en el fogón y empezó a remover la masa mientras Hélène se encargaba de poner la mesa.

—Estaba pensando en sacar la mejor vajilla de Claudette —dijo.

Florence la miró sorprendida.

—¿Por Jack?

—Por nosotras. Creo que nos lo merecemos, ¿tú no? —Fue a sacar la vajilla de un armario de la sala de estar. Delicadamente decorada con flores de color gris plateado de estilo *art nouveau* y fabricada en Lunéville, Claudette había contado que se trataba del modelo Marguerite.

Hélène volvía por la entrada cuando Jack bajaba las escaleras. Se miraron con una media sonrisa.

—¿Quieres que lleve yo esa caja por…?

Ella le interrumpió con torpeza.

—No pasa nada. No pesa.

Cuando entró detrás de ella a la cocina, miró a su alrededor.

—Buenos días, Florence —dijo con tono serio.

—Buenos días —contestó ella, pero sin apenas girarse para mirarle.

—Vuestros girasoles son…, bueno, parecen…

—¿Girasoles? —dijo Hélène levantando las cejas.

Él asintió, pero ella pensó que aquellas alegres flores amarillas parecían brillar demasiado hoy y estar burlándose de ellos.

Jack sacó una silla y se sentó, pero, después, se limitó a mirar por la ventana, como si no estuviese del todo ahí.

—¿Y Élise? —preguntó Florence—. ¿La vas a despertar?

—Déjala dormir —respondió Hélène antes de poner la vajilla y los cubiertos—. ¿Café? —preguntó a la vez que acercaba una jarra con sucedáneo y la dejaba en la mesa junto a Jack.

Él parpadeó como si volviera de dondequiera que le habían llevado sus pensamientos.

—Sí, perdona.

—Estás muy lejos de aquí.

—Tengo que ocuparme de algunas cosas hoy.

La habitación quedó en un incómodo silencio. Hélène podía oír el reloj de la cocina, más silencioso que el de la entrada, y en la cocina había normalmente demasiado ruido como para oírlo. Hoy era distinto. El tictac en mitad de lo que por lo demás era un silencio inquietante resultaba intrusivo. Oyó su propia voz en su cabeza, dando forma a pensamientos incipientes, y deseó mover los labios, decir algo, lo que fuera. Pero el silencio se volvió aún más intenso y, a pesar de ser una mañana tan calurosa, sintió un escalofrío.

Florence volvió a ocuparse de su masa. Hizo la primera *crêpe* y la deslizó sobre un plato para Jack.

—¿Hay limón y miel… en la mesa? ¿Hélène?

Ella despertó de su ensoñación.

—Perdona, no sé en qué estaba pensando. Voy a por ellos.

Florence continuó preparando las tortitas, pero, aunque estaban deliciosas, Hélène sentía que tenía cerrado el estómago y solo consiguió comerse una. Tenía dolor de cabeza y una parte de ella deseaba retirarse a su dormitorio y cerrar las contraventanas al mundo exterior.

—¿Hay pepinos? —le preguntó a Florence.

—¿Para desayunar?

—No, para mis ojos. Me escuecen y me duele la cabeza.

Jack se inclinó hacia ella y puso una mano sobre la suya. Aquel gesto resultó reconfortante y ella le respondió con una leve sonrisa.

—Estás pensando en Violette, ¿verdad? —preguntó.

Ella asintió.

—Sí, pero no solo en Violette.

—Ah, ¿sí?

—He intentado evitar un asunto. —Miró de uno a otro y, luego, de nuevo a Florence antes de volver a hablar—. Creo que tenemos que hablar de tu seguridad si continúas viviendo aquí —dijo por fin con una desagradable sensación por tener que hacerlo.

Florence se quedó mirándola.

—Yo también lo he estado pensando, pero ¿qué puedo hacer?

—Bueno —dijo Hélène—, habrá que estudiar las distintas opciones.

—Quizá podamos mantenerlo en secreto. La gente no tiene por qué saber lo de mi padre.

—Ya se lo has contado a Lucille.

Florence frunció el ceño.

—No creo que ella diga nada.

—No puedes estar segura.

—Bueno, yo espero que no lo haga. Es mi amiga.

—Sigue siendo un riesgo que no podemos correr.

Florence no dijo nada y se quedó sentada mirándose las manos, sumida en sus pensamientos.

—Estarías mucho más segura en Inglaterra —dijo Hélène sin atreverse a mirar a su hermana a la cara.

Y ahora que había pronunciado aquellas palabras se quedaron flotando en el aire, pesadas e incómodas en mitad del silencio. Hélène sintió un escalofrío, con el corazón a punto de rompérsele.

—Jack, ¿qué opinas tú? —preguntó por fin Florence.

Suspiró.

—Quizá estés bien aquí, al menos durante un tiempo, pero siempre os acechará esa preocupación. Ninguna podría estar tranquila. Y no sabemos qué va a pasar. Odio tener que decirlo, pero creo que tu hermana tiene razón.

—Podría quedarme en casa hasta que pase todo —contestó Florence con tono de súplica.

Hélène hizo un gesto de negación.

—No lo soportarías. Te sentirías como en una prisión. Y quién sabe si las represalias no durarán años.

Florence cerró los ojos con fuerza, pero guardó silencio.

—Mira, nadie va a obligarte a que te vayas. Pero, si te vas un tiempo con Claudette, podemos esperar a ver después cómo van las cosas.

—¿Y quizá podría volver?

—A lo mejor no quieres cuando te acostumbres a estar de nuevo en Inglaterra.

Florence estaba a punto de rebatirla, pero Hélène continuó hablando y miró a Jack.

—La cuestión es que me estaba preguntando si Jack podría llevarte a Inglaterra. Nadie sabrá nunca que eres medio alemana. No lo pone en tu certificado de nacimiento.

—Tampoco pueden demostrarlo aquí —respondió Florence.

—Yo creo que cuando llegue la liberación habrá una respuesta violenta, no solo contra los colaboracionistas, sino contra cualquiera

439

que crean que puede ser alemán. Durante un tiempo vamos a estar viviendo en la jungla.

—Hélène tiene razón —dijo Jack, asintiendo—. Es cuestión de percepción. Ya se sabe que tienes un padre alemán. Nadie se va a molestar en buscar pruebas.

Florence trató de disimular, pero Hélène vio que le temblaba el labio.

—Siempre estarías mirando a tus espaldas. Y también Hélène y Élise. Nadie puede vivir así mucho tiempo.

—Yo no quiero irme —respondió Florence parpadeando para contener las lágrimas mientras miraba a Hélène—. Os voy a echar mucho de menos.

Durante un rato, nadie habló. Era el final de una época y todos lo sabían. Sí, la guerra terminaría, pero una separación así iba a suponer un terrible golpe para todos.

—Además, si me voy, ¿qué vais a comer? —continuó Florence.

—Nos las arreglaremos —respondió Hélène.

—¿Y qué va a pasar con mi huerto?

—También nos las arreglaremos.

—¿Y cuando el bebé nazca?

Hélène sonrió.

—Creo que Élise y yo podremos ocuparnos de un bebé.

—¿Iréis a visitarme a Inglaterra? —preguntó Florence con lágrimas en los ojos.

—Por supuesto. En cuanto podamos.

Hélène miraba a su hermana, con los ojos también llorosos. Entonces, Florence estalló en lágrimas y salió de la habitación.

—¿Tendrá que irse muy pronto? —le preguntó Hélène.

—Mañana antes de que amanezca —contestó él con un suspiro.

Ella se quedó mirándole horrorizada.

—¿Tan pronto?

—Yo ya he recibido órdenes de marcharme.

Hélène se quedó atónita al oír eso también.

—¿Quieres decir que te ibas a ir de todos modos? No lo habías dicho.

—No podía soportar contártelo anoche. Es la primera vez que tengo la oportunidad de decirlo.

—¿No ibas a despedirte?

—Desde luego que sí.

Hubo un silencio incómodo.

—Entonces, ¿qué crees que va a pasar con Florence? —preguntó Hélène sin apartar la mirada de él.

—La llevaremos por las montañas hasta España.

—Ah. No me había esperado eso. ¿No puedes organizar un viaje en avión?

Él negó.

—Están pasando demasiadas cosas como para que a nadie le importe cómo vuelvo a casa. El país va a seguir plagado de alemanes, sobre todo por la zona de Burdeos, así que las montañas van a ser para mí el único modo, y para Florence.

—¿Podrá soportarlo?

—No va a resultar fácil. Aunque parte de los alemanes se dirijan hacia el norte, seguimos estando en guerra. Cuento con mi motocicleta para que podamos llegar a las montañas, aunque la gasolina puede ser un problema.

—Élise te ayudará con eso.

Hélène se quedó pensando. Había cuidado de Florence, había sido una madre para ella durante siete años y ahora, de repente, iba a tener que dejarla marchar.

—¿Cuidarás de ella, Jack? —preguntó.

—Por supuesto. Todo lo mejor que pueda.

Entonces, sintiendo que el corazón ahora sí se le rompía y con el dolor de cabeza más intenso, apartó la silla y salió de la habitación al jardín y, después, al bosque. Dolía. Dolía mucho. Quería a su hermana y no podía soportar que dejara de estar en su vida. La iba a echar de menos más de lo que podía imaginar y le resultaba inconcebible que, después de todo lo que había pasado, esto también fuese a ocurrir.

Llegó al merendero y se tumbó en el suelo. Miró hacia las copas de los árboles y, mientras escuchaba a los pájaros, pensó en los siete años que habían pasado juntas allí, en cómo habían crecido, cambiado y evolucionado. En lo fuertes que se habían vuelto y en la fortaleza de su vínculo. Pero este no iba a ser el final. No podía serlo.

Cuando Hélène llegó a casa como una hora después, se tropezó con Élise, que se disponía a salir.

—¿Te has enterado?

—Me lo ha contado Florence. Es lo mejor, tienes razón. No te sientas mal.

Extendió una mano hacia ella y Hélène se la apretó.

—Oye, lo siento, pero tengo que irme. No creo que tarde mucho.

Hélène entró, subió las escaleras con enorme pesar y vio a Florence en su habitación con toda su ropa sobre la cama. Desde la puerta, Hélène podía ver que había dispuesto pequeños montones con distintas prendas. Vestidos en uno de ellos, ropa interior en otro, y así. Levantó la vista cuando entró Hélène y, después, se estiró.

—¡Brr! No sé qué llevarme —dijo, y Hélène se dio cuenta de lo valiente que estaba siendo al tratar de mostrarse contenta.

—Me temo que no vas a poder llevarte todo eso.

—¿Estás segura?

Hélène tomó aire con los dientes apretados y asintió.

—Por cierto, Jack ha salido. Ha dicho que tendremos que marcharnos temprano, antes incluso de que salga el sol... —La voz se le quebró—. Es mañana, Hélène, mañana.

Hélène asintió y, a continuación, vio cómo Florence tomaba aire con fuerza y recuperaba la compostura.

—Quiere asegurarse de que Claude tiene todo lo que él necesita. Dice que puede que haya alguna batalla más por aquí, pero que al final los alemanes se rendirán y se retirarán por completo del Dordoña.

—¿Sabes adónde iba Élise? La he visto, pero no me lo ha dicho.

—Ha ido a dar el pésame a las familias que han perdido a alguien por el Das Reich.

—Eso está bien —dijo Hélène y se dio la vuelta para ocultar su rostro.

Había esperado poder pasar más tiempo con Jack en el que iba a ser su último día allí, pero luego se consoló al pensar en la noche. Y, por supuesto, estaba tremendamente feliz por poder pasar el día con Florence. El corazón le dio un vuelco al pensar en que se iba a marchar. ¿Cómo podía ser este su último día con su hermana pequeña?

Florence estaba inmóvil y, cuando Hélène volvió a girarse, le sonrió.

—Te gusta Jack, ¿verdad? —le preguntó.

Hélène respondió con una sonrisa.

—Y habéis pasado la noche juntos.

—Sí.

—Pues me alegro por ti.

Florence se inclinó sobre la cama y empezó a tararear mientras movía la ropa de forma azarosa.

Hélène la interrumpió.

—Vamos, tenemos que tomar decisiones importantes.

Entonces, comenzaron a elegir ropa adecuada para una excursión por las montañas y para el resto del verano en Inglaterra. Florence miraba consternada mientras Hélène quitaba todas las bonitas faldas y vestidos y los colocaba en otro montón separado de ropa que no se iba a llevar.

—Pero voy a necesitar vestidos.

—No caben en tu bolso.

—Por favor, Hélène.

Hélène soltó un suspiro y cedió.

—De acuerdo, puedes llevarte uno. Debes ser práctica y hará frío por la noche en las montañas. Quizá pueda enviarte más ropa tuya después.

Florence pareció aceptar la situación. Daba la sensación de que su inocente hermana había aprendido un poco de sentido común además de sabiduría.

Hélène dobló bien las pocas prendas que estimó necesarias: un vestido, unos pantalones cortos, una blusa y una muda de ropa interior. Sacó su viejo bolso de lana gruesa y empezó a meter dentro la ropa. A continuación, fue a coger una toalla pequeña, una pastilla de jabón, un cepillo de dientes y un cepillo para el pelo.

—¿Y qué vas a ponerte para el viaje?

Florence parpadeó con expresión afligida, como si por fin se viniera abajo.

—Cariño, lo siento mucho.

Florence se tragó las lágrimas y escogió uno de sus vestidos favoritos, con lunares azules y rojos.

—Ya llevas un vestido en el bolso —dijo Hélène con ternura—. Quizá deberías llevar unos pantalones.

—Por favor.

Hélène sacó la ropa del bolso y sustituyó los pantalones cortos por unos pantalones largos azul marino.

—¿De acuerdo? Al menos, llevarás unos contigo.

Una lágrima se deslizó por la mejilla de Florence y se la limpió.

—¿Qué voy a decirle a *maman?* Tendré que contarle que Friedrich ha estado aquí.

—Sí, tendrás que decírselo.

—Se va a enfadar mucho. No le va a gustar que sepamos la verdad.

Hélène se quedó pensándolo. Era posible que su madre se sintiera aliviada o avergonzada. Quizá incluso llegara a negarlo o se inventara una verdad a medias. Al fin y al cabo, les había contado una mentira tras otra y se había obligado a llevar una vida que no le correspondía.

—¿Qué estás pensando? —le preguntó Florence.

—Que no le va a ser fácil.

—Si no cuentas algo importante que afecta a otras personas, sigue siendo una mentira, ¿no crees?

444

—Una mentira por omisión, sí. Pero si le concedemos el beneficio de la duda, quizá creyó que eso sería lo mejor. Recuerda que la verdad puede resultar dolorosa.

—Y tú ¿qué opinas de todo eso, Hélène? Al fin y al cabo, estabas ahí cuando destrozó el vestido rojo.

—Me siento confusa, triste y, a veces, un poco rabiosa, sobre todo porque ahora eso significa que… —Se detuvo.

—Porque eso significa que me tengo que ir.

—Sí.

Se miraron la una a la otra.

—No te sientas mal por eso, Hélène. Es lo que hay que hacer. Soy consciente de ello. Y ¿sabes? Mientras esté con *maman*, podré preguntarle por su hermana Rosalie. Ella nunca habla de lo que ocurrió.

—Secretos de familia, ¿eh?

—Exacto. Cuando me case, quiero ser siempre sincera.

—Yo creo que es aún más importante tomar las decisiones adecuadas, incluida la persona con la que te casas.

—El problema es que no siempre sabemos cuáles son las decisiones adecuadas. La cabeza me puede estar diciendo una cosa y el corazón otra. Así que, ¿a cuál de las dos hago caso?

Hélène se quedó pensativa. ¿A cuál había hecho caso ella? Se dio cuenta de que ser sincera con una misma resultaba de lo más difícil. Ser «madre» de reemplazo de sus hermanas había formado una parte fundamental de su identidad y, ahora que tenía que dejarlo un poco de lado, sentía un dolor en su interior. Era el comienzo de la libertad para todas ellas, pero cuando ya no sabes quién eres, la libertad puede resultar un poco aterradora.

—¿Hélène? —insistía Florence—. ¿A la cabeza o al corazón?

—Bueno, mi yo sensato dice que hay que escucharlos a los dos.

—Yo creo que siempre haré caso a mi corazón.

Hélène inclinó la cabeza a un lado y miró a su hermana.

—Solo quiero que sepas que nada de lo que haya pasado ha cambiado lo que siento por ti.

—Gracias, lo sé.

Hélène dio una bocanada de aire larga y lenta para recuperar el control.

—Y ahora, venga, terminemos con esto.

Se habían olvidado de añadir una rebeca o un jersey, así que Florence abrió un cajón y sacó una rebeca amarilla.

Después almorzaron juntas, una sopa de lentejas seguida de una pequeña ensalada y, a continuación, Florence le explicó a Hélène cómo cuidar del jardín. Le enseñó qué cultivos iban mejor y en cuáles no tenía que molestarse la próxima vez. Le enseñó sus semilleros y las plantas maduras, le contó cómo tratar las plagas y cómo funcionaba la despensa secreta que tenían fuera.

—Echaré de menos a mis cabras y a mis gallinas —dijo con tono lloroso—. Ay, Hélène, no me quiero ir.

—Lo sé, cariño.

—Esta es mi casa.

Hélène cerró los ojos. No había nada que pudiera decir para que se sintiera mejor. Y después, con un sollozo, Florence subió a su habitación diciendo que iba a escribirlo todo para que no se olvidaran de lo que tenían que hacer.

Élise regresó a tiempo para la cena, la cual había insistido en preparar Hélène. Solo un guiso sencillo de verduras con judías blancas, pero sin el toque mágico de Florence y, aunque era comestible, ninguna tenía demasiado apetito.

Pasaron el rato viendo la puesta de sol, de encendidos colores escarlata, naranja y púrpura y, después, estuvieron descansando, o intentándolo, en la sala de estar. Hélène se dio cuenta de que todas estaban evitando el momento de dar por terminada la velada. Jugueteaba con su pelo y miraba de vez en cuando a sus hermanas, cogía alguna novela, leía un poco y, después, la dejaba otra vez. Pero Florence estaba tumbada en el sofá, con los pies sobre el regazo de Élise, haciendo lo posible por aparentar que no pasaba nada. Hélène respondió mirando sus rostros. A pesar de lo que le había ocurrido a Florence, y quizá no con la ingenuidad de antes, su hermana seguía creyendo que las personas eran buenas en esencia. Élise también estaba cambiando. El embarazo le había suavizado los rasgos. Pero entonces sintió un dolor en lo más hondo cuando vio que Florence se levantaba y se estirazaba. Esta pérdida era más de lo que podía soportar.

—Tengo que dormir —dijo Florence—. Mañana hay que levantarse temprano. Ya me conocéis. Me desespero si no duermo lo suficiente.

Entonces, miró alrededor de la habitación con expresión de tristeza, como si quisiera garbarse cada detalle en su memoria.

Élise puso el despertador a las cuatro de la mañana y se lo dio a Florence. Estuvieron las tres a punto de llorar cuando Florence abrazó a sus dos hermanas.

—Todo va a salir bien —dijo—. Nos volveremos a ver.

Hélène no podía hablar.

Élise sonrió.

—Claro que sí.

Pero Hélène se vio inundada por una sensación de recelo que no podía identificar. Trató de sonreír, pero no lo consiguió.

—Oye —dijo Florence al darse cuenta—, todo va a ir bien.

—¿Tendrás cuidado en las montañas? —le preguntó Hélène.

—Por supuesto. Y voy a estar con Jack, ¿no?

—Yo también me voy a acostar —dijo Élise a la vez que se acariciaba el vientre—. Este pequeño me está robando todas las energías. Por favor, escríbenos cuando llegues a Inglaterra y cuéntanos también cómo está Marie.

—Yo voy a esperar a Jack —dijo Hélène y, cuando sus hermanas subieron, se acurrucó en el sofá y trató de leer, pero sentía los ojos pesados y las palabras no se estaban quietas en la página. A medianoche, cuando vio que Jack no había vuelto, escondió la llave de la puerta trasera donde sabía que él la encontraría y se fue arriba. Cuando se metió en la cama, la almohada seguía oliendo a él. Aspiró sobre ella y, después, la abrazó contra su pecho, sin querer soltarlo.

Se despertó unas horas después y vio que Jack estaba junto a la cama. Tenía una linterna en una mano y su bolso de lona sobre el hombro.

—Solo he venido a despedirme —dijo acariciándole el pelo con los dedos.

—No —dijo ella con el corazón en un puño. Se quedó mirándolo mientras él le acariciaba la mejilla.

—Siento no haber podido volver por la noche —añadió él.

Ella no podía hablar, pero se levantó de la cama y le abrazó, sintiendo los latidos del corazón de él sobre el suyo.

—Florence ya está lista, esperando junto a la puerta de la cocina.

—¿Vas a volver? —preguntó ella, pero, cuando la miró a los ojos, Hélène vio desconsuelo en ellos.

—Gracias por todo —fue lo único que Jack dijo—. Nunca te olvidaré.

Dios, ese era el fin. Se marchaba. Y, peor aún, Florence se marchaba. Hélène cogió su bata, se la puso y bajó corriendo. Entró en la cocina y rodeó a su hermana con sus brazos. Se había prometido que no iba a llorar, pero sintió que las lágrimas le quemaban en los ojos.

—Ay, cariño —dijo con la voz quebrada—, te quiero mucho.

Élise bajó y las abrazó a las dos. Se quedaron abrazadas con tanta fuerza que pareció como si no fueran ni pudieran soltar a Florence. Esto no podía estar pasando y, sin embargo, era verdad. Hélène sentía como si le estuviesen arrancando una parte del cuerpo. Sentía que el dolor aparecía y desaparecía en oleadas y habría dado lo que fuera porque Florence no tuviera que irse. Lo habían sido todo las unas para las otras durante más de siete años, habían compartido sus alegrías y sus penas. Era imposible asimilar que era el final.

—Yo también os quiero —dijo Florence besándola primero a ella y, después, a Élise.

El hecho de que estuviera mostrándose tan valiente no hizo más que empeorar las cosas y ahora Hélène no podía evitar que los ojos se le llenaran de lágrimas, aunque aún seguían sin caer. Florence extendió una mano y Hélène se la apretó. Florence vio sus lágrimas y se las limpió con su pañuelo. Después, dio un paso atrás.

—Bueno, supongo que ya está —dijo.

Hélène no podía decir nada por el nudo que sentía en la garganta. Élise se frotó los ojos.

—Supongo que sí.

Hélène dejó de resistirse y ahora las lágrimas le caían por las mejillas y, pese a limpiárselas con la mano, no dejaban de brotar.

—Lo siento mucho —consiguió decir entre sollozos, tratando desesperadamente de controlarlos—. Te había prometido que no iba a llorar. Cuídate, hermanita, cuídate.

—Lo haré. —Florence apretó los labios y cerró los ojos con fuerza, como si tratara de recuperar algo de fuerza de su interior. Unos segundos después, los abrió, tragó saliva y, con una expresión decidida, dijo—: Cuidaos la una a la otra.

Y ahora Élise también lloraba.

Florence se dio la vuelta y, con la cabeza en alto, salió en dirección a Jack, que la esperaba junto a su motocicleta. Hélène y Élise salieron también, temblando en la lúgubre oscuridad. Se veía un atisbo del amanecer en el horizonte. Pero Hélène pulsó un interruptor y se encendió la luz de la puerta trasera y, rodeándose con los brazos la una a la otra, Élise y ella miraban en silencio. Hélène oyó el ulular de un búho, el aullido de un zorro y algo que se arrastraba entre la maleza, y sintió una tristeza que nunca había sentido.

Jack y Florence subieron a la moto y él aceleró el motor. Después, mientras se alejaban, Florence miró hacia atrás, movió la mano con gesto valiente y les lanzó una sonrisa inolvidable. Ya está. Se había ido, dejando abandonadas a Hélène y a Élise.

CAPÍTULO SETENTA Y TRES

Hélène fue a trabajar esa mañana, atravesando aturdida el pueblo, pasando junto a los destrozos y las ventanas rotas. Hugo le pidió que se sentara con *madame* Deschamps en el consultorio. Se había estado ocupando de ella y, la pobre anciana, claramente senil, solo repetía que no encontraba a su hija. Quizá no era consciente de que los hombres habían estado buscando a Amelie desde el día siguiente de la limpieza, cuando vieron que no estaba. Aunque los habitantes del pueblo habían sofocado el incendio con bastante rapidez, un lateral del hotel estaba en ruinas. Era ahí donde estaban concentrando la búsqueda.

La anciana insistió en volver para buscarla ella misma y, cuando fueron allí, Arlo dijo que habían encontrado a alguien atrapado bajo los escombros. Hélène alejó a la anciana del hotel y la convenció para que se sentara en la plaza a esperar. Un rato después, a Hélène se le cayó el alma a los pies cuando Arlo se acercó moviendo la cabeza a ambos lados. Amelie estaba muerta.

El doctor Hugo se ocupó del cadáver y, después, le dijo a Hélène que se marchara.

—Tienes que volver a casa. Pareces agotada.

—Pero ¿y *madame* Deschamps? —preguntó ella—. ¿Quién la va a cuidar?

—Eso no es problema tuyo. Ya se me ocurrirá algo. No te preocupes.

Hélène se fue a casa con andar fatigoso. Hacía muchísimo calor y se sentía mareada.

Pasó en la cama el resto del día, incapaz de moverse, como si la hubiesen derribado cual árbol del bosque. Florence se había ido, Jack se había ido y no había dicho nada sobre si volvería, y Violette y su querido hijo habían muerto. Cerró los ojos, pero las paredes del dormitorio la oprimían y los colores vibraban sin dejarla descansar. Cuando consiguió dormir un poco, una pesadilla la despertó. Empapada en sudor, solo deseaba que todo desapareciera. El dolor. La pérdida. Todo. Una ráfaga de viento abrió una de las contraventanas. Sonaba con fuerza, golpeando la pared exterior una y otra vez. Pum, pum, pum. Sabía que debía levantarse para cerrarla, pero no podía.

Élise iba y venía, tratando de tentarla con comida y bebida, pero Hélène era incapaz de tocar nada.

—No puedes quedarte todo el rato de cara a la pared —dijo su hermana.

—¿Por qué no? —murmuró Hélène.

—Tú no eres así, Hélène.

No contestó. Su mundo entero se había desintegrado y ya no tenía motivos para levantarse. ¿Podía alguien morirse de pena? Nunca podría dejar de querer a Florence ni a Jack, ni siquiera a Violette, pero el corazón se le había roto en pedazos y sentía tanto dolor que lo único que podía hacer era alejarse aún más. Jack había arraigado en su corazón y, al hacerlo, se lo había roto. Esa noche, cuando por fin sintió que se alojaba en un lugar del que jamás tendría por qué salir, sus sueños febriles la despertaron y se quedó tumbada mirando al techo en medio de una melancólica tierra de nadie.

A la mañana siguiente, se sentía aturdida, mareada, como si pudiera salir flotando hacia la luz. Cerró los ojos y vio bosques frondosos y lagos plateados, olió en el aire el dulzor de las flores, oyó las notas rítmicas de unos instrumentos de viento. «Así que de este modo es como terminaría todo», pensó. Entonces oyó las olas del mar, que avanzaban y se retiraban suavemente, y pudo verse cogiendo una concha aplastada en la playa. Sintió la brisa del mar, la sal, las espumosas gotas sobre su piel, y deseó adentrarse en el mar.

Volvió a despertarse, sorprendida esta vez de oír la voz de Élise, más fuerte que antes, insistiendo en que se levantara y se diera un baño. Su hermana se acercó, abrió las cortinas y la ventana.

—¡Dios mío, cómo apesta aquí dentro!

Hélène enterró la cabeza bajo la almohada.

—No hagas eso —dijo Élise quitándosela y apartándole después las sábanas.

—Déjame en paz.

—Desde luego que no. Levántate. Tienes que acabar con esta autocompasión.

—¡Déjame en paz! —volvió a chillar Hélène—. ¡Vete!

Élise se quedó donde estaba y le lanzó una mirada feroz.

—No.

Así que Hélène echó las piernas a un lado de la cama, pero, a continuación, inclinó la cabeza hacia delante entre las manos. ¿Qué estaba pasando? Élise se sentó a su lado y le pasó un brazo por la cintura.

—Sé que le querías, Hélène, pero a veces las cosas no salen bien. No puedes dejar que esto te destroce de esta manera.

—No es por Jack. —Tomó aire y, después, las palabras salieron a toda velocidad—. Bueno, quizá un poco. Es Florence. Me siento muy mal por haberla enviado fuera de aquí.

—Has hecho lo que debías. Hemos hecho lo que debíamos. Te lo habría dicho si no estuviese de acuerdo.

—Y no sé qué sentir con respecto a Violette. A ratos la sigo queriendo y, un momento después, la odio. —Miró a Élise—. Lo siento. Sé que ella es la razón por la que Victor muriera.

Élise cerró los ojos unos segundos.

—Oye, he estado dándole vueltas a una idea. Vamos a hacer una cosa. Primero, tienes que lavarte, vestirte y comer. ¿De acuerdo?

Después de que Hélène hiciera exactamente lo que Élise le había propuesto, se sintió un poco mejor. Escogió un vestido claro de verano que resaltaba el color de sus ojos y se cepilló el pelo hasta que estuvo brillante. Después, se miró en el espejo. Dios, qué pálida estaba.

—No te preocupes —dijo Élise—. Luego iremos a dar un paseo. Así te volverá el color a las mejillas. Y tienes que quedarte fuera un poco. Eso servirá.

Hélène obedeció y se sentó en un banco del jardín con la cara levantada hacia el sol. No tenía sentido discutir con Élise cuando se le metía alguna cosa en la cabeza. Así que, mientras Élise se encargaba de la casa, Hélène siguió sintiendo cómo el sol le calentaba la piel. ¿La había llegado a amar Jack? Sin duda, ella había sentido su profundo cariño, pero quizá él no había sentido un amor tan fuerte como ella. Se quedó mirando las abejas que volaban y, después, aterrizaban sobre las zinnias y los encajes de la reina Ana. Vio las hojas de los arbustos agitándose con la brisa y supo que la vida tenía que seguir. Buscaría el modo, quizá de una forma distinta, pero no iba a vivir el resto de su vida regodeándose en la pena. Quizá había llegado su momento de elegir, tal y como Florence había dicho. Y este precioso jardín sería siempre un recuerdo de la visión de su hermana pequeña y de su increíble determinación por superar lo que aquellos hombres le habían hecho.

Más tarde, Élise salió con unas tijeras de podar y empezó a cortar varios tallos de rosas blancas.

—¿Qué vas a hacer con eso? —preguntó Hélène. Su hermana no solía mostrar mucho interés por las flores.

—Sé que te he dicho que íbamos a ir a dar un paseo, pero todavía hace demasiado calor. Tenemos suficiente gasolina para salir en la moto.

—¿Adónde?

Élise se dio unos golpecitos en el lateral de la nariz.

—Ya lo verás. Vamos.

Élise guardó las rosas y una botella de agua en una bolsa y la ató a la parte de atrás de la moto. Subieron y Élise le dijo que se agarrara con fuerza porque iban a ir campo a través. Hélène estuvo desconcertada hasta que empezó a reconocer la ruta que llevaban. Pasaban junto a los árboles a toda velocidad, esquivando por los pelos los troncos. La melena suelta de Hélène le azotaba en la cara y hacía que los ojos le escocieran. Sentía una emoción repentina e inesperada, casi feliz de estar viva.

Pero entonces, cuando llegaron al largo camino bordeado por árboles que llevaba hasta el *chateau*, se estremeció. ¿Qué estaba pensando Élise trayéndola aquí? No quería volver a ver nunca más ese patio.

Pero Élise no se detuvo en la puerta del *chateau*, sino que tomó un sendero que serpenteaba por detrás de la casa hasta un llano rodeado de árboles que daba al resplandeciente río que parecía estar hecho de plata y estrellas. Allí detuvo la moto y paró el motor. Hélène se bajó y se acercó a una pequeña hoguera rodeada por un círculo de piedras, justo detrás del cual la tierra había sido recientemente cavada. Vio que Suzanne y Henri aparecían entre los árboles. Suzanne llevaba un cesto y, pese a su cojera, Henri llevaba una pala y unas plantas.

Hélène se quedó mirando la tierra con el corazón estremecido.

—¿Están enterrados aquí? —preguntó.

Élise asintió al llegar junto a ella.

Hélène se dejó caer de rodillas.

—¿Dónde está Violette?

—A tu izquierda, con Jean-Louis en medio. El capitán Meyer a la derecha. Henri ha traído unos rosales para todos.

Henri le dio a Hélène una palmada de consuelo en el hombro.

—Hola, Hélène. ¿Estás mejor?

Ella se giró, levantó los ojos hacia él y le dijo que sí.

—¿Quieres empezar tú?

Le dio la pala, un par de guantes de jardinería y la primera planta. Ella se puso de pie, cavó un pequeño hoyo sobre la tumba de Violette y, después, colocó la planta en el agujero y lo llenó de tierra.

Suzanne sacó una botella de agua de su cesto y echó un poco sobre la tierra seca.

—Para Violette, un rosal rosa —dijo.

A continuación, Hélène cavó un agujero para el capitán Meyer. Suzanne le pasó el diminuto rosal y dijo:

—Un rosal rojo por su valentía.

De nuevo, lo rellenó de tierra y la aplastó con las manos. Y todos inclinaron la cabeza.

—Y este es un rosal blanco para el pequeño Jean-Louis —continuó, sacando la última para dársela a Élise—. Por su inocencia.

Hélène sintió un nudo en el estómago al pasarle la pala a su hermana. Se imaginó al pequeño niño de pelo rizado saltando en su regazo y apretó los ojos para contener las lágrimas.

Pero, cuando Élise hubo plantado la rosa para el niño, todos tenían lágrimas en los ojos. Hélène dejó suavemente las rosas blancas que había traído sobre su tumba y dio unas palmaditas sobre la tierra igual que si se las diera al mismo niño.

—Un niño adorable —dijo en voz baja—. Un niño realmente adorable.

Suzanne encendió tres faroles que Hélène acababa de ver y marcó la cabeza de cada tumba con cada uno de ellos. Henri abrió la primera botella de vino y le dio una copa a cada una, que ahora estaban sentadas en la hierba.

—¿Por qué brindamos? —preguntó.

Hubo unos segundos de silencio y, a continuación, Hélène se puso de pie y levantó su copa. Pensó en su amiga y en los buenos momentos que habían compartido. Después, pensó en lo que los nazis le habían hecho sufrir, el tormento que debió de vivir y la terrible presión que debió de sentir. Pensó en que se debió de ver obligada a traicionar a sus amigos para salvar la joven vida de su hijo. Parpadeó para contener las lágrimas y respiró hondo. Los demás la miraban, esperando. Élise la miraba también. ¿Podría hacerlo? Hizo una pausa. Entonces, algo se encendió en su interior y supo que tenía que hacerlo. Pues, si no, ¿cómo iba a ser capaz de vivir de nuevo?

—Por el perdón —dijo por fin con la voz quebrada, sin saber si los demás la seguirían.

Contuvo la respiración. Nadie se movió.

Pero entonces, tras unos segundos de vacilación, Suzanne y Henri se pusieron de pie y los dos levantaron su copa.

—Por el perdón —dijeron a la vez.

Pasaron más segundos.

Hélène no podía mirar a su hermana. No se le ocurría qué decir. Solo podía oír los fuertes latidos de su corazón.

El silencio continuó alargándose cada vez más, hasta que Hélène se sintió tan vulnerable que creyó que iba a echarse a llorar. Miró a su hermana, pero Élise parecía preocupada, como si estuviese manteniendo una lucha consigo misma y Hélène no sabía qué hacer.

Pero entonces, un momento después, Élise se levantó despacio y consiguió sonreír a Hélène.

—Por el perdón —dijo—. Por nuestro amor y por nuestra pena.

Entre lágrimas de alivio que fluían por las mejillas de Hélène, dio en silencio las gracias a su hermana. Y, por supuesto, Élise tenía razón. Si abrías el corazón al amor, lo abrías también a la pérdida.

Entonces, Élise sacó un papel doblado y empezó a leer:

> *No te acerques a mi tumba a llorar,*
> *no estoy ahí, no estoy durmiendo.*
> *No te acerques a mi tumba a llorar,*
> *no estoy ahí, no estoy durmiendo.*

De nuevo, Hélène solo pudo oír las primeras palabras. El corazón se le hinchó a medida que aparecían en su mente recuerdos de su padre y de su funeral. Deseó poder dar marcha atrás al reloj, volver a cuando eran pequeñas y su padre la abrazaba en su regazo y se reían por cualquier tontería. Estaba segura de que Élise debía de estar pensando en Victor, que ni siquiera había tenido un funeral; nadie sabía dónde se habían llevado su cuerpo. Observó a Élise, vio lo calmada que estaba, cómo mantenía el control, y se sintió muy orgullosa de ella. Después, pensó en Violette y dijo una oración en silencio por su amiga. Una vez más, oyó los últimos versos del poema y esta vez estaban más cargados de significado.

> *No te acerques a mi tumba a llorar.*
> *No estoy ahí. ¡No he muerto!*

Y Hélène sintió que su padre estaba con ella. En su corazón, en su alma, jamás podría morir. Tampoco Violette ni Jean-Louis. Ni siquiera el capitán Meyer. Se acercó a su hermana y se quedaron cogidas del brazo, mirando hacia el río y las colinas de enfrente. Y Hélène supo que, por mucho que amara ese lugar, había llegado el momento de hacer algo distinto en su vida. Sus hermanas se habían hecho mayores. Y con esos girasoles que habían pintado juntas Florence había hecho que renaciera su pasión por la pintura. Hélène no iba a dejarla escapar otra vez.

—Todo va a salir bien —dijo Élise—. Ya lo verás. —Pero entonces ahogó un grito, como de perplejidad.

—¿Qué? —preguntó Hélène—. ¿Estás bien?

Élise se había llevado una mano al vientre y los ojos le brillaron llenos de sorpresa.

—El bebé se ha movido. Se ha movido. He sentido cómo el niño se agitaba por primera vez.

Hélène sonrió

—¿El niño?

—Por supuesto. Se llama Victor.

—¿Y si al final es una niña?

—Pues… ¡La llamaré Victoria! —Élise levantó una mano en el aire con los ojos iluminados de alegría.

La luz de ese día se estaba apagando, pero una puerta hacia el futuro se acababa de entreabrir y, a través de ella, Hélène pudo atisbar la luz de una vida sin guerra. Luminosa, brillante, incandescente. Cuando fuese el momento oportuno, dejarían esa puerta abierta del todo y saldrían a bailar por las calles. Pero ahora, a medida que se acercaba la noche, vieron cómo el río resplandecía con tonos dorados y rosas. Su hermoso mundo se iba a recuperar. Todos se iban a recuperar. Brindaron por Victor, o por Victoria. También por Jack y por Florence y por todo el pueblo de Sainte-Cécile.

Hélène se preguntó si cabría alguna posibilidad de que pudiera perdonar incluso a su madre o, si no, al menos ser capaz de hablar con ella. Y, mientras respiraba ese aire que olía a esperanza, cualquier cosa parecía posible en este mundo nuevo, este mundo mejor.

Abrazó a su hermana y, por fin, le dijo:

—Por el futuro de todos, porque ahora, por mucho que tarde en llegar, sí que vamos a tener un futuro.

AGRADECIMIENTOS

Le estoy muy agradecida a mi agente, Caroline Hardman, por su constante buen humor, su incansable apoyo y su brillantez en todos los aspectos. También quiero dar las gracias a mis nuevas editoras de HarperCollins, Lynne Drew y Sophie Burks, por su magnífica labor, y también a mi correctora con ojos de lince, Cari Rosen. Continuamente me he visto impresionada por el entusiasmo con el que me ha recibido todo el equipo de HarperCollins y por la energía que han demostrado con este libro en su salida al mundo. Ha sido un sueño trabajar con todos vosotros.

Como ya sabemos, la pandemia nos ha cambiado a todos la vida. ¡Y de qué manera! Así que, quiero expresar mi gran agradecimiento a Gill Paul por haber mantenido altos nuestros ánimos con la organización de fiestas virtuales por Zoom para nuestro grupo de escritoras de ficción histórica. Hazel Gaynor, Liz Trenow, Jenny Ashcroft, Eve Chase, Tracy Rees, Heather Webb, ha sido un placer conoceros y estoy deseando que brindemos en el mundo real. Mi agradecimiento a los escritores de Gloucestershire por estar ahí. He echado de menos nuestros almuerzos.

Quiero dar las gracias a mi cuñado Ian por su asesoramiento sobre aves de Devonshire en los años cuarenta y a los blogueros que trabajan de forma tan incansable por llamar la atención de los lectores hacia nuestros libros. Y, por último, quiero expresar mi enorme agradecimiento a todos mis lectores de todo el mundo. Isabel

Wolff, sabia autora y amiga mía, una vez me dijiste que «leer es un acto de empatía»… Así que, desde aquí, gracias por tu empatía. Espero que te guste este nuevo libro, el primero de mi trilogía con HarperCollins.

NOTA DE LA AUTORA

He tenido la suerte de poder trabajar desde casa. Incluso sin pandemia, los escritores solemos pasar la mayor parte de nuestro tiempo a solas, así que, me he enfrentado al primer confinamiento zambulléndome en la escritura del primer borrador de *Hijas de la guerra*. Me encantó perderme en el mundo de mis tres hermanas de ficción y olvidarme, al menos, durante unas horas cada día, de lo que estaba pasando en el mundo exterior. Por supuesto, estaba preocupada por mi familia, mis amigos y mis vecinos. Pero también me preocupé cuando vi cómo se iban cancelando mis viajes de investigación a Francia, uno por uno, y me vi obligada a apoyarme en lejanos recuerdos del Dordoña y en la memoria de otros amigos.

Más que nunca, acudí a Internet, a YouTube y al cine y la televisión en busca de información e imágenes esenciales que necesitaba para hacer que el libro cobrara vida.

Tres series de televisión que me han inspirado:

Résistance: La impresionante y estimulante serie de televisión francesa sobre unos jóvenes héroes de Francia que arriesgaron sus vidas para salvar a su país.

La tristeza y la piedad: Un demoledor documental de televisión francés de 1981 realizado por Marcel Ophuls sobre una ciudad francesa durante la ocupación alemana.

Auschwitz: los nazis y la solución final: La reveladora historia de Laurence Rees. BBC, 2005.

Algunos de los muchos libros que me han servido de ayuda:
Walking in the Dordogne, de Janette Norton. Cicerone, 2018.
Combatientes en la sombra, de Robert Gildea. Faber & Faber, 2015.
Das Reich, de Max Hastings. Pan Books, 2000.
Defying Vichy, de Robert Pike. The History Press, 2018.
Sisters in the Resistance, de Margaret Collins Weitz. John Wiley & Sons, 1995
Maquis by George Millar, The Dovecote Press, 2013
Blue Guide, Southwest France, de Delia Gray-Durant, Somerset Books, 2006
Vichy France and Everyday Life, editado por Lindsey Dodd y David Lees. Bloomsbury Academic, 2018.